Dois gatos escaldados

Também de Chloe Liese:

Dois erros, um acerto
Antes ódio do que nada

CHLOE LIESE

Dois gatos escaldados

Tradução

STEFFANY DIAS

paralela

A Editora Paralela é uma divisão da Editora Schwarcz S.A.

Grafia atualizada segundo o Acordo Ortográfico da Língua Portuguesa de 1990, que entrou em vigor no Brasil em 2009.

TÍTULO ORIGINAL Once Smitten, Twice Shy

CAPA E ILUSTRAÇÃO DE CAPA Kelly Wagner

PREPARAÇÃO Natália Mori

REVISÃO Marise Leal e Luiz Felipe Fonseca

Dados Internacionais de Catalogação na Publicação (CIP)
(Câmara Brasileira do Livro, SP, Brasil)

Liese, Chloe
Dois gatos escaldados / Chloe Liese ; tradução Steffany Dias. — 1ª ed. — São Paulo : Paralela, 2025.

Título original : Once Smitten, Twice Shy.
ISBN 978-85-8439-480-7

1. Romance norte-americano I. Título.

25-279006 CDD-813.5

Índice para catálogo sistemático:
1. Romances : Literatura norte-americana 813.5

Eliete Marques da Silva – Bibliotecária – CRB-8/9380

EDITORA SCHWARCZ S.A.
Rua Bandeira Paulista, 702, cj. 32
04532-002 — São Paulo — SP
Telefone: (11) 3707-3500
editoraparalela.com.br
atendimentoaoleitor@editoraparalela.com.br
facebook.com/editoraparalela
instagram.com/editoraparalela
x.com/editoraparalela

Para os corações afetuosos,
as almas sensíveis e os românticos incuráveis.

Espero que você nunca mude
e nunca esqueça o que merece:
um amor que faça você sentir que não precisa merecê-lo.

Um amor que se conquista é bom,
mas um amor que nos é dado sem pedir é ainda melhor.
William Shakespeare, *Noite de reis*

Caro leitor, cara leitora,

Esta história apresenta personagens com realidades humanas que, acredito, merecem mais destaque na literatura por meio de uma representação positiva e autêntica. Sendo uma pessoa neurodivergente com condições crônicas (frequentemente) invisíveis, me dedico a escrever histórias gostosas de amor que reforçam minha crença de que todos nós somos dignos e capazes de encontrar um "felizes para sempre", se for isso que o nosso coração desejar.

Em especial, esta história explora as particularidades de uma pessoa neurodivergente — autismo — e outra que convive com uma condição crônica — doença mista do tecido conjuntivo e doença celíaca. A experiência com qualquer condição ou diagnóstico nunca será a mesma, mas a partir da minha própria experiência, bem como das observações e da ajuda de leitores sensíveis, eu me esforcei para criar personagens que honrem as nuances de suas identidades. E acho importante frisar que este livro também aborda o tema de um relacionamento anterior tóxico e emocionalmente abusivo, mas esse relacionamento não é retratado, e o ex-parceiro abusivo não aparece na história.

Se algum desses assuntos for delicado para você, espero proporcionar conforto ao dizer que apenas relacionamentos saudáveis e amorosos — consigo mesmo e com outras pessoas — são defendidos nesta narrativa.

Beijos,
Chloe

Playlist

Prólogo. "Ae Fond Kiss", The Corries
1. "mona lisa", mxmtoon
2. "Too Sweet", Hozier
3. "church st.", Julianna Zachariou
4. "Olalla", Blanco White
5. "walk but in a garden (feat. mxmtoon)", LLusion, mxmtoon
6. "Needle", Born Ruffians
7. "Blank Space (Taylor's Version)", Taylor Swift
8. "No Plan", Hozier
9. "Folding Chair", Regina Spektor
10. "Your Touch", The Black Keys
11. "Come with Me", Chxrlotte
12. "Evergreen", Richy Mitch & The Coal Miners
13. "Mend", Sjowgren
14. "Further On", Bronze Radio Return
15. "Gotta Get to Know Ya", Seratones
16. "Heavy Soul", The Black Keys
17. "Never Going Back Again", Nataly Dawn, Sheriffs of Schroedingham
18. "Glass, Concrete & Stone", David Byrne
19. "Absolutely Smitten", dodie
20. "Strawberry Sunscreen", Lostboycrow
21. "Backyard Boy", Claire Rosinkranz
22. "Skin and Bones", Cage the Elephant
23. "Wildest Dreams (Taylor's Version)", Taylor Swift
24. "I'm Gonna Be (500 Miles)", ThThThe Proclaimers

25. “Feels Like Me”, Gin Wigmore
26. “Kiss Her You Fool”, Kids That Fly
27. “Kiss Me”, Kina Grannis
28. “Hey Girl”, Stephen Sanchez
29. “Strawberry Blond”, Mitski
30. “Annie Laurie”, The Corries
31. “Intertwined”, dodie
32. “Make This Leap”, The Hunts
33. “Dog”, Nataly Dawn
34. “I Got You Babe”, Boom Forest
35. “Love Story”, Acoustic Guitar Revival Chapter
36. “All I Want Is You”, Barry Louis Polisar
Epílogo. “Will Ye Go Lassie Go”, The Corries

Prólogo

JULIET

DEZEMBRO

O pub vira um borrão caleidoscópico enquanto eu giro, com os braços erguidos, segurando um copo de uísque. Luzes douradas piscam na pele suada da multidão. As arandelas de vitrais mergulham o ambiente em um arco-íris onírico. Sob os refletores, a guitarra vermelha do vocalista reluz e os pratos ressonantes da bateria brilham conforme a música da banda cover pulsa pelo meu corpo.

Não era minha intenção ficar espremida no meio desse monte de gente, dançando e sacudindo a cabeça. Minha ideia era chegar, tomar uma bebida e depois voltar para a casa de campo escocesa na qual estou me escondendo desde que cruzei o Atlântico na semana passada, desesperada para fugir do fiasco que se tornou minha vida. Era minha recompensa por finalmente tomar um banho, vestir algo que não fosse um pijama e sair de casa.

Mas fiquei encantada pelo charmoso pub assim que entrei. Resolvi que podia ficar mais um pouco e curtir o clima. A banda cover começou a tocar a icônica "I'm Gonna Be (500 Miles)", dos Proclaimers, logo depois que eu virei o primeiro gole de uísque e o barman sorrateiramente deslizou outro copo na minha direção.

Foi um sinal do universo. *Fica, só mais um pouco.*

É essa a música que está tocando agora. O entusiasmo do público é contagiante. Tudo no pub está elevado ao nível máximo, em cor e vitalidade. A música alta e alegre empurra o sofrimento para as bordas dos meus pensamentos. Por gloriosos três minutos e meio eu danço e canto. Pela primeira vez desde que tudo desandou, consigo acreditar no que minhas irmãs, meus amigos e meus pais não param de me dizer: que vou ficar bem, que um dia estarei curada da dor de perceber que o homem com quem planejava me casar era um manipulador abusivo.

Mas então a música acaba, levando embora sua alegria, que escoa de mim com a mesma velocidade que o som se dissipa no ambiente. É quando algo terrível toma seu lugar.

Uma canção de amor.

Deixo escapar um grunhido de descontentamento e bebo todo o uísque de uma vez só. Pares se formam ao meu redor. Braços enlaçam cinturas, repousam sobre os ombros. Uma combinação de risadas delicadas e beijos prolongados. Eu me viro, tentando encontrar uma brecha na multidão. Quero escapar, mas estou presa. Será que este momento pode ficar ainda pior?

Mesmo tentando bloquear as palavras, a letra da música começa a se infiltrar no meu cérebro. Pois bem, aí está minha resposta: sim, pode ficar ainda pior, porque não é apenas uma canção de amor. É de *sofrência.*

"Merda", murmuro enquanto giro, determinada a tentar a sorte e escapar da atmosfera romântica ao meu redor pelo outro lado.

"Opa." Dou de cara com um peito muito firme e me surpreendo, não apenas pelo impacto, mas pelo toque da flanela macia nas minhas mãos e o leve perfume de sabonete herbal.

Lentamente, meu olhar sobe, sobe mais um pouco, continua subindo... Estou boquiaberta.

Há um homem *muito* alto e *muito* atraente diante de mim. Eu o encaro, impressionada.

Ele me encara de volta. Tem olhos grandes e felinos, de um tom sálvia. O nariz é reto e longo, e as maçãs do rosto, proeminentes. O resto é um mistério que se esconde sob a barba espessa e o cabelo que cai sobre os ombros em ondas macias.

Meus pensamentos estão a mil — na faixa de pele pálida, salpicada de sardas em seu pescoço, exposta pelo colarinho aberto; no perfume herbal que ele exala —, mas, por fim, fixo no detalhe mais importante: o cabelo. O cabelo dele é perfeito. Tem cor de cobre acetinado na sombra e de bronze dourado nos pontos em que reflete a luz suave do pub, como a chama de uma vela.

Fecho as mãos, pressionando as unhas nas palmas, cavando semicírculos. Ele parece um herói de romance medieval escocês, arrancado do passado e vestido em roupas atuais.

Romances medievais são meu ponto fraco.

Homens ruivos também.

Devagar, ele estende a mão, um convite implícito que eu juro ouvir, nitidamente, na minha cabeça. *Dança comigo?*

Meu coração dispara, e meu corpo é tomado pelo nervosismo. Viciada em histórias de amor, exímia casamenteira e especialista em flerte, sou acostumada a momentos como este. No entanto, desde o fim da minha relação com meu ex, quando me dei conta de como o havia idealizado através de românticas lentes cor-de-rosa, sem perceber quem ele realmente era, perdi minha autoconfiança. Passei a duvidar de mim mesma.

Com o coração acelerado, um pouco agitada, dou um passo na direção dele. Mas, em vez de pegar sua mão, entrego a ele meu copo. Talvez o esteja testando. Talvez esteja testando a mim mesma.

A boca dele se ergue um pouco no canto — um indício de sorriso? — quando pega o copo e o coloca no bar apenas esticando o longo braço por cima de um casal. Em seguida, se aproxima um pouco mais e estende a mão outra vez.

Meu coração bate forte.

Isso não estava no plano, uma voz inquieta sussurra na minha cabeça. *O plano era dar passos pequenos. Era parar de me esconder na casa de campo, comendo biscoito amanteigado, vendo* Fleabag *pela milésima vez. Era sair, tomar umas bebidas e voltar para casa sem imprevistos.*

Dançar com um estranho charmoso que faz meu coração palpitar sem dúvidas pode ser considerado um imprevisto.

Dou aos meus pés o comando para ir embora, digo ao meu corpo para recuar. Mas não me movo um centímetro. Continuo olhando para ele, para esses olhos grandes de tom sálvia que sustentam meu olhar. São tão lindos, emoldurados por ruguinhas nos cantos, como se ele estivesse sempre ao ar livre, apertando os olhos por causa do sol.

"Você quer..." A voz dele me tira do transe. Meus cílios se agitam quando eu pisco e me balanço um pouco. O rumor baixo e profundo da voz dele me faz vacilar. Ele pigarreia. "Você... quer dançar?"

Ao processar as palavras, percebo a semelhança de nossa pronúncia. "Espera." Inclino a cabeça. "Você é americano?"

Ele assente.

É, lá se vai minha fantasia do romance escocês. Para falar a verdade, é melhor assim.

Ele franze a sobrancelha ao notar minha expressão. "Algum... problema?"

"Eu só pensei, por causa do cabelo ruivo e..." Faço um gesto apontando todo o corpo dele, cuja aparência é tão impressionante quanto sua presença: os membros longos e amplos preenchem o jeans desbotado e a camisa de flanela verde-escura com as mangas enroladas até os cotovelos. "Você é alto, e, bem, estamos onde estamos. Pensei que havia uma boa chance de você ser local. Quero dizer, você sabe... escocês."

"Ah." Ele pigarreia mais uma vez e baixa os olhos. "Não, eu só estou de visita."

"Eu também."

Um alívio me invade. Estamos ambos aqui por acaso, de passagem. Que mal pode haver em dançar com um estranho bonitão que eu nunca verei de novo? Isso, digo a mim mesma, dificilmente se qualifica como um imprevisto.

"Bom, se sua oferta ainda estiver de pé", digo, com um sorriso que não aparecia no meu rosto há semanas, desde que tudo desabou, "eu adoraria dançar."

Ele não responde nada, mas sinto seu toque quente e firme quando ele envolve nossas mãos, me puxando para perto. Nos conectamos fisicamente e um calor percorre meu corpo, reacendendo tudo o que ficou apagado e adormecido pela tristeza no último mês.

O peito dele roça o meu, o quadril também. A mão dele circunda minha cintura com delicadeza, mantendo-me próxima. Minha mão está apoiada em seu ombro firme.

Seu olhar percorre meu rosto, meu cabelo, meus olhos e minha boca, como se estivesse memorizando cada detalhe.

Um rubor aquece minhas bochechas.

Solto um lento suspiro, tentando me acalmar. Não preciso romantizar isso. Na verdade, preciso *não* romantizar isso, porque é exatamente assim que eu me meto em encrenca. Meu coração, cego de otimismo, ingênuo e amante de histórias de amor, tende a ver as coisas como eu *gostaria* que fossem em vez de vê-las como *são*. Cometi esse erro com meu ex e paguei um preço alto. É um erro que nunca mais vou cometer.

Preciso estourar a bolha de encanto, destruir a magia do momento. "Então." Pigarreio.

O olhar dele está fixo na minha boca. Ele diz, baixinho: "Então".

Estreito os olhos, finjo lançar um olhar de reprovação para ele. "Era pra você continuar a conversa. Não repetir o que eu disse."

Ele ainda está olhando para minha boca. Sou tomada por outra onda de calor.

"Não sou muito de falar", admite ele. Com agilidade, ele nos gira para longe de um casal tão empolgado com o beijo que perde o equilíbrio.

Ele volta a me olhar. Começa pela minha boca e depois vai para meus olhos. Me observa por tanto tempo que sinto todos os pelos do meu corpo se eriçarem.

"Você está me encarando", sussurro.

Ele engole em seco, o olhar fixo no meu. "Desculpa. É... difícil parar de te olhar."

Meu rubor se intensifica, e eu abro um sorriso largo. Inclino-me para ele, como uma flor atraída pelo sol. Absorvo sua presença, seu perfume suave e fresco, os tons deslumbrantes de seu cabelo — cinábrio, rútilo, castanho-avermelhado — são como as chamas dançantes de uma fogueira.

"Bom, ficarei te encarando também", disparo. "Assim ficamos quites."

Ele solta uma risada abafada, suave como o ar que escapa de seus lábios. Sinto o cheiro de uísque defumado em seu hálito, igual ao meu. De alguma maneira, isso me conforta — sinto que estamos na mesma sintonia: duas pessoas sozinhas que recorreram a alguns goles de uísque para chegar até aqui.

"Quem é você?", pergunta, e percebo um tom de admiração em sua voz. As pontas de seus dedos deslizam pelas minhas costas, e ele me puxa para mais perto.

Um ímpeto de ousadia percorre meu corpo ao olhar para ele, esse estranho atraente. O desejo invade minhas veias com calor e nostalgia. Penso em como pode ser libertador viver uma mentira por uma noite: ser outra pessoa além da Juliet desiludida, além da antiga Juliet, de quem eu costumava ser. Uma pessoa nova, uma pessoa melhor. É tão errado assim querer passar uma noite aproveitando o prazer de seu olhar, seu toque, seu interesse, sem me preocupar com possíveis complicações ou consequências? Uma noite deixando de lado tudo o que passei?

"Viola", respondo.

Não é mentira. Meu nome completo *é* Viola Juliet Wilmot. Recebi esse nome em homenagem à minha avó paterna, Viola Wilmot, uma mulher feroz, com uma presença tão marcante que a ideia de eu carregar esse nome, quando criança, parecia absurda. Quando ela faleceu, eu já tinha sido a Juliet ou Jules por tanto tempo que esse era o único nome que, para mim, fazia sentido.

Esta noite, no entanto, estou invocando a força dela, canalizando meu lado destemido, buscando dentro de mim uma coragem que, desde o término, temia ter perdido para sempre.

Ele me observa, repete meu nome. "Viola?"

"Isso mesmo", digo a ele, digo a mim mesma. Sou Viola esta noite. Audaciosa e corajosa.

Ele está me olhando quando uma mecha de cabelo ruivo cai sobre sua testa, cobrindo seus olhos. Os olhos que me observam com curiosidade, ternura. É automático: antes que ele possa fazê-lo, estendo a mão para afastar o cabelo do seu rosto. As pontas dos meus dedos vibram ao sentir sua pele quente, seu cabelo frio e macio. Seus olhos se fecham com meu toque, como se fosse tão bom para ele quanto para mim.

"E quem é *você*?", pergunto, baixinho.

"Will", sussurra ele. Empurro o cabelo para trás de sua orelha e reparo que ele usa um protetor auricular. Fico encantada quando percebo que é rosa-choque.

"Will", repito. Me pego sorrindo ao observá-lo, associando o nome ao rosto. Combina com ele.

Ele abre os olhos lentamente, com minha mão ainda em seu cabelo, contornando a orelha. Suas bochechas ficam da cor do protetor de ouvido.

"Te incomoda?", pergunto, traçando o contorno de sua orelha. "O barulho daqui?"

Ele me observa por um tempo que parece uma eternidade. Engole em seco. Diminuímos o ritmo da dança. "Incomoda", responde, por fim.

"Eu entendo", falo, sorrindo. "Minha irmã tem uma relação parecida com os sons. Bem, para ela, é mais uma questão de complexidade dos sons que de altura, mas..."

Minha voz perde intensidade enquanto olho para ele.

Quase pergunto se quer ir para algum lugar mais tranquilo. Mas prendo os lábios entre os dentes, reprimindo as palavras. Porque isto é tudo o que me permito hoje: uma dança, e pronto.

"Você tem irmã?", pergunta ele, me tirando dos meus pensamentos.

Abro um sorriso. "Na verdade, tenho duas. Nenhum irmão. E você?"

"Também não tenho irmãos", diz ele. "Tenho quatro irmãs."

Meu sorriso se alarga. "Quatro, nossa! Hum. Mas dá pra perceber. Você tem uma vibe de 'irmão de várias irmãs'."

Mais uma vez, a boca de Will se curva no canto, como quando ele me chamou para dançar e eu entreguei a ele meu copo de uísque. "Vibe de 'irmão de várias irmãs'?", ele repete com um murmúrio baixo e tranquilo. "Como assim?"

Mordo o lábio. Minhas bochechas ficam quentes. Não consigo explicar o que eu queria dizer, já que acabei de conhecê-lo. Só sei que sinto nele uma gentileza reconfortante, apesar da postura imponente e intimidadora. Ele simplesmente parece o tipo de homem que cresceu cercado por mulheres e sabe fazê-las se sentirem protegidas e valorizadas.

Não posso dizer isso para ele. Não é o tipo de coisa que se diz para um cara gostoso que você não conhece, com quem está apenas dançando.

"Deixa pra lá." Faço uma careta e franzo o nariz, meio constrangida. "Falo demais quando bebo uísque!"

"Eu..." Ele aperta de leve minha cintura. "Gosto que você fale assim."

Meu coração martela no peito, e eu sinto um frio na barriga. Sustentamos nosso olhar conforme a música perde intensidade e o refrão desacelera. A música está perto do fim. Não é exatamente um aviso do universo, e sim uma lembrança — isso precisa acabar.

"É melhor eu ir embora", sussurro.

Odeio as palavras que saíram da minha boca. Odeio saber que são as palavras certas, que eu preciso ir embora antes que ele diga mais uma coisa gentil e eu me deixe levar.

Não posso permanecer aqui, fingindo ser uma pessoa que não tem um enorme trabalho pela frente, agindo como se a mulher que verei no espelho quando voltar para a casa de campo não fosse uma Juliet destroçada, que tem uma vida para reconstruir, um coração para curar.

A mão de Will aperta minha cintura, depois desliza suavemente pelas minhas costas. É tão delicado, tão afetuoso. Eu me inclino para ele, uma última indulgência, até que me levanto na ponta dos pés e enlaço seu pescoço. Um abraço de despedida.

"Por quê?", ele pergunta, baixinho, contra minha bochecha.

Hesito por um instante quando sinto suas mãos me envolvendo. Por um minuto, ficamos ali, selados em um abraço demorado de despedida. "Desculpa", sussurro na bochecha dele.

Abaixo os calcanhares, e ele sustenta meu olhar, soltando minha cintura.

Um beijo de carinho, e aqui nos despedimos, entoa o cantor.

Nossos olhares se cruzam com a letra que flutua no ar em uma forte sugestão.

Entrelaçadas em sua nuca, minhas mãos o puxam mais para perto. Os olhos de Will se fixam nos meus, e ele volta a enlaçar minha cintura, me aconchegando com firmeza. Não falamos nada, mas sinto que, como no início, ambos sabemos, sem dizer uma palavra, o que queremos, o que vem a seguir, o que a música manifestou nesse momento entre nós.

Sustento seu olhar e fico na ponta dos pés novamente. Suas mãos deslizam pelas minhas costas, me envolvendo cada vez mais. Tiro as mãos das pontas sedosas de seu cabelo, passo pela curva firme do queixo, por baixo da barba espessa, e acaricio seu rosto. Dou um beijo terno em sua bochecha, um pedaço da pele macia e com sardas na borda da barba. "Adeus", sussurro.

Eu me viro depressa, preparada para enfrentar a multidão, mas, como se tivesse sido feito para mim, um caminho se abre entre os casais. É quando eu lembro que não é o momento para conhecer e desejar alguém, para dançar nos braços de uma pessoa e sonhar em permanecer ali.

Atravesso a multidão e arranco meu casaco do gancho. Empurro a porta com o ombro, fazendo-a bater na parede do lado de fora. O ar gelado de dezembro agita meu cabelo para trás e esfria meu rosto corado.

Enquanto visto o casaco, começo a caminhar, tremendo contra o vento. Em minhas articulações, sinto pulsar a dor que tem me incomodado há meses. Durante a semana, percebi que parecia mais intensa. Disse a mim mesma que provavelmente era a dor da desilusão se espalhando pelo meu corpo.

Mas agora não tenho tanta certeza disso.

Sigo pelo caminho, e meus olhos, sonhadores, se erguem para o céu escuro e estrelado. Relembro os poucos momentos com Will, meu desconhecido charmoso. E sorrio. Porque agora, mesmo que meu corpo inteiro doa, não me sinto mais desolada.

1

JULIET

JULHO, SETE MESES DEPOIS

Estou encharcada até os ossos. Com o cabelo colado às têmporas e o vestido grudado na pele, entro tropeçando na estufa atrás da casa dos meus pais e fecho a porta com um empurrão contra as rajadas de vento da tempestade. Me recosto na porta, ofegante, e sou cumprimentada pelo meu reflexo na grande janela de vidro da estufa.

Vejo os olhos arregalados, parecendo pires azuis-esverdeados, e o cabelo preto emaranhado e ensopado. Pisco para afastar a água e tento recuperar o fôlego. Meu vestido rasgou bem na coxa esquerda, quando a ponta afiada de um galho cravou no tecido e eu o puxei para me soltar. Meu pulso está acelerado depois da corrida do pequeno bosque atrás da casa dos meus pais até o abrigo mais próximo (meu condicionamento físico está uma porcaria). Resumindo: parece que escapei por pouco de um naufrágio, e não de uma tempestade de verão.

Eu sabia que deveria ter ficado em casa, na minha, com meu uísque, assistindo a *New Girl*. Mas não, eu tinha que ir atrás do bendito gato, que fugiu *de novo*, e levar um banho de chuva.

Miau. Falando no diabo, Puck, o gato matusalém da família, aparece debaixo da mesa de jardinagem da minha mãe. Seu pelo, geralmente branco fofinho, e o rabo felpudo estão ensopados, pingando. Parece um esfregão.

Solto uma risada e enxugo a testa antes que a água caia em meus olhos de novo. "Isso é bem-feito por fugir de casa antes de o céu desabar."

Miau, ele resmunga, se sacudindo para tirar a água que deixou seu pelo achatado.

"Ah, pelo menos você conseguiu se abrigar também." Puck se enrosca nas minhas pernas, me fazendo cócegas com o pelo que agora está meio molhado, meio fofinho. "Será que já dá pra gente tentar sair daqui?"

Dou uma espiada pela janela. O vento uiva cada vez mais alto e uma cortina de água desce por ela.

Pelo jeito, vamos ter que esperar a chuva passar aqui mesmo.

Agora que a adrenalina está diminuindo e eu sei que não vou ser engolida pela tempestade, começo a sentir as dores habituais do meu corpo (obrigada, doença mista do tecido conjuntivo, só que não). Meus cotovelos, pulsos, quadris, joelhos e tornozelos começam a pulsar de dor. A dor não vai passar se eu ficar sentada, mas ficar em pé também não vai adiantar, então solto um gemido e me jogo no chão. Um calafrio percorre meu corpo quando minhas pernas molhadas tocam o chão. A estufa, como é de esperar, está quente, mas os azulejos do chão ainda estão frios.

Me recosto num saco de substrato e deixo escapar um suspiro. Como sempre, o gato interpreta minha posição deitada como um convite para se acomodar no meu colo.

"Puck." Deixo escapar um gemido quando a pata acerta a região do meu ovário. "É pedir muito que você se sente no meu colo sem esmagar meus órgãos internos?" Meu peito é amassado por uma pata conforme ele escala meu corpo. Faço uma careta. "Isso é tudo sua culpa, seu birrento. Você tinha que fugir e estragar minha curtição de sábado à noite."

O gato pula no meu peito e pisca os preguiçosos olhos verde-menta, como se dissesse: "Que *curtição?*".

"Escuta aqui", murmuro, coçando atrás de suas orelhas molhadas, porque adoro essa coisa peluda, mesmo ele sendo um tremendo pé no saco, "maratonar *New Girl* bebendo uísque é a definição de uma noite de curtição."

Miau, ele responde, balançando o rabo.

"Audácia sua jogar isso na minha cara. É um horóscopo *mensal*, Puck, e eu tenho o direito de seguir o conselho dele quando e como eu bem entender durante o *mês* de julho."

É patético, eu sei, discutir com meu gato quando na verdade estou discutindo comigo mesma, mas no momento não tenho mais ninguém com quem debater os pensamentos. Nas últimas semanas, meus pais saíram em uma de suas aventuras de aposentados, do outro lado do mundo. Por isso estou aqui, cuidando da casa e do gato. Kate, minha irmã mais nova, está viajando a trabalho, e Bea, minha irmã gêmea, tem se trancado no estúdio de pintura nos últimos dias, graças a um arroubo de inspiração artística. Todos meus amigos estão ocupados sendo adultos em tempo integral, felizes no amor, abarrotados de compromissos — superadultos.

Então, sobramos o gato e eu para tentar resolver o que fazer da minha vida, que tem começado a parecer um motor em marcha lenta, funcionando bem, mas sem sair do lugar. É aí que entra meu horóscopo mensal, ambicioso, porém assustador:

Está na hora de deixar para trás o ciclo que te deixou destruída e perdida. Você não está mais indefesa e sem esperanças. Agora, prove isso para si mesma. Você deve mergulhar em novas águas, sem saber o que está no horizonte, mas confiando na jornada. Acredite em si mesma para encontrar seu caminho outra vez.

Não é um conselho ruim, principalmente levando em conta como tenho sentido minha vida estagnada ultimamente. Só que é... assustador. A velha Juliet nunca precisou de comandos astrológicos para dar um jeito na vida. Mas a nova Juliet precisa. E, mesmo desesperada para finalmente sentir que a vida está avançando, a nova Juliet ainda tem, sendo bem sincera, medo de dar o primeiro passo, sem saber qual deveria ser esse passo.

Miau, resmunga Puck.

Eu estreito os olhos para ele. "Você tem a audácia de *me* chamar de medrosa? Você estava se escondendo debaixo da mesa porque pegou uma chuvinha!"

Puck abre a boca, e, enquanto aguardo outro miado sarcástico, a última coisa que espero é ouvir o ronco profundo e alto que ressoa na estufa.

Os olhos do gato e os meus se arregalam ao mesmo tempo. Os instintos de sobrevivência de Puck entram em ação, fazendo-o saltar de cima de mim para se proteger debaixo da mesa de jardinagem. Fico paralisada, como uma presa fácil ensopada.

Outro longo e profundo ronco interrompe o silêncio da estufa, me tirando do meu estado de choque. Lentamente, ergo meu corpo e me coloco de quatro. Engatinho até conseguir espiar pela borda da longa mesa que vai até o centro da estufa.

Não há ninguém ali.

Só que outro ronco ecoa do fundo da estufa. Não consigo ver, mas obviamente há alguém aqui. Embora eu tente me convencer de que provavelmente não estou em perigo, já que a pessoa parece estar num sono profundo, não posso presumir que ela continuará dormindo ou que eu estarei segura quando ela acordar. Aprendi da pior maneira que esperar o melhor das pessoas pode fazer você cair do cavalo de bunda no chão.

Olho ao meu redor, procurando algo que eu possa usar para me defender. As pás grandes e os rastelos ficam guardados no galpão ao lado. E de qualquer modo, no estado em que minhas mãos e meus pulsos estão, eu nem conseguiria usá-los com força ou precisão. Vejo uma pá de cabo curto encostada na mesa de jardinagem. Perfeito! Não é muito longa nem pesada e tem um cabo de madeira pequeno, mas firme, com uma base de metal larga e resistente.

Com cuidado, fico agachada e, nessa posição constrangedora, caminho até a mesa de jardinagem e pego a pá. Meus joelhos odeiam essa posição, então arrisco levantar até ficar curvada. Espio pelas fileiras de flores na mesa central, em diferentes estágios de crescimento.

Outro ronco ecoa.

Em silêncio, ergo o corpo até ficar completamente ereta e espreito por cima das flores. Ainda não vejo ninguém, então avanço pelo comprimento da mesa com a pá erguida. Meu coração bate forte, cada vez mais rápido.

Quando finalmente chego à ponta da mesa, outro ronco rasga o silêncio, e eu paro imediatamente.

Primeiro, vejo botas marrons. Não são como as botas dos caras da cidade, polidas e luxuosas. Essas estão gastas e amassadas. Em seguida, vejo pernas longas, cruzadas no tornozelo, cobertas por uma calça jeans surrada e rasgada no joelho, como se tivesse sido dobrada e usada inúmeras vezes. Meus olhos continuam subindo pela calça desgastada — panturrilhas longas e coxas ainda mais longas e grossas —, até parar em uma camiseta verde-oliva desbotada pelo sol, com dois braços cruzados sobre ela.

Engulo em seco.

O corpo desse cara está totalmente relaxado no sono e, ainda assim, seus braços são incrivelmente musculosos. Os músculos dele têm músculos. Veias e tendões grossos serpenteiam seus braços. Dois bíceps volumosos se espreitam pelas mangas da camiseta. O corpo dele é coberto de sardas.

Engolindo em seco, seguro a pá com mais força. Tenho um fraco por sardas.

Balanço a cabeça para me recompor. *Não* vou erotizar esse intruso, que, pelo que sei, pode ser um assassino.

Ainda que seja um assassino dorminhoco. Logo, não muito competente. Mas mesmo assim.

Inclino a cabeça, tentando ver o rosto dele, mas a cabeça está virada para baixo, como se o queixo estivesse colado no peito. Não consigo ver além da aba rasgada do boné, que parece ter sido branco um dia, mas agora assume um tom de aveia suja.

Sua perna se contrai quando deixa escapar outro ronco. Ou ele é um puta ator, ou está completamente fora de si.

Um forte estrondo de trovão sacode a estufa e ele estremece, como se acordasse de um susto. Então estava mesmo dormindo. Talvez seja apenas um cara sem sorte que se refugiou aqui para descansar um pouco e esperar a tempestade passar antes de seguir em frente.

Não fazemos mais isso, Juliet. Não damos a ninguém o benefício da dúvida. Não presumimos o melhor das pessoas. Foi assim que nos decepcionamos.

Hora de preparar o ataque. Levanto a pá, fora do alcance dele, mas não tão longe que eu não possa acertá-lo, se necessário.

O boné se move quando ele se senta, então fica parado. A aba do boné sobe um pouco, depois um pouco mais, como se ele estivesse erguendo o olhar. Por fim, a aba do boné se levanta o suficiente para revelar seu rosto, e seu olhar cruza com o meu... É um rosto que eu reconheço, um olhar que eu já vi antes.

Olhos felinos, cor de sálvia, contornados por cílios avermelhados. Nariz longo, reto... Maçãs do rosto bem marcadas. Essa barba e esse cabelo castanho-avermelhado espessos.

Não pode ser ele.

Mas só pode ser ele.

"Will?" Minha voz sai rouca por causa do choque.

O que é que o cara gato do pub escocês está fazendo na estufa da minha mãe?

Não é possível que seja um inocente adormecido. Esse homem conseguiu me seguir lá da Escócia até aqui? Será que ele estava aqui esse tempo todo, esperando o momento certo, fingindo dormir, e agora vai... seja lá o que ele quer fazer, mas boa coisa não pode ser!

Apavorada, mas determinada a me defender, levanto a pá acima da minha cabeça, solto um grito e avanço com o ataque na direção dele.

Will se esquiva, depois rola para o lado e se levanta num salto, demonstrando tamanha força e destreza que me deixa seriamente preocupada com minhas chances contra ele.

"Espera!", berra. "Espera aí!"

Tento golpeá-lo outra vez e erro, acertando um vaso de rosas-damascenas. Ele se inclina e consegue segurar o vaso, o que, pensando bem, é uma preocupação inusitada para um agressor. Enquanto processo esse pensamento, já estou avançando com a pá de novo. Não consigo acertá-lo. Perco o equilíbrio, e a pá escapa das minhas mãos, batendo na mesa. O impulso do meu golpe me desequilibra, e eu tropeço para trás, na direção de um vaso de gardênia, que balança e começa a cair da mesa atrás de mim.

Will avança mais uma vez e segura minha mão antes que eu caia. Ele me puxa para perto e, como num passo de dança, trocamos de lugares. De algum jeito, também consegue segurar o vaso de gardênia e o põe de volta na mesa. Tento tirar minha mão da dele quando ele gira de repente, e isso me faz ir em sua direção. Numa bagunça caótica de pés e mãos girando, caímos no chão, Will de costas e eu por cima dele.

Com uma agilidade e uma velocidade que só posso atribuir ao poder da adrenalina, lanço-me em direção a uma espátula que está em cima da mesa perto de mim e a aponto contra a garganta dele. Olho para ele com a respiração pesada. "O que", digo, ofegante, "*diabos* você está fazendo aqui?"

Ele também está ofegante, com os olhos arregalados e as mãos levantadas em sinal de rendição. "Eu..." Ele faz que não. "O que *você* está fazendo aqui?"

"Nada disso. Quem pergunta aqui sou eu." Com a mão livre, jogo para trás o cabelo molhado que caiu no meu rosto, ainda pressionando a espátula contra a garganta dele. "Você está na estufa da minha mãe..."

"Da sua *mãe*?", ele murmura.

"E da última vez que eu te vi, sete meses atrás, você estava no mesmo pub que eu, então *é você* quem vai ter que dar explicações. Agora vai, me diz por que você está aqui."

Ele engole em seco. Vejo o pomo de adão se mover abaixo da ponta da espátula. Will abre a boca, refletindo em silêncio, até que, por fim, fala. "Eu estou na casa ao lado, com o Petruchio. Sou amigo dele da faculdade, juro."

Eu estreito os olhos para ele. Christopher Petruchio sempre foi meu vizinho. Ele é como um irmão para mim. "Nunca ouvi o Christopher falar de um tal de Will."

"É porque ele me chama de Orsino", Will rebate, com as mãos ainda erguidas. "Orsino é meu sobrenome. Todo mundo me chama assim."

Pressiono a espátula contra a garganta dele. "Então por que, na Escócia, você me disse para te chamar de Will?"

Olha quem fala. Você disse a ele que seu nome era Viola. Talvez ele tenha feito isso pela mesma razão que você: autoproteção.

Afasto esses pensamentos compassivos. Não vou dar nenhum benefício da dúvida! "Acho que vou ligar para o Christopher", digo. "Vamos ver se ele vai te dar um respaldo."

Will hesita por um momento, depois pega o celular no bolso.

Bato no pulso dele com a mão livre e a prendo ali. "*Eu* pego seu celular, muito obrigada."

Puxo o celular do bolso dele, deslizo o dedo pela tela e aponto em sua direção para que ele desbloqueie com o reconhecimento facial. Vou direto para os contatos, rolo para baixo e encontro... o nome de Christopher e o número de celular dele.

Meu queixo cai. A espátula também, fazendo barulho quando acerta o piso de cerâmica. Eu tinha certeza de que ele estava mentindo, mas... não está.

As peças se encaixam, e minha ansiedade afrouxa, abrindo espaço para que minha memória funcione melhor. Lembro-me de ver Christopher correndo na última semana, fazendo compras, cozinhando, estocando cerveja e vinho. Há dias ele tem se preparado, agora lembro, para a festa de aniversário de um amigo, que vai ser também uma reunião dos colegas da faculdade — pessoas que eu nunca conheci porque Christopher ficou mais reservado na época da faculdade, quando estava na cidade. Além disso, nenhum deles mora mais aqui, então eles não se veem com frequência.

A vergonha que me atinge é imensa. Tentei atacar o amigo de Christopher com uma pá. Depois o ameacei com uma espátula.

O calor invade meu rosto quando olho para baixo e vejo Will preso debaixo de mim. Estou morta de vergonha. A humilhação piora quando percebo que estou montada na cintura dele. Minhas coxas estão pressionando suas costelas, e minha pelve está colada na dele, onde eu sinto um volume sólido e firme — meu *Deus*, preciso sair daqui.

Caio desengonçada ao sair de cima dele. Fico atrapalhada por causa da vergonha, e minhas articulações rígidas não acompanham o movimento repentino. Tento me ajeitar sentada em uma posição mais digna no chão. Não vou nem tentar levantar agora.

Lentamente, Will se levanta, então se afasta para se apoiar na extremidade da mesa, como quando estava dormindo. Ele dobra os joelhos e apoia os cotovelos sobre eles, passando as mãos pelo rosto.

Eu o observo, com a cabeça a mil, enquanto reconsidero. Will não está aqui com má intenção. É apenas o cara bacana que me chamou para dançar na Escócia, e é amigo do meu irmão postiço. De todas as pessoas que eu podia ter conhecido na Escócia no ano passado, quais as chances de que fosse justo ele, um homem que já era próximo de alguém tão importante na minha vida sem eu saber? Isso é inacreditável.

Alguns poderiam até chamar isso de... destino.

Quero exterminar essa frase do meu cérebro assim que penso nela.

Esses pensamentos pertencem à pessoa que eu não sou mais. A Juliet do passado, que sempre imaginava possibilidades românticas — encontros fofos, destino e amor à primeira vista —, que enxergava o mundo com óculos cor-de-rosa. Não faço mais isso desde que terminei meu noivado, larguei meu emprego como consultora de relações públicas e me escondi em uma casa de campo na Escócia para curtir a fossa antes de voltar para casa e começar a dar um jeito na vida.

Passei os últimos sete meses lidando com os persistentes problemas de saúde que vinha ignorando e que não podia mais adiar. Escolhi um trabalho menos estressante e criei uma rotina mais equilibrada: cuido do meu corpo e tomo meus remédios; trabalho como freelancer em uma rotina flexível; não estou saindo com ninguém. Nesse tempo, reconstruí minha vida. A doença autoimune não foi magicamente curada, mas está mais controlada. Não ganho o valor que gostaria com meu trabalho, mas é o suficiente para me virar, o que não é pouca coisa, já que agora vivo sozinha e sou a única responsável pelo aluguel no apartamento que dividia com minhas irmãs. Estou protegendo meu coração e não sinto falta de romances desde que encontrei, na biblioteca da família, os livros eróticos que minha mãe lia quando era adolescente.

Bem, eu não sinto *muita* falta de romance.

Só que, agora, talvez eu sinta só um pouquinho. A Juliet do passado teria adorado este encontro. Teria jogado o cabelo para trás e feito um comentário engraçadinho. Teria oferecido a mão para ajudá-lo a se levantar e flertado para aliviar o desconforto.

Por que você não faz isso?, uma voz ousada e imprudente sussurra na minha cabeça.

Não sei por que não faço. Não sei o que terei coragem de fazer depois.

As palavras do meu horóscopo ecoam na minha cabeça. *Você deve mergulhar em novas águas, sem saber o que está no horizonte, mas confiando na jornada.*

Will se levanta, me arrancando dos meus pensamentos frenéticos. Tento me levantar também, mas, com o corpo rígido e o vestido encharcado, não tenho muito sucesso. Ele me ajuda num piscar de olhos, segurando meu cotovelo quando caio para o lado, levantando-me gentilmente, com firmeza, até eu ficar de pé.

Ele solta meu cotovelo assim que fico estável e puxa a aba do boné, abaixando-o. Por isso as sombras sobre seus olhos se intensificam quando ele olha para o chão. "Desculpa", diz ele, "por te deixar assustada."

Inclino a cabeça, olhando para ele, e sorrio. "Pois é, mas eu dei o troco, com o ataque da espátula."

Ele olha para mim, por baixo da aba do boné, e me pega sorrindo para ele. Sua boca está praticamente escondida pela barba espessa, mas acho que ele está franzindo a testa. Will pigarreia e enfia as mãos nos bolsos. "Não fiquei assustado com isso."

Eu ergo as sobrancelhas. "Ah, é?"

Agora ele está franzindo a testa, com toda certeza. E eu estou adorando isso. Não tenho motivo para gostar, mas gosto.

"Não", diz ele.

Mordo o lábio para não rir. "Você parecia bem assustado. Ah, é compreensível. Eu fui muito intimidadora..." Minha voz perde a força quando Will dá um passo lento e cauteloso na minha direção.

Ele estende a mão na direção da minha cabeça. "Tem uma folha no seu cabelo." Com delicadeza, Will pega a folha, que se prende nas mechas molhadas que ele puxa. Então para, se aproxima e analisa a situação, concentrado, com a testa franzida. Com cuidado, retira cada fio de cabelo da folha para que não seja puxado ou se enrosque no processo. Depois ajeita as mechas na minha têmpora. Seus dedos roçam de leve minha pele.

Engulo em seco enquanto meu coração acelera no peito. "Obrigada."

Ele assente.

A chuva para de repente, e ficamos em silêncio. A escuridão suave da noite se fecha ao redor das luzes tênues que iluminam a estufa. No silêncio, sinto o peso da nossa proximidade. Estamos tão próximos quanto estávamos no pub, pouco antes de começarmos a dançar. Gosto tanto de estar perto dele quanto gostei naquele dia. Talvez agora até mais.

Com um miado animado, Puck aparece, enrolando-se não nas *minhas* pernas, mas nas de Will. Ele se agacha e coça o queixo de Puck, que mia bem alto.

Miau. Puck coloca as patas dianteiras na coxa de Will e se estica para receber mais carinho. Will ergue Puck com delicadeza e o segura como se fossem velhos amigos.

Eu o encaro, atônita. Puck odeia estranhos. Principalmente os homens.

"E quem é você?", Will pergunta para meu gato.

Puck ronrona alto enquanto Will faz carinho sob seu queixo.

"É o Puck", digo, com a voz vacilante. Ver esse cara grande e rústico fazer carinho no meu gato está me dando um frio na barriga. "Ele fugiu da tempestade e veio parar aqui", acrescento.

"Você escolheu um ótimo lugar", Will diz a Puck, acariciando suas bochechas. Puck fecha os olhos. Seu ronronar é tão alto quanto um barco a motor.

"O que, hum..." Pigarreio. "Como *você* veio parar na estufa? Estava esperando a tempestade passar?"

Will olha na minha direção rapidamente, depois salta para as flores. "Eu dei uma saída para ficar um pouco sozinho, e este lugar chamou minha atenção. A porta estava entreaberta e parecia...” Seus olhos se erguem e encontram os meus. “Calmo e... bonito. Por isso entrei.”

Esse também é o motivo pelo qual venho à estufa quando preciso de calma e um pouco de beleza — o perfume da magia da minha mãe, jardineira de primeira, as fileiras de flores aveludadas e mudas teimosas, insistindo em sair da terra em direção à luz, esticando-se para a possibilidade, a promessa de se tornarem algo melhor.

“Estava quentinho e tranquilo aqui”, ele diz, depois de uma pausa. “Acho que eu me senti embalado. Foi quando me sentei, fechei os olhos e...” Ele dá de ombros. “O resto você já sabe.”

Mordo o lábio para não sorrir. “E aí você acordou com uma mulher que ameaçou acertar uma pá na sua cabeça, depois te derrubou no chão com uma força impressionante e te prendeu com uma espátula, sem dar chance de escapar.”

A boca dele se curva no canto. Essa porcaria de barba! Queria que não fosse impossível saber se o fiz sorrir. “Foi assim que aconteceu, né?”

“Está na cara que eu te obriguei a ficar submisso.”

Outra curva de boca debaixo da barba espessa e ruiva. Talvez, só talvez, seja um sorriso.

Enrubesço enquanto o encaro. “Desculpa”, digo, “sabe, pelo ataque com a espátula.”

Ele me observa, sem piscar. Um arrepio desce pelas minhas costas. “Não tem problema.”

Fico encarando a boca dele. Acho que ele observa a minha também.

Um celular vibra, cortando o silêncio. Will olha para o bolso, então, com cuidado, ajeita Puck no peito com um braço, liberando a mão que usa para pegar o celular. Deixa escapar um gemido quando olha para a tela.

“Christopher e seus amigos querem saber onde você está?”, suponho.

Ele assente.

Puck se inclina em seu braço e põe o queixo em seu ombro. Will faz uma careta quando Puck afunda as garras na camisa, tentando se aconchegar mais.

“Aqui, eu pego ele.” Eu estendo a mão para Puck, que grunhe um miado enquanto eu o tiro do ombro de Will, depois me afasto.

Sorrio nervosa, tentando encontrar coragem. Não sei bem o que estou pronta para fazer, o que esse segundo encontro significa, mas quero ser corajosa, quero tentar, mesmo que só um pouco. "A gente fica se esbarrando", digo para ele. "Talvez... eu te veja de novo. Você vai ficar por aqui por muito tempo?"

Will engole com dificuldade. Guarda o celular no bolso. "Ah, não. Vou embora amanhã de manhã."

Admito que, por um momento, espero e torço. Talvez ele diga "mas vamos lá beber com o pessoal" ou "posso te levar em casa?".

Mas ele não diz nada. "Saquei", finalmente digo, forçando um sorriso, rezando para que meu rosto não mostre o quanto me sinto pequena com a resposta seca dele. "Ah... tchau, então!"

A humilhação é demais pra mim. Aperto Puck tão forte que ele solta um miado abafado de protesto e saio apressada da estufa.

2

WILL

Detesto acordar cedo. Mesmo tendo crescido numa fazenda, obrigado a levantar com as galinhas, nunca acordo cedo de bom humor. Esta manhã, estou mais rabugento que o normal. Minha cabeça dói por causa de tanto uísque que bebi com os caras ontem à noite. Só continuei bebendo para pararem de me perguntar por que eu estava tão pra baixo — que não contaria que fiz papel de trouxa com a Viola. Agora também não consigo ligar essa porcaria de cafeteira.

Solto um palavrão baixinho e golpeio, descontrolado, os botões da máquina de café espresso do Petruchio. Com a outra mão, esfrego o cabelo ainda molhado do banho. Só preciso de uma boa xícara de café preto e quente antes de pegar a estrada e ir para casa. É pedir demais?

A máquina emite um apito ameaçador, e um bocal brilhante começa a chiar, depois solta um vapor.

"Merda."

Dou mais umas pancadas nos botões e resolvo puxar o plugue da parede. A máquina desliga com um zumbido sinistro, e fico preocupado, achando que quebrei o troço.

Solto um gemido, esfregando o rosto. Quando abaixo as mãos, olho pela janela acima da pia do Petruchio e congelo.

Lá está ela, emoldurada pela janela da cozinha também, como um espelho no outro quintal.

Viola.

O cabelo dela emoldura o rosto, com ondas escuras que tocam os ombros, e o sol ilumina os fios soltos arrepiados, criando uma auréola dourada. Mesmo de longe, posso ver como a luz da manhã reflete em seus olhos. É como contemplar o mar num dia perfeito — íris azul-esverdeadas, da cor das ondas brilhando ao sol, contornadas por espumas de um cinza-claro.

Estou hipnotizado. Fico ali, parado, olhando para ela.

Seus olhos me estudam enquanto ela toma um gole do café. Ao baixar a caneca, une as sobrancelhas. Ergue a caneca na minha direção e inclina a cabeça.

Não sou muito bom em entender pistas não verbais, principalmente de pessoas que não conheço. Não sei bem o que ela quer dizer.

Agora ela está apontando para a caneca.

Faço uma careta e balanço a cabeça ligeiramente. Não faço ideia do que ela está tentando comunicar.

Ela hesita por um momento, depois sai da janela. Tenho uma sensação patética de perda, como se ela tivesse desaparecido. Mas, pensando bem, por que estou surpreso? Ela já me deu um fora duas vezes — no pub e ontem à noite. Por que não faria isso de novo?

As pessoas não me acham interessante o bastante para continuar comigo. Estou acostumado. Eu sei que a culpa é minha, em parte. Não sou bom com estranhos. Não sou um cara romântico. Já aceitei isso, me convenci de que não me incomodo com isso. Mas, com ela... Bem, eu me incomodo.

Mais do que gostaria de admitir.

Ela volta à janela, e meu coração dá um salto ridículo no peito. Ela voltou.

Está segurando uma folha de papel, com letras grandes, escritas com canetinha preta. PROBLEMA COM A CAFETEIRA?

Não só ela voltou. Ela está... tentando falar comigo. E não parece se importar que tenha precisado escrever um bilhete para eu entender o que está dizendo.

Meu coração está disparado, e a ansiedade faz minhas mãos tremerem enquanto procuro desesperado pela cozinha por algo para escrever. Corro até o balcão no canto da cozinha, onde vejo uma secretária antiga e um telefone, um pote com canetas e canetinhas, e começo a escancarar as gavetas. Encontro um bloco pautado. Depressa, pego um marcador de ponta fina e escrevo: NÃO CONSIGO LIGAR NEM POR UM DECRETO em letras grandes. Arranco o papel do bloco e corro até a janela. Ela ainda está lá, agora com a caneca nas mãos.

Ergo o papel e vejo os olhos dela estreitarem enquanto lê.

Um sorriso aparece em seus lábios, ela coloca a caneca de lado, sai de vista por um momento e depois retorna com outro pedaço de papel, agora escrito: CONSIGO AJUDAR. POSSO IR AÍ?

Engulo em seco, com o coração disparado e os nervos percorrendo meu corpo. Ontem, eu mal consegui ficar perto dela, com aquele vestido branco colado ao corpo, rasgado, mostrando uma longa coxa curvilínea. Ela estava encharcada da chuva e deslumbrante, mesmo com uma espátula ameaçadora nas mãos.

Será que eu quero mesmo que ela venha até aqui, quando estou sem café no organismo, meu cérebro ainda mal operando, pois tenho necessidade de beber café antes de formular as palavras mais simples, na melhor das hipóteses? Eu quero fazer papel de bobo na frente dela de novo?

Suspiro, exausto.

Preciso muito desse café.

E, sendo um pouco patético, mais do que o café, acho que quero vê-la uma última vez. Mesmo sabendo que vou fazer papel de bobo. Levanto o mesmo pedaço de papel para a janela com minha resposta: VEM.

Ela entra sem bater. O único anúncio de que Viola está entrando é o som do código de bloqueio da porta dos fundos sendo digitado, antes que a porta se abra.

Nossa, como ela é linda.

Está usando uma camiseta cor-de-rosa, com um decote que contorna o volume dos seios, e um short curto com estampa florida. As mechas onduladas, escuras e macias, tocando os ombros, agora estão ajeitadas atrás das orelhas, revelando mais do seu rosto, as maçãs acentuadas e as covinhas fundas enquanto ela sorri e fecha a porta atrás de si.

"Já cansei de falar pro Christopher", ela diz, passando por mim, "que ele precisa de uma máquina mais fácil de usar, mas ele não me escuta. É o mínimo que ele poderia fazer, já que continua dormindo e deixa as visitas se virarem sozinhas."

Eu me viro, mudo, e observo enquanto ela franze a testa, concentrada na máquina, e aperta alguns botões. "Demorei *meses* para aprender a usar esse negócio", ela fala por cima do ombro. "O que você quer? Café? Latte? Espresso? Essa máquina faz de tudo, então fica à vontade."

Ela se inclina sobre o balcão para alcançar a tomada e liga a máquina. Isso me dá plena visão da bunda dela, grande e redonda, nesse short minúsculo florido, e, meu Deus, estou olhando demais. Desvio o olhar com as bochechas vermelhas.

"Só, é..." Pigarreio. "Café, por favor. E obrigado."

Ela se vira, e seus olhos se encontram com os meus. É um redemoinho hipnotizante de um azul-esverdeado oceânico contornado por um cinza tempestuoso, com cílios espessos e escuros que piscam lentamente. O sorriso dela é largo e caloroso. "Beleza. Me dá uma caneca?"

"Ah. Claro." Eu me viro, procurando a caneca preta de cerâmica que tirei do armário quando tentei fazer o café sozinho. Encontro-a no balcão atrás de mim e a entrego a ela.

Ela pega a caneca da minha mão, sorrindo para mim. "Duzentos ou trezentos mililitros?"

O cheiro dela flutua até mim e, uau, é tão bom, como ar fresco e flores silvestres. Preciso de uma força sobre-humana para não inspirar fundo para captar esse perfume. Engulo com dificuldade. Meu estômago se aperta enquanto o calor toma conta de mim, rápido e intenso. Estou entrando em curto-circuito.

Nunca fiquei para dormir depois de estar com uma mulher — são muitos contratempos sensoriais, como lençóis ásperos, colchões desconfortáveis e barulhos desconhecidos que me manteriam acordado. Nunca vi uma mulher atraente bagunçada depois de acordar. Não tinha ideia de que seria tão excitante assim.

"Will?", ela pergunta, com um sorriso vacilante.

Merda, eu a estava encarando, provavelmente deixando-a desconfortável. Pigarreio. "Desculpa. Eu... hum, trezentos. Por favor. Obrigado."

O sorriso dela está de volta. "Beleza, trezentos."

Eu observo enquanto ela mexe na máquina. Tento pensar no que dizer e desisto. Não é que eu não queira dizer coisas, fazer perguntas. Eu só nunca sei por onde começar, qual é o primeiro passo certo. *Sobrecarregado* é pouco para exprimir como me sinto.

"Aqui", ela diz, virando-se com minha caneca e a dela, que também está cheia e fumegante. "Só vou pegar um pouco de creme." Ela passa por mim, abre a geladeira e segura a porta com o cotovelo.

Eu me aproximo e seguro a porta.

Ela pisca para mim, segurando o creme. "Ah." Um sorriso se forma em seus lábios. "Obrigada."

"Uhum", consigo dizer.

Uhum? Essa é a melhor coisa que você consegue dizer a ela?

Fecho os olhos e franzo o rosto enquanto ela despeja uma generosa quantidade de algum tipo de creme aromatizado em sua caneca.

A ansiedade vai tomando conta de mim enquanto fico ali, segurando a porta da geladeira, sem saber o que dizer. Ela já me ajudou e agora vai embora. Por que ficaria? Estou parado, caladão e imóvel como uma estátua.

Fala alguma coisa, seu idiota. Só fala logo com ela!

Ela põe o creme de volta na geladeira. Solto a porta, mas ela não se fecha completamente. Juliet empurra a porta da geladeira com o quadril e olha para mim, abrindo a boca, como se fosse falar.

Pois é. É agora que ela vai me dizer que vai embora. Vou estragar tudo de novo.

Só. Fala.

"Obrigado", eu disparo. "Pelo café. Eu teria pedido ajuda pro Petruchio. Não sou, sabe, orgulhoso demais para aceitar ajuda, obviamente, já que você está aqui me ajudando... Mas ele ainda está dormindo..." Engulo em seco, nervoso. "Todos os caras estão. Não que eles saibam usar essa coisa também."

Um sorriso ilumina seu rosto, e as covinhas se aprofundam tanto nas bochechas que parecem sombras. "Que bom que eu ajudei, principalmente quando os dorminhocos vão ficar na cama até o meio-dia. Nós, madrugadores, temos que nos unir! Pelo menos, eu acho que você gosta de acordar cedo, a não ser que tenha levantado agora só pra pegar a estrada. Você disse que tinha que sair cedo ontem. Ah, hoje."

Algo quente e borbulhante percorre meu corpo. Eu falei. Ela respondeu. Eu não estraguei tudo.

Não faça besteira.

Respiro fundo. "Não gosto muito de acordar cedo, mas preciso, todos os dias. E eu tinha planejado pegar a estrada..." Faço um esforço para superar o nervosismo, decidido a não cometer o mesmo erro da noite passada. “Mas tenho um tempo. Eu poderia, hum...” Levanto a caneca. “Beber isso. Com. Você?”

Quero me esbofetear. Por que sou tão péssimo nisso?

O sorriso dela brilha. É largo e caloroso. “Vamos ficar lá fora, aproveitar o sol?”

Engulo com dificuldade. *Vamos*, meu cérebro pensa, mas meu coração está batendo forte; minha garganta está apertada. Minhas mãos estão suando.

Ela parece não se importar com o silêncio que se estende, só sorri de leve e sustenta meu olhar enquanto toma um gole de café. “Se você está preocupado de sair comigo”, ela diz, “porque acha que eu tenho outras ferramentas de jardim esperando lá fora, saiba que elas estão todas no galpão. Você está seguro. Prometo.”

A piada dela e a paciência viram uma chave dentro de mim. Consigo encontrar minha voz e respondo: “Sair é... boa ideia”.

Minha voz falha antes que eu consiga continuar. Engulo, umedecendo a garganta, e seguro a maçaneta, ficando bem perto de Viola, envolvido com seu doce e suave perfume.

Abro a porta, e a brisa morna da manhã entra, fazendo o cabelo dela balançar, dançando ao redor do rosto perfeito. Fico parado olhando para ela, com o coração disparado, e digo: “Primeiro, as damas”.

3

JULIET

Meu estômago dá cambalhotas. Will segura a pesada porta dos fundos para mim com as pontas dos dedos, e isso deixa os músculos de seu braço obscenos. Engulo em seco e forço um largo sorriso. Depois me viro e me apresso para chegar à varanda de Christopher antes que meu rosto entregue os pensamentos libidinosos.

Atrás de mim, os passos de Will são firmes ao cruzarmos a pequena varanda dos fundos. Aqui não há móveis, então tento pensar num lugar que dê para sentarmos e conversarmos. Poderíamos nos sentar nos degraus, mas, ao olhar para o quintal, banhado pela luz suave da manhã, com a brisa morna de julho balançando as árvores acima de nós, sei exatamente para onde vamos.

Desço os degraus até o quintal e sinto o vento aumentar, agitando os balanços pendurados no elaborado parquinho que os pais de Christopher e os meus montaram juntos vários anos atrás, entre os dois quintais. É feito de madeira maciça e bem resistente, em ótimo estado, apesar da idade, mas eu sei que uma ou outra manutenção foi feita nos últimos anos, já que minha mãe começou a fazer comentários distraídos sobre a utilidade do parquinho no futuro, quando "der na nossa telha dar netinhos a ela (sem pressão, claro)".

Kate, que é dois anos mais nova que eu e cética quanto à ideia de ter filhos algum dia, dá uma risada abafada toda vez que minha mãe fala sobre netos. Bea, minha irmã gêmea, sorri para o noivo, Jamie, que sempre enrubesce ao sorrir de volta para ela.

Por meses, depois que terminei com o canalha do meu ex-noivo, sentia uma pontada na barriga sempre que via o parquinho. Porque *eu* estava planejando dar netos à minha mãe, e em breve. Com ele.

Agora, sorrio para mim mesma, sem pontada na barriga, sem tristeza. Estou em paz. Momentos como esse, quando percebo o quanto já evoluí, o quanto já me curei, são vitórias pequenas, mas doces.

O vento sacode os balanços outra vez, e meu sorriso se intensifica.

Olho para Will, por cima do ombro, e pergunto: "Quer sentar no balanço? É, sei que estamos com as xícaras cheias, então não dá pra ficar balançando. Mas podemos só sentar e... bater um papo?".

Ele olha para a estrutura do parquinho, onde estão os balanços, com uma expressão de ceticismo. "Tenho certeza", diz ele, "de que sou pesado demais pra esse negócio."

Tomo um gole de café e deixo meu olhar vagar para ele. Ele pode ter razão. Meu Deus, ele é mesmo grande. E muito bem estruturado. É alto e, embora não seja corpulento, é com certeza musculoso. Músculos pesam, então ele pode ultrapassar o limite de peso do balanço. Mas meu pai fez alguns reparos na estrutura, para garantir que os futuros netos da minha mãe não se machuquem enquanto se divertem na casa da vovó. Além disso, Christopher, que é quase do tamanho de Will, talvez uns três ou cinco centímetros mais baixo, um pouco mais encorpado, às vezes se senta nos balanços comigo e com minhas irmãs, quando nos reunimos após os jantares de família de domingo, com nossos drinks, conversando, olhando as estrelas. Nunca aconteceu nada.

"Acho que não tem problema", digo a ele, dando mais alguns passos e depois me acomodando em um balanço. "O Christopher sempre senta aqui e nunca quebrou nada. Mas, se você não se sentir confortável, podemos nos sentar na escada ou ir para a varanda da frente."

Will coça a nuca. "Não. Tudo bem."

Eu o vejo caminhar até o balanço ao meu lado, diminuindo a distância entre nós enquanto me aninho nas correntes revestidas de borracha do balanço. Finco os pés no chão, balançando bem de leve, depois tomo um gole do café.

Will se acomoda no balanço com cautela. Seus ombros desabam de alívio quando ele percebe que não vai cair. Com as botas fincadas no chão, começa a balançar também, bebendo o café com cuidado. Ele olha pra mim, movendo-se para a frente.

Eu o observo. Um sorriso surge no meu rosto. Não sei bem o que estou fazendo nem o que ele está fazendo. Só sei que, ontem, tive absoluta certeza de que ele me rejeitara. Mas, quando o vi esta manhã, na cozinha de Christopher, fiquei com a sensação de que o que aconteceu na noite passada foi mais complicado do que meu orgulho ferido queria acreditar.

Não sou muito de falar, lembro-me de ele ter dito naquela noite no pub, em dezembro. Talvez ele tenha fobia social... Talvez seja tímido. Talvez precise de tempo para encontrar as palavras.

Embora tenha sido difícil confiar na minha intuição — visto que ela me fez cair nos braços de uma péssima pessoa não muito tempo atrás —, esta manhã, quando confiei na minha intuição e dei outra chance ao Will, oferecendo ajuda a ele, tudo pareceu... fácil. Mas agora estamos aqui, e as coisas não parecem mais tão fáceis.

Talvez isso não seja um problema. Talvez seja mesmo assim. Estou um pouco enferrujada depois de um término que me fez questionar minha perspectiva sobre o amor romântico. Também tenho evitado qualquer tipo de contato... bem, qualquer coisa relacionada ao amor, por mais de seis meses.

O vento gira ao nosso redor, e as árvores farfalham. Olho para Will, que me observa com intensidade, da mesma forma que fez quando dançamos no pub na Escócia e quando ele tirou a folha do meu cabelo ontem à noite. O calor floresce dentro de mim, e o desejo serpenteia minhas veias, como cipós.

"Então...", digo, baixinho. "Me fala sobre você, Will..." Hesito, lembrando o que ele disse quando eu o prendi com a espátula ontem. "Ou, hum, você prefere ser chamado de Orsino?"

A testa dele se franze, depois se suaviza. "Pode me chamar de Will, Viola."

Meu estômago dá um nó. Ah, meu Deus. Claro, ele ainda acha que esse é meu nome. Não expliquei isso ontem à noite. Corri antes disso.

"Na verdade..." Dou uma risada nervosa. "Já que estamos falando nisso. A verdade é que sou mais conhecida como Juliet."

As sobrancelhas dele se erguem. "Então... Seu nome não é Viola?"

"Ah, não. É, sim."

Ele franze a testa.

Deus do céu, minha falta de prática não está limitada a flertar com um cara gato. Não consigo nem me comunicar direito. Tomo um gole de café e giro meu balanço para ficar de frente para ele. As correntes de borracha cruzam sobre minha cabeça. "Viola é meu primeiro nome, mas não é o nome que eu uso. Uso meu segundo nome, Juliet. Na maioria das vezes, só Jules."

A expressão dele se suaviza. "Ah. Entendi."

"Desculpa por isso", digo, sem jeito. "Não estava querendo esconder isso de você mais cedo. Eu teria dito assim que cheguei à casa do Christopher, mas, pra falar a verdade, esqueci completamente. Estava mais preocupada em resolver a situação do seu café."

Ele fica em silêncio por um instante, toma um gole do café e se vira para a frente outra vez. "E agora?", ele pergunta, empurrando para trás o balanço, depois deslizando para a frente. "Vai dizer que o nome do gato não é Puck?"

Deixo escapar uma gargalhada. Fico deliciosamente surpresa com o humor seco dele. "Desculpa, ok?"

"Não precisa pedir desculpa." Ele olha para mim. "Devo ter te deixado desconfortável, lá na Escócia, quando cheguei do nada e te chamei pra dançar sem abrir a boca. Eu também não teria dado meu nome verdadeiro."

Balanço para trás, depois flutuo para a frente, agora com mais confiança no balanço depois de beber metade do café. "Você não me deixou desconfortável."

"Mas foi estranho." Ele olha para mim, com a testa franzida. "*Eu* fui estranho."

"É, foi um pouco estranho. Todo primeiro encontro é assim, pelo menos um pouco. Você poderia, sim, ter falado um pouco mais comigo no começo, mas..." Meu estômago dá uma cambalhota ao lembrar. Ele se aproximou de mim, com o toque quente e suave, o olhar incrível e intenso passeando pelo meu rosto enquanto dançávamos. A maneira como me segurou com tanta ternura, como disse, quando eu divagava, que *gostava* de como eu falava demais.

O Will pode ter agido de forma estranha naquela noite, mas não deixou que isso o impedisse de tentar, de vir até mim e me chamar para dançar com seu jeito afetuoso. Naquele pub, ele foi algo que eu não estava pronta para ser.

Foi corajoso.

E agora, finalmente, eu também estou pronta para ser corajosa.

Dentro de mim, sinto que uma porta que estava trancada se abre, e de lá sai o que, a princípio, eu penso ser uma versão da antiga Juliet. Mas não, não é algo tão simples. Quem aparece não é a Juliet que eu costumava ser. É quem eu *estou me tornando* que finalmente dá as caras. Uma pessoa que foi ferida e se curou, que ainda quer ter esperança, mesmo sabendo que pode se machucar novamente. Que pode passar por momentos difíceis e sobreviver a eles, talvez um pouco machucada, um pouco ferida, mas também mais corajosa e mais forte.

Nesse momento, me dou conta de uma coisa. *Este* é o primeiro passo que eu estava esperando, o primeiro movimento que vai fazer minha vida em marcha lenta começar a avançar: volto a abraçar a parte de mim que deseja e se delicia com os outros e não tem vergonha de dizer isso a eles. Que se diverte flertando e saboreia o tempo com a pessoa por quem se sente atraída. Ainda não estou pronta para o amor romântico, para entregar meu coração a alguém outra vez, mas estou pronta para *isto*. E tudo bem. Esse primeiro passo é suficiente.

"Não foi por sua causa que eu não disse meu nome real e depois saí correndo do pub. Fiz isso porque não estava bem. Estava me protegendo. Você foi um fofo. Eu me senti atraída por você, e sabia que não estava bem para lidar com isso. Em qualquer outra época da minha vida adulta, pode ter certeza de que eu teria me atirado em cima de você."

Ele se remexe no balanço e quase derrama o café na calça. Afasta a xícara de si, e o líquido escuro cai na grama. Will parece atônito. "O quê?"

Eu reviro os olhos enquanto tomo um gole do café. "Por favor, não vem fingir que não sabe que é um gato. Você tem esse jeitão forte e silencioso, de gigante gentil, e eu apostaria minha perna direita, a mais forte, que você sabe disso."

Will pisca para mim, parecendo genuinamente surpreso. "Eu..." Ele faz que não. "Desculpa, você acha que o fato de eu... o jeito como eu agi, sabe..." Pigarreia. "Não achou que eu fui... estranho?"

Sorrio para ele, inclinando a cabeça, e o observo. É ridículo de tão fofo. Ele desviou completamente da pergunta sobre o fato de saber que é um gato. Quer dizer que ele sabe, mas é humilde demais para admitir... Fofo!

“Eu não disse isso”, respondo. “Você foi estranho, isso é um fato. Eu disse que você não me fez sentir desconfortável.”

Ele solta um grunhido, abaixando a cabeça. “Eu sabia...”

Estico o pé e toco seu quadril. “Eu *gosto* de gente estranha. O mundo precisa de mais esquisitões.”

Will olha para o café. Um suspiro escapa de seus lábios, uma risada vazia. “Não no meu mundo.”

“Que mundo é esse?”

“É...” Ele fica em silêncio por um momento, com os olhos ainda fixos na caneca. Solta um suspiro pesado. A garganta se move quando engole em seco.

Deixo meu balanço girar até ficar virada para a frente. Talvez ajude se ele não sentir que eu o estou encarando, esperando ele falar.

Bebo o último gole de café. Depois ponho a caneca ao meu lado na grama. Empurro o balanço com mais força.

Will observa meu movimento enquanto balanço para a frente e depois volto, com o vento agitando meu cabelo. Ele bebe o café com os olhos ainda em mim.

Eu o vejo colocar a caneca na grama, como eu fiz, se ajeitar no balanço e empurrar.

“Meu mundo é...”, ele começa, mas é interrompido pelo som do balanço rangendo. Will olha para cima, franzindo a testa. “Vou quebrar esse troço.”

“Claro que não”, digo. “Sempre faz esse barulho quando a gente senta aqui.”

Will sincroniza os balanços com os meus. Está com os tornozelos cruzados, balançando para a frente e depois para trás. Ele ainda olha para cima, preocupado, para o suporte. “Se você diz...”

Sorrio para ele. “Eu prometo. Não vai cair!”

E bem nessa hora o balanço de Will solta do suporte e cai no chão.

4

WILL

"Meu Deus!" Juliet escorrega do balanço e vem me acudir estatelado no chão. Estou em choque e sem fôlego. O vento me pegou de jeito.

Eu sabia que o balanço era frágil demais para mim. Se qualquer outra pessoa tivesse me pedido para sentar num brinquedo feito para pessoas com a metade do meu tamanho, eu teria dito *Nem sonhando*.

Mas, sempre que estou com ela, algo nessa mulher me faz querer dizer *sim*.

Foi o que eu fiz. E agora estou aqui, de bunda no chão, porque disse sim.

"Will, você se machucou?" As mãos dela se agitam no meu peito, sobem até meu pescoço, tocam meu rosto. "Ah, é óbvio que se machucou, mas, tipo, foi sério? É melhor chamar uma ambulância? Vou chamar uma ambulância..."

"Juliet", consigo gaguejar, segurando sua mão, enquanto seus dedos pressionam meu pescoço, verificando o pulso. Dizer o nome dela exigiu um fôlego que eu não tinha. Tento puxar mais ar.

Ela morde o lábio, preocupada, e eu tento me recuperar. Mas isso é praticamente impossível, com a luz do sol que transborda do céu atrás dela. Surge outro halo dourado ao redor de sua cabeça, assim como aconteceu quando a vi mais cedo. É como se ela fosse um anjo que a luz, apaixonada, precisa seguir.

"Will", ela sussurra. Seus olhos agitados procuram os meus. "Você está bem?"

A mão de Juliet treme. Eu a seguro mais forte e, enfim, consigo encher os pulmões de ar. "Juliet." Aperto sua mão enquanto seus dedos ainda tateiam meu pulso. "Minha linda, está tudo bem. Meu coração está batendo. Estou bem."

Os dedos dela se afrouxam no meu pescoço, as sobrancelhas se erguem. "*Minha linda?*"

Não faço ideia de onde isso surgiu. Não sei como escapou com tanta facilidade dos meus lábios, quando praticamente tudo custa a sair. Passo o polegar na palma da mão de Juliet, olho para ela e rezo para que, ao menos uma vez na vida, eu consiga dar um jeito de sair dessa. "Eu bati a cabeça. Pode ser uma concussão. Não posso ser responsabilizado pelo que digo."

Ela sorri por um momento, mas logo sua expressão volta a ficar séria. "Você não vai morrer na minha frente, vai?"

Aperto sua mão de leve. "Não."

Mas, se eu morresse, penso, *não seria uma morte tão ruim.*

Ela não parece convencida, então, para mostrar que estou bem, apoio as mãos na grama e me sento. Minha cabeça dói um pouco quando tento me erguer. Toco o ponto mais dolorido e sinto um pequeno calombo.

Juliet cobre a boca com as mãos. "Ah, não. Meu balanço te deu uma concussão mesmo."

"Não é uma concussão." Com um gemido, me levanto devagar. Estico os ombros para aliviar a dor do impacto nas costas. "É só um galo de nada."

"Mas foi culpa minha." Juliet também se levanta com um gemido. Apoia-se no alicerce do balanço e se ergue com cuidado. "A ideia de sentar no balanço foi minha."

Eu a observo. Ela usa um short curto florido e uma blusa cor-de-rosa que contornam perfeitamente as belas curvas. Quero jogá-la no meu ombro, levá-la para minha cama, deslizar pelo corpo dela, abrir essas pernas e...

Sacudo a cabeça para afastar os pensamentos pervertidos. É a Juliet. Ela é como uma irmã para o Petruchio. Não posso ter esse tipo de pensamento com ela. Desde que a vi na estufa e juntei as peças do quebra-cabeça, venho dizendo a mim mesmo que, mesmo que eu não fosse um desastre no amor, não poderia me aproximar dela.

Os Wilmot são tipo a segunda família do Petruchio. Eles o acolheram depois que os pais de Petruchio morreram quando ele era adolescente. As filhas dos Wilmot são como irmãs para ele, com exceção da mais nova, Kate. Sempre lembrei do nome porque o Petruchio não parava de reclamar dela. Acontece que ele era apaixonado por ela, e agora os dois estão namorando, felizes, morando juntos, pelo menos quando a Kate não está viajando a trabalho.

Ou seja, não tenho a mínima chance com a Juliet. Além de ser terreno proibido, é boa demais pra mim. Meu cérebro entende isso. Mas, quando olho para ela, para a ruga de preocupação em sua testa, que eu tenho uma vontade imensa de suavizar com o polegar, meu corpo não consegue aceitar.

"Você está muito quieto, Will." Ela se aproxima e segura meus ombros.

"Eu sou quieto", resmungo.

Ela revira os olhos. "É, isso eu percebi. Quis dizer que está mais quieto que o normal. Está tudo bem mesmo?" Os olhos dela estão fixos nos meus, e a ruga na testa aumenta. "Como *sabe* que não teve uma concussão?"

"Juliet." Seguro suas mãos com delicadeza, as afasto dos meus ombros e as mantenho entre as minhas. "Estou bem. Prometo, só perdi o fôlego, e ah... fico meio travado às vezes, mas acontece principalmente quando estou perto de mulheres lindas."

Principalmente você.

As bochechas dela ficam vermelhas. "Você me acha... linda?"

Minhas bochechas ficam ainda mais vermelhas. "Eu, ah..." Pigarreio, solto suas mãos e me afasto. "Não deveria ter dito isso. Quer dizer, eu acho, sim, que você é linda, mas estava pensando alto. Não deveria ter colocado pra fora."

O rosto dela se ilumina com um sorriso. "Por que não? Eu te disse que você é um gato. Você pode me dizer que eu sou linda."

"Você é praticamente uma irmã para o Petruchio. Ele arrancaria minhas bolas se soubesse..." Consigo me conter antes de dizer exatamente o que venho pensando sobre a Juliet.

"Vamos esclarecer as coisas." Ela põe as mãos nos quadris e me encara com um olhar irritado. Até a cara de brava dela é uma graça. O nariz fica enrugado, e os olhos, lindos, se estreitam. "Sim, o Christopher é como um irmão para mim, mas eu não sou propriedade dele. Ele não precisa proteger minha virtude."

Esfrego a nuca. Minhas bochechas ficam ainda mais vermelhas. "Eu sei disso. Só... só quis dizer que você é importante para ele. Faz parte do código de amizade cuidar das pessoas que são importantes para o outro.

Não... flertamos com elas. Pelo menos, tentamos não flertar. Às vezes, falhamos."

A cara de brava se desfaz. "Você estava flertando comigo?"

"Como eu disse, às vezes falhamos."

Ela sorri outra vez, e é tão linda que meu estômago dá uma reviravolta. "Eu não diria que *falhou*."

Olho sério para ela.

Juliet solta uma risada. "É sério. Só acho que não foi muito... óbvio. Mas a verdade é que estou meio desacostumada também. Talvez não tenha percebido. Faz um tempo que eu..." A voz dela some. Juliet pigarreia. "Minha vida romântica está em pausa no momento. Não que, sabe, você esteja sendo romântico comigo. Eu só estava falando que..." Ela franze o nariz e deixa escapar um gemido. "Não estou sabendo explicar. Viu? Estou enferrujada também."

"Eu não estou enferrujado", digo com uma expressão séria. "'Enferrujado' seria se eu já tivesse sido bom. Eu sou péssimo nisso."

"Em quê?"

"Romance. Flertar. Essas coisas. Sempre fui assim."

Juliet inclina a cabeça, me observando. "Não sei se acredito nisso."

"Pode acreditar." Enterro as mãos nos bolsos e chuto uma pedrinha na grama. "Eu sou assim e pronto."

Ela fica quieta por um momento, me encarando. "Isso... te incomoda?"

Dou mais atenção à pedrinha e a chuto pela grama. "Quem gosta de ser péssimo em alguma coisa?"

"Todo mundo é péssimo em muitas coisas. Não dá pra ser ótimo em tudo. Não saber fazer alguma coisa só é um incômodo quando é algo *importante* pra nós." Ela hesita por um momento, então diz: "Romance é importante pra você? Você quer isso?".

Franzo a testa, pressionando a pedrinha na grama.

Nunca tinha pensado dessa forma. Nunca me perguntei se eu era "ruim" no amor romântico porque, na verdade, não era o que eu *queria*. Penso nos momentos em que minhas inseguranças começaram, lá na adolescência, ao perceber as primeiras dificuldades sensoriais e a ansiedade social. Fui uma criança quieta e introvertida, depois me tornei um adolescente tímido e desajeitado. Foi quando descobrimos que eu era neurodivergente. Agora posso admitir que queria, sim, uma conexão romântica. Queria alguém com quem pudesse andar de mãos dadas pela fazenda, alguém que confiasse em mim, que compartilhasse sentimentos, esperanças e medos, alguém que me ouvisse e em quem eu pudesse confiar também. Queria uma pessoa que fosse tão próxima que a sede e o desejo que queimam dentro de mim seriam direcionados a ela, teriam um *propósito* com ela.

Mas minha timidez, a necessidade de usar protetores auriculares em ambientes barulhentos, meu jeito quieto e a ansiedade para socializar tornaram tudo muito difícil. Na escola, e depois na faculdade, nas raras vezes em que eu me conectava com alguém, normalmente não passava de alguns encontros, até que a pessoa dizia algo como *Não sinto a mesma conexão romântica. Acho melhor sermos só amigos.* Então parei de tentar encontrar o amor quando, cada vez mais, as pessoas me diziam que não nutriam esse sentimento por mim, tampouco queriam isso comigo. Eu me conformei com o que elas *realmente* queriam de mim: satisfação na cama e nada mais. Desde então, evitei ao máximo pensar que queria me apaixonar.

Foi assim até pouco tempo atrás. Agora, preciso encarar a realidade de que tenho que me casar. Tenho 34 anos. Esse não é mais um problema distante para o Will do futuro. É uma urgência para o Will do presente. Eu praticamente administro a destilaria e a fazenda da minha família, mas há partes importantes dos negócios com as quais não consigo lidar: todo o trabalho de relações comerciais, ampliar a rede de contatos, fazer networking e organizar encontros sociais. Nesse ponto, preciso de uma parceira, alguém que aceite assumir a parte social dos negócios, que me ajude a assumir plenamente a liderança da próxima geração à frente da Fazenda e Destilaria Orsino. Nenhum consultor ou gerente vai dar conta disso. Preciso de alguém com essas habilidades, alguém com meu sobrenome, que esteja comigo no controle dos negócios de família. Preciso de uma esposa e vou encontrá-la. Mas não sei bem, com base na minha experiência, se posso esperar que ela tenha o mínimo de interesse romântico em mim e que eu também a ame.

"Eu acho... que gostaria de saber flertar", finalmente digo para Juliet. "Queria ser mais habilidoso no romance. Mais cedo ou mais tarde, preciso me casar. Na verdade, em breve."

"Você *precisa* se casar?" Juliet franze o nariz. "Parece uma obrigação."

"E é", admito, inquieto. "Estou me preparando para assumir os negócios da família, para que meus pais possam se aposentar. E esse negócio exige... bem, muita socialização e networking. Não sou bom em nada disso nem tenho interesse. A ideia é encontrar alguém que adore o nosso negócio, que queira se casar e me acompanhar no meu trabalho."

"Então... tipo, um acordo comercial mutuamente vantajoso?", ela pergunta.

Assinto.

Ela inclina a cabeça. "Por isso você quer ser bom no romance? Pra encontrar alguém que queira trabalhar com você, e não alguém que possa se apaixonar por você?"

Esfrego a nuca. "Pela minha experiência... não acho que isso vá acontecer. Acho que só queria encontrar alguém que eu seja capaz de fazer feliz. Fazer com que se sinta apreciada, estimada, cuidada. Eu seria fiel a ela. Eu... sabe, espero que nós possamos satisfazer nossas... ahn..." — eu enrubesço intensamente — "necessidades. Vamos compartilhar a vida, o negócio. Talvez tenhamos filhos, se ela quiser. Mas não posso dizer que esperaria que ela e eu estivéssemos... apaixonados."

"Por quê?", ela pergunta.

Porque já tentei, Juliet, e sempre vem alguém me dizer que eu falhei.

Não posso dizer isso a ela. É humilhante demais.

"Porque..." Solto um suspiro e dou de ombros. "Ah, sei lá. Parece que... romance não é para mim."

Juliet morde o lábio para conter um sorriso que ainda escapa.

"O quê?", pergunto. "Por que está sorrindo?"

O sorriso dela se alarga. "Estou sentindo uma vibe de 'duque de um romance de época que acha que precisa de um casamento por conveniência para continuar a linhagem da família'."

"Eu... faço você pensar em um duque?"

Ela faz um gesto para afastar o assunto. "Esquece. Estou sendo ridícula."

"Não." Dou um passo em sua direção. "Não estou dizendo que foi ridículo. É que... eu não entendi."

Juliet parece hesitar, então diz: "É que, nesse tipo de romance, tem sempre o personagem que se diz movido pelo que *diz* que é dever para com as pessoas que contam com ele, em vez de buscar o amor. Bem, o que eles fazem, movidos por esse senso de 'dever', *é* amor. O que estamos vendo quando ele age com base nesse senso de dever é que ele tem a capacidade de amar, mesmo que não enxergue isso em si mesmo. É aí que o amor romântico entra em cena, como um espelho, mostrando a esse personagem o que ele pode ter, se for corajoso o suficiente para lutar por isso. Sim, eu sei que romances são ficções, histórias de felicidade e esperança. Mas eu acho que essas histórias representam muito bem os medos e as esperanças humanas, e como um pode nos impedir de conseguir o outro. Como, através do amor, podemos nos sentir seguros e corajosos o suficiente para mudar isso".

Fico ali, absorvendo o que ela disse, refletindo. Admito que nunca li uma história de amor. Minha mãe adora esse tipo de livro, principalmente os de época. Há enormes pilhas dos populares livros de bolso espalhadas pela casa. Mas eu nunca pensei que pudesse ser inspirado por eles. Juliet me ofereceu algo, talvez mesmo sem perceber: uma centelha de esperança.

"Então..." Eu pigarreio, cruzando os braços sobre o peito. "Você está dizendo que se eu for... tipo, um desses seus duques, que... bom, as coisas acabam dando certo para ele. Talvez, se eu melhorar um pouco nesse negócio de flertar, no romance, talvez... as coisas deem certo pra mim também."

Lentamente, ela segura meu pulso e o aperta. O toque dela é quente e firme e incrivelmente suave. "Tenho, sim, plena certeza de que as coisas podem dar muito certo para você, Will."

Examinando seus olhos, pergunto: "Por que você acredita em mim?".

Um sorriso surge em seu rosto. "Porque eu acredito que todos nós merecemos o final feliz que queremos. Se tivermos coragem suficiente para dar o primeiro passo, podemos encontrar alguém que nos queira como somos, que queira o mesmo final feliz que nós."

Parece que meu coração é feito de luz do sol, e é como se ela estivesse se esparramando, quente e esperançosa, por todo meu corpo. "É uma perspectiva pra lá de otimista."

O sorriso de Juliet se intensifica. "Eu tento."

"Tenta?"

Ela afasta a mão, cruza os braços sobre o peito e olha para as nuvens. Franze a testa, pensativa. "Eu sempre fui otimista. Acho que nunca deixei de ser otimista para os outros. Só não sobrou otimismo pra mim."

"Por quê?"

Ela olha para baixo e encontra meus olhos. Dá de ombros. "Ano passado, eu me encharquei de otimismo, ignorei todos os sinais ao meu redor e acabei presa num lamaçal de relacionamento tóxico. Desde então, acho que tenho duvidado de mim mesma. Por isso, estou dando uma pausa nos relacionamentos. Eu *quero* acreditar que um dia vou amar alguém de novo... e, dessa vez, terei um final feliz real e saudável..." Ela faz uma careta, enrugando o nariz. "Estou esperando me sentir confiante de novo antes de me jogar na vida romântica, mas começo a achar que nunca vou me sentir confiante como antes. Acho que só vou ter que tentar de novo e torcer para que a confiança apareça."

"Você *quer* tentar de novo?", pergunto, examinando os seus olhos.

Ela inclina a cabeça de um lado para o outro. "Quero. E não quero. O romance, eu... acho que é como andar de bicicleta. Você pode ficar longe dele por anos, e depois sim, supostamente, dá para voltar a andar de novo. Mas, mesmo com a memória muscular ajudando, a gente fica bem desajeitado no começo. Pode cair e se machucar um pouco. Quando penso sobre como seria ótimo percorrer esse caminho outra vez, sim, eu quero. Mas quando penso nos tropeços, nas quedas e nos arranhões que posso levar, não quero nem um pouco. Quando penso em voltar a andar de bicicleta, acho que quero um lugar tranquilo para começar, para não doer *tanto* se cair. Essa é a parte difícil: entender como seria esse lugar tranquilo. Nem sei se isso existe."

"Talvez..." Minha voz falha enquanto a tensão aperta minha garganta. "Talvez não exista. Talvez, em vez de procurar um lugar tranquilo para cair, você só precise usar... rodinhas."

O que eu disse fazia sentido na minha cabeça, mas me sinto um idiota quando falo.

Só que um sorriso ilumina o rosto de Juliet, e toda minha autocrítica desaparece. "Minhas rodinhas", ela diz. "Adorei isso. Mas quem faria isso por mim?"

Eu a encaro, com o coração batendo forte. *Eu faria.*

Nunca vou tê-la. Não de verdade. Ela é território proibido, não é pra mim. Mas eu aceitaria isso. Aceitaria cada migalha que ela me desse.

O olhar dela se fixa no meu. "O que você disse?"

Não é possível que tenha dito aquilo em voz alta... *Meu Deus. Eu disse em voz alta?*

Juliet se aproxima. "Você disse *eu faria*?"

Minhas bochechas aquecem. "Se eu tiver dito... estava só pensando alto de novo."

"Will, você é um gênio."

"Sou?"

"Escuta." Ela segura meus braços. "Eu quero me sentir confortável com o amor de novo... Você quer melhorar no amor. E se nós nos ajudássemos?"

Meu coração está disparado. Minha mente acelera enquanto processo suas palavras. "Você acha que poderíamos ser... as rodinhas da bicicleta um do outro?"

O sorriso dela se ilumina. "Isso! Eu sei que a gente mal se conhece, mas... pensa bem, a gente se esbarrou duas vezes no mesmo ano, em cantos diferentes do mundo. Nossas vidas estão conectadas por alguém muito importante em comum. Não parece... que alguma coisa está unindo os nossos caminhos? E se for por isso?"

"Para ajudarmos um ao outro?", sugiro.

"Exatamente! Para ajudarmos um ao outro. Podemos ser tipo colegas de prática, só que no romance. Você pode descobrir os músculos do romance e praticar enquanto eu volto a usar os meus, fortalecendo-os. Eu voltaria a andar de bicicleta, e você..."

Ela não conclui a frase, provavelmente porque é gentil demais para dizer algo que possa ferir meu orgulho. Então falo: "Eu *aprenderia* a andar de bicicleta".

O silêncio paira entre nós. Ela se aproxima e aperta minha mão. "Eu vou ficar andando desajeitada ao seu lado."

Olho para Juliet e sinto um nó no estômago. Vai ser bem constrangedor ela poder ver de perto o quanto sou desajeitado, principalmente porque me sinto tão atraído por ela. Mas seu olhar é de expectativa, e eu odeio a ideia de negar isso a ela. Toda minha resistência se desfaz. Não conseguiria dizer "não" nem se tentasse.

"Então vamos lá", digo.

Ela bate palmas e grita: "Vamos!".

"Com uma condição."

Juliet fica parada, com as mãos unidas. "Qual?"

"Jura que vai me dizer se eu... se você não quiser mais fazer isso. Só não me ignora, ok? Preciso saber que você vai ser direta comigo se isso não estiver funcionando."

Juliet fica séria. As mãos desabam para os lados. "Claro, Will. Eu..." Ela suspira. "Eu sei que já fugi de você..."

"Duas vezes."

Ela franze o rosto. "Juro que não teve nada a ver com você. Era coisa minha. São coisas que eu preciso resolver. Prometo que" — ela levanta o mindinho — "se a gente fizer isso e eu não gostar de alguma coisa, vou te contar. A mesma condição vale para você. Vamos conversar, ser sinceros, mas com gentileza. Como amigos."

"Então agora somos amigos?"

Ela aproxima o mindinho, com os olhos estreitos. "Temos que ser! Vamos ser maratonistas do romance, pedalar juntos a estrada do flerte. Vamos ser unha e carne."

Um sorriso se forma nos cantos da minha boca. Gosto da ideia de ser amigo de Juliet. Com delicadeza, prendo meu mindinho no dela. "Fechado."

Juliet solta outro gritinho, sorrindo de orelha a orelha. "Mal posso esperar! Nossa, parece que eu estava fazendo uma dieta rigorosa e alguém me deu um prato de brownies. Vou me empanturrar. Quando você pode começar? Como vamos planejar? Espera..." A expressão dela muda. "Você não mora por aqui, né? Como vamos fazer isso se você... bem, se você mora em outro lugar?"

Esfrego a nuca. Ela tem razão. "Não moro tão longe assim. São umas duas horas de carro daqui. Eu poderia... vir nos finais de semana? Também posso tirar folgas durante a semana de vez em quando, se precisarmos. Se der pra conciliar com a sua agenda de trabalho."

"Eu trabalho de casa agora", ela diz. "Sou redatora freelancer. É bem flexível. Podemos planejar de acordo com o seu trabalho." Ela me observa, inclina a cabeça com curiosidade. "O que você faz?"

Meu celular toca no bolso, e eu reconheço o toque que escolhi para meu braço direito, o Fest, gerente de operações na destilaria e na fazenda.

"Falando de trabalho. Desculpa", murmuro. Tiro o celular do bolso e franzo a testa ao ver a mensagem dele. Fico aliviado ao notar que não é nada urgente; na verdade, está bem longe disso. Fest tem tempo de sobra e é obcecado por vídeos de pessoas caindo de cara no chão. O homem ri tanto desses vídeos que chega a chorar. Sempre sinto vergonha alheia e pena desses coitados.

Toco na tela para dar um "não gostei" no vídeo, como sempre faço quando ele manda essas coisas, e guardo o celular. "Era meu gerente de operações. Tive que checar para ter certeza de que não havia nenhum incêndio. Minha família tem uma destilaria de uísque e uma pequena fazenda no interior. Meu trabalho, a parte que me cabe... a maneira mais fácil de explicar o que faço é garantir que nada vá pro buraco. O Fest, meu gerente de operações, cuida pra que tudo funcione bem e me mantém informado quando não estou por lá."

"Então ele é tipo... um capataz?", ela pergunta.

Franzo o nariz. "Eu acho que... é tipo isso?"

Ela suspira, com um sorriso largo. "Você parece mesmo um personagem de romance de época."

Franzo ainda mais o rosto, e ela entrelaça o braço no meu. "Só porque eu tenho uma fazenda e uma destilaria?"

Ela dá um tapinha no meu braço. "Pode deixar. Depois que você ler um desses livros, vai entender. Claro, *se* você quiser ler."

"Você acha que eu deveria?"

"Eu acho que, se você quer aprender sobre romance, ler sobre isso pode te ajudar. Se aprender sobre o amor é um exercício, os livros de romance são tipo uma barra de proteína, daquelas bem gostosas que você quer comer no café da manhã, almoço e jantar." Ela para no começo da escada e se vira para mim. "Você faria isso? Leria livros românticos?"

"Se você acha que vai ajudar. Tudo que puder ajudar, eu aceito. Minha mãe tem um monte de romances de época. Posso pegar um para ler quando estiver em casa."

"Adorei." Ela sorri para mim. "Posso pegar alguns contemporâneos da minha biblioteca e te emprestar quando nos encontrarmos?"

"Combinado."

"Perfeito", ela diz, animada. "Agora, deixa eu te passar meu número. Assim você me manda uma mensagem quando souber a sua agenda e a gente consegue se planejar."

Congelo ao perceber, de repente, tudo o que esse plano demanda. Vou ter o número dela. Vou mandar mensagens para Juliet, passar tempo com ela. Vou ter um *romance* com ela, mesmo que seja só para praticar.

Juliet inclina a cabeça. "Will? O que foi?"

"O que vamos dizer pro Petruchio?"

Ela franze a testa. "Precisamos dizer alguma coisa?"

"Código de amizade", eu a lembro.

Juliet deixa escapar um suspiro. "Isso conta? Só praticar conta?"

"Se ele me vir com você, sendo, ahn..." Eu enrubesço, minhas bochechas ardem. Odeio ficar vermelho tão fácil. "... romântico, vou ter que dar explicações."

"Hum." Juliet toca o queixo. "Eu posso te encontrar na fazenda, assim mantemos segredo?"

Balanço a cabeça. "Minha família mora muito perto, e minha cidade é pequena, cheia de enxeridos e fofoqueiros. Seríamos o assunto do momento, mesmo que tentássemos passar despercebidos. É melhor eu vir pra cá. E eu não... não quero mentir pro Petruchio. Eu sei que o que estamos fazendo é assunto nosso, mas ele é meu amigo. Se eu estiver na cidade, com você, não quero ficar escondendo isso dele."

"Faz sentido", ela diz, pensativa. "Eu também não quero ficar mentindo pra ele. Acho que... a gente não precisa contar *tudo*. Como você disse, é assunto nosso. Eu proponho um meio-termo: podemos falar pro Christopher que ficamos amigos hoje de manhã, porque..." — ela pisca para mim — "porque é verdade. Juramos com o dedo mindinho. Quando você estiver na cidade, se a gente encontrar com ele ou até mesmo quiser passar um tempo com ele, com minhas irmãs, os nossos amigos, a gente não pratica. Podemos deixar isso para quando estivermos só nós dois."

Esfrego o maxilar e reflito. "Parece justo."

"Também acho", ela diz. "Além disso, não vamos esconder um namoro de verdade. Vamos só praticar."

Assinto. "Eu não vou flertar com você. Só vou... praticar... o flerte."

"Isso", ela diz. "Tipo dois atores fazendo uma cena de pegação em um set de filmagem. É, eles estão se beijando, mas não é pra valer, sabe?"

Quase deixo escapar uma arfada. Beijar a Juliet, para treinar ou não, com certeza, seria pra valer. E acho que eu adoraria.

Isso vai fazer parte da prática? Vai ter beijo também?

Juliet franze o rosto. "Ok, foi um exemplo bem intenso, mas fala sério, se Emily Blunt e John Krasinski conseguem, nós também! E se o Christopher descobrir o que estamos fazendo, ele que lide com isso."

Franzo a testa. "Quem é o Petruchio nessa história?"

"Ah..." Ela bate com o dedo no queixo. "Não sei. Perdi o fio da meada. O que quero dizer é que são dois atores muito bonitos que estão juntos há séculos e beijam outros atores bonitos, de forma muito convincente, e o casamento deles continua ótimo."

"Entendi." Assinto. "Saquei."

Na verdade, não saquei, mas ela parece tão segura de que podemos fazer isso dar certo que também quero acreditar que é possível. É a primeira vez em muito tempo que tenho esperança nessa área da minha vida. E isso é bom demais.

Meu celular toca outra vez. Agora, o toque é da minha mãe.

"Nossa, você é requisitado", Juliet diz, soltando meu braço.

Eu silencio o celular no bolso. "É minha mãe. Provavelmente quer saber por que ainda não avisei que estou na estrada."

Juliet morde o lábio. "Você avisa sua mãe quando está viajando?"

Dou de ombros. "Quando a viagem é longa, sim. Ela fica preocupada."

"Acho que muitas mães se preocupam", ela diz. "A minha mãe é uma."

Meu celular começa a tocar de novo. Pego o celular e silencio rapidamente. Mando uma mensagem para minha mãe avisando que ainda não saí. "Desculpa ficar mandando mensagem enquanto conversamos. Se eu não fizer isso, ela vai continuar ligando."

Juliet sorri. "Não tem problema."

"Eu odeio essas coisas", murmuro, guardando o celular.

Ela abre um sorrisinho. "Você é do tipo que prefere e-mail, né?"

"Não entendo por que mais pessoas não gostam, sendo sincero."

"Espera." Juliet pega minha mão. "Meu número. Você vai precisar pra gente se planejar. A menos que você queira se comunicar como em 2003. Eu *posso* te dar meu e-mail. Aliás, vai querer meu nick do MSN também?"

"Engraçadinha", resmungo.

Ela pega o celular da minha mão, digita rápido de cabeça baixa, depois me devolve.

"Falando sério, a gente pode conversar como você preferir", Juliet diz, sorrindo para mim. "Agora vou entrar, deixar você seguir seu caminho." Ela dá um passo para trás. "Até breve?"

Assinto, erguendo a mão. "Até."

Juliet gira e caminha pela grama, depois sobe a escada para a varanda de casa. Então para uma última vez e se vira, com um tchau animado. Meu coração aperta no peito.

Assim que ela fecha a porta, olho para o celular, para o contato dela. Uma risada baixa escapa da minha garganta. Ela me deu mesmo o e-mail dela. E ao lado do nome colocou dois ícones de bicicletas azuis.

5

JULIET

Depois de passar semanas viajando pelo mundo, a maioria das pessoas quer cair na cama por pelo menos um dia antes de voltar aos poucos à rotina.

Meus pais não são como a maioria das pessoas.

Eles chegaram hoje cedo, falaram sem parar durante o café, desfizeram as malas, lavaram roupa e começaram a se preparar para o nosso tradicional jantar em família de domingo.

Eu, por outro lado, consegui escrever um post de blog de quinhentas palavras sobre os benefícios de uma jornada de trabalho flexível, que preciso entregar amanhã para um cliente, e decidi que merecia um cochilo. Não sei como, acabei dormindo a tarde inteira.

Não desço a escada saltitante como antes. Por causa da doença mista do tecido conjuntivo, preciso me agarrar bem ao corrimão e rezar para que meu joelho trêmulo não vacile. Tem sido frustrante descobrir novas limitações no corpo depois de três décadas vivendo ligada no 220 (sim, exatamente como meus pais), mas estou tentando passar por essa fase de adaptação com serenidade e uma atitude positiva.

E a situação fica ainda mais difícil quando nosso gato ancião, Puck, que ainda está vivo só por um milagre, consegue descer a escada mais rápido que eu. Ele aterrissa no chão com o tilintar do sino e um pequeno grunhido felino de satisfação.

"Sério, Puck?" Desço com cuidado os últimos degraus. "Você tinha mesmo que esfregar isso na minha cara?"

"JuJu!" Minha irmã mais nova, Kate, quase tromba comigo ao sair da cozinha, na entrada no hall. "Eu já ia te acordar."

"KitKat." Sorrio. "Estou aqui."

"Está aqui." Ela entrelaça o braço no meu. "Curtiu a sonequinha de senhora?"

"Ei." Eu a cutuco no lado, e ela solta um gritinho. "Me deixa com minha sonequinha de senhora."

Kate sorri para mim, com uma leve salpicada de sardas no nariz, o brilho atrevido nos olhos azul-esverdeados com bordas cinza, que nós três herdamos da nossa mãe. Seu cabelo é escuro como o meu e o da Bea, minha irmã gêmea, mas com um tom avermelhado, e está preso num coque bagunçado. "Toma cuidado. A mamãe tentou fazer pãozinho sem glúten de novo. O papai quase quebrou um dente."

Eu dou risada. "Ai, não."

"Pois é. Mas a torta de legumes sem glúten até que ficou boa. Considerando que é uma torta vegetariana e sem glúten."

"Se está boa, não foi você quem fez."

"Ei!" Kate me cutuca. "Sem graça."

"Katerina!" A voz da nossa mãe ecoa da cozinha. "Você não está incomodando a sua irmã enquanto ela desce a escada, né?"

"Não, mãe!" Kate revira os olhos e murmura: "Ela ainda te trata como uma boneca de porcelana".

Sorrio para minha irmã mais nova, que tem a ousadia de ser dez centímetros mais alta que eu. "Alguém tem que fazer isso, já que você e a Bea se recusam."

"É isso aí", diz Bea, pondo a cabeça para fora da cozinha. Minha irmã gêmea se parece um pouco comigo, mas tem um estilo lindo e próprio, com o cabelo escuro e pontas loiras, e tatuagens coloridas por todo o corpo. Ela abre um largo sorriso. "E aí! Vestido bonitão, JuJu."

Eu comparo a roupa dela com a minha e suspiro. "Ah, valeu, BeeBee. Seu vestido também é uma graça."

Bea e eu estamos usando o mesmo vestidinho solto, de cores diferentes — o dela é amarelo-vivo; o meu, rosa-claro. Pura coincidência. Não é sempre que isso acontece, mas, quando vestimos a mesma roupa, nossa mãe insiste em fazer uma foto como nos velhos tempos. É exatamente o que ela faz assim que dá uma olhada por cima do ombro e percebe. Ela nos posiciona juntas, movendo meu corpo com delicadeza. Minha mãe acha que uma brisa forte me faria desabar.

Enquanto a mamãe discute com Kate, que é fotógrafa, sobre como usar o modo retrato na câmera do celular, sorrio. Bea enlaça minha cintura e me faz rir com uma piada sobre as discussões intermináveis da nossa mãe com a Kate desde que nossa irmã voltou para casa depois de anos viajando como fotojornalista.

Nos separamos e entramos na cozinha. Meu sorriso some um pouco quando olho em busca de algo para fazer, mas fico sem opções.

A luz suave do teto aquece o ambiente, cortando o vapor da torta vegetariana (por causa de Kate) com massa sem glúten (por minha causa). Papai está no balcão. Com uma mão, termina de temperar a salada. Com a outra, segura carinhosamente a cintura da mamãe enquanto ela abre uma garrafa de vinho. Kate se aproxima de Christopher e sussurra algo em seu ouvido, fazendo-o sorrir conforme ele monta um prato de sobremesas com brownies de chocolate puro e tortinhas cintilantes cobertas com frutas frescas de verão. Bea e Jamie estão lado a lado, pegando pratos, a saladeira e uma travessa para o pão, lançando olhares carinhosos um para o outro.

Estão tão felizes.

E, meu Deus, como estou feliz por eles.

Mas ali, no meio da cozinha, sem nada nas mãos, sem ninguém ao *meu* lado, é difícil não me sentir um pouquinho... *in*feliz por ser a única sozinha.

A chuva bate nas janelas. Outra tempestade chegou logo depois de eu me despedir de Will ontem e não parou desde então. Com cuidado, eu me sento em um banco na ilha da cozinha e tento conter um gemido. Outra parte divertida da doença: o clima chuvoso faz minhas articulações doerem ainda mais.

Mamãe percebe minha expressão de dor quando me acomodo no banco e se afasta dos braços do papai para se aproximar de mim. "Está sentindo dor?", ela pergunta. "Quer tomar um analgésico?"

Suspiro devagar, tentando afastar a frustração que tem se acumulado nos últimos sete meses. Sei que a mamãe quer cuidar de mim, mas o constante excesso de preocupação só faz com que eu me sinta pior. "Só estou um pouco rígida do cochilo. Estou bem, mãe. Mas valeu, ok?"

Até que um comprimido de naproxeno de oitocentos miligramas para aliviar a dor não seria nada mal. Mas não em jejum. Isso acabaria com meu estômago. Vou esperar até depois do jantar, quando estiver com comida no estômago e longe do olhar da minha mãe, para que ela não fique ainda mais preocupada.

Com um beijo na minha têmpora, mamãe esfrega minhas costas gentilmente, da mesma maneira que fazia quando eu ficava doente na infância. "Tem certeza?"

"Tenho!" Eu dou uma batidinha na mão dela e tento escapar discretamente da massagem nas costas que não acaba nunca.

Entendo a mamãe. Sua preocupação não surgiu do nada. Eu estava muito mal no final do ano passado, com a saúde em frangalhos. No começo foi assustador, mas agora estou melhor. No dia seguinte ao Natal, acordei com as articulações tão rígidas que pareciam feitas de cimento, manchas estranhas que tinha ignorado e voltaram a aparecer; a febre e as dores musculares que eu senti na Escócia, achando que era uma virose; além de vários problemas digestivos. Com essa avalanche de sintomas bizarros, tive que ser tratada por um reumatologista, que me prometeu que controlaríamos meu sistema imunológico hiperativo.

Tenho tentado fazer minha parte, cuidando de mim junto ao meu médico. Mesmo assim, não estou cem por cento. Talvez eu nunca esteja, e é algo que estou começando a aceitar. Alguns dias com mais facilidade que outros. Seria bom se minha mãe seguisse meu exemplo e começasse a aceitar também. Eu queria que ela entendesse que esse meu "novo normal" pode ser isso mesmo — normal.

"Como posso ajudar?", pergunto, para deixar um pouco de lado toda a vibe de Tadinha da Juliet.

Mamãe sorri, dando tapinhas na minha bochecha. "Pode ficar sentadinha aí."

Solto um suspiro infeliz quando ela me deixa sentada na ilha da cozinha. Olho ao redor e vejo que todos os outros estão ocupados com alguma tarefa útil. É quando eu percebo que os apaixonados estão todos juntinhos. Meu pai tempera a salada e beija minha mãe discretamente atrás da cortina de cabelo dela. Com uma mão, Kate pega um pedaço de brownie; com a outra, aperta a bunda de Christopher. Bea roça no pescoço de Jamie enquanto ele pega os pratos para o jantar.

Minha vida ultimamente é essa: segurar vela pra seis.

Estou começando a ficar melancólica quando meu celular vibra no bolso do vestido. Meu estômago aperta. É uma mensagem de um número desconhecido, mas sei na hora de quem é.

Oi, Juliet. Desculpa só mandar mensagem agora. Tive que me inteirar das coisas por aqui, mas finalmente consegui um tempo pra mim. Estou mandando todos os dias em que eu estarei livre no próximo mês. Posso ir até você todos esses dias ou só alguns, o que você preferir. Ah, aqui é o Will.

Um sorriso se forma em meus lábios enquanto olho as datas que ele enviou. Ele se prontificou a vir todos os fins de semana no próximo mês.

JULIET: Vai dirigir pra caramba, Duque Orsino. Tem certeza de que tá a fim de vir todo fim de semana?
WILL: Tudo pela Lady Juliet.

Mal consigo segurar um gritinho, batendo os pés embaixo da mesa. Meu Deus, ele é muito fofo.

WILL: Isso foi esquisito, né? Te chamei de Lady Juliet. Tentei brincar com o lance do duque, mas agora tô em dúvida.

Mordo o lábio para abafar o sorriso enquanto respondo.

JULIET: Eu achei o "Lady Juliet" bem fofo, mas você também acabou de dizer que faria tudo por mim. Só isso já é 10/10, arrasou.
JULIET: Ah, tô livre em todos esses dias durante o dia. Só à noite vou ficar com uns amigos, mas podemos praticar de manhã e à tarde (e você pode curtir com a gente à noite!).
WILL: Nossa, que fácil.
JULIET: É, eu sou fácil.

Solto um gemido, percebendo o que acabei de dizer, e começo a digitar tão rápido quanto meus dedos rígidos permitem.

JULIET: Eu quis dizer que sou facilmente convencida, não no sentido sexual.
JULIET: Piorei tudo dizendo "sexual".
WILL: E eu achando a conversa dos amassos ontem intensa…

Franzo o rosto, outra vez envergonhada.

JULIET: FALEI QUE TÔ ENFERRUJADA. Faz tempo que não flerto, sendo engraçadinha. Dá um desconto!
WILL: Eu nunca flertei nem fui engraçadinho, então você tá bem melhor que eu.
JULIET: Que bom que você tá livre no próximo fim de semana, vamos conseguir evoluir.
WILL: Que bom que você tá livre também. Quer tomar um café sábado de manhã? Posso depois das 10h. Você escolhe o lugar.
JULIET: Claro! Que tal às 10h30 na Boulangerie?

Envio a localização da minha padaria favorita.

WILL: Fechado. Estarei lá, pronto para oferecer minhas melhores (péssimas) tentativas de flerte.

Um sorriso enorme surge no meu rosto, tão largo que me faz as bochechas doerem.

JULIET: Vou preparada para suspirar.

"Que sorrisinho é esse?", minha mãe pergunta. Meu pai vira e me olha, seguido pelas minhas irmãs, depois Christopher e Jamie, todos curiosos.

Guardo o celular no bolso, ainda sorrindo, me sentindo bem menos como vela.

"É que eu acabei de ver os detalhes sobre meu novo projeto", digo, descendo do banquinho para pegar a bandeja com os guardanapos e talheres. "Finalmente, algo que me deixou empolgada."

6

WILL

Todo jantar em família na casa dos meus pais é uma bagunça. Comemorações de aniversário, então, são caóticas.

A longa mesa de pinho preenche a sala de jantar da casa onde cresci. Estou espremido entre minhas irmãs, seus parceiros, minha sobrinha, meu sobrinho e meus pais. A mesa está cheia de florzinhas e glitter colorido, enfeites de unicórnios e comidas que minha sobrinha, Eleanor, adora. É tradição de aniversário: o aniversariante escolhe o que vamos comer. Agora restam as sobras nos pratos, bordas crocantes e migalhas pela mesa. Os guardanapos foram deixados ao lado dos pratos. As cadeiras rangem quando todos se acomodam. Uísque e vinho são passados e servidos.

Estou distraído. Meu olhar vagueia até a janela, onde, lá fora, a brisa quente do verão balança as rosas de damasco que meu pai e minha mãe plantaram no dia do casamento, que tem durado e prosperado por trinta e cinco anos.

Graças aos meus protetores auriculares (sem eles, o caos sensorial é certo), consigo ouvir meus pensamentos. Uma preocupação me consome há quase uma semana: o que vou dizer aos meus pais sobre esse meu plano, sem contar *demais*. Para ser mais específico, não sei o que dizer à minha mãe. Meu pai é um cara tranquilo e calado. Ele me disse que sabe que eu vou resolver o que fazer com meu futuro. Minha mãe, por outro lado, sempre quis saber demais sobre minha vida. Ainda mais agora, com essa ideia de um casamento futuro.

Por enquanto eu disse aos meus pais que vou dar uma folga para a Imogen, minha terceira irmã mais nova, no trabalho de manter o relacionamento com os bares e os restaurantes da cidade que fornecem o nosso uísque.

Immy é muito extrovertida. Nunca reclamou de ter que ir periodicamente à cidade com o parceiro, Leo, para socializar, passar nos estabelecimentos dos nossos clientes para comer alguma coisa e deixar uma garrafa de uísque de trinta anos, uma amostra de uma nova leva que vamos começar a vender em breve. Ela faz isso há anos e adora. Mas Immy nos contou há duas semanas que está grávida do primeiro filho e, com tantos enjoos matinais, o primeiro trimestre está difícil para ela. Quando eu disse que cuidaria das visitas à cidade, ela me abraçou, chorando de felicidade e alívio.

Isso é tudo o que meus pais sabem até agora. É um bom pretexto, e um bom motivo para eu ir à cidade nos finais de semana no próximo mês. Posso dar essa desculpa e manter o restante em segredo.

Mas acho que *preciso* contar à minha mãe que finalmente comecei a pensar em me casar, nem que seja só para ela me deixar um pouco em paz. Ultimamente, ela tem sido bem insistente com a missão "ajudando Will a achar uma esposa". O menor dos detalhes já é o suficiente para ela imaginar infinitas possibilidades. Por exemplo: algumas semanas atrás eu comentei, por acaso, que seria bom me casar com alguém que não odiasse usar o celular e que entendesse de redes sociais, e ela começou a me enviar vários perfis de influenciadoras.

Preciso que ela saiba que estou me planejando, para que ela me alivie um pouco. Só tenho que ser esperto e não revelar demais. Caso contrário, amanhã mesmo Juliet e eu estaremos tomando café com uma entusiasmada Isla Orsino.

Já tenho tudo pronto para sair amanhã. Fest sabe como cuidar das coisas na fazenda e na área de produção da destilaria. Os passeios e as degustações acontecem aos finais de semana, sem falhas, graças à minha segunda irmã mais nova, Celia, que cuida de tudo. A parte logística está em ótimas mãos.

Só não sei como contar para minha mãe o que vou fazer sem que ela fique ainda mais obcecada pelas minhas tentativas de "dar o grande passo".

Uma garrafa de uísque passa na minha frente, e eu entrego a Demi, esposa da Helena, a mais velha das minhas caçulas, à minha direita. Demi sorri para mim e murmura "Valeu".

Quando volto minha atenção para a mesa, Miranda, minha irmã mais nova, que está à minha esquerda, me dá uma cotovelada.

Preparo-me para o ataque de sons e tiro o protetor auricular esquerdo. "O que foi, Mimi?"

Ela aponta o queixo para a cozinha. "Mamãe quer falar com você. Ela disse que te mandou mensagem."

Olho o celular e franzo a testa, confuso. Não senti a vibração, mas lá está a mensagem: Na cozinha, por favor.

Solto um suspiro, me levanto e vou até a cozinha. Assim que chego lá, tiro o outro protetor auricular e o guardo com cuidado no pequeno estojo preso às minhas chaves. Deixo tudo no bolso. "Oi, mãe."

"Oi, Will." Minha mãe está inclinada sobre o bolo de Eleanor, coberto com pasta americana, e o decora com pequenos unicórnios de açúcar e estrelas cadentes. A artrite reumatoide da minha mãe persiste, mas, quando os sintomas diminuem, ela fica quase tão habilidosa como antes.

Depois de finalizar a última estrela cadente, ela sacode as mãos. "Tenho alguém para te apresentar."

Meu estômago afunda. "Mãe, não."

"Sim, Will." Minha mãe se endireita e me encara, afastando com o dorso do pulso uma mecha solta do cabelo ruivo mesclado com branco. "Não é uma moça ou um rapaz, ou, sabe, uma pessoa com quem estou tentando te juntar." Ela gira a base do bolo, inspecionando seu trabalho. "É alguém ainda melhor. Uma *casamenteira*."

"Droga."

"William Orsino, olha a língua na minha cozinha."

Resmungo, esfregando o pescoço. "Desculpa, mãe. Mas não quero uma casamenteira. Não preciso de uma..."

"Você mesmo me disse que não sabe como vai encontrar alguém. É desse jeito. Foi assim que seu pai e eu nos conhecemos..."

"Uma amiga em comum numa festa *não* é uma casamenteira."

Ela põe as mãos nos quadris. "A Fee era só uma amiga de negócios na época, e era um evento de networking. Ela nos apresentou porque tínhamos interesses mutuamente compatíveis."

Essa "amiga de negócios" é uma das melhores amigas dela. Minha mãe fala com Fee por ligação todo dia.

"Esse 'evento de networking'", eu relembro, "tinha muito uísque e maconha, pelo que me lembro."

Minha mãe solta um "hum" de desdém e se vira para o bolo de Eleanor, ajustando um unicórnio. "Era assim nos anos 1970, quando a gente reunia os ecochatos que estavam empolgados com o cultivo sustentável da terra." Ela gira e me encara. "Mas estamos fugindo do assunto."

Cruzo os braços e ergo uma sobrancelha. "Estamos?"

"Ah!" Ela bate o pé no chão. "Não se faz de difícil."

"Não é isso. Só estou tentando dizer que não quero uma casamenteira." Suspiro, esfregando o rosto. "Olha, eu sei que você está preocupada comigo..."

Ela segura minha mão e aperta firme. "Eu estou, sim. Já aceitei o que você diz, que não espera ter amor no casamento. Respeito isso. Seria hipócrita de minha parte não respeitar. Você sabe que também foi assim no começo com seu pai e comigo. Começamos como amigos, com interesses comerciais em comum e, também, interesses na cama..."

"Mãe, por favor!" Faço uma careta.

Ela revira os olhos. "A questão é que não estou tentando te empurrar para algo que você não queira, Will. Só quero que você tenha algo que me disse que quer, mas não parece se esforçar para conseguir."

"É porque estou sempre aqui, trabalhando!"

"Então pode tirar uma folga e sair daqui!" Ela meio que grita.

"Vou fazer isso mesmo!", eu meio que grito de volta.

Ficamos nos encarando, ambos com os rostos vermelhos, o peito subindo e descendo.

Ela inclina a cabeça. "Vai?"

É, parece que não foi uma questão de encontrar o momento certo de contar a ela. O momento certo simplesmente chegou. Vamos lá.

Eu suspiro. Passo as mãos pelo cabelo. "Você sabe que vou começar a viajar para a cidade amanhã, não é?"

Minha mãe arregala os olhos. Seu rosto se ilumina de esperança. "Uhum?"

"Eu encontrei uma pessoa..."

"Ah!", ela grita.

"Não é *a* pessoa."

Minha mãe desanima. "Ah."

Eleanor, minha sobrinha, entra correndo na cozinha, balançando o vestido colorido. Seu cabelo ruivo-vivo está preso em uma coroa brilhante de papel. "Licença, vovó. Meu bolo tá pronto?"

"Está, meu amor", minha mãe responde, afastando o cabelo dela do rosto. "O tio Will vai levar agora. Depois vamos colocar as velas e cantar!"

Ellie dá um grito de animação que me faz estremecer.

Assim que ela sai, minha mãe se vira para mim. "Então, quem é essa pessoa? Qual é o plano? Me conta tudo!"

"Mãe..." Eu suspiro. "É assunto meu, ok? Eu só... queria que você soubesse o que estou fazendo pra parar de se preocupar tanto."

"Só mais alguns detalhezinhos?" Minha mãe junta as mãos e faz cara de cachorro pidão.

Eu resmungo. "Mãe, não..."

"Por favor, Will? Não esconde as coisas da mamãe."

"Caramba", murmuro.

Ela me dá um tapa no braço. "Olha a boca!" Depois, volta a apelar para a pena, com as mãos entrelaçadas.

Dou o braço a torcer. Sempre acabo cedendo para minha mãe. "Ok. Vou contar uma coisa, e depois sem mais perguntas. Promete?"

Mamãe faz um sinal de cruz. "Prometo."

"Eu encontrei uma pessoa que vai... me ajudar... a achar a pessoa certa." É a verdade, mesmo que incompleta. "É tudo o que vou dizer."

Minha mãe fica em silêncio por alguns segundos, e então abre um sorriso largo e satisfeito, como os gatos da fazenda quando Miranda enche as tigelas deles de sorvete. "Bem", ela diz, pegando as velas e os fósforos, sorrindo para mim. "Gostei desse seu plano. Parece *muito* inteligente."

Franzo a testa enquanto pego o bolo. "Sério?"

"Claro", ela diz, dando tapinhas na minha bochecha. "Encontrar alguém para ajudar você a encontrar a *sua* pessoa? Eu mesma tive essa ideia."

Suspiro, frustrado, e a sigo para fora da cozinha.

Na manhã seguinte, examino meu reflexo no espelho do banheiro enquanto escovo os dentes, e não sei se gosto do que vejo. Acho que Celia tem razão. A barba passou de um pouco descuidada para "sobrevivencialista que mora num bunker".

Olho para baixo, onde Hector, meu pit bull cinza adotado, está deitado aos meus pés, descansando a cabeça nas patas. "O que você 'afa'?", pergunto, com a boca cheia de espuma.

Hector levanta a cabeça, inclinando-a de lado. Depois resmunga e deixa a cabeça cair nas patas outra vez.

"Pois é." Inclino-me sobre a pia e cuspo, pois não consigo deixar muita espuma de pasta de dente na boca, depois volto a escovar. "Tem razão. Vou aparar um pouco."

A porta da minha casa se abre com força, e eu levo um susto tão grande que quase arranco uma amígdala com a escova de dentes. Olho com raiva para Hector. "Que tipo de cão de guarda você é?"

Ele se vira de barriga para cima e se espreguiça.

"Preguiçoso", murmuro.

"Tio Will!" Eleanor bate a porta e depois pula pela casa, atravessando a sala aberta que une a cozinha, a sala de jantar e a sala de estar, indo para o banheiro. "Aonde você vai?"

"Ellie, suas mamães sabem que você veio aqui?"

Enquanto eu caminhava pelo meu jardim de manhã, com meu café, inspecionando os vegetais e tirando ervas daninhas, percebi que o carro da Helena e da Demi estava estacionado na clareira ao lado da casa dos meus pais.

A casa onde fui criado fica a uns sessenta metros da casa onde eu vivo, que é uma antiga cocheira que eu reformei ao voltar pra cá depois da faculdade. Helena e Demi dormem na casa dos nossos pais quando ficam lá até tarde tomando drinks, já que não seria seguro voltar para o apartamento da cidade, em cima da loja delas de cosméticos e sabonetes. Minha preocupação não é que Eleanor tenha saído de casa, e sim que tenha feito isso sem dizer a ninguém. Ela faz isso às vezes.

Minha sobrinha está caminhando pelo meu chão de madeira, distraída, evitando cuidadosamente pisar nas linhas. Depois de mais um passo, Eleanor pula no meu banheiro e sorri para mim. Ela então se agacha para coçar a barriga do Hector. Ele solta um grunhido de felicidade e rola no chão.

"Ellie", digo de novo. "Suas mamães sabem que você está aqui?"

Finalmente, ela olha para mim, com o rosto franzido, pensativa. "Nããão, mas elas estavam dormindo. Não deu pra contar."

Olho feio para ela. "Você não pode sair de casa sem avisar."

"Não é minha casa", ela rebate.

Eu suspiro. "Quis dizer a casa onde você está."

"E eu avisei a vovó", ela diz. Começa a subir pela estreita soleira da porta do banheiro, com as mãos e os pés descalços pressionados contra ambos os lados da moldura.

"Então a vovó está acordada", digo.

"Claro que tá." Ellie desiste de subir, escala o vaso e fica em pé atrás de mim. Ela mexe no meu cabelo e começa a fazer uma trança na parte de trás. "Eu acordei ela. Depois nós pegamos o Hal porque ele acordou também."

Hal, meu sobrinho, é o irmãozinho de dois anos da Ellie.

"A vovó fez panquecas pra você?"

"Fez! Com granulado colorido. Mas não conta pra mamis nem pra mamãe. A vovó disse que é nosso segredo de açúcar."

Eu fecho a boca com um movimento de zíper. "Boca de siri."

"Então..." Eleanor puxa meu cabelo, e eu me contorço. "Pra onde você vai?"

Olho para ela no espelho. Ellie está concentrada, com a língua para fora, enquanto trança, ou melhor, embola meu cabelo. "Ellie, foi a vovó que te mandou perguntar isso para mim?"

Eleanor não percebe, mas consigo ver pelo espelho que ela faz uma expressão de quem foi pega no flagra. Seus olhos permanecem no meu cabelo. "Hm... Não!"

Eu seguro as mãos dela com delicadeza. "Ficou boa a trança. Mas eu preciso sair, então chega de tranças por hoje."

Ela pula nas minhas costas, agarrando-se como um coala. "Tá bom. Então. Pra onde você vai?"

"Vou pra cidade. E esses são os únicos detalhes que você *e* a vovó vão saber."

Ela sai das minhas costas e pula até minha bolsa aberta, que está na mesa de jantar. Fuça lá dentro e franze a testa. "Cadê a blusa que eu te dei? Não colocou na mala?"

Paro pra pensar, tentando encontrar uma maneira de escapar dessa. A Eleanor adora dar presentes. Principalmente quando *ela* recebe presentes — no Natal, no aniversário. Ontem, depois de abrir seus presentes de aniversário, ela distribuiu os presentes *dela* para todo mundo e, com muito entusiasmo, me entregou uma blusa laranja berrante.

Não sou muito de usar blusa laranja. Na verdade, não gosto de usar *nada* laranja. Eu sou ruivo. Meu corpo é laranja.

"Ah, é que..." Eu coço o queixo. "Na verdade..." Pigarreio. "Eu não coloquei na mala porque... eu ia... usar hoje?"

Ela arregala os olhos, cinza-esverdeados como os meus, os do meu pai, os da Helena e os da caçula, Miranda. "Vai mesmo?!" Ela dá um grito de empolgação, pulando de um lado para o outro.

É assim que, trinta minutos depois, estou dirigindo pela estrada, vestido com uma blusa laranja.

7

JULIET

Talvez eu me atrase para o encontro com o Will. A culpa é das minhas roupas. Nada parecia adequado, bonito ou confortável. Experimentei doze roupas, até que, por fim, escolhi um vestido lilás, leve e soltinho, que é confortável e combina com meu tênis rosa e roxo, de estampa floral — um novo item essencial no meu guarda-roupa, para dar o máximo de apoio às minhas articulações nas caminhadas. Mas, mesmo agora, não tenho certeza se essa foi a escolha certa. Estou mais pálida do que gosto de estar para usar lilás, graças a um dos meus remédios, que aumentou a sensibilidade da minha pele à luz solar. Além disso, o decote é mais baixo e mais revelador do que eu lembrava. Não que eu tenha vergonha de dar uma palhinha; só não tenho certeza se é essa a vibe que quero para meu primeiro encontro — encontro de *prática*! — com o Will.

Talvez eu esteja exagerando um pouco.

Não sei por que estou uma pilha de nervos. Acordei agitada, pensando demais em tudo, como na quantidade de creme que queria no café e até no meu penteado. É só um encontro de ensaio. É só o Will.

Will, o cara gostoso, encantador e muito fofo, com quem vou passar os próximos quatro fins de semana praticando o romance.

Will, com quem, sinceramente, quero fazer coisas obscenas. Mas não vou, porque nós vamos manter essas práticas de romance em uma escala adequada para todos os públicos.

Ou talvez não tão adequada para menores. Ah, talvez um beijo e um abraço mais íntimos não sejam uma ideia tão ruim assim. Pensando bem, isso pode ser essencial.

Balanço a cabeça e solto um suspiro profundo ao atravessar a rua. Não deveria ficar pensando em cenários hipotéticos. No momento, preciso chegar à cafeteria e encontrar o Will. O resto vamos descobrir juntos. E, enquanto fazemos isso, vou ter que lembrar a mim mesma do motivo pelo qual não vai ser um problema praticar romance com um homem que mexe muito, muito comigo: Will Orsino quer casar não por amor, mas por dever familiar; ele é muito amigo do Christopher; em outras palavras, não é para mim.

Não vou me apaixonar por alguém que não esteja em busca de amor. Posso não estar pronta para amar alguém ainda, mas, um dia, espero me apaixonar outra vez, por alguém que queira o mesmo que eu. E não quero me apaixonar por outro amigo do Christopher. Eu sei que nem todo amigo do Christopher é como meu ex. Por enquanto, Will tem se mostrado a antítese dele. Mas meu ex-noivo e o Christopher eram muito próximos no trabalho, depois se tornaram amigos quando começamos a namorar. Quando tudo entre nós acabou, não fui a única a ficar magoada — Christopher também ficou. Prometi a mim mesma que nunca mais me envolveria com alguém próximo das pessoas importantes na minha vida. O caos que vem depois é grande demais; o risco de danos colaterais é alto.

Considerando tudo isso, Will é a pessoa mais segura que eu poderia ter escolhido para praticar minhas habilidades afetivas. Com o Will, estou segura — do risco de me apaixonar, de sofrer uma desilusão —, e posso dar início, finalmente, ao meu despertar para o romance.

Então por que, mesmo com essa certeza em mente, estou tão nervosa?

Ando pela calçada com a mão na barriga, que está mais agitada que o Puck durante os *zoomies*.

De repente, me dou conta de como é bom sentir esse tipo de nervosismo. Eu *deveria*, mesmo, sentir esse frio na barriga. É com esses sentimentos que eu quero voltar a me acostumar.

Passei a manhã inteira dizendo a mim mesma que estava me arrumando para treinar. Não percebi que, assim que acordei, já estava treinando.

Respiro fundo mais uma vez e abro a porta do café. Imediatamente avisto o Will, com a cabeça baixa, olhando para o que parece ser uma folha de papel. Está segurando um lápis, fazendo movimentos vacilantes. Palavras cruzadas, talvez? Está sentado em um canto aconchegante, o mais distante do balcão, e usa uma camisa laranja, uma cor que, sendo bem sincera, seria a última que eu escolheria para um homem com o cabelo dele. Mas até que combinou. Combinou *muito* com ele. Ele está... um charme. Perto dele, tudo perde o brilho. Igual as chamas em contraste com a escuridão da noite.

Eu me aproximo devagar, passando pelas mesas, com o estômago fumegando.

Está tudo bem, diz baixinho uma voz na minha cabeça. *Está tudo bem.*

Sorrio. Porque, pela primeira vez em muitos meses, acredito nessa voz.

Quando chego à mesa dele, paro. Will ainda está com a cabeça baixa. O lápis se move no que agora vejo ser um sudoku.

Meu sorriso se alarga. Coloco minha bolsa sobre a mesa e digo: "Eu tinha certeza de que você estava fazendo palavras cruzadas".

Ele se ergue de repente, como se tivesse levado um susto, e pisca para mim. O olhar dele passeia pelo meu corpo. Will engole em seco, completamente em silêncio. E então se levanta num salto.

"Oi." Ele estende a mão.

Olho para ele sem reação. Will imediatamente retira a mão e a enfia no bolso. "Vacilei feio agora", ele murmura, frustrado. "*Um aperto de mãos*? Qual é meu problema?"

"Will..."

"Posso tentar de novo?" Ele junta as mãos, sustentando meu olhar. "Por favor."

Não sei bem o que fazer. Quero deixá-lo tranquilo, contar uma mentirinha para que ele se sinta melhor. Quero dizer que não fez nada de errado.

Mas eu não deveria mentir, não quando ele quer melhorar nesse aspecto. Nós devemos ajudar um ao outro a evoluir, e isso significa que precisamos lidar não apenas com nossas vitórias, mas também com nossas dificuldades.

Não confirmo que ele vacilou, mas também não discordo. Só digo: "Vamos rebobinar".

Pego minha bolsa e a ajeito no ombro. Dou uma olhada rápida para trás, para me certificar de que o caminho está livre, antes de voltar. Vou andando para trás até chegar à porta do café. Me atrapalho um pouco com a maçaneta atrás de mim. Consigo abrir, saio do café e deixo a porta fechar.

Através da porta de vidro, vejo Will parado no canto aconchegante, com uma expressão confusa no rosto. E também... não sei bem o quê, mas acho que pode estar achando engraçado.

Sorrio para ele, então aceno e faço um gesto indicando que deve se sentar.

Ele se senta. Meu sorriso se alarga, e eu abro a porta. Segunda tentativa.

Mais confiante do que antes, bem menos trêmula, eu entro no café. Desta vez, Will me observa o tempo todo, com os olhos fixos nos meus.

Quando chego à mesa, ele se levanta, com mais desenvoltura que da última vez. Está mais calmo.

"Juliet", diz. Seu olhar passeia por mim. "Oi."

Sorrio. "Oi, Will."

Ele pigarreia. "Desta vez, não vou estender a mão."

Mordo o lábio. "Ok."

"Mas..." Pigarreia de novo. "Não sei muito bem o que fazer."

"O que te parece bom? Qual é o seu instinto?"

Ele passa a mão na nuca. "Se fôssemos completos estranhos, meu instinto seria me levantar, puxar a cadeira para você se sentar e ajustá-la na mesa."

"Cavalheiro", digo. "Gostei."

"Mas a gente se conhece", ele diz, com os olhos fixos nos meus. "Já conversamos bastante. Temos intimidade suficiente para... bem, um abraço. Esse é meu instinto. Eu perguntaria antes, claro."

Sorrio ainda mais. Que homem! "Pode perguntar."

Ele solta um suspiro. "Juliet, posso te dar um abraço?"

"Por favor." Eu contorno a mesa e vou direto para os braços dele.

Will me envolve delicadamente em um abraço breve e afável. Perfeito para um cumprimento de primeiro encontro.

Apoio levemente os braços em suas costas largas e respiro fundo. Ele tem um cheiro tão bom! O frio na barriga volta. Sorrio para mim mesma, com a bochecha roçando na camisa macia de algodão, e suspiro. Ele me solta, e eu preciso me obrigar a me afastar. "Isso foi muito bom", digo.

"Foi?"

"Foi." Percebo que deixei um cílio no bolso da camisa dele e removo com o dedo.

Ele olha para baixo, franzindo a testa.

"Estou só dando uma limpadinha", digo. "Meu cílio." Eu sopro o cílio, para dar sorte. "Gostei da camisa. Ficou muito bem em você."

Will enrubesce. Ai, esses homens que ficam corados...

"Não precisa me elogiar", ele diz, puxando minha cadeira. "Estou parecendo uma abóbora."

Eu dou risada enquanto me sento, e ele empurra minha cadeira para a frente. "Parece nada! Eu não mentiria pra você. Nós prometemos ser sinceros um com o outro, e estou cumprindo minha palavra. Acho mesmo que combinou com você."

Will me olha desconfiado. "Podemos concordar em discordar. Eu me sinto uma abóbora vestindo isso."

"Então por que está usando?"

"Minha sobrinha", ele diz e afasta o sudoku.

"Sua sobrinha?"

Ele assente. "Ganhei essa camisa dela ontem. Ela estava lá em casa de manhã quando eu estava arrumando as coisas, me preparando para sair... não tive escolha."

Meu coração dá uma cambalhota. "Ela queria que você usasse, e você é molenga demais para dizer não."

Ele resmunga baixinho, mexendo o lápis entre os dedos.

"Will, isso é um elogio." Eu me inclino sobre a mesa, baixando a voz. "É o tipo de coisa que se fala pra mulher que se quer conquistar. É uma coisa muito atraente."

A cabeça de Will se levanta. "Por quê?"

Eu recosto na cadeira. "Você deixou seu ego de lado pra fazer algo gentil por uma pessoinha que te ama. É um ótimo sinal."

O espumador de leite emite um chiado do outro lado do balcão, enquanto um aglomerado de pessoas passa por nós. Rapidamente, ocupam a grande mesa redonda ao nosso lado. É um bando agitado de adolescentes curtindo a liberdade do verão, falando alto e rindo. O barulho do lugar aumenta na hora.

Will passa a mão por baixo do cabelo e parece mexer no ouvido.

Isso me faz lembrar dos protetores auriculares que ele usava quando nos conhecemos no pub. Ele tem sensibilidade ao barulho.

Droga, eu deveria ter pensado nisso quando sugeri esse lugar para o café. Um lugar mais tranquilo, com um pátio quieto ao ar livre, teria sido bem melhor.

Will força o que acho que é um sorriso, mas só consigo interpretar como uma careta. Ele está se esforçando para ficar aqui. Mas não deveria ter que fazer isso.

Pego minha bolsa e a ajeito no ombro. "Vamos pedir pra viagem?"

Algo acontece antes de chegarmos ao balcão. Meus nervos estão de volta, e não é o frio na barriga de antes. Parece que um enxame de abelhas está ferroando minhas entranhas, fazendo minhas mãos formigarem e meu coração acelerar.

O que aconteceu com minha habilidade de bater papo? Por que meu sorriso parece uma careta? E eu achando que estava uma pilha de nervos *antes* de chegar aqui.

"O que foi?", Will pergunta baixinho.

Olho para cima e o vejo franzindo a testa. Will me observa atentamente, preocupado.

"Eu, hum..." Engulo em seco. "Não sei bem. Acho que estou só... me sentindo meio enferrujada agora."

Will caminha mais devagar, com os olhos fixos nos meus. "O que eu posso fazer?"

A gentileza dele faz meu coração apertar. "Não sei se tem algo a ser feito", admito. "Pode só... garantir que eu não estou sozinha?"

"Bem, gostaria de garantir que estou enferrujado também", ele diz. "Mas lembre-se: eu não tenho nada para enferrujar."

Dou um empurrãozinho nele com o ombro. "Para com isso."

Ele me dá um empurrãozinho também, olhando para mim. "Posso não estar enferrujado como você, Juliet, mas também me sinto meio desajeitado, mesmo que tenhamos as rodinhas de bicicleta agora."

"É", digo em voz baixa. "*Desajeitada* é a palavra certa."

Ele inclina um pouco a cabeça, se aproximando, e, sem querer ou não, o dorso de sua mão roça na minha. "Uma mulher muito sábia me disse que seríamos desajeitados juntos."

Engulo em seco outra vez, com mais facilidade agora. Um suspiro profundo preenche meus pulmões. Enlaço meu mindinho no dele. “Ela parece mesmo muito sábia. Mas, às vezes, ela acha mais fácil falar do que fazer.”

Ele aperta um pouco meu mindinho e depois solta. “Bom, eu ficarei feliz em lembrá-la, de vez em quando, que ela não é a única desajeitada. Se isso ajudar.”

Assinto. “Acho que ajuda bastante.”

“Posso ajudar o próximo?”, grita uma voz atrás do balcão.

Meu olhar se encontra com o de Will, e, num acordo tácito, entramos na fila.

Coloco a mão na barriga, que começa a roncar, e percebo que o zumbido de abelhas se foi. Resta apenas a fome voraz de ter pulado o café da manhã por causa de meu estômago nervoso. Olho as opções na vitrine, procurando algo para comer. Felizmente, a Boulangerie tem várias opções sem glúten.

A fila avança, e a pessoa à nossa frente pede um café coado. Eu pego meu celular na bolsa para poder pagar quando fizer o pedido. Ao tirar o celular, sem querer, seguro a capa do meu livro e o derrubo no chão.

Will se agacha e pega o livro antes que eu consiga me abaixar. Levanta exatamente quando a pessoa à nossa frente sai. Eu vou agradecer, mas as palavras morrem na minha língua quando ele põe a mão nas minhas costas e me guia com delicadeza para a frente.

Um choque de prazer se espalha nas minhas costas.

“Você primeiro”, ele diz, passando os olhos pelo menu.

Peço um latte gelado de leite de aveia com baunilha e um docinho de limão sem glúten. Will pede um muffin de mirtilo e um café gelado. Eu me afasto para esperar. Faço questão de ficar o mais distante possível do rangido do espumador de leite, perto da porta da frente.

Will ainda segura meu livro, e eu estendo a mão para pegar. “Obrigada por pegar pra mim.”

Ele olha para o livro, depois para mim. “Ah, claro.”

Guardo o livro na bolsa e sorrio. “Não saio de casa sem um bom livro de romance.”

“Por que você começou a ler esse tipo de livro?”, ele pergunta. “Os livros de romance.”

Fico aliviada ao ouvir curiosidade no tom dele, e não condescendência, como costumam fazer quando me perguntam sobre esse gênero, que muita gente acha trivial e nada literário. Não que eu esperasse desdém da parte dele. Will parecia interessado quando falamos sobre livros na semana passada. Mesmo assim, há uma diferença entre só aceitar uma sugestão e demonstrar interesse genuíno. É bom saber que ele está interessado.

"Porque eles me deixam feliz", respondo. "Só me dei conta recentemente, mas eu tenho ansiedade há muito tempo. Mesmo antes de entender o que estava acontecendo, acho que comecei a ler livros de romance porque eles nunca me causavam ansiedade. Eu sabia que sempre teria um final feliz. Mesmo quando as coisas ficam difíceis na história, tudo acaba bem. Essa previsibilidade é muito reconfortante. E... eu amo o amor. O amor entre amigos. O amor de família. O amor romântico. Os romances celebram tudo isso."

Ele assente. "O que você lê mais? Os de época ou os contemporâneos?"

"De época", respondo. "Mas eu topo ler um contemporâneo com você, se ainda quiser."

Um casal com um carrinho de bebê está vindo em nossa direção, passando perto demais do balcão. Olho ao redor para ver para onde posso ir sem ser atropelada quando Will se aproxima e fica ao meu lado. Põe a mão nas minhas costas, fazendo com que o casal tenha que passar ao nosso redor.

O frio na barriga retorna, como se eu estivesse numa montanha-russa.

"Você acha que é a melhor escolha?", ele pergunta.

Saio do transe. "Livro contemporâneo de romance? Com certeza. Pelo menos para explorar como o flerte e o romance acontecem hoje em dia." Sorrio para ele. "A menos que você planeje conquistar sua futura esposa dançando em salões de baile e levando ela para passear de carruagem no campo."

Will olha para mim, apertando os olhos. Não consigo dizer se há um sorriso por baixo dessa barba espessa. Mesmo assim, parece que mandei bem.

A barista chama os nossos nomes, acabando com o clima. Com dois passos largos, Will entra na horda que espera pelos pedidos e pega nossas bebidas e sacolas de doces com um único movimento ágil das mãos grandes. Consigo passar pelas pessoas, com Will atrás de mim, até finalmente estarmos do lado de fora. Somos recebidos pelo canto dos pássaros e o zumbido do tráfego da manhã de sábado.

"Tem algumas mesinhas do outro lado da rua, no parque", digo a ele. "Quer ir pra lá?"

Will franze a testa ao olhar para os pombos que começam a saltitar ao nosso redor. Ele não responde.

"Will?"

"Eu como em qualquer lugar", diz ele, ainda olhando para os pombos. "Desde que esses ratos voadores não fiquem por perto."

"Ratos voadores!", exclamo. "Não são *ratos voadores*. Pombos são fofos."

"Fofos", resmunga ele, esquivando-se quando um pombo caminha em sua direção.

"Will, você... tem *medo* de pombos?"

"Não", ele resmunga, pulando para trás quando outro pombo se aproxima.

"Xô!", digo para os pombos, afastando-os com a mão. Eles batem as asas e pousam mais adiante na calçada. "Viu? Tudo resolvido."

Will me lança um olhar desconfiado. "Eu dava conta."

"Claro que sim." Eu me aproximo dele, com um sorriso largo, enquanto enlaço meu braço no dele. "Agora, vamos pegar aquela mesa vazia do outro lado da rua. Prometo que vou afastar os pombos."

8

WILL

Nunca fiz isso antes. Não em um contexto fora do trabalho. Nunca me sentei para conversar com uma mulher que não fosse uma de minhas irmãs ou minha mãe.

Ao longo dos anos, conheci várias mulheres. Mulheres que *não* estavam buscando romance. Queriam algo físico e nada mais. Mas isso é diferente. Eu me sinto fisicamente atraído por Juliet, uma sensação familiar. No entanto, quanto mais fico aqui, mais sinto essa atração aumentando conforme conversamos, como uma bola de neve. Já me senti atraído por outras mulheres. Agora, não é só atração o que eu sinto. É algo mais.

Me pego contemplando não apenas o suave perfume floral de Juliet, mas o som de sua risada misturado à brisa morna de julho. Enumero cada ponto de contato entre os nossos corpos, os joelhos se esbarrando debaixo da mesa, a mão dela tocando a minha enquanto pega o lápis e tenta resolver meu sudoku. Mas o número que mais impressiona é o de vezes que ela sorriu desde que nos sentamos.

Seis vezes. Cada sorriso maior e com mais vontade.

"Tem que ser oito!", ela grita, apontando para o papel.

"Você está muito apressada", digo. "*Pode* ser oito. Mas você precisa descartar todos os outros números que poderiam estar nesse quadrado. Você só sabe que é oito ali quando tiver certeza de que nenhum outro número funciona. É um processo de eliminação. Exige paciência."

Ela joga o lápis na mesa e solta um ruído de frustração. "Paciência não é meu forte."

Cubro a boca para não rir. Ela é uma graça. "Sudoku não é um bom jogo para um primeiro encontro. Anotado."

Um pombo se aproxima de nós, e Juliet se inclina para fora da cadeira, espantando-o. "Pelo menos, não comigo."

Outro pombo vem em nossa direção, do outro lado. Juliet se vira e o afasta também.

Faço uma careta. "Eles estão nos cercando."

Juliet se vira para mim e suspira. "É, parece que sim. Vamos sair daqui? Dar uma volta?"

Eu me levanto depressa. Coloco o lápis no bolso da camisa, dobro o sudoku ao meio e enfio na calça. "Pronto quando você estiver."

Juliet se levanta. Ela solta um pequeno gemido conforme se move. Franzo a testa, com um aperto de preocupação no peito. Ela está dolorida? Machucada?

"Então..." Ela enlaça meu braço enquanto começamos a andar. "Como você quer fazer isso?"

Olho para ela. "Como quero fazer o quê?"

"Treinar", ela diz. "Acha melhor a gente conversar sobre isso? Ou quer só... ir direto aos finalmentes?"

Minhas bochechas ficam vermelhas. "Hum... ir aos... finalmentes?"

Os olhos de Juliet se arregalam. Ela bate na testa. "Eu estou enferrujada, lembra? Não quis dizer que deveríamos, sabe, ir aos *finalmentes*. Quis dizer no sentido de... sair, ter encontros e fazer o que temos que fazer. Ou, em vez disso, você quer *ir conversando* sobre o assunto?"

Minhas bochechas ainda estão quentes. Pigarreio. "Ok, entendi." Reflito sobre a última vez que falamos sobre o que estávamos fazendo. Quando ela entrou e eu, sem reação, estendi a mão para cumprimentá-la. Penso em como ela tornou aquele constrangimento mais fácil de lidar, sendo um pouco boba também, andando para trás no café, me dando uma segunda chance.

O bom humor de Juliet me ajudou a não pensar demais. Mas ter me atrapalhado e depois debatido isso com ela, bem, isso feriu meu orgulho, admito. Toda essa situação abala um pouco meu ego. Não me sinto confortável com coisas que não sei fazer. Costumo dizer que, se acho que sou ruim em alguma coisa, é porque é algo que eu não quero, algo com o qual não me importo.

Mas não é tão simples assim. É por isso que eu estou aqui, praticando com ela.

Vou precisar de um tempo para me acostumar com isso, para me abrir com ela, revelar partes de mim que eu geralmente mantenho bem guardadas, lá no fundo. É como aquela vez em que estava passando pela segurança do aeroporto e minha bagagem foi escolhida aleatoriamente para uma inspeção mais detalhada. Eu não tinha nada que pudesse me deixar envergonhado, nada incriminador. Ainda assim, me senti desconfortável e exposto ao ver minha mala ser aberta, meus itens privados sendo escancarados sem cerimônia.

Não estou acostumado com esse sentimento, principalmente em relação a uma mulher que mexe comigo. Mas não acho que isso seja algo ruim. É só... difícil.

Juliet aperta meu braço. "Está pensando em quê?"

"Desculpa. Eu... estava pensando na minha resposta."

"Pode pensar", ela diz. "Eu espero."

Juliet inclina a cabeça para trás e olha para cima. Olho também, mas só por um segundo. A última coisa que quero é tropeçar na calçada com Juliet pendurada no meu braço.

As árvores balançam com a brisa. Folhas verde-limão e galhos marrons dançam contra o céu. Tenho uma memória vívida de andar por essa parte da cidade na época da faculdade. Olhava para cima e via as folhas se moverem com o vento: uma tapeçaria de pedras preciosas de peridoto com toques de ouro, bronze e rubi. Era o começo do outono na cidade, que nunca chegaria à grandiosidade do outono no interior, mas também era bonito à sua maneira.

Observo Juliet, que ainda olha para o céu. Ela parece tão tranquila, reflexiva. Quero saber o que está pensando, sentindo, imaginando. Quero saber tanta coisa.

Só vou aprender se dialogar com ela sobre isso, se for corajoso e me expuser, como Juliet faz. E ela *é* corajosa. Eu venho carregando um rancor da adolescência que me fez rejeitar o romance desde então. Com base no que ela me contou, Juliet passou por um inferno com a pessoa que amava no ano passado, e aqui está ela, já tentando se abrir para o amor outra vez.

Juliet está sendo corajosa. Caramba, eu vou ser também.

"Acho que podemos fazer um pouco de cada", finalmente respondo.

Ela me olha. Escuta o que digo com os olhos fixos em mim.

"Acho que, em geral", digo, "a gente pode simplesmente... agir. Mas, quando for difícil para mim..."

"Ou para *mim*", ela diz.

"Estou aprendendo a andar de bicicleta ainda", eu relembro a ela.

Ela ergue as sobrancelhas. "E eu vou cair dela."

Assinto, concordando. "Quando for difícil pra qualquer um dos dois, a gente conversa. Que tal?"

Juliet sorri. "Acho ótimo."

Observo Juliet quando ela olha novamente para o céu, atraída pelo som de dois pássaros que voam em curvas e se entrelaçam em direção às nuvens. O vento afasta o cabelo de seu rosto. Quero passar a mão em seu cabelo, sentir o toque fresco e macio dos fios nos meus dedos.

Ela percebe que estou encarando e inclina a cabeça. "O que foi?"

Olho para ela. Vejo o sol brilhando em seus olhos, o cabelo escuro se movendo com o vento, as pequenas covinhas que sempre fazem uma aparição na bochecha. "Você está... muito linda."

Suas bochechas ficam levemente vermelhas. Juliet se vira e olha para a frente, prestando atenção no caminho. "Nossa, me pegou desprevenida. Excelente prática de flerte."

Não digo a ela que eu não queria ter dito isso, que meu cérebro estava pensando nisso e minha boca simplesmente deixou escapar.

Não digo a ela que eu sequer estava treinando.

"Qual é sua estação favorita?", pergunto.

Estamos caminhando para a casa de Juliet depois que percebi que ela tinha começado a andar devagar durante nosso passeio pelo parque. Ofereci para levá-la de carro, mas ela disse que o dia estava bonito demais para não ficar ao ar livre. Por isso, eu a acompanho até em casa — ela não mora longe do café onde nos encontramos.

Ela olha para mim. "Minha estação favorita? Primavera."

"Por quê?"

Juliet sorri para mim enquanto viramos a esquina para o próximo quarteirão. Passamos por uma fileira de sebes que se erguem como sentinelas protegendo grandes casas geminadas. "É a estação da esperança e dos recomeços", ela responde. "A promessa de que a vida vai ficar mais leve e mais bonita. A grama está sempre verde; as flores, frescas; e os jardins, fartos. Eu adoro flores e jardins, mas, no meu apartamento, só consigo manter alguns canteiros na janela e algumas plantas de casa." Ela me olha de esguelha. "E você?"

Uma imagem surge na minha cabeça. Vejo Juliet andando pelo campo de flores silvestres lá de casa, passando pelos jardins cultivados, subindo pelo caminho até minha casa. Ela para debaixo da treliça de rosas e glicínias que ladeia os paralelepípedos que levam à minha porta. Engulo em seco. "Primavera", digo a ela baixinho. "A primavera também é minha favorita."

Ela sorri. "Ditadura da primavera. É isso aí!"

O portão da casa seguinte — olhando bem, é um prédio — se abre. O barulho chama a atenção de Juliet, e seu sorriso desaparece do rosto.

É nessa hora que Juliet me puxa para os arbustos.

9

JULIET

Não estou raciocinando. Estou sendo movida pelo pânico.

Will e eu caímos nos arbustos, e os galhos pontudos arranham minha pele.

Eu o puxo para baixo comigo. Consigo me esconder abaixando um pouco, mas ele é alto demais, e a cabeça dele aparece por cima dos arbustos. Tinha que escolher um gigante para treinar romance.

"Juliet, o que você..."

"É minha irmã", sussurro para ele. "Com o *Christopher*."

Will cospe uma folha. "Achei que tínhamos combinado que não ficaríamos escondidos."

"Ah", sussurro. "Não esperava que eles saíssem do meu apartamento bem quando a gente estava indo pra lá!"

"Seu apartamento?" Ele franze a testa. "Por que eles estavam no seu apartamento?"

"Sei lá", murmuro e tento espiar pelos arbustos. Não consigo ver nada. "Eles têm a chave. Talvez tenham precisado de alguma coisa enquanto estavam aqui na cidade. Pegar o trem para a casa do Christopher daria muito trabalho. Mas essa não é a questão."

"Qual *é* a questão?", ele pergunta. Diferente de mim, Will não está sussurrando.

"Shiu", eu sussurro. "Fala mais baixo. Eles vão te ouvir!"

Will solta um suspiro pesado.

Tento ouvir os passos, o som das vozes de Kate e Christopher. Pararam de andar, e as vozes não aumentam. Devem estar parados em frente ao apartamento. Não sei por quê. O que eu sei é que isso é bem chato. Meus joelhos doem muito quando fico agachada assim.

Will se senta no chão, de pernas cruzadas. Ele está bem perto de mim. "Vem. Senta", ele sussurra, apontando para o colo. "Se vamos ficar escondidos aqui como bandidos, que fiquemos confortáveis, pelo menos."

Olho para o colo dele. Meus joelhos estão latejando. A ideia de sentar parece ótima, mas me lembro bem da nossa lutinha na estufa na semana passada, de como foi bom sentir o calor entre as coxas dele, por mais que tenha sido só por um segundo.

Péssima ideia sentar no colo dele.

"Não precisa", eu sussurro.

Ele me lança um olhar severo. "Você está dolorida", ele diz em voz baixa. "Eu vi você gemer quando levantou da mesa. Você mancou um pouco voltando pra casa."

A humilhação esvazia meu balão do orgulho. Ele percebeu.

"Vai se sentir melhor se sentar?", ele pergunta. "Fala a verdade." Will se inclina um pouco para a frente, com a voz mais branda. "A gente está sendo honesto um com o outro, lembra? Você prometeu."

Droga. Com um suspiro, eu me jogo no colo dele.

"Pronto", sussurro, amuada. "Está feliz?"

Ele dá de ombros. "Estamos escondidos como criminosos. Estou muito feliz."

Cruzo os braços sobre o peito, irritada por ele ter percebido minhas dores, porque Will agora é mais uma pessoa que vai se preocupar comigo. "Estou parecendo uma criança no colo do pai na hora da contação de história."

"Acho que é *um pouco* cedo para você me chamar de pai, mas..."

Fico estarrecida e olho por cima do ombro.

Will está cobrindo a boca, as bochechas vermelhas como um pimentão. Ele move a mão só um pouco para sussurrar com uma voz rouca: "Pensei em voz alta. Sem querer, deixei escapar".

Mordo o lábio, tentando com todas as minhas forças não rir. Tenho que fazer silêncio. Cubro a boca também quando uma risada ameaça escapar.

Conseguimos ficar em silêncio por alguns segundos, então volto a ouvir as vozes de Kate e Christopher. Não estão mais altas, nem mais baixas. *Ainda* estão parados na frente do meu apartamento.

De repente, o celular do Will começa a tocar. Felizmente, o som é abafado pela minha bunda. Ainda assim, está alto demais.

"Will!", grito sussurrando, olhando feio para ele por cima do ombro. "Põe no silencioso!"

Ele arregala os olhos, em pânico. "Não dá!", ele murmura. "Você está no meu colo!"

"Ah, de quem foi essa brilhante ideia?", rebato murmurando.

Ele solta uma respiração frustrada. "Pode pegar no meu bolso esquerdo, por favor? Só aperta o botão do lado para silenciar."

Hesito. O bolso dele está bem perto da parte dele na qual estou tentando não pensar, pressionada contra minha bunda. "Você não consegue?"

Ele me olha com raiva e sussurra: "Pra te apalpar sem querer? Não, valeu. Até *eu* sei que isso não é apropriado para o primeiro encontro".

Pressiono ainda mais a bunda contra o celular dele, tentando abafá-lo. "Nós não estamos praticando nada agora! Só silencia essa coisa!"

"Nada disso", ele sussurra.

"Meu Deus do céu!" Eu me viro e me apoio na nádega direita para conseguir alcançar o bolso dele. Enfio a mão, tateando. Meus dedos encontram algo grande e grosso, que não é nada retangular. Congelo. "Isso não é seu celular, né?"

Will engole em seco. "Não é."

Puxo a mão como se tivesse sido queimada, mas Will segura meu pulso, guiando a mão mais para a esquerda, até que meus dedos tocam a borda de um bolso. "Aí", ele diz. "Bem aí."

Tento ao máximo não imaginar isso como um comando que ele me daria em um cenário muito mais prazeroso. Enfio a mão no bolso, encontro o celular e aperto freneticamente os botões do lado até que fique mudo.

Dois segundos depois, o celular começa a vibrar.

"Bota pra fora", ele diz, com a voz rouca e urgente. "Por favor."

Esse duplo sentido eu não consigo deixar passar. Solto um risinho abafado, tentando engolir o som. "Mas passar a mão na bunda é demais pra um primeiro encontro?"

"Juliet", Will solta um grunhido baixo e suave na garganta. "Eu estava falando do *celular*."

Percebo que ele está sem paciência. Eu sei que essa situação ridícula é culpa minha, então enfio a mão no bolso de novo e retiro o celular, que está iluminado com uma outra chamada. Dessa vez, pelo menos, está só vibrando.

Toco o botão do lado para silenciar e minha atenção é atraída pela tela: o retrato de uma mulher que parece ter uns cinquenta, talvez sessenta anos, com o cabelo loiro-avermelhado com alguns fios brancos em um penteado elegante, grandes olhos âmbar com profundas rugas de expressão enquanto ela sorri para a câmera. MÃE está escrito no topo.

"Sua mãe é muito bonita", sussurro.

Will solta um suspiro. "Bonita e insistente."

De repente, as vozes de Kate e Christopher ficam mais altas. Ouço o som familiar das botas Dr. Martens da Kate e os passos longos e pesados de Christopher ao seu lado.

Coloco o dedo na boca e olho para Will com um olhar suplicante. Ele não responde, apenas me observa com um olhar cansado.

Finalmente, as vozes passam por nós e o som dos passos vai enfraquecendo.

Solto a respiração que nem percebi que estava segurando e me levanto desajeitada. Estou tão desesperada para me afastar dele que não me importo de parecer tão instável quanto me sinto.

Will se levanta graciosamente depois de mim, como fez na estufa semana passada, parecendo um grande gato selvagem, tranquilo e poderoso. O oposto total do meu impulso desengonçado. Eu ficaria irritada se não achasse isso tão sexy.

Nos olhamos por um momento com a respiração um pouco pesada. Abro um sorriso que espero que faça sua expressão mudar.

Não muda.

"Que aventura", falo.

Will se endireita, fica completamente de pé e olha por cima dos arbustos. "Já foram."

"Graças a Deus." Eu me esforço para passar pelos arbustos, tirando folhas e sujeira do vestido. "Desculpa. Eu sei que não foi o ideal."

Will tira uma folha da barba, com as sobrancelhas arqueadas. "Não foi o ideal?"

"Ok, foi um show de horrores", admito. "Desculpa. Eu entrei em pânico. Não queria que eles nos vissem. A única explicação de estarmos juntos é algo que ambos concordamos em manter em segredo."

Ele cruza os braços e olha para mim, depois solta um suspiro pesado. "Eu entendo."

Minha ansiedade diminui pela metade. "Entende?"

"Eu não gostei de termos que nos esconder, mas entendo." Ele baixa os braços. "Precisamos arrumar um jeito de não mentir sem contar toda a verdade. Porque, se isso acontecer de novo, estaremos preparados."

Eu assinto. "Tem razão."

Will olha para o céu, franzindo a testa. Enfia as mãos nos bolsos. "Eu disse ao Petruchio que viria para a cidade aos fins de semana este mês. Disse que daria uma passada nos bares e restaurantes que vendem o nosso uísque pra entregar amostras e apresentar uma nova versão dc quinze anos que estamos lançando. Então eu tenho uma explicação para estar aqui."

Meus olhos se arregalam. "Nossa, é uma boa explicação."

"É a verdade também", ele diz.

"Ainda melhor." Sorrio. "Você costuma fazer isso?"

"Não. Fico melhor em casa, administrando as coisas por lá." Will espanta uma abelha que começou a circundar sua cabeça. "Isso é trabalho da minha irmã Immy, mas ela não está em condições agora. Primeira gravidez, primeiro trimestre. Ela estava precisando de uma pausa. Achei melhor assumir essa parte por enquanto, mesmo que eu seja um lixo nisso comparado a ela."

Meu coração dá um salto ao observá-lo. Primeiro, a sobrinha e a camisa laranja. Agora, isso. Ele fala sobre essas escolhas que faz por carinho e amor pela família como se fosse algo simples, como se fazer sacrifícios pelas pessoas, mesmo quando é preciso sair da zona de conforto, fosse algo natural.

Will me pega observando-o.

Seguro meu antebraço e faço um gesto com a mão.

Ele franze a testa, obviamente confuso.

"Outro sinal positivo", explico.

"Ah." Will esfrega o pescoço. "Bem, enfim. Essa é minha explicação do porquê estou aqui. Então, quanto a isso, estamos tranquilos. Agora precisamos pensar na explicação de por que *nós* estamos saindo juntos."

Uma ideia surge na minha cabeça enquanto fico de frente para o Will: uma amizade entre nós, não só no contexto da nossa prática de romance, que vamos manter em segredo. Uma amizade que *todos* possam ver. Seria a explicação perfeita para sairmos juntos, caso encontremos mais amigos e familiares pela cidade.

O sol surge entre as nuvens, quente e brilhante. Preciso entrar logo para não me queimar, mas, por um momento, me permito aproveitar o calor, a sensação de que é um sinal de aprovação do universo, uma reafirmação de que estou fazendo a coisa certa.

"Will", digo por fim, usando a mão como uma viseira para proteger os olhos ao olhar para ele. "Acho que encontrei nossa solução."

Sentados na escada do meu apartamento, sob a sombra da árvore de bordo, Will e eu debatemos minha ideia. Enquanto falamos, ele passa os dedos pela barba, o olhar focado em algum ponto distante.

Ele olha pra frente, o que me dá uma visão completa de seu perfil. Observo o nariz longo e reto, exceto por uma leve saliência na ponte, que dá um toque áspero a um rosto que, se não estivesse parcialmente escondido pela barba, acredito que só poderia ser definido pela palavra *belíssimo*. A luz reflete nas maçãs do rosto bem definidas, salpicadas de sardas.

Meu Deus, essas sardas.

"Então, o que você está dizendo é..." Sua voz me tira do devaneio, que eu espero que ele não tenha notado. Se notou, não demonstra. "Se eu sair com você e com seus amigos e os do Petruchio, e suas irmãs, ninguém vai achar nada de mais se nos virem sozinhos."

"Exatamente."

Ele assente, ainda passando os dedos pela barba. "E a gente deixaria o lance do romance para quando não estivermos com eles, certo?"

"Isso. Assim, eles nos veriam apenas como amigos. O que, claro, é o que nós somos!", acrescento com um sorriso radiante.

Will olha para mim. Sua boca se ergue um pouco num canto. "Claro."

Estamos sentados lado a lado, e, em algum momento, comecei a me inclinar para ele. Meu corpo está exausto da manhã agitada, do calor intenso mesmo na sombra. Estou tão cansada que nem ligo, não tento me afastar dele nem me endireitar. Confio que Will me dará algum sinal se estiver desconfortável com o fato de eu me apoiar nele. Afinal, prometemos ser sinceros um com o outro.

Percebo que ele me observa, com o que parece uma ligeira expressão de preocupação. Ofereço a ele um sorriso, para tentar parecer mais animada do que de fato me sinto. "Então, o que achou do plano?", pergunto. "Estou aberta se você quiser tentar outra estratégia."

O vento aumenta, e é glorioso, passa pelo meu vestido, refresca onde ele se prende à minha pele suada. Fecho os olhos por um segundo e me permito aproveitar um pouco o frescor.

Meus olhos se abrem de repente quando sinto o toque de Will na ponta do meu lábio. Seu dedo desliza para afastar uma mecha de cabelo que o vento grudou.

"Gostei do plano", ele diz.

Engulo em seco enquanto o encaro. Meu corpo está quente e dolorido. E não é porque estou sentada na escada de concreto ao meio-dia, em julho. É porque adoro quando ele me toca. Quero que ele me toque muito mais.

Não é pra mim, diz a sábia voz na minha cabeça.

Concordo com a prudência do meu cérebro e com a aprovação de Will ao meu plano. "Bom. Ótimo."

"Só tem uma coisa", ele diz. "Para que isso funcione, eu precisaria começar a socializar com eles..."

"O mais rápido possível."

Ele assente.

"Estava pensando nisso também. Você gosta de jogos? Amanhã, farei uma noite de jogos aqui em casa. Precisamos pensar em como você pode ir sem que eu te convide, mas a gente arruma um jeito. E você provavelmente não vai precisar voltar dirigindo pra casa tão tarde, já que normalmente terminamos por volta das nove nas noites de domingo. Todo mundo tem que acordar cedo no dia seguinte para o trabalho."

Will assente, olhando para minha boca. "Uhum."

Meu olhar escorrega para a boca dele também. Uma boca em que eu, talvez, tenha pensado em beijar hoje. Bastante. Um ciclista passa rapidamente pela rua e tira a nossa atenção. Nossos olhares se dispersam por um segundo e se encontram.

"Você precisa entrar", diz Will, com a voz rouca.

Fico confusa. "Por quê?"

"Porque você está com calor e cansada." Ele se levanta e me oferece a mão. "E porque acho que já fizemos muito no primeiro dia."

"Não estou cansada", faço um biquinho, batendo a mão na dele.

Ele arqueia a sobrancelha. "Promete?"

Eu me levanto fazendo uma careta. Bem, mais ou menos vinte e cinco por cento de mim se levanta. O restante da força vem do puxão cuidadoso dele, que me coloca de pé. "Talvez eu esteja um pouco cansada", digo a contragosto.

Os cantos da boca dele se curvam. "Acho que você merece uma soneca. Sei que eu mereço depois que você me puxou para os arbustos."

Dou um empurrãozinho no braço dele. "Eu pedi desculpa!"

Meu joelho vacila, como sempre, quando menos espero. Caio depressa e me preparo para o impacto, mas Will é mais rápido, absurdamente rápido para um cara tão grande. Em um borrão de camisa laranja e jeans azul desbotado ao sol, ele me pega nos braços como uma noiva.

Por causa da nossa diferença de altura, nunca estive tão perto do rosto dele. Agora estou tão perto que posso ver cada ponto de brilho prateado em seus olhos verdes, cada cílio ruivo enorme, com pontas que desbotam para o bronze e, então, para o dourado.

Engulo em seco com tanta vontade que o som ecoa na minha cabeça. "Estou bem", sussurro.

Sou tomada por alívio e vergonha. Não é a primeira vez que isso acontece. Mas é a primeira vez que acontece na frente de alguém que não me conhece e, pior ainda, por quem me sinto atraída.

Will me olha nos olhos. Sua respiração está pesada. "Tem certeza?"

Forço um sorriso. "Tenho."

"Juliet, você acabou de cair", ele insiste.

"É, Will, já sei." Minha voz sai um pouco seca, da mesma maneira que me sinto. Não gosto de ser tratada como uma bebê ou ser paparicada. Eu sou a irmã mais velha. Eu é que cuido dos outros. Eu paparico. "Estou firme agora", digo. "Pode me soltar."

Ele estreita os olhos. Não me solta. "Jura?"

"Juro."

Ele não retruca, não se opõe. Com cuidado, me apoia para que eu possa ficar de pé. Mas seria bom ter duvidado, porque meu joelho começa a tremer outra vez.

Ele se agacha de novo. "Vou te carregar."

"Não, espera!" Enlaço o braço no dele. Se ele me pegar nos braços de novo, vou desmaiar de tanta emoção. "Só... deixa eu segurar seu braço, e você pode me levar pra dentro, ok? Não vou desmaiar. É só meu joelho. Fica instável às vezes."

Will franze a testa e suspira. "Tá bom."

Eu prendo meu braço no dele e aperto firme, depois sigo na direção do portão, com Will ao meu lado. Seguro em seu braço, tiro as chaves da bolsa e coloco a chave na fechadura. Will estende a mão para o portão e abre assim que eu retiro a chave.

Subimos as escadas devagar. Will vai seguindo meu ritmo.

"Onde você está ficando?", pergunto.

"Em um apartamento não muito longe daqui. De uma amiga da família", diz. "É em cima do bar dela, e ela já morou lá, mas agora tem uma casa. Geralmente ela aluga o apartamento no Airbnb, mas deixa eu ficar quando preciso."

"Bem legal."

Quando chegamos à minha porta, ponho a chave na fechadura, depois me viro para ele e forço um sorriso. "Bom, obrigada, de novo."

"Eu que agradeço", ele diz. "Acho que foi um primeiro dia muito bom."

Meu sorriso se transforma em algo mais genuíno. "Também acho. É, tirando a confusão nos arbustos e meu show de 'donzela em apuros' agora há pouco. Foi um pouco fora do roteiro de um primeiro encontro de prática, mas isso só significa que estaremos ainda mais preparados para os imprevistos quando estivermos fazendo a coisa de verdade, né?"

Will fica em silêncio por um momento, com uma expressão quase sombria. "Com certeza", ele finalmente diz. "Você, hum, mora sozinha?"

Inclino a cabeça, surpresa com a pergunta. "Moro. Kate e Bea moravam comigo, mas... bem, agora cada uma mora com o namorado. Estou morando sozinha. Por quê?"

Ele esfrega a nuca. "Se importa de... me avisar depois, dizendo que está bem?"

Algo amolece dentro de mim. "Will... Não precisa ficar preocupado, prometo. Eu caí porque tenho problemas nas articulações, meu joelho vacila às vezes. Não é nada sério. Não desmaio nem perco a consciência."

Os ombros de Will relaxam de alívio. "Bem..." Ele pigarreia. "Que bom. Quero dizer, não é bom que você tenha problemas nas articulações, só... que eu não vou passar o resto do dia querendo saber se você está desacordada no chão com uma lesão na cabeça."

Mordo o lábio para não sorrir. "Você ainda quer que eu avise, né?"

"Quero", ele murmura. "Quero, sim."

"Tá bom." Solto um suspiro exagerado. "Vou ter que te mandar uma mensagem mais tarde então. Ah, quer saber? Por que não aproveita e treina mandar mensagem flertando?"

Ele faz uma careta. "Não sou bom em flertar por mensagem. Nem gosto de mandar mensagem, se puder evitar."

Reviro os olhos. "Você é um vovô."

"Vou considerar isso um elogio."

Deixo escapar uma risada. "Tá bom, vô."

Os olhos de Will se encolhem. É a única maneira de saber que eu o fiz sorrir. Ele dá um passo para trás. "Que horas a noite de jogos vai começar amanhã?"

"Ah, droga." Franzo a testa. "Falando nisso, ainda não decidimos como vamos te convidar."

"Eu aviso ao Petruchio que estou na cidade. Ele vai me chamar. Já chamou antes."

Minha boca se escancara. "Seu danadinho! Por que você nunca veio?"

Will parece envergonhado. Coça atrás da orelha. "Porque sou introvertido, tímido e esquisitão?"

"Olha, eu tenho uma novidade para você, Will Orsino. Dá pra ser introvertido, tímido e esquisitão e se divertir muito com esse pessoal. Só tem esquisito aqui. Esquisitos *legais*. Acho que você vai gostar."

A boca de Will se curva de leve no canto, só um pouco. "Também acho."

"Bom. Começa às seis e meia. Aos sábados começamos às cinco e fazemos um jantar, mas, aos domingos, começamos mais tarde. Minha mãe é muito rigorosa com a presença no jantar de domingo em família, então eu vou pegar o trem para a casa dos meus pais, jantar, e depois voltar para organizar a noite de jogos."

"Por mim, ótimo. Vou passar o dia visitando alguns clientes. Devo acabar bem na hora dos jogos. Tudo bem se não praticarmos amanhã?"

"Tudo bem. Como você disse, já tivemos um bom primeiro dia. Temos bastante tempo."

Ele assente e dá outro passo para trás. "Ok, então. Até amanhã."

"Até!", eu grito enquanto ele desce as escadas, dois degraus de cada vez, ágil como uma gazela. Se esse homem não fosse tão encantador, eu ficaria irritada de ver toda essa habilidade. Eu mal consigo subir uma escada. "Te mando mensagem mais tarde!", grito. "Não esquece de responder! Flertando!"

"Nada disso!", ele grita de volta, antes de saltar para fora do meu prédio.

Solto um suspiro ao fechar a porta e me encostar nela. "Teimoso. Sorte que é um gato."

10

WILL

Minhas mãos estão suadas. O coração está acelerado. Respiro fundo, então aperto o botão do interfone do apartamento da Juliet.

"Oi!" Sua voz é calorosa e radiante, como o sol. "Pode subir!"

Abro o portão assim que ouço o som da fechadura destrancando. Subo as escadas para o segundo andar de dois em dois degraus. Se andar mais devagar, vou perder a coragem e desistir.

Eu consigo fazer isso. Não estou *totalmente* exausto de interações sociais depois de passar em dois bares que vendem nosso uísque. Foi pura sorte: são clientes bem antigos, que eu conheço desde que era pequeno. É sempre fácil conversar com eles. Se fosse um cliente mais recente, eu estaria ferrado. Mesmo assim, minha bateria social não está totalmente cheia. Torço para que o restante seja o suficiente.

No caminho até aqui, tentei me convencer de que não era nada de mais. É só uma social com jogos, com alguns amigos e familiares de Petruchio e Juliet. São pessoas com quem eles gostam de passar o tempo, o que significa que são legais. Vão me aceitar como eu sou.

Respirando fundo, cruzo o patamar até a porta e me lembro do que Juliet disse:

Só tem esquisito aqui. Esquisitos legais. Acho que você vai gostar.

"Espero que ela esteja certa", murmuro para mim mesmo e bato na porta.

A porta se abre quase imediatamente, revelando Juliet com um largo sorriso. "Oi!"

Eu me sinto como na vez em que o burro desalmado da minha mãe, Iago, me deu um coice no peito. Sem fôlego, com um choque atravessando meu corpo.

Deus do céu, ela está muito linda.

Juliet está na soleira da porta, com o cabelo preso num coque alto bagunçado; algumas mechas acariciam as clavículas. Está usando um suéter de crochê cor-de-rosa com uma regata branca por baixo. O suéter cai para um lado, aderindo à linha do seu ombro. Ela usa um short jeans desfiado, que se ajusta aos quadris largos, com os fios da barra beijando as coxas. Os pés estão descalços, com as unhas do mesmo tom de rosa do suéter.

Rapidamente, olho para cima e engulo em seco. "Oi."

Ela se afasta um pouco e abre mais a porta. "Entra."

Eu obedeço. "O Petruchio já chegou?"

"Já", ela diz baixinho, fechando a porta. "Quando ele me contou que você viria, eu disse que seria ótimo. Comentei que tinha te encontrado na manhã depois da festa, que tomamos um café e batemos um papo no quintal."

"Que bom." Entrego a ela uma garrafa de uísque Orsino. "Aqui."

Ela pega a garrafa, dá uma olhada e solta um longo assobio. "Uau, trinta anos? Que generoso, Will, obrigada!" Juliet sorri para mim e diz, com a voz mais suave: "Como você está? Trouxe os protetores auriculares?".

Dou uma batidinha no bolso onde está o estojo dos protetores, preso às minhas chaves. "Vim preparado."

"Perfeito. Às vezes a gente é meio barulhento quando joga."

"Por mim, tudo bem."

O sorriso de Juliet se aprofunda. Nossos olhares se encontram.

Eu quero beijá-la. Quero muito beijá-la. Quero segurar seu rosto e colocar a minha boca na dela, fazê-la se derreter com meu toque. Quero mostrar a ela que talvez eu não tenha tanta lábia, não seja o mais romântico ou o mais extrovertido, mas sou bom em outras coisas. Coisas que podem fazê-la se sentir ótima.

Mas não é isso que amigos fazem, e nós somos amigos. Principalmente hoje à noite, perto dessas pessoas.

O suéter dela escorrega mais, revelando a curva do ombro, um pedaço de pele macia.

Calor explode dentro de mim.

Ela puxa o suéter de volta, o que não ajuda em nada. A faixa de pele, a curva do pescoço e o contorno do ombro estão gravados na minha mente.

"Vem, vamos", ela sussurra.

Eu respiro fundo e a sigo até onde o pessoal está.

Com uma cerveja na mão, observo o apartamento. As paredes brancas são iluminadas por velas. O piso de madeira escura brilha, suavizado por um grande tapete de listras coloridas. Várias almofadas em tons vibrantes enfeitam o sofá e uma poltrona. Obras de arte abstrata emolduradas enfeitam as paredes, cercadas por várias fotos. Quadros menores com mais fotos e obras de arte estão alegremente amontoados sobre a lareira, junto a flores secas que brotam de vasos decorados com fitas de veludo coloridas. É um lugar acolhedor, caloroso e adorável.

Assim como Juliet.

"É bonito aqui, né?", comenta Petruchio.

Assinto. "Bem bonito."

Ele sorri, passando o olho pelo apartamento até uma porta no final do corredor. "Tenho boas lembranças aqui."

Não sou muito bom em ler nas entrelinhas, mas pelo olhar saudoso em seu rosto, não é difícil perceber que ele está pensando em um tipo muito específico de "boa lembrança", provavelmente com a Kate quando ela morava aqui.

A porta que ele estava olhando se abre, e um homem aparece. Ele tem quase meu tamanho, mas as nossas semelhanças acabam aí. Ele é magro como um maratonista profissional e está com a barba feita, o cabelo em ondas loiras escuras arrumadas, óculos de tartaruga, uma camisa com as mangas perfeitamente dobradas até os cotovelos e uma calça social.

"Jamie!", chama Petruchio. "Aqui está você."

O homem sorri e estende a mão, e fico surpreso ao perceber que ela está molhada. "Desculpa", ele diz. "Cheguei do consultório agora. Acabei de lavar as mãos."

Então Jamie veio do banheiro, para onde Petruchio estava olhando com cara de saudade. Eu o observo, confuso. Ele tem boas lembranças do banheiro?

"Sem problemas", digo para Jamie. "Prazer em te conhecer."

"O prazer é meu", diz Jamie.

"Jamie", diz Petruchio. "Esse é meu bom amigo, Will Orsino."

"Da época da faculdade", diz Jamie, sorrindo. "Já ouvi boas histórias sobre essa época. Legal finalmente dar rosto ao nome." Ele baixa a voz. "Também ouvi dizer que você é meu parceiro de introversão."

Fico surpreso a princípio, mas logo entendo. *Meu parceiro*, ele disse. Isso quer dizer que somos parecidos. "É isso mesmo", respondo.

Jamie assente e oferece um sorriso irônico. "De um introvertido para outro: eu adoro a noite de jogos, mas às vezes pode ser excessivo. Descobri que a varanda do escritório é um bom lugar para dar uma respirada e ficar um pouco em silêncio. Caso você precise."

Concordo, sentindo os ombros relaxarem um pouco. É bom saber que não sou o único aqui que gosta de estar com as pessoas, mas também se sente sobrecarregado com elas. "Agradeço, cara."

Jamie assente. "De nada."

"Quer uma bebida?", pergunta Petruchio a Jamie.

"Quero, sim."

"O Orsino trouxe o uísque da família dele. Uma garrafa bem boa."

As sobrancelhas de Jamie se erguem enquanto olha para mim. "Sério?"

"Sério." Aponto para a cozinha. "Aberto e pronto pra ser apreciado. Você gosta de uísque?"

"Adoro", ele diz. "Na verdade, vou admitir que sou um grande fã. Estava tentando me controlar até agora, mas vou ser sincero: quando o Christopher me contou que você e sua família tinham uma destilaria, pedi um Orsino de quinze anos quando fui ao pub, só por curiosidade. E...", ele espalma a mão no peito, "me encantei. Agora é meu favorito. Tenho todos os seus uísques na minha adega."

Sorrio. "Sério?"

"Sério", responde ele. "Se eu soubesse que você estaria aqui, teria trazido minha garrafa de vinte anos pra você autografar."

Petruchio sorri por trás do copo.

Esse cara é ótimo. "Bom, tem sempre uma oportunidade. Estarei aqui no próximo fim de semana. Posso assinar pra você."

Jamie se anima. "Já? O que te traz de volta? Você mora no interior, né?"

"Isso, mas estarei na cidade nos finais de semana esse mês."

Conto a Jamie sobre o trabalho que estou assumindo pela Imogen e, antes que perceba, já estou respondendo suas perguntas sobre nosso processo de envelhecimento e destilação, debatendo com ele sobre qual é a melhor idade do uísque. Christopher se retira com um sorrisinho irônico e nos deixa conversando.

"Agora, uma pergunta sobre você", diz Jamie, apontando para minha cerveja. "Esse contato todo com a destilaria te deixa cansado de beber uísque?"

"Não." Inclino a cerveja, inspecionando a garrafa. "É que no calor eu gosto de beber uma cerveja gelada, principalmente se for de uma cervejaria local, de uma cidade perto da minha. Adoro uísque, sempre vou gostar."

"Olha vocês dois aí", diz Juliet, se aproximando. "Esse é o começo de um bromance?"

"Estou apaixonado", Jamie diz para ela. "A gente falou sobre uísque; ele respondeu todas as minhas perguntas esotéricas. Aprendi *tanto* sobre o processo de maturação. É claro que fiquei encantado. Mas talvez o Will esteja indo com calma."

"Está falando sério? Falar sobre uísque é minha linguagem do amor. Já me ganhou."

Juliet sorri para nós. "Que fofos."

A irmã gêmea de Juliet, Bea, que Juliet me apresentou quando entrei, passa rapidamente por nós e abre a porta do apartamento.

"Valeu, BeeBee!", Juliet grita.

Foi um pouco surpreendente conhecer uma pessoa tão parecida com Juliet quando vi Bea pela primeira vez. Mas depois percebi todas as diferenças, e não apenas as óbvias, como a franja espessa, as pontas loiras do cabelo e as várias tatuagens que cobrem seu corpo. Olho para Juliet, catalogando as diferenças que percebi: o rosto em formato de coração, em contraste com o oval de Bea, a boca maior, as covinhas mais profundas.

Juliet sorri para mim, mas seus olhos estão arregalados em alerta. Entendo o recado. Fiquei encarando demais, e isso pode fazer alguém desconfiar. Por outro lado, mesmo que *fôssemos* novos amigos, estaria olhando assim para ela. Tenho dois olhos, e ela é linda.

"Oi!" A mais baixa das duas mulheres que acabaram de entrar, com cachos escuros e um sorriso radiante, me puxa para um abraço. "Eu sou a Margo. Você é o Will! Que bom finalmente te conhecer!"

Fico surpreso. Não sabia que o Petruchio falava tanto de mim. "Ah. Oi. Prazer em te conhecer também, Margo."

"Prazer em te conhecer, Will", diz a mulher mais alta, lançando um sorrisinho sarcástico para Margo. Ela tem o cabelo raspado e pintado de rosa-choque, e um sorriso atrevido no rosto. Estende a mão para um aperto firme, que aceito. "Eu sou a Sula."

"Prazer em te conhecer, Sula."

"Ok", Margo diz, enlaçando o braço no meu e me conduzindo até a cozinha. "Eu estava empolgadíssima pra te conhecer, porque você é *o cara* do uísque Orsino, e eu sou mixologista." Ela se afasta para olhar para mim. "Vou fazer pra você meu famoso drink especial com o seu destilado! Quer dizer, se você não se importar."

Sula revira os olhos. "Nossa, você deixou bem fácil pra ele dizer não, minha flor."

Margo faz um gesto descartando o que Sula disse. "Se ele não quiser, vai dizer não. É bem grandinho." Ela me observa de baixo para cima. "Bem *grandinho*. Meu Deus. Você é um gato. Está solteiro?"

Fico corado.

"Não é pra mim", ela diz, apontando a cabeça para Sula. "Sou casada com aquela ali."

"Ah... eu, ahn..." Olho para Juliet, e sei que não deveria, mas não consigo evitar. Procuro alguma orientação. Ela ainda está sorrindo, embora pareça um pouco tensa quando me dá um aceno de cabeça encorajador. Volto a olhar para Margo. "Sim, estou solteiro."

"Mas não mora por aqui, né?", Margo insiste.

"No interior", respondo.

"Meu Deus, eu amo o interior", Sula diz, passando por nós em direção à cozinha. Ela abre uma cerveja e dá um gole. "É tão bonito, idílico. Eu quero uma casinha no interior, no meio do nada, algum dia. Esse é meu sonho de aposentada. Uma casa no meio do nada."

"Bem, até esse dia chegar", Jamie diz, "você é sempre bem-vinda na casa de campo. Bea e eu mal temos ficado por lá."

Eu me viro para ele. "Você tem uma casa lá?"

Ele assente. "Minha tia deixou pra mim. Está na família há muito tempo. Tenho boas lembranças de lá."

"Onde exatamente?", pergunto.

"Em Ilíria."

Sorrio. "É onde eu moro."

"Ah!", Margo dá um gritinho, batendo palmas. "Eu adoro essas conexões aleatórias. O mundo é tão pequeno."

A conversa flui facilmente sobre a vida no interior, mais perguntas sobre a destilaria, a fazenda, e depois passa para Petruchio contando algumas das nossas histórias mais leves da faculdade. A conversa fica um pouco mais barulhenta, mas não a ponto de eu querer usar meus protetores auriculares. Juliet estava certa: são pessoas divertidas. Conversar com eles não é difícil.

O drink especial de Margo é um spritzer inspirado no clássico *penicillin* — ela adicionou cerveja de gengibre, bastante gelo, um pouco de Cointreau e um toque de limão e laranja — e é *excelente*. Dou um gole devagar, saboreando a bebida ao mesmo tempo que saboreio Juliet entre as irmãs. Estão contando, bem animadas, a história de quando Petruchio ficou com a parte de cima do corpo presa no espaço de ventilação da casa durante uma tempestade, tentando salvar o Puck — o bichano tem mesmo um lado arteiro —, e foi necessário que os cinco Wilmot o puxassem para fora. Justo quando terminam de contar, Jamie vai até a porta e a abre para dois outros convidados: um com uma barba escura e o cabelo curto, e o outro com o cabelo preso em um rabo de cavalo na nuca.

"Hamza!", Juliet sorri. "Toni! Vocês chegaram!"

"Hora do jogo!", exclama Bea.

Todos começam a se dispersar, mas eu prefiro ficar um pouco afastado. Essa parte da coreografia da noite eu não conheço. Dou um gole do drink especial exatamente quando a mão delicada de alguém encosta na minha lombar. Levo um susto tão grande que quase derramo metade da bebida. Consigo evitar no último segundo, endireitando o copo na mão enquanto as ondas no meu copo se acalmam.

"Desculpa!", Juliet sussurra.

Olho para ela, com o coração disparado. "Tudo bem."

Ela retira a mão das minhas costas e põe no bolso do short. "Como está o drink?"

Ofereço o copo a ela. "Uma delícia."

Juliet põe a mão ao redor dos meus dedos ao segurar o copo e leva a bebida à boca, roçando o lábio inferior no meu polegar ao dar um gole. O calor dispara por mim, apertando na minha virilha.

Ela estica a língua e umedece o lábio, sorrindo para mim. "Está fenomenal." Juliet inclina o copo em direção à boca outra vez e rouba mais um gole. "O jogo vai começar agora, e pode ser que fique bem agitado. Se você precisar de um pouco de paz e sossego, tem..."

"A varanda do escritório", digo a ela. "O Jamie comentou. Ele me deu o manual do introvertido para sobreviver à noite de jogos."

Ela sorri. "Claro que ele fez isso."

Assinto, com o olhar fixo nela. Meu Deus, estou perdido. Fico observando-a caminhar, o suéter escorregando do ombro, o ajuste apertado do short pequeno, bem ao redor da bunda. Eu a quero, mas não posso tê-la. Não agora. Nem nunca. Preciso aceitar isso.

"JuJu!", Bea chama. "Qual vamos jogar primeiro? Cara a Cara ou Timeline Twist?"

"Timeline!", ela responde. Seu sorriso desaparece ao me olhar. "Você está bem?"

Inclino a bebida na boca em vez de responder e tomo um grande gole. Prometi que não mentiria para ela e não vou fazer isso agora. "Vamos jogar."

Desde que os jogos começaram, conheci Toni, amigo que Juliet fez através de Bea, e o marido de Toni, Hamza, além de dois que chegaram depois, Bianca, prima de Juliet, e o namorado dela, Nick, amigo de Petruchio do trabalho.

Mas agora não estou pensando em nenhuma dessas pessoas, embora todos estejam se acomodando ao redor da mesa, bem juntos. Tudo o que eu vejo é Juliet.

"Com licença, com licença." Juliet se espreme entre Kate e Hamza no assento, com um drink novo na mão. "Vou arrancar o couro desse cara."

"Juliet." Eu balanço a cabeça, com uma expressão de pena. "Você vai perder feio. Sabe quantas vezes eu já joguei Cara a Cara desde que me tornei tio? Sou um expert."

"Que eu saiba, venci metade das pessoas aqui no jogo pra chegar nessa rodada final", ela rebate. "*E*, coincidência ou não, também sou invicta no Cara a Cara, então acho que vamos ver quem é o verdadeiro expert, né, Orsino?"

Esvazio meu copo e o deixo na mesa. "Vem pra luta, Wilmot. Pode vir."

Todos se aproximam da mesa, como se fôssemos os últimos dois jogadores em uma importante partida de pôquer, a um triz da derrota ou da vitória. O jogo começa simples. Estou tranquilo nas primeiras perguntas.

Juliet olha fixamente para sua bandeja, franzindo a testa. "A pessoa que você escolheu... tem olhos castanhos?"

Não olho para minha bandeja enquanto respondo: "Não".

As pessoas atrás dela soltam um gemido de inquietação. Juliet lança um olhar fulminante para elas.

"A pessoa", pergunto, "sorri mostrando os dentes?"

Juliet suspira. "Sim."

Eu abaixo metade das abas, cobrindo os rostos que não se aplicam.

"Caramba", Toni sussurra. "Você é bom nisso."

O alarme dispara, assustando a todos. "Tá bom", Bea diz, batendo no alarme. "Perguntas subjetivas *agora*!"

O som do alarme me assustou, mas estou mentalmente preparado para isso. Já joguei com cinco pessoas diferentes essa combinação estranha do Cara a Cara tradicional e uma versão esquisita que entra em cena no meio da janela de dez minutos que eles estabelecem para a partida. Precisamos fazer perguntas ridiculamente subjetivas sobre a personalidade da pessoa, de forma que, de algum jeito, deixe claro quem escolhemos.

"A pessoa", diz Juliet, "quando fica um pouco bêbada, dá palestras sobre a validade de um investimento em criptomoeda de longo prazo?"

"Com certeza, não", digo para ela.

Nick, o amigo de Petruchio, suspira. "Nunca vão esquecer isso?"

Juliet abaixa duas abas. "Merda."

"Uuuh", a turma do lado dela diz.

"A sua pessoa", pergunto, "come ovo poché no café da manhã todo dia?"

Atrás de Juliet, Petruchio me mostra o dedo do meio. No terceiro ano, eu, Petruchio e nosso outro colega de quarto, Grumi, finalmente conseguimos um apartamento com cozinha própria. No primeiro dia depois da mudança eu acordei e encontrei Petruchio de cueca, fazendo ovo poché. Ele fazia isso todo santo dia, mesmo que estivesse atrasado ou de ressaca. Todo dia, ovo poché. Grumi e eu adoramos encher o saco dele por causa disso.

Juliet dá risada. “De jeito nenhum.”

Suspiro e fecho mais duas abas.

“A *sua* pessoa”, Juliet diz, “fica falando a estranhos desavisados sobre os benefícios de beber kombucha regularmente para a digestão?”

Franzo a testa, pensando. “Sim.”

“Foi *uma* vez só!”, grita Toni da cozinha enquanto enche o copo.

Hamza dá risada. “Uma vez que *eles* viram você fazer isso, amor.”

“Excelente”, Juliet responde. Sem quebrar nosso confronto de olhares, ela fecha uma aba.

Eu me recosto e examino minhas opções. “A sua pessoa... dá aula em uma faculdade pequena de artes liberais?”

Juliet solta um suspiro desanimado. “Droga.”

“Preciso de um sim ou não, Wilmot.”

Ela me olha com raiva. “Sim, ok? Sim!”

Fecho uma aba com um sorriso vitorioso. Agora tenho duas opções de pessoas que me parecem acadêmicas, com largos sorrisos e que não se preocupam com um café da manhã elaborado. Posso arriscar e tentar adivinhar, mas, se errar, ela vence por falta de alternativa.

Me recosto e deixo Juliet falar.

“A sua pessoa...” Juliet morde o lábio e sorri para mim. “Parece com alguém que tem... pavor de pombos?”

Olho para meu personagem escolhido, Daniel, com os ombros largos, cabelo vermelho e barba. Parece bem pouco comigo, mas é o mais próximo que ela vai encontrar no tabuleiro. Meus ombros começam a tremer. Cubro o rosto, ofegante, e rio bem alto. “Sim”, falo, com a voz rouca.

Juliet solta uma gargalhada, fecha as últimas duas abas e grita: “Ganhei!”.

Com os aplausos de todos, inclusive os meus, ela se levanta da mesa e começa a cantarolar uma melodia que eu não reconheço de imediato. Agora ela está correndo em volta da mesa, com os braços levantados em triunfo.

"JuJu", diz Bea. "Você está cantando o tema de *Carruagens de Fogo*?"

"Claro que estou!", ela grita.

Dou risada quando ela passa por mim na volta pela mesa. Todos começam a se dispersar, mas eu fico. Pego a caixa onde o jogo estava guardado.

Juliet para na minha frente, sorrindo, com os olhos brilhando, e estende a mão por cima da mesa. "Bom jogo, Will."

Ela sorri mais ainda quando aperto sua mão. "Igualmente, Juliet."

Nossos olhares se cruzam por um momento antes de soltarmos. Juliet tenta encaixar o tabuleiro na caixa, mas não cabe, pois os outros jogos caíram de forma desordenada depois que tiramos o Cara a Cara. Contorno a mesa para ficar ao seu lado e ajudar. Levanto alguns jogos e começo a organizá-los. Juliet pega minha bandeja do jogo e a une à sua com pequenos clipes. Ajeito os jogos empilhados na caixa, criando espaço, e assim que Juliet vai colocar o Cara a Cara no lugar ela congela.

Franzo a testa, confuso, e sigo o seu olhar, que está fixo no fundo da caixa.

A princípio, pensei que fosse uma manchinha de sujeira no papelão.

Mas começa a se mexer.

É quando ambos gritamos: "Uma aranha!".

O jogo cai na mesa fazendo barulho enquanto Juliet pula para trás, derrubando sem querer os outros jogos no chão. Eu me jogo para trás, esbarrando na parede atrás de nós.

Um grito estridente e inumano sai de Juliet quando ela vê a aranha sair da caixa e rastejar pelo chão. Ela salta na mesa, me puxando com ela. Tropeço na cadeira, agachado, procurando freneticamente a aranha para acompanhar sua movimentação. Por puro pânico, nos abraçamos. Os braços de Juliet enlaçam meu pescoço, e os meus envolvem sua cintura. Nossos olhos desesperados vasculham o chão.

"Aonde ela foi?", Juliet sussurra.

"Eu... não sei", murmuro de volta.

"Ali", diz Kate, se aproximando.

Quando ela aponta para o chão, eu vejo, nós dois vemos, um movimento súbito, escuro e minúsculo, rastejando em nossa direção. Juliet e eu gritamos de novo.

Eu gostava de aranhas. Elas estavam sempre pela fazenda, o que fazia com que eu as considerasse criaturas seguras e familiares. Amava o livro *A teia de Charlotte*, sobre a amizade entre o porco Wilbur e a aranha Charlotte. Eu achava que as aranhas eram criaturas incompreendidas até ser picado por uma aranha-violinista. Desde então, tenho horror a elas.

Tento reunir coragem para superar o medo e parar esse inseto de uma vez quando Kate joga um pote plástico bem em cima da aranha e se agacha, colocando um papel por baixo.

"É só uma aranha inofensiva." Kate fica de pé segurando o pote com a tampa improvisada de papel.

Juliet e eu recuamos, ainda agarrados com força.

"Inofensiva", Juliet murmura. Ela se vira para mim, e eu me viro para ela. De repente, estamos muito perto, com os lábios a um centímetro de distância. Rapidamente, nos afastamos. Juliet cai de bunda na mesa, e eu tropeço e vou parar no chão.

Eu me levanto, tentando recuperar a dignidade, e Juliet parece fazer o mesmo. Ela se levanta e fica ao meu lado. Nossos olhos estão fixos no pote de plástico enquanto Kate o carrega.

"Mata!", Juliet grita.

Kate olha por cima do ombro, revirando os olhos. "Claro que não. Essa é uma aranha boazinha."

"As únicas aranhas boazinhas", Juliet murmura com um tom sombrio, "são as mortas."

Solto uma risada e estendo a mão para ela, que bate firme na minha palma.

"É inofensiva. Não vou matá-la!", Kate grita por cima do ombro. Ela abre a pequena janela na cozinha, levanta a tela e joga a aranha no vaso de flores lá fora. "Pode ir, criaturinha."

Kate fecha a tela e limpa a palma das mãos.

"Nunca mais vou abrir essa janela", Juliet sussurra.

"Sábia decisão."

"Vocês vão sobreviver?", Petruchio pergunta. Está de pé com os outros, claramente entretidos. Dá pra ver que todos tentam, e não conseguem, controlar o riso.

Olho para ele com raiva.

Bea se aproxima de Juliet e dá um tapinha nas costas da irmã. “Pelo menos agora você não é a única com pavor de aranhas. A união faz a força.”

“Ninguém mais aqui odeia aranhas?”, pergunto para todos na sala.

Todos dão de ombros, indiferentes.

“Sem juízo, todos vocês.” Juliet solta um suspiro e olha para mim. “Preciso de uma bebida depois dessa. E você?”

“Com certeza.”

“Margo!”, Juliet chama. “Pode trazer um drink de apoio emocional, por favor?”

Margo nos saúda enquanto caminha para a cozinha, mal contendo uma risada. “Dois drinks de apoio emocional saindo!”

11

JULIET

“Boa noite!”, eu grito da porta. Toni e Hamza, os últimos a sair além de Bea e Jamie, acenam enquanto começam a descer as escadas.

Bea me puxa para um abraço e sussurra no meu ouvido: “Ele é bem bonitinho!”.

“Não sei de quem você está falando!”, sussurro. Tento me soltar do abraço, mas minha irmã me mantém presa contra ela.

“Will”, ela sussurra novamente no meu ouvido. “Dá pra ver que ele *gosta* de você, bobona.”

“Banana”, sussurro. É a nossa palavra secreta da infância, de quando queríamos que a outra irmã parasse de fazer o que estava fazendo e pedir para “parar” não funcionava.

Bea me solta, mas fica resmungando sobre o assunto.

Jamie aperta a mão de Will. “Sua primeira noite de jogos. O que achou?”

“Eu acho que vocês sabem como se divertir”, Will responde. “Foi bem legal.”

“Fico feliz em ouvir isso.” Jamie sorri. “Espero te ver na próxima.”

Will assente. “Eu também.”

Bea estava observando a interação com um sorriso no rosto, mas agora se vira para mim e pergunta: “Tem certeza de que não podemos ficar pra ajudar a arrumar?”.

“Não.” Eu a empurro gentilmente para fora. “Pode deixar. Mas obrigada!”

“Eu fico pra ajudar”, Will diz.

As sobrancelhas de Bea se erguem. Ela se vira para mim e sorri, depois sorri para o Will. “Isso é muito legal da sua parte.”

Will dá de ombros. “Fico feliz em ajudar.”

Bea me lança um olhar que diz: *Depois você me conta mais sobre esse cara!* Eu respondo telepaticamente: *Eu disse "banana"*. Ela se vira outra vez para Will. "Foi ótimo te conhecer. A gente se vê!"

"Boa noite!", Jamie diz, antes de descerem as escadas, de mãos dadas.

Eu os observo até saírem do hall de entrada, antes de fechar a porta do apartamento. Então me volto para Will. "Bea percebeu."

"Percebeu o quê?", pergunta ele.

Passo por ele com o estômago contraído de ansiedade. Começo a pegar as tigelas de petiscos porque arrumar as coisas me ajuda a sentir que tenho o controle quando estou estressada. "Sobre... nós."

Will me segue e começa a pegar as tigelas também. "Eu não sei o que isso significa. Não fizemos nada."

Passo por ele em direção à cozinha e quase deixo as tigelas caírem na pia, apesar de tentar colocá-las com cuidado. Estou agitada. Pareço uma garrafa de refrigerante com gás que implora para que a tampa se solte e as liberte.

Mordo a bochecha enquanto começo a lavar tigelas. Tento conter as palavras, manter tudo dentro de mim, mas estou cansada e ansiosa, e algo no Will me faz querer desabafar, confessar que sinto algo entre nós que é impossível ignorar.

"Acho que", digo, baixinho, olhando para a água, "a gente não *precisa* fazer nada. Algumas pessoas simplesmente têm aquela atração, aquela química... Só..."

Devagar, Will se aproxima de mim, colocando as tigelas na bancada. "Só *acontece*", ele diz.

Eu o encaro. "Então você... você sente isso também? Se eu estiver interpretando errado, me avisa. Eu deixo pra lá, juro..."

"Juliet." Uma risada seca, uma lufada de ar, escapa dele. "Claro que eu sinto. Sinto isso desde a primeira vez que te vi."

O calor percorre meu corpo. Seguro as laterais da pia. "Eu também."

Ele se aproxima, deslizando a mão na bancada. "Você mexe bastante comigo."

"Eu, é..." Eu me inclino na direção de Will, e ele estende o braço para desligar a torneira. A pia estava quase inundando. "Você mexe muito, muito comigo também."

"Eu sei", ele diz, baixinho.

Estreito os olhos para ele. "Bem confiante, não?"

Ele sustenta meu olhar. "Quando não se tem facilidade de conversar com as mulheres, a gente aprende a ler outros sinais. Sinais do corpo. Só isso."

Suspiro, frustrada, passando a mão pela testa. "O que a gente faz agora?"

"Bem", ele diz baixinho, com o olhar na minha boca. "Tem o que eu *acho* que deveríamos fazer. E tem o que eu *quero* que a gente faça."

Meu coração bate forte enquanto olho para ele. "Quer dar mais detalhes?" Minha voz sai trêmula e fraca.

Ele hesita por um momento, então diz: "Eu acho que a gente deveria se controlar. Controlar nossas bocas também". Ele engole em seco. "Mas eu não *quero* fazer isso."

Assinto, depois balanço a cabeça, invadida por um nervosismo inquietante e um intenso desejo. "Eu também não."

Will põe a mão no meu rosto. "Nosso objetivo é ajudar um ao outro", ele diz baixinho, roçando o polegar na minha bochecha. "Eu não quero fazer nada que comprometa isso."

Fecho os olhos ao sentir o prazer de seu toque, o peso de suas palavras. Ele tem razão. Eu sei que tem. "Eu também não."

"Mas a gente não conversou sobre isso ainda. Se você precisar disso", ele diz baixinho. "Praticar desse jeito também. Podemos fazer. Se você quiser."

Faço que não. Acho que, se voltar a me sentir emocionalmente confortável e à vontade com o romance, a intimidade física será mais tranquila e confortável também. Mas, quando olho para Will, percebo que, mesmo se eu *quisesse* praticar o aspecto físico do romance, não gostaria que essa fosse a razão de seu toque. Quero que aconteça porque ele me quer e eu o quero, e nada mais. E isso é exatamente o que não posso admitir. Também não posso tomar alguma providência, porque atrapalharia tudo, me levaria pelo caminho que eu disse a mim mesma que não seguiria.

Por fim, sussurro: "Não quero praticar desse jeito, não".

Ficamos em silêncio, e eu mantenho os olhos fechados, aproveitando esse momento em que Will está por perto, me tocando com carinho. Permito-me sentir o peso do desejo no ar entre nós.

Sua mão deixa suavemente meu rosto. "Então vamos lavar a louça."

Muito pode ser dito sobre um cara que sabe fazer a limpeza depois de uma festa, e Will é um desses caras. Mais um ponto positivo.

Arrumamos tudo em silêncio por trinta minutos. Considerando o fato de que acabamos de admitir nossa atração mútua e estabelecemos um limite claro de que isso não será parte da nossa prática, até que é bem confortável. Depois que ligo a lava-louças, olho para cima e observo Will, que termina de limpar a mesa com um último jato de spray e dois círculos rápidos com o pano.

"Obrigada", agradeço, ajustando o prendedor que coloquei no cabelo quando comecei a arrumar tudo. "Por me ajudar tanto."

Ele me encara, levantando a boca no canto. "De nada."

Sorrio. "Fico feliz que tenha se divertido na noite de jogos. Deixando de lado o trauma da aranha."

"Deixando de lado o trauma da aranha, gostei da noite." Ele pega o pano com uma mão, o spray com a outra, e me segue para a cozinha. "Você tinha razão. Seus amigos são esquisitos. Do melhor jeito possível."

"É." Pego o pano da mão dele e o deixo na beirada da pia. "Eles são ótimos."

Will se apoia na bancada. "Mas são bem competitivos. Quando ganhei da Sula no Cara a Cara, achei que ela fosse jogar o tabuleiro em mim."

Faço uma careta. "É. A Sula não gosta de perder. Ela é bem intensa."

"A *Sula* é intensa?", ele pergunta, cruzando os braços. "Diz a mulher mais competitiva daqui."

Fico boquiaberta. "O quê?"

"Você deu a *volta olímpica* pela mesa quando ganhou de mim."

"Foi uma partida acirrada", digo, com ar de seriedade, enquanto volto para a pia. Abro a torneira e começo a enxaguar a pia. "Vai me culpar por comemorar minha vitória?"

"Uma vitória", ele diz, se inclinando, "que você garantiu porque fez referência ao meu medo de pombos."

"Foi um jogo justo!"

Ele dá de ombros. "Se você diz."

"Mau perdedor!" Impulsivamente, levanto a mangueira e acerto Will no peito.

A boca de Will se escancara. Seus olhos ficam arregalados.

Assim que percebo o que fiz, minha cara fica igual. "Ah, Will. Me desculpa. Eu não deveria ter..."

Will arranca a mangueira da minha mão e me acerta no mesmo lugar.

Fico ofegante. "Will Orsino!"

Ele ri — ri muito! —, e é uma gargalhada gloriosa, intensa e profunda. "Toma essa!", ele grita.

Arranco a mangueira de sua mão e jogo água na cara dele.

"Ah!" Ele limpa os olhos, então se joga para pegar a mangueira.

Sei que estou perdida. Corro o mais rápido que posso, contornando a ilha. Mas Will é rápido demais. Ele se inclina sobre a bancada e me acerta. A água espirra no meu cabelo e no meu pescoço.

"Seu Zé bosta!", eu grito.

"Diz a Zé bosta que começou!", ele grita de volta.

Tento pegar a mangueira, mas dessa vez Will segura firme. Estou mais fraca do que costumava ser, mas, mesmo na minha melhor forma, nunca teria sido páreo para ele. Resmungo com o esforço, mas continuo tentando arrancar a mangueira dele. Will não se move, mas também resmunga. Pelo menos estou fazendo ele suar.

"Mulher", ele grita. A voz dele falha de tanto rir. "Para com isso! Chega!"

Percebo como tudo isso é ridículo e me dobro de tanto rir.

Will solta a mangueira, e outra risada profunda sai dele também. Seguro seus braços enquanto rio ainda mais, curvada e ofegante. "Desculpa", digo, arquejando. "Não deveria ter feito isso."

Ele dá uma risadinha, limpando a água do rosto. "Ah, sem problemas. Eu me vinguei."

Eu me endireito, finalmente conseguindo respirar, e minha risada vai morrendo. Olho para mim mesma. "Aff." Balanço as mãos, espalhando água para o ar. "Estou toda molhada. Preciso trocar de roupa."

"Engraçado", Will diz. "Minha situação é parecida, mas não tenho nada seco para vestir."

"Não é verdade", digo, entrando no corredor em direção aos quartos. "Vem, eu dou um jeito."

Will não me segue imediatamente, mas, alguns segundos depois, ouço o som dos seus passos não muito longe atrás de mim. Abro a porta do antigo quarto de Bea, que agora é meu escritório. Bea deixou a cômoda aqui. Quando ela e Jamie se mudaram, compraram uma cômoda nova, grande o bastante para as roupas dos dois.

Eu me agacho, abro uma gaveta e vasculho em busca de alguma camiseta do Christopher. Pego uma camiseta branca macia e fecho a gaveta. Quando me levanto e tento entregá-la a Will, ele não aceita. Apenas fica parado, franzindo a testa.

"O que foi?", pergunto.

Ele pigarreia. Seu rosto parece tenso. "Você tem... roupas de homem aqui?"

Inclino a cabeça, curiosa. "Tenho. São do Christopher."

A tensão dele se desfaz. Lentamente, ele pega a camiseta das minhas mãos. "Ah. Saquei."

Eu apoio o quadril na cômoda. "O Christopher deixa algumas coisas aqui há anos. Tem mais roupas casuais, pra quando vem depois do trabalho e quer vestir algo mais confortável. Ele também joga basquete nos domingos de manhã, na quadra atrás do prédio. Ele vem aqui depois, toma um banho e troca de roupa."

"Entendi." Will assente. "Faz sentido."

Eu o encaro, tentando não sorrir. Tenho uma pequena suspeita, e isso me deixa incrivelmente feliz, mas eu sei que não deveria. "Ficou com ciúme sabendo que eu tinha roupas de outro homem aqui, Will?"

Ele faz que não.

"A gente prometeu", eu o lembro. "Seja sincero."

Will aperta a camiseta nas mãos. "Não foi meu melhor momento. Nós... somos só amigos. Estamos só praticando romance. Não tenho motivos para perguntar sobre os donos das roupas que você deixa no seu apartamento."

Procuro seu olhar. "Isso é verdade." Eu me afasto da cômoda, passo por ele e caminho em direção à porta. "Se quer saber, romanticamente falando, um pouco de ciúme não é a pior coisa do mundo, na minha opinião. Desde que não seja tóxico."

"Não fiquei com ciúme!", ele exclama.

Fecho a porta, sorrindo para mim mesma, e cruzo o corredor até meu quarto.

Caminho pelo quarto e começo a puxar o suéter de crochê para cima da cabeça, com a regata, tudo de uma vez. Passo pelos cotovelos até perceber que o suéter não colabora. Tateio por fora, tentando entender o que está preso, e deduzo que o suéter está agarrado ao prendedor de cabelo. Suspiro e tento abaixar o suéter, esperando que se solte do prendedor. Mas, quando faço isso, o suéter prende ainda mais. Agora não consigo nem vesti-lo de volta.

Solto um palavrão baixinho e me jogo na cama. Talvez, se eu estiver sentada, seja mais fácil.

Não é mais fácil. Luto mais um pouco com o suéter, tentando, sem sucesso, com os braços presos, alcançar o prendedor.

"Arghhh!", eu grito, frustrada, dando pontapés no ar.

"Juliet?" A voz de Will está perto da minha porta. "Tudo bem por aí?"

"Não!", berro. "Estou no meio de uma crise de roupa molhada."

Depois de um breve silêncio, ele pergunta: "Você, ahn... precisa de ajuda?".

Solto um gemido de frustração. "Preciso. Mas, só pra avisar, você vai ver meu sutiã."

Outra pausa de silêncio. "Ahn, tá bom."

"Pode entrar."

A porta se abre. Will entra, de cabeça baixa, protegendo os olhos com as mãos, formando uma viseira. Ele dá os primeiros passos, caminhando cautelosamente, mas ainda consegue bater o quadril na minha cômoda e tropeçar no meu chinelo.

"Will, tira a mão do rosto. Você vai ter que olhar pra mim. É um problema que requer dois olhos e dois braços."

Com certa hesitação, Will abaixa as mãos. Seu olhar se fixa no meu peito, e ele arregala olhos. Imediatamente, olha para o teto. Suas bochechas ficam vermelhas. "Desculpa. Eu..." Ele engole em seco. "Desculpa mesmo."

Estou tão dolorida e desconfortável que não ligo para o fato de que ele deu uma espiada. "Só me tira disso aqui, por favor."

"Tá." Will se aproxima e estende a mão por cima de mim. Fecho os olhos, franzindo o rosto, enquanto ele enfia a mão no meu suéter, com movimentos rápidos. Eu sinto o prendedor se soltar do meu cabelo, e o suéter desliza de volta para meu corpo. Meus braços desabam, e eu os sacudo, aliviada por não precisar deixá-los erguidos.

Abaixo a regata e tiro o suéter, depois jogo num canto. "Graças a Deus."

"Graças ao Will", ele diz.

Deixo escapar uma risada tão forte que perco o fôlego. É a última coisa que eu esperava que ele dissesse. "Will Orsino, o que faço com você?"

Nossos olhares se encontram. A expressão de Will está intensa. Ele nem pisca.

Sinto meu rosto esquentar. Estou encabulada com seu olhar atento. "O que foi?"

"É que... Eu adorei essa risada."

Meu coração dispara, descontrolado, como se tivesse tropeçado e caído escada abaixo. "Já me disseram que é alta."

"Ah, é alta mesmo. Mas é... do jeito que deveria ser. Como... fogos de artifício. Quando a gente olha para o céu e vê os fogos iluminando a noite, com todo aquele brilho e esplendor, tudo o que esperamos ouvir depois dessa beleza é uma explosão épica. Sua... risada é assim, como deveria ser: alta e bonita."

"Caramba." Solto um suspiro trêmulo. "Foi um ótimo elogio. Dez de dez, zero defeito."

"Eu não estava..." Ele respira com dificuldade. "Eu não estava praticando elogios."

"Eu sei", sussurro. "Mas, se disser a mim mesma que estava... não vou querer te beijar tanto."

Will fica sério. Ele se aproxima de mim. Seguro a barra da camiseta dele, me ancorando, tentando, em vão, me prender à realidade.

"E se *eu* quiser *te* beijar também?", ele sussurra.

Molho o lábio, e meu corpo começa a se inclinar em direção ao dele. "Nós concordamos que não é uma boa ideia."

"É." Ele afasta o cabelo molhado da minha têmpora.

"Porque não seria para praticar. E nós só somos românticos um com o outro quando praticamos."

"Verdade", ele diz baixinho.

"Mas..." Olho para a boca dele. "Amigos, às vezes, se beijam. Nós somos amigos."

Um baixo murmúrio ressoa na garganta dele.

É conversa-fiada, e nós dois sabemos disso. Não seria um beijo de amigos. Seria um beijo de duas pessoas que querem arrancar a roupa uma da outra.

Eu deveria me afastar. Ele também. Mas não é o que fazemos. Olhamos um para o outro. Nossos peitos sobem e descem enquanto respiramos.

É quando a mão de Will desliza pelo meu cabelo, enterrando os dedos com intensidade. Seu olhar procura o meu, então ele sussurra: "Foda-se", e me puxa para ele.

Suspiro de alívio, jogando meus braços em volta dele, desajeitada, desesperada.

Nossas testas se encostam, a respiração escapa de nossos pulmões. Nossos narizes roçam. Seguro o pescoço de Will e enfio os dedos em seu cabelo.

Finalmente, *finalmente*, ele roça a boca na minha. De leve, por um instante, depois um pouco mais, mais fundo, por mais tempo. É quente, macio, incrivelmente bom. O ar sai de Will quando abro a boca, enquanto sua língua acaricia a minha. Outro gemido escapa. O fogo corre nas minhas veias e se acumula profundamente na minha barriga, quando ele finca mais o toque no meu cabelo com uma mão e segura meu rosto com a outra. Lambo a boca de Will, e ele geme, depois intensifica o nosso beijo, tão profundo que parece sexo, do tipo que faz você se sentir tomado, consumido, quebrado e recomposto.

Solto um gemido quando ele se afasta, beijando com carinho os cantos da minha boca, a curva do lábio superior e o lábio inferior, que ele puxa suavemente entre os dentes. Agarro sua camisa para aproximá-lo de mim, para não perdê-lo, para não perder isso. Não quero que acabe.

Estou praticamente escalando Will, como uma árvore. Fico na ponta dos pés e o puxo para mim. Preciso de mais, mais do corpo dele no meu, de sua presença, seu calor e sua força.

Will me envolve em seus braços, me apertando contra o peito. Meus joelhos quase desabam. No momento em que nossas bocas se encontram, nossas línguas se agitam e dançam, num ritmo lento e sensual: estocadas quentes e profundas que ficam mais rápidas, mais úmidas, mais rápidas, até que cada fôlego é um suspiro na boca do outro. Will tem mãos quentes e fortes, que tremem levemente ao deslizar por meus braços, meu pescoço, meus cabelos, depois acariciando meu rosto novamente e descendo pelo meu corpo até envolver minhas costas novamente, me puxando para mais perto dele.

Arqueio as costas quando ele me puxa para mais perto. Meus seios roçam em seu peito, e as pontas dos dedos dele acariciam minhas costelas. "Will", eu suspiro no nosso beijo. Seguro seu rosto e colo a sua boca na minha.

"Juliet", ele sussurra.

Devagar, rompemos o beijo. Provavelmente porque ambos sabemos que, se continuarmos, não vamos parar por aí.

E tem que ser assim. Porque amigos *não* fazem isso. Pelo menos, não os amigos que estão se ajudando a encontrar o caminho da felicidade, através de uma estrada em que não terminarão juntos.

Nossas testas se encostam, nossos peitos arfam. Ficamos em silêncio por algum tempo, pressionando a cabeça uma na outra.

Com delicadeza, Will se afasta. Seus olhos encontram os meus. Seu rosto está vermelho. Suas pupilas, dilatadas. Ele parece muito excitado e um pouco assustado. Ambos estamos.

Abro um sorriso trêmulo, mas o mantenho, embora ainda esteja corada e sem fôlego por causa do que aconteceu. Observo seus olhos, aliviada por não ver arrependimento, embora ainda esteja preocupada. Não quero perder o que começamos a construir — esse espaço que compartilhamos, que é gentil, seguro e divertido.

Engulo em seco. Minha voz fraqueja, mas me forço a falar. "Você beija todos os seus amigos assim, Will Orsino?"

Ele olha para mim e faz que não. "Com certeza, não."

Aperto sua mão, acariciando a palma suavemente. "Sorte a minha", sussurro.

"Juliet", ele murmura, balançando a cabeça outra vez. "Isso foi..."

Assinto. "É, foi."

Will me observa. "Fizemos o que dissemos que não faríamos."

Assinto novamente. "É, nós fizemos." Aperto sua mão, tentando tranquilizá-lo. “Mas... talvez precisássemos fazer isso. Para, sabe, acabar com a tensão. Agora, o clima está mais leve.”

O clima não está leve. Está carregado de desejo não saciado e anseio puro. O corpo de Will ainda está meio pressionado contra o meu, e eu consigo senti-lo por baixo da calça, grosso, com a pulsação forte no braço que eu seguro. Sinto como estou molhada entre as coxas, como meu coração agita no peito. O beijo não acabou com tensão nenhuma.

Mas vamos ter que aceitar.

Porque não vamos desistir disso. Sinto a determinação dele e a minha em nosso olhar atento, em uma compreensão tácita ao nos separarmos.

Will passa a mão pelo cabelo, com uma expressão perplexa no rosto, enquanto dá uma leve virada em direção à porta. “É melhor eu pegar a estrada.” Ele se vira para mim, buscando meu olhar. “Você... está bem?”

Assinto, sorrindo. Sei que o que fizemos foi um desastre logístico. Mas, meu Deus, foi muito bom. “Estou bem”, digo a ele, e é verdade. “E você?”

Ele pisca várias vezes. “Ah, estou um pouco zonzo, mas vou ficar bem.”

Solto uma risada suave. Enlaço meu braço no dele e o guio para o corredor. “Você não pode dirigir zonzo. Vem, grandão. Vou te dar um suco para a viagem.”

12

WILL

Faz dias que estou tenso. No trabalho e em casa, todo mundo tem me evitado, já que ninguém sabe o que fazer comigo. Pareço outra pessoa. Estou mal-humorado quando normalmente sou quieto. Rabugento quando geralmente sou calmo. Estou um verdadeiro caos.

Por causa de um *beijo*. *Alguns* beijos.

Os melhores beijos da minha vida. Beijos que me fazem querer muito mais de uma mulher que eu não posso ter.

Esfrego com força meu prato do almoço. Pela janela da cozinha, observo minha horta. Uma batida na porta me faz olhar para trás.

Hector se levanta do canto do meu sofá e começa a resmungar.

Suspiro. Ele só resmunga para uma pessoa.

Miranda, minha irmã caçula, entra em casa. Como é de praxe, seu cabelo loiro-avermelhado está preso no topo da cabeça em um coque bagunçado, com um lápis de carvão. Mimi gosta de andar por aí desenhando a natureza. Ela está montando um portfólio para se inscrever na faculdade de arte.

"Ei, Dubs", ela diz, jogando-se no sofá.

Enxáguo o prato e o deixo no escorredor. Depois fecho a torneira. "Oi, Mimi."

Minha irmã fica em silêncio, coçando as orelhas de Hector. Consigo ouvir o rabo dele batendo no sofá. "E aíííí", ela finalmente diz, prolongando a palavra. "Qual é a sua?"

Solto um suspiro, com a cabeça baixa. "Você acreditaria se eu dissesse que não está acontecendo nada?"

Ela dá uma risadinha. "Não. Nem eu nem ninguém na cidade inteira. O povo está *comentando*."

"Droga." Esfrego o rosto. "Vou querer saber o que estão dizendo?"

"As teorias são muitas, variadas, e algumas, bem perturbadoras." Miranda dá um beijo na cabeça de Hector, depois coça suas orelhas e diz ao meu cachorro: "Uma coisa eu digo: tem gente na cidade que precisa sair um pouco de casa. Estão perdendo o juízo. Acho que meu boato favorito é...".

"Não, deixa pra lá. Nem quero saber." Pego meu boné de beisebol e vou em direção à porta da frente.

"Aonde você vai?", Miranda pergunta.

"Voltar pro trabalho!", grito, por cima do ombro.

Nem um minuto depois de sair de casa, ouço minha irmã correndo atrás de mim. Suas pernas longas rapidamente alcançam meu passo.

"Trancou a porta?", pergunto.

Quando não tranco a porta, Hector sai pela fazenda procurando por mim. Não me preocupo que ele vá fazer algo errado se escapar — ele vai simplesmente farejar até me encontrar. Eu me preocupo com outras pessoas. Minha família adora o Hector, assim como nossos funcionários e os gestores da fazenda e da destilaria. Mas sempre temos trabalhadores sazonais e outras pessoas aleatórias na propriedade, e nem todos sabem como lidar com ele. Por causa do preconceito com os pit bulls (que têm uma fama profundamente injusta e infundada), sou cuidadoso. Não quero que ele encontre pessoas que o vejam como uma ameaça.

"Claro que tranquei", Miranda responde ao meu lado, acompanhando meu passo. "O Hector já estava até roncando quando saí."

Solto um grunhido em sinal de reconhecimento. "Obrigado."

Miranda tenta grunhir também, mas sai mais como um resfolegar de porco. Ela resmunga: "De nada", tentando imitar meu humor rabugento.

Estreito os olhos para ela e tento fazer uma cara feia, mas não consigo. Sempre tive um coração mole com minha irmã caçula, doze anos mais nova que eu, de quem sempre cuidei quando ela era pequena. "Vem cá, chatinha", digo, colocando um braço em volta do pescoço dela e puxando-a para perto.

"Eca, fedorento! Sai pra lá!"

Eu a puxo para mais perto, fazendo ela dar gritinhos de tanto rir e segurar minhas costelas. "Para de criticar meu cheiro", falo. "Esse é o cheiro de quem passou a manhã inteira trabalhando duro. Além disso, o ar-condicionado do meu escritório quebrou."

"Não quero saber o que está te fazendo suar. Só quero distância das suas axilas!" Ela empurra com força. "Me solta!"

Dou um bom puxão nela, depois finalmente solto. "Pra que você veio aqui, além de querer contar que todo mundo está fofocando sobre meu mau humor?"

Ela pega um pedaço da grama alta e arranca. Olha para baixo enquanto passa a folha entre os dedos. "Só queria saber se você está bem."

Fico quieto por um momento, ponderando o que quero dizer. Não gosto de esconder as coisas da minha família, mas também preciso... bom, preciso da minha privacidade. Tenho que resolver essa parte da minha vida sozinho. Contar para a Miranda seria o mesmo que subir na mesa no próximo jantar de família e gritar o que está acontecendo. Ela não vai guardar segredo. É assim com todas as minhas irmãs.

Suspiro, levantando o boné. Passo a mão pelo cabelo e o coloco de volta. "Eu só... estou com alguns problemas com... algumas coisas no trabalho."

Miranda fica quieta e me observa, prestando atenção. "Tudo bem com a destilaria? E com a fazenda?"

"Sim, está tudo bem com os negócios. É só... comigo o problema." Vasculho o cérebro tentando explicar sem revelar demais, mas só consigo dizer: "É complicado".

Complicado, com certeza. *Eu* deixei tudo complicado. Não era para eu ter permitido que as coisas chegassem a esse ponto com a Juliet. E, merda, ela não deveria ter deixado também. Nós só ajudaríamos um ao outro, seríamos amigos que se apoiam. Nós não tínhamos — não *temos* — planos de futuro além disso. Ela procura um amor que eu parei de esperar há muito tempo, que nem sei se eu ainda espero ter no futuro. E, mesmo quando a esperança se infiltra de novo, a Juliet é a última pessoa para quem eu poderia oferecer essa esperança. Ela confiou em mim acreditando que sou alguém seguro, capaz de ajudá-la a se preparar para encontrar alguém que a ame como ela merece e quer ser amada. Ela mesma me disse que foi muito machucada por alguém que obviamente não a amava da forma como ela merecia. Se eu cedesse aos meus desejos, tentando algo com ela, e fizesse a mesma coisa, o que aconteceria? E se eu a machucasse? Nunca me perdoaria.

O Petruchio também não. E com razão.

Tenho motivos muito racionais para ter certeza de que nunca daria certo. Jurava que isso seria o suficiente para me impedir de me derreter toda vez que ela me tocasse, para não seguir meus impulsos.

Mas aqueles beijos depois da noite de jogos deixaram muito evidente que eu estava muito, *muito* enganado. E agora estou dividido. Porque tudo o que eu quero é que a gente se veja, passe mais tempo junto. Mas, quanto mais tempo eu passar com ela, mais difícil vai ser resistir. E eu preciso resistir.

"O que... está deixando as coisas complicadas?", pergunta minha irmã.

Solto um suspiro e arranco uma folha da grama também. "Talvez *complicado* não seja bem a palavra certa. É... frustrante. Porque, às vezes, você faz tudo o que pode, tenta muito para que as coisas deem certo, e elas ainda assim dão errado. Me irrita quando isso acontece." Agito a grama no ar. "Desculpa, estou falando demais."

Miranda me cutuca com a grama dela. "Você não está falando demais. Você disse, sei lá, três frases." Ela fica quieta por um momento conforme avançamos, e então diz: "Sinto muito que esteja difícil, que seja frustrante".

Olho de soslaio para ela. "Obrigado, Mimi."

"Se serve de consolo", ela acrescenta, "eu sei que você consegue superar isso, seja o que for. Você é a pessoa mais forte que eu conheço, Will. E não estou falando só desses músculos." Ela me cutuca no braço com a grama.

Observo minha irmã e sou tomado pela emoção. Um nó se forma na minha garganta ao lembrar os dias com a Mimi pequena, seus cabelos de raios de sol como os meus, as sardas no nariz, correndo para me acompanhar enquanto eu caminhava pelo campo. Tinha metade do meu tamanho e não parava de falar, sempre comigo, porque eu era o irmão quieto, o que ouvia.

Agora, aqui estamos, com os papéis invertidos.

Engulo em seco e digo: "Te amo, garota...".

"Também te amo..." Mimi solta um grito quando eu a puxo para outro abraço. "Está fedendo!"

13

JULIET

Will e eu passamos a semana inteira sem trocar mensagens. Na verdade, nem na semana anterior tivemos muito contato. Foi só o suficiente para confirmar os planos para o fim de semana. E, embora eu ache que, em algum momento, esse homem vai ter que aprender a flertar por mensagem, fico aliviada por ele não ter tentado durante esta semana.

Já está muito difícil pra mim. No domingo, depois de todos aqueles beijos que me deixaram sem fôlego, eu o observei ir embora em sua caminhonete verde-escura reluzente. Toda noite, desde então, tenho acordado com a pele suada, latejando de prazer. Não paro de pensar nos sonhos ardentes com Will fazendo coisas indescritivelmente obscenas comigo.

Tentei me convencer de que é só porque não faço sexo desde que terminei o noivado e de que minha libido voltou a dar sinais porque beijei alguém no domingo passado como se fôssemos dois adolescentes com tesão, querendo arrancar as roupas um do outro. Mas é mais do que isso, e eu sei. É o Will.

Suspiro frustrada, tentando me concentrar no artigo que preciso entregar hoje sobre a economia dos empregos temporários. Que saco. Estou gostando do meu parceiro de prática de romance.

Meu celular faz um som quando volto ao fluxo de escrita. Concluo a frase que estava escrevendo e olho para a tela. Vejo que a mensagem é do Will, e meu estômago dá um pulo. Solto um gemido de frustração comigo mesma. Droga de frio na barriga de novo!

WILL: Bom dia, Juliet. Desculpa por ter sumido essa semana. O trabalho estava uma loucura.

JULIET: Bom dia. :) Não precisa pedir desculpas. Também tive uma semana agitada.

A semana não foi nada agitada. Escrevi vários artigos fáceis, fiz uma limpa no meu guarda-roupa, arrumei minha biblioteca alfabeticamente e, em cada letra, fiz um esquema de cores do arco-íris, e li mais livros de romance medieval. Fazia tempo que não lia tanto assim.

Pensando bem, talvez eu precise parar um pouco com esses romances sensuais. Tenho quase certeza de que o Will do meu sonho ontem usava um kilt. Eu estava debaixo dele, implorando por mais. Ele levantou aquele xadrez que caía sobre suas coxas grossas como troncos de árvore, me segurou pelos quadris, e...

Balanço a cabeça várias vezes. Minhas bochechas estão pegando fogo. Hoje à noite, vou ler um suspense que não tenha nem um pingo de romance no enredo.

Meu celular apita outra vez. Olho para baixo para ler a mensagem dele.

WILL: Tenho algumas reuniões com clientes hoje. Pensei em nos encontrarmos para um drink e jantar. Funciona pra você?
JULIET: Perfeito! Também tenho que terminar um trabalho hoje, então à noite é bom.
WILL: Ótimo. Que tal um pub? Conheço um que tem várias opções sem glúten.

Meu estômago dá um salto, e pressiono a mão sobre ele. Não aguento mais essa montanha-russa intestinal que ele está me fazendo passar.

JULIET: Obrigada por pensar nisso. Como você sabe que não como glúten?
WILL: Na Boulangerie você pediu um docinho de limão sem glúten. Achei que fosse uma restrição alimentar. Pelo que eu sei, ninguém escolhe comida sem glúten a menos que precise.
JULIET: Olha a calúnia contra meus docinhos sem glúten!
WILL: Calúnia não intencional, prometo. Podemos nos encontrar às 18h no Fiona's. O que acha?

Abro um sorriso. O Fiona's é um pub irlandês adorável que minhas irmãs, nossos amigos e eu costumamos frequentar. É de propriedade de uma das melhores amigas da minha mãe, a Fiona, ou Fee, como todo mundo chama. Quando Fee descobriu que eu não podia mais comer glúten, instalou uma fritadeira dedicada exclusivamente para alimentos sem glúten no pub e até fez questão de ajustar os pratos dos quais eu mais gostava. Isso foi incrível, e o fato de que, entre todos os pubs irlandeses na cidade, Will escolheu o Fiona's... bem, parece até um pouco mágico.

Parece o destino.

Droga, preciso parar de pensar assim. Agito a mão no ar, como se essa palavra fosse um inseto que eu pudesse espantar. Queria que fosse fácil assim.

Forçando-me a esquecer esse pensamento, digito a resposta para o Will. Tento ignorar o arrepio que toma conta de mim.

JULIET: Parece ótimo. Te vejo lá.

14

WILL

De alguma forma, Juliet conseguiu chegar antes de mim, mesmo que ainda faltem cinco minutos para as seis e, para chegar ao bar, eu precise apenas descer uma escada. Estou no antigo apartamento de Fee, acima do pub. É aconchegante e surpreendentemente tranquilo para um lugar bem acima de um pub barulhento. Coloco no bolso a chave que usei para entrar no pub e caminho até o bar, tentando acalmar o coração.

Ela usa uma calça jeans clara rasgada e um par de tênis com estampa floral, parecido com o que usou no nosso encontro — encontro de *prática* — no café, mas esse tem minúsculas flores azuis com folhas verdes. Ela veste crochê, como na semana passada, mas agora é uma blusa de um tom de azul bem escuro que contrasta com sua pele clara. Está maravilhosa.

Para piorar, não só estou embasbacado com a sua beleza como também percebo, quando uma dor incômoda se instala no meu peito, que senti sua falta. Senti falta do seu braço enlaçado no meu, do sorriso largo e radiante, de como ela enruga o nariz quando está refletindo.

Não é pra você! Não é pra você! Não é pra você!, meu cérebro grita.

Meu coração acelera em protesto. Meu corpo fica tenso e quente, atraído por ela como um ímã.

Estou ferrado.

Passo pela multidão, vou devagar para ganhar tempo, tentando me acalmar. Penso nos tópicos da reunião com nossa consultora fiscal essa semana, esperando que isso ajude.

Não ajuda.

Juliet se inclina ainda mais para o bar, rindo de algo que Fee diz para ela. Eu a observo interagir com Fee. Parece que... elas se conhecem.

Com cautela, eu me sento no banco ao lado de Juliet. "O lugar está ocupado?"

Juliet se vira para mim, com os olhos arregalados e a coluna ereta. Parece que eu a assustei. Quando me vê, sua expressão se ilumina, e um sorriso curva seus lábios carnudos. "Guardei pra você."

Eu tinha dito a mim mesmo que não a abraçaria, que evitaria ao máximo o contato físico. Mas essa decisão vai por água abaixo quando ela coloca a mão no meu joelho e aperta. "Oi", ela diz baixinho. "Bom te ver."

Passo o braço por trás da cadeira e puxo Juliet para mim. Seu ombro encosta no meu peito, e eu apoio o queixo em sua cabeça. "Bom te ver também."

Sinto o corpo dela derreter com meu toque. Ela roça a bochecha na camisa. Nossa, como isso é bom.

Nos afastamos lentamente, e ela sorri para mim, mas seu olhar está hesitante. "Está... estamos bem aqui?"

Sempre achei difícil ler as pessoas. Não é fácil entender a mensagem implícita nas frases vagas, no sarcasmo, pelo menos até conhecê-las bem. Com o tempo, aprendo seus padrões, as particularidades de como se comunica. Aprendo a ler a pessoa.

Sinto que aprendi a ler Juliet em uma velocidade relâmpago, que já consigo entender nas entrelinhas o que ela quer dizer. Pelo menos, acho que consigo. Acho que ela não está perguntando só se está tudo bem neste momento. Ela está perguntando em relação a tudo, ao que estamos fazendo.

Tiro uma mecha de cabelo de seu rosto e assinto. "*Eu* estou bem. E você?"

Ela abre um sorriso tímido. "Sim. Estou bem."

"Que *graça*", Fee diz.

Juliet e eu nos separamos e nos viramos para Fee. Ela está apoiada no balcão, com o cabelo grisalho preso pela bandana vermelha de sempre. Seus olhos castanhos brilham enquanto nos observa.

Juliet pigarreia. "Hum, Fee, esse é meu amigo Will. Will, essa é..."

Uma risada entrecortada sai de Fee. Ela dá uma batida no balcão. "Querida, eu sei quem é ele. Eu o conheço desde que ele usava fraldas. Antes disso até. Na verdade, eu diria que sou responsável por sua existência." Ela sorri com orgulho. "Eu juntei os pais dele. É meio que um dom que eu tenho."

Os olhos de Juliet se arregalam. Ela se vira para mim. "Sério?"

Dou de ombros. "É verdade." Olho para Fee, depois para Juliet, e pergunto: "E vocês como se conhecem?". Olho para Juliet. "Você é cliente regular aqui ou algo assim?"

Fee solta outra gargalhada.

Juliet ainda está com uma expressão de choque no rosto. "Fee *me* conhece desde que eu usava fraldas. Ela juntou os *meus* pais."

Fee se inclina e diz: "Foi isso mesmo, e de nada". Ela se endireita, pegando alguns copos vazios no balcão ao meu lado. "No mesmo verão, aliás. Deixe-me lembrar. Eu ainda não tinha apresentado seus pais um ao outro no meu pub, Juliet. Isso aconteceu depois. Acho que foi em agosto. Sua mãe e eu ainda morávamos juntas, em cima do pub, solteiras convictas. Eu disse que ia ao interior para um evento de networking — na verdade, era mais uma grande festa para pessoas com interesses em comum, organizada por um grupo de hippies da área querendo se comprometer com a agricultura sustentável, então não é de surpreender. E ela resolveu ir junto para aproveitar um fim de semana fora da cidade.

"Minha ideia era ficar de olho no evento, ver se conseguia fazer conexões com alguns agricultores locais para abastecer o pub. Ia também me encontrar com uma amiga da faculdade, a mãe do Will, Isla, que tinha acabado de se mudar para lá depois de herdar um bom pedaço de terra, onde queria praticar uma agricultura sustentável. O terreno dela ficava bem ao lado de uma destilaria, que pertencia a um homem que *eu* apresentei a ela no evento, o Grant Orsino."

Juliet olha para mim, depois de volta para Fee. "Então as nossas mães se conheceram, certo?"

Fee assente. "Maureen e eu ficamos com Isla na casa que ela estava alugando na cidade. Ainda não tinha lugar pra ficar no terreno dela." Ela suspira com nostalgia. "Fizemos a festa naquele fim de semana, nós três."

"Isla." Juliet franze a testa, pensando. "Acho que minha mãe nunca falou dela. Por que será?"

"Elas se deram muito bem", Fee diz. "Mas aí a Maureen voltou para a cidade e conheceu seu pai logo depois. Se apaixonou completamente por ele. Isla e Grant ficaram no interior, trabalhando, unindo as terras e as vidas." Ela dá de ombros. "Elas não tinham tantos motivos para continuarem em contato fora dos encontros comigo. Elas são *minhas* amigas. Mas, algumas vezes, ao longo dos anos, elas estiveram juntas comigo, quando eu marcava um encontro. Elas ainda se dão bem. Nós três nos encontramos na Irlanda, poucos meses atrás, na verdade."

A boca de Juliet se escancara. "Espera, quando minha mãe foi naquela viagem com as amigas, a mãe do Will estava com vocês?"

"Estava." Fee sorri. "Então, como podem ver, ter vocês dois aqui é um desses momentos incríveis em que vemos como o mundo é pequeno. Agora, que tal um uísque Orsino para celebrar essa maravilha do acaso, hein?" Ela lança uma piscadela. "Por conta da casa, claro."

Juliet se recosta na cadeira e sorri. "Minha barriga está feliz da vida."

Solto um ruído de concordância ao beber minha água. Tomo tudo, na esperança de que isso me acalme. Fee já encheu meu copo tantas vezes que, depois da última vez, ela me disse para me virar e pegar a água na torneira sozinho.

A água gelada não está ajudando. Estou ardendo. E não é porque está quente no pub. Meu corpo pegou fogo a noite inteira com os murmúrios de prazer que Juliet soltava enquanto comia, suspirando de satisfação depois de tomar um gole do uísque da minha família, a safra da nossa destilaria que eu mais gostei até agora.

Coloquei o copo na mesa e a peguei me observando. "O que foi?"

Ela dá de ombros, com um leve sorriso no rosto, e gira sem parar o copo de uísque no porta-copos. "Ainda estou chocada. Nossas mães se conhecem. Nossos pais se conheceram no mesmo verão, tudo por causa dessa mulher marrenta..."

"Eu ouvi isso!", grita Fee.

Juliet abaixa a cabeça, sorrindo timidamente. "É um apelido carinhoso!", ela rebate.

Ela gira o banco do bar na minha direção. Eu me viro para encará-la de volta. Nossos joelhos roçam um no outro. O tornozelo dela encosta no meu. Já estou meio duro, e esses toques furtivos não ajudam, mas quero tanto sentir isso que não consigo ser sensato.

"E aí", ela diz, "você e eu nos conhecemos do outro lado do mundo, e depois nos encontramos no meu quintal. Bem quando nós dois..."

"Precisávamos", digo, baixinho.

Ela assente. "Isso não é... incrível? É incrível, não é?"

Confirmo devagar. "É. É, sim."

Ela sorri para mim e dá de ombros outra vez, um pequeno movimento feliz. Então puxa o cardápio em nossa direção e o abre. "Acho que vou querer sobremesa. Preciso de algo doce na boca."

"Eu também." Minha voz sai rouca e sugestiva.

Juliet se vira de repente, com os olhos arregalados.

Fecho os olhos e solto um grunhido. "Eu estava..."

"Pensando alto", ela diz, fechando o cardápio com um estalo. "Não deveria ter falado."

Eu arrisco abrir um olho. Minhas bochechas estão vermelhas como tomate. "Desculpa por isso."

"Vou permitir um ou outro comentário de duplo sentido", ela diz, se recostando na cadeira. "*Se* você tentar flertar comigo também."

Os nervos apertam meu estômago. "Preciso mesmo?"

Ela ergue uma sobrancelha. "Ah, vai, parceiro de prática. É tipo colocar..." Ela franze a testa. "Uma daquelas coisinhas de roda pra deixar a barra mais pesada."

Sorrio. "Uma anilha."

"Isso. Estou colocando uma anilha. Bem, espera aí. Precisa colocar uma de cada lado, né? Para ficar equilibrado? Nesse caso, precisamos de *duas* coisas. Então... quero que você tente flertar... e elogiar." Ela finge pegar uma anilha pesada, deslizando-a para um lado de uma barra imaginária, antes de pegar uma segunda anilha imaginária e, com dificuldade, colocá-la no outro lado. "Ufa. Ok." Juliet seca a testa e finge jogar o suor para longe. "Tudo pronto. Flertar. Elogios." Ela me dá um tapinha no ombro. "Hora de evoluir."

A encenação toda é tão fofa que uma risada escapa do meu peito. Minha boca se abre em um sorriso tão largo que meu rosto dói.

Juliet se aproxima, com os olhos brilhando. "Finalmente." Dá uma batidinha nos meus joelhos e aperta. "Eu *finalmente* te fiz sorrir."

"*Finalmente?* Juliet, tudo o que você precisa fazer é chegar num lugar, e eu vou ficar sorrindo feito um idiota."

Ela enrubesce. "Ah." Pigarreia, mexendo no pequeno brinco de ouro na orelha direita. "Essa foi boa. Meio que dois por um: um elogio e um flerte."

Não estava praticando, penso. *É a mais pura verdade.*

Mas, felizmente, mantenho esse pensamento onde deve ficar, dentro da minha cabeça. Eu me inclino para ela, porque gosto de ver como minhas palavras impactam Juliet, como fazem seu rosto corar e seus olhos brilharem.

"Manda mais", ela diz, inclinando-se para mim também.

Apoio meu braço em sua cadeira, nos aproximando, não a ponto de invadir seu espaço, mas perto o suficiente para poder sentir seu perfume suave e floral misturado ao calor de sua pele, ver seu peito subindo e descendo mais rápido. "Por acaso, você é um legume?", pergunto. "Você é uma berin-bela."

Juliet revira os olhos e geme: "Willlll".

Dou risada, tentando conter o calor que toma conta de mim ao ouvir ela gemer meu nome desse jeito. Sei que está irritada, mas, caramba, ainda assim, me deixou excitado.

"Ah, vai", ela resmunga, dando um soco sem força na minha coxa. "Uma cantada *boa*. Aquela que vai deixar sua futura esposa rendida. Vai."

"Tá bom, tá bom." Paro por um momento enquanto as palavras se formam na minha mente e passo os dedos no ombro dela. Meu coração bate forte quando encontro seus olhos. "Quando estou com você, esqueço tudo o que já me fez feliz — a noite perfeita de jogos, qualquer comida e risadas com minha família, o verso sublime da minha música favorita, o pôr do sol mais deslumbrante, o melhor uísque que eu já fiz. E quando não estou com você, quando o que me resta são as outras coisas que me fazem feliz, só consigo pensar no quanto quero compartilhá-las com você, no quanto quero que você compartilhe comigo o que te faz feliz também."

Juliet me observa, com os olhos arregalados e a boca entreaberta. Pega o uísque e o bebe todo de uma vez. "Isso... com certeza vai servir."

"Sério?"

Ela solta uma respiração lenta. "Com certeza." Juliet inclina a cabeça e me olha, com os olhos deslizando pelo meu rosto. "Minha vez agora."

Seguro a parte de trás da cadeira dela. "Aqui?"

Ela franze a testa. "Onde mais? Estamos praticando, não é?"

Praticando. Certo.

Solto um grunhido e esfrego o pescoço. "É só que... vou ficar vermelho. Eu sempre fico vermelho com elogios. Fico desconfortável."

Juliet morde o lábio escondendo um sorriso. "Acho fofo quando você fica vermelho."

Meu coração dá um pulo no peito. Caramba, um rubor esquenta minhas bochechas. "Você não está nada enferrujada."

"Eu ainda não estava praticando!" Ela se inclina, com uma expressão sincera. "E *estou* enferrujada, ok? Talvez não pareça pra você, mas é como me sinto."

Olho para ela com atenção e assinto. "Ok. Desculpa... não quis ser insensível."

"Eu sei." Ela aperta suavemente meu joelho e fixa o olhar no meu. "*Agora* eu vou praticar."

"Ok." Eu me concentro na minha respiração, tentando acalmar o corpo, mas o peso e o calor de sua mão permeiam a minha calça, a minha pele. Parece uma faísca que se transformou em fogo, um fogo que corre pelas minhas veias. Aquele perfume suave e floral vem em minha direção. O cabelo dela cai para a frente, com as pontas escuras roçando a borda do seu decote. Aperto os olhos.

O toque dela se move do meu joelho para minha mão. Seus dedos dedilham meu pulso. "Tantas sardas..."

"Nossa, valeu."

Ela aperta meu pulso. "Espera."

Sinto uma pontada de arrependimento. Ela disse que se sentia enferrujada, e provavelmente acabei fazendo com que se sentisse ainda mais enferrujada, respondendo assim. "Desculpa", murmuro.

"Não, a culpa foi minha", ela diz baixinho. "Não comecei muito bem." Ela para e então diz, agora subindo os dedos pelo meu braço: "Eu *adoro* essas sardas. Adoro que você tenha tantas sardas".

Meus olhos se arregalam de repente e depois se estreitam para ela. "Você está brincando."

Seus olhos se estreitam também. Ela se inclina para mim. "Estou *praticando*. Dá licença?"

Fico cético, mas permaneço em silêncio.

Juliet olha para meu braço, os dedos traçando uma linha sinuosa de sarda em sarda. "Eu poderia passar o dia inteiro fazendo isso, traçando suas sardas, encontrando constelações, histórias ocultas." Seus olhos encontram os meus. "Conectando os pontos."

Engulo com dificuldade. "Um dia inteiro?"

"No mínimo", ela diz baixinho, com o olhar ardente.

"Como você percebeu, eu tenho um monte de sardas. Pode demorar bem mais que isso."

Uma risada gostosa sai dela. "Will, você é a pessoa mais engraçada que eu conheço."

"Ah, fala sério", digo, seco.

Ela dá um soquinho na minha coxa. "Droga, Orsino! Para com isso!"

"Parar com o quê?" Franzo a testa, esfregando a coxa.

"Para de detonar meus elogios. Você está resistindo ao meu flerte." Ela coloca as mãos nos meus joelhos e se inclina, com o rosto tão perto do meu que quase a vejo distorcida. "Eu te prometi que seria sincera, lembra? *Não* estou brincando ou falando bobagem. Não estou te bajulando. Estou flertando com você." Seu olhar desce até minha boca. "Estou te elogiando. E estou falando bem sério."

Meu coração está apertado e dolorido, como quando meu corpo fica ao testar meus limites numa corrida, desafiando minha resistência, velocidade e capacidade, e depois mal consigo respirar. Talvez meu coração esteja assim porque está fazendo o mesmo: indo mais fundo, esticando em direção a uma capacidade que ainda não teve.

"Sei que não nos conhecemos há muito tempo", ela diz baixinho, "mas você é, sim, a pessoa mais engraçada que eu conheço." Seus olhos observam os meus outra vez. "Quando você diz algo engraçado, é sempre inesperado, e eu adoro esse elemento surpresa. E dá para perceber que você é genuíno, que você nunca está zombando da gente. E a maioria das pessoas faz piada zombando dos outros."

Olho para ela fixamente. Minha garganta está apertada. "Obrigado."

Juliet sorri para mim. "De nada." Depois de um momento, ela diz: "Então... como eu fui? Ah, eu sei que estou enferrujada, mas e depois que comecei a fluir?".

Ergo uma sobrancelha. "Vamos dizer que, se isso é você enferrujada, eu não sei se aguento o que é capaz de fazer quando estiver romanticamente lubrificada."

"Aposto que você aguentaria muito bem", ela diz, se inclinando. "Lubrificante é pra isso mesmo."

Fico completamente vermelho. "Eu caí direitinho nessa, não foi?"

As bochechas de Juliet ficam coradas. Seus olhos brilham. "Caiu, e eu agradeço pela oportunidade de praticar uma piadinha de duplo sentido também." Ela sorri e deixa escapar uma risada suave. "Esse rubor." Suas mãos seguram meu rosto, e ela sustenta meu olhar. "É uma coisa fascinante e perigosa."

Ah, merda. Eu vou beijá-la de novo.

Eu *não posso* beijá-la de novo.

Engulo em seco enquanto a observo, e me deixo pairar nesse glorioso e torturante precipício entre o desejo e a vontade de agir. Não vou cruzar essa linha de novo, prometi para mim mesmo. Mas vou ficar bem na beirada e saborear cada minuto disso.

Com delicadeza, seguro suas mãos e as afasto do meu rosto. Meus polegares acariciam a sua pele. Tudo o que eu quero é continuar tocando Juliet, continuar sentindo o toque dela. Mas, se a gente levar isso adiante, não vou conseguir resistir por muito mais tempo.

Não quero que a noite termine só porque é difícil resistir a ela. Só porque é difícil não seguir o instinto dessa atração tão intensa. Quero dar a Juliet o que ela precisa: a prática de romance, o tempo para se sentir confortável de novo, um espaço seguro para flertar, elogiar e encontrar o seu ritmo.

Aponto para o alvo de dardos no canto do pub e pergunto: "Que tal eu te dar uma surra nos dardos?".

Seu olhar segue o meu, e ela solta uma risada longa e alta, música para meus ouvidos. "Ah, Will. Desafio aceito."

15

JULIET

A caminhonete do Will é supermoderna — totalmente elétrica, ele explicou (um homem com consciência ambiental! Mais um sinal positivo!) — e muito confortável. Enquanto ele me leva para casa, eu me encosto na janela, deslizando as mãos pelo estofamento macio.

Estou quente por causa do uísque, do prazer de uma noite de conversas sedutoras e toques ainda mais envolventes. Mas meu coração fica um pouco apertado quando me lembro daquele elogio perfeito que recebi.

Porque não foi para mim. Foi para a mulher que estou ajudando a encontrar.

Tento esquecer o aperto no peito e me concentro na alegria, na vitória que foi essa noite. Foi o melhor encontro que tive nos últimos oito meses. E me diverti demais. Depois que a Fee me deu uma fatia de bolo de chocolate sem farinha, saímos do balcão e levei a sobremesa comigo para jogarmos dardos (em que sou muito boa) e depois sinuca (em que sou péssima). Will, claro, mostrou que é ótimo em ambos, mas, pelo menos no primeiro, eu fui um *pouquinho* melhor.

Ganhei no jogo de dardos, o que foi muito satisfatório. Mas essa não foi a maior vitória da noite. Em nenhum momento senti aquela pontada de pânico que costumava surgir quando pensava em entrar em aplicativos de namoro ou quando dizia para as minhas irmãs e amigas que estava considerando tentar me relacionar de novo. Essa noite, me senti segura. Essa foi a melhor vitória.

Will estaciona a caminhonete em frente ao meu prédio e aciona a seta. Ele sai e dá a volta no carro antes mesmo de eu conseguir abrir a porta.

"Lady Juliet." Ele estende a mão.

Sorrio e seguro sua mão. "Duque Orsino. Que cavalheirismo!"

Ele sorri enquanto desço da caminhonete. Então fecha a porta atrás de mim. O carro emite dois bipes quando ele o tranca.

Solto minha mão da dele, agora que estou segura no chão, e me preparo para uma despedida comportada, ainda que queira muito beijá-lo e isso seja tudo no que eu consigo pensar, como um filme passando em minha mente.

"Eu te acompanho", diz ele.

Paro na porta do prédio e me viro para encará-lo. "Não precisa. Meu joelho está comportado hoje. Mesmo depois da minha tentativa acrobática de uma tacada de costas na sinuca."

O sorriso dele se alarga. "Foi impressionante mesmo."

"Né? A única tacada que eu acertei! Vai entender."

Olho para ele, e um silêncio pesado cai sobre nós.

Sou puro desejo da cabeça aos pés, e tenho pavor de satisfazê-lo novamente. Não falamos sobre o fato de termos nos beijado desde o último domingo, mas nem precisamos. Ambos sabemos que beijar daquele jeito é perigoso.

A brisa morna da noite nos envolve, rodopiando ao nosso redor, sacudindo as árvores nos quadrados de terra ordenados da calçada. "Bom", digo, mexendo nas chaves, "conseguimos. Mais um excelente encontro de prática concluído."

Ele continua me encarando, mas agora o sorriso desapareceu. "Algum feedback pra mim? Você me perguntou no pub, mas esqueci de te perguntar." Ele move os ombros e estica a coluna, como se estivesse se preparando. "Seja sincera. Eu aguento."

Você foi perfeito, quero dizer a ele. *E mesmo quando não foi, isso também foi perfeito.*

Mas olho para cima, pensativa, dando batidinhas no queixo. "Uma performance sólida, no geral. Foi bom em flertar e fazer elogios, a não ser pela piada da 'berin-bela'." Ofereço uma piscadela para ele saber que estou brincando.

Ele dá de ombros. "Sou fazendeiro. É difícil resistir a um trocadilho com vegetais."

"Vale ressaltar que estamos falando de uma berinjela, e eu não vou *tocar* nesse assunto."

A boca dele se curva, mas não abre um sorriso. "Já não está *tocando*?"

Tento não rir. "Você não conseguiu resistir ao seu trocadilho de vegetais. Eu não consegui resistir a um pequeno trocadilho sobre não continuar o trocadilho. Tentativas e erros, eu acho."

Will assente devagar. "E quando jogamos dardos e sinuca? O que você achou?"

"Acho que foi bem legal. Mas você bem que podia deixar a garota ganhar na sinuca. Ela tem um ego frágil."

Finalmente, seu sorriso retorna. "E eu aqui pensando que ela odiaria se soubesse que eu a deixei ganhar."

Verdade, penso. *Eu amei que você não escondeu uma habilidade só porque eu não tinha.*

Fico encarando Will. Sei que não deveria fazer isso, mas é muito difícil terminar a noite aqui quando não é o que quero fazer. Não quero me comportar e ignorar o calor intenso queimando dentro de mim quando nossos olhares se encontram.

A brisa muda de repente, tornando o ar mais fresco, e atinge as fendas da minha calça rasgada. É um choque contra minha pele quente. Estremeço com frio.

"Vamos entrar", diz Will.

Hesito por um momento, então forço um sorriso. "Tá bom." Viro-me e destranco a porta. Will abre para mim e me segue até o hall de entrada, encurtando a distância entre nós quando também abre a porta de dentro.

"Obrigada", digo. "Boa noite..."

"Juliet."

Congelo, então me viro para encará-lo, rezando para que minha expressão não mostre o quanto quero escalá-lo como se ele fosse uma árvore e arrastá-lo para meu apartamento. "Sim, Will."

Ele pigarreia. "Como este é o nosso segundo encontro de prática, só para constar, hipoteticamente, eu te daria um beijo de despedida."

O calor atravessa meu corpo. Agarro o batente da porta que ele está segurando. Estou cercada pelo grande braço que repousa sobre mim. Seu peito largo está bem próximo do meu. "Eu acho... que isso seria adequado. Hipoteticamente."

Ele inclina a cabeça, com a voz mais suave. "Eu pediria, é claro."

"Uhum", consigo dizer. Fecho os olhos, porque não consigo continuar olhando para ele. Se continuar, vou agarrá-lo pelo colarinho e esmagar meus lábios nos dele. Meu coração bate forte. Estou sem controle, dominada pelo desejo.

"Mas", ele diz, com a respiração quente contra minha têmpora, bem perto de mim. "Por razões que sei que são óbvias para nós dois desde o último domingo, não vou fazer isso. Só saiba que... se eu te beijasse... seria um beijo tão intenso que faria você ver estrelas."

"Ok", sussurro. Meus joelhos vacilam. Seguro o batente da porta com mais força e contraio o corpo, determinada a ser forte. Will está me mostrando que ele consegue resistir a isso. Se ele consegue, eu também consigo.

Na verdade, quero mostrar a ele que posso fazer ainda melhor do que não beijá-lo. Posso abraçá-lo de forma platônica e ir embora sem problemas.

"Que tal um abraço?", sugiro, abrindo os olhos, forçando um sorriso largo e amigável.

Will olha para mim, em silêncio. Ele se aproxima, com a porta nas costas. "Eu posso fazer isso."

"Ótimo. Eu também." Jogo meus braços ao redor do seu pescoço e, numa tentativa de controlar a libido, penso em algumas coisas que detesto: queijo gorgonzola, homem palestrinha, tetos rebaixados e aranhas.

Não funciona. A boca dele roça na minha têmpora, e o nariz acaricia meu cabelo. Eu o ouço respirar fundo, como se quisesse sentir mais meu cheiro. Viro a cabeça e me permito senti-lo também, o cheiro fresco e herbal misturado à sua pele quente. Meus dedos seguram seu cabelo.

Will me puxa para ele, e suas mãos deslizam pelas minhas costas. Encaixo meus quadris nos dele e sinto o que ele está negando a si mesmo, o quanto me quer. Um gemido ressoa em sua garganta, e eu me vejo gemendo também.

"Vou embora agora", ele diz, contra meu cabelo.

"Eu também", murmuro em seu pescoço. "Vou subir. Agora mesmo."

"Estou indo embora." Ele enfia os dedos no meu cabelo, e nossos quadris balançam juntos. "Estou entrando no carro."

Agarro seus ombros, e nossos olhos se encontram. Nossos narizes roçam. "Estou no meu apartamento", sussurro. "Indo pra cama."

Cama. A palavra cai como dinamite entre nós. Nos separamos.

Will passa a mão pelo cabelo. Suas bochechas estão vermelhas, seu peito se move em respirações profundas e lentas, como se estivesse tentando se acalmar.

Sei bem como é.

Nós nos encaramos, corados, respirando pesadamente. Enfim, dou um passo para trás e entro no corredor.

"Boa noite, Will", digo com a voz fraca, forçando um sorriso.

Ele também está sorrindo, parecendo excitado e exasperado. Ele solta um suspiro que é meio risada, meio gemido. "Boa noite, Juliet."

Eu me viro e corro escada acima o mais rápido que posso, agarrando o corrimão, e entro em casa.

Deslizo pela porta, fecho os olhos e solto uma respiração lenta e profunda.

Estou tão excitada que mal consigo enxergar direito.

Mesmo que não tenhamos nos beijado, nem mesmo uma bitoca na bochecha. Mesmo que eu não tenha me jogado em seus braços e ele não tenha me carregado escada acima e me levado para a cama.

Afasto-me da porta e sigo direto para minha biblioteca. Nunca precisei tanto de um suspense sombrio e brutal na minha vida.

Tomo um banho morno, numa temperatura que meu corpo dolorido consegue suportar. Visto meu pijama menos sexy. Me encolho na cama com meu livro triste e macabro, determinada a superar.

Mas, quando finalmente adormeço, mesmo com todo esse esforço, Will Orsino ainda faz uma aparição incrivelmente obscena.

16

WILL

"Orsino." Do outro lado da quadra, Petruchio me lança um passe de peito. Estamos arremessando a bola, esperando os outros caras chegarem para o jogo de basquete. Pego a bola e faço um arremesso de três pontos que entra na rede com um estalo satisfatório.

Ele assobia. "Alguém andou treinando, hein?"

"Vai se ferrar", digo. "Sempre fui o mestre da cesta de três pontos."

Ele ri e pega a bola, que quicou em sua direção.

Jamie chega à quadra e joga a bolsa no chão, dando um aceno amigável. Acenamos de volta.

Petruchio dribla e faz um arremesso de canto com salto. "Só na rede!", ele grita.

"Como sempre, humilde!", grito.

Ele me mostra o dedo do meio.

O som do que parecem ser vozes femininas vem de algum lugar à minha esquerda. Antes que consiga me controlar, olho para cima, direto para a sacada do apartamento da Juliet. É a primeira vez que me permito olhar nessa direção, e fico irritado comigo mesmo por já ter cedido — estamos aqui há apenas dez minutos. Fico decepcionado quando vejo que ela não está lá.

Eu sabia no que estava me metendo quando aceitei o convite do Petruchio para participar do jogo. Lembrei que Juliet disse que é aqui que ele joga, atrás do prédio dela. Jurei que conseguiria lidar com isso, mesmo sabendo que, de acordo com Petruchio, ela e as irmãs costumem assistir ao jogo da sacada do apartamento dela. E há uma boa chance de que assistam hoje.

Mas isso foi antes de ontem à noite, quando eu havia prometido que o encontro de prática aconteceria sem problemas. Eu simplesmente ignoraria o que sinto e não repetiria os erros da noite de domingo.

Obviamente, isso não aconteceu.

Pelo menos não nos beijamos de novo. Isso foi uma vitória.

Mas você não parou de pensar nisso, uma voz sussurra na minha cabeça.

A bola me acerta no estômago e me deixa sem ar.

"Merda", Petruchio grita. "Desculpa, cara! Achei que você tivesse visto."

"Tudo certo", resmungo, pegando a bola, driblando e fazendo um arremesso na cabeça do garrafão. A bola quica no aro. "Droga."

Jamie pega o rebote e se afasta, fazendo um arremesso certeiro. Um cara que conheci na noite de jogos, mas não conversei muito, Hamza, entra na quadra. Ele dá um sorriso e acena com o queixo.

Aceno de volta.

Outro som — dessa vez, sei que são vozes femininas — vem do mesmo lugar de antes. Olho para a sacada — vazia de novo — e mentalmente me xingo.

Petruchio corre até mim. "Você está bem?"

Desvio o olhar da sacada. "Estou. Por quê?"

Ele dá de ombros e toma um gole da garrafa de água. "Você parece... um pouco tenso."

Um pouco tenso. Tenso nem chega perto. Se estivesse um pouco mais tenso, estouraria. "Está tudo bem. Só um pouco de estresse no trabalho."

Não é exatamente uma mentira. Esse plano de aprender a ser romântico para conquistar uma esposa é diretamente ligado ao trabalho e está me deixando estressado. Foram três dias treinando com Juliet, e estou prestes a explodir de tanto que a desejo. Não sei como vou sobreviver a mais dois finais de semana.

"Quer conversar?", ele pergunta.

"Nah." Balanço a cabeça. "Vai passar."

Meu Deus, espero estar certo. Espero conseguir controlar essa vontade que eu tenho dela e ajeitar minha vida.

Petruchio me dá uma palmada nas costas. "Se mudar de ideia, estou por aqui."

"Valeu", respondo.

Dessa vez, quando ouço aquelas vozes femininas suaves, fico orgulhoso por não olhar pra cima. Não imediatamente. Mas, quando Petruchio olha, me permito olhar também.

Kate está na sacada, fazendo algum sinal com a mão e assobiando para ele. “E aí, gostosão. Você, ahn” — ela mexe as sobrancelhas enquanto se inclina sobre a grade — “vem sempre aqui?”

Petruchio ri, e o som ecoa no prédio de tijolos. “Pra ver esse monumento que é você, meu bem, eu viria aqui todo dia.”

Meus olhos encontram Juliet, que sorri para mim. Nem percebo o que ela está vestindo, como deve estar linda. Estou fixado naquele sorriso, na forma como ela tira os óculos de sol do cabelo, coloca na ponta do nariz e os faz balançar para cima e para baixo. Ela me manda um joinha e mexe os lábios num *Boa sorte!*

O calor se espalha pelo meu corpo.

Vai passar, digo a mim mesmo.

Tem que passar.

17

JULIET

“Trago cupcakes sem glúten e um ouriço fofinho!” Os passos de Bea no corredor pontuam cada palavra. Ela entra no quarto agitando a mão enquanto segura a caixa de doces com a outra. “Ainda não começaram, né?”

“Não.” Saio da varanda e entro em casa, tentando apagar da minha mente a imagem de Will Orsino com uma camiseta cinza esticada no peito e um short de academia azul bem justo nas coxas. Nossa, está um forno aqui.

“Cornelius!”, Kate dá um gritinho. Ela pega a pochete onde Bea leva o ouriço de estimação.

“Valeu, BeeBee.” Pego a caixa de cupcakes, colocando-a na pequena mesa de café que deixei atrás das cadeiras para fácil acesso. Ainda são dez da manhã, mas acordei morrendo de vontade de comer cupcakes. Quem disse que eles não podem ser servidos num brunch? “Você é um anjo.”

“Tranquilo.” Bea tira as botas. “E aí, como está a vista hoje?”

Kate olha por cima do ombro, para a quadra. “Ninguém tirou a camiseta ainda.”

Tiro meu cupcake da forminha de papel e enfio metade na boca, assim não preciso fazer parte da conversa. No passado, não me importava de fazer piadinhas e objetificar os homens quando eles tiravam as camisetas. Eram só os amigos e os parceiros das minhas irmãs (que eu obviamente não cobiçava) e alguns caras aleatórios que eu não conhecia (neles, eu dava uma olhada, porque sou uma mulher com olhos que gostam de ver homens suados e sem camiseta jogando basquete). Mas agora é diferente. Agora, Will está ali, e a ideia de vê-lo ficar seminu faz com que eu me sinta como se fosse pegar fogo.

"Tá bom", Bea diz, se acomodando na cadeira de jardim na varanda. "Eu espero."

Ainda mastigando o enorme pedaço do cupcake de torta de abóbora com o que parece ser um glacê de baunilha com bourbon, eu me ocupo fechando a caixa.

Kate tira minha mão e a puxa para si, vasculhando lá dentro. Ela franze o rosto. "Você pegou o de abóbora."

Bea se recosta na cadeira e aponta para a caixa. "Tem *dois* de abóbora e", ela alcança mais atrás e pega um de chocolate com cobertura de chocolate, "dois de chocolate para mim."

"Eu não sabia que era abóbora", digo para Kate. Ainda tem glacê no meu polegar. Lambo o dedo com um estalo. "Achei que era de cenoura."

"Que nojo." Kate faz uma careta.

Eu a cutuco no nariz enrugado. "Não faça cara de nojo pra minha comida."

"O de cenoura está ali." Bea aponta para o cupcake no canto que eu tinha confundido com um de baunilha, por causa do glacê branco em cima.

"Que pena." Pego o cupcake da caixa. "Acho que vou ter que comer esse também."

"Mais abóbora para mim!" Kate pega a outra metade do bolinho da minha mão e enfia na boca. Ela fecha os olhos e geme, falando com a boca cheia: "Porra, muito bom".

Bea dá uma risadinha. "Vamos controlar os sons de orgasmo, por favor."

Kate ainda mastiga enquanto tira outro cupcake de abóbora da forminha. "Estou odiando tudo nesse momento, menos almofadas térmicas e açúcar refinado. Deixa eu ter minha alegria." Ela morde o outro cupcake e explica: "Fiquei menstruada".

"Ugh, eu também", diz Bea.

"A minha foi embora na semana passada", lamento, antes de morder o cupcake, direto no glacê. "Agora estou ovulando e com um tesão dos infernos."

Kate me dá um tapinha nas costas em solidariedade. Bea segura minha mão e aperta.

Elas sabem que não transo desde meu término, que precisei desse tempo. E sabem que subo pelas paredes na segunda semana do meu ciclo.

Sinto uma onda de alívio ao perceber. Talvez seja *por isso* que eu não paro de pensar no Will, pelo menos no aspecto físico. Talvez passe logo, e não sofrerei tanto de desejo toda vez que o vir ou pensar nele.

Desabo na cadeira do meio, e Bea me envolve com o braço. "Sei que não é uma cura para tudo", ela diz, "mas pelo menos tem homens suados prestes a tirar as camisetas e cupcakes. Mesmo que sejam sem glúten."

Quando os caras começam a tirar as camisetas (compreensível, está um calor infernal lá fora), dou um pulo em direção ao banheiro com a desculpa de que "preciso muito fazer xixi".

Só consigo me esconder por algum tempo, e logo me forço a voltar para o estúdio. Ao ver minhas irmãs nas cadeiras de jardim na varanda, paro na soleira e sorrio para mim mesma. É uma imagem agridoce.

Quando Bea morava aqui, este quarto era o seu estúdio, onde ela pintava. O quartinho dos fundos está mais vazio agora, e dá até pra andar por ele — sem os rolos de tela espalhados pelo chão, as mesas com tintas ou as tiras de madeira para montar molduras. As prateleiras com meus livros de romance ainda estão aqui, mas não há mais os equipamentos e as câmeras de reserva de Kate, que ela guardava na época em que trabalhava direto no exterior, e os volumosos livros de Bea sobre artistas famosos. É só um cômodo com prateleiras meio vazias, uma poltrona dourada e uma velha luminária de chão com uma cúpula de vidro estilo Tiffany que nossos pais nos deram.

Eu quase não entro mais neste cômodo. Sinto-me sozinha aqui.

Mas é em momentos como este, com as minhas irmãs na varanda, quando estão felizes neste apartamento que já foi um refúgio para todas nós, que eu não me sinto triste pela vida que não temos mais. Eu me sinto grata pelo que temos agora.

"Está tudo bem?", Kate olha por cima do ombro. "Te deu dor de barriga ou algo assim?"

Bea dá um tapa no ombro dela. "Você sabe que ela fica com vergonha quando tem problemas de estômago."

Eu costumava ficar, quando, do nada, comia algo que nunca tinha me dado problema antes e precisava correr para o banheiro. Agora que parei de comer glúten, isso felizmente não acontece mais.

"Estou bem", respondo, me espremendo de volta na cadeira.

Bea me oferece nossa mimosa compartilhada na taça de champanhe térmica. Tomo um gole e deixo escapar um "ahhh" de satisfação. "O que eu perdi?"

Tiro os óculos de sol da cabeça e ponho no rosto. Mantenho o olhar fixo, tentando passar a impressão de que estou interessada nos pombos que estão pulando pela varanda um andar acima. Ainda não estou pronta para arriscar olhar para a quadra.

"Todo mundo tirou a camiseta", Kate diz, toda feliz. "Menos o Will."

Rapidamente, abaixo a cabeça. Olho para a quadra, onde o jogo já está a toda. Não fico tão aliviada quanto esperava.

De fato, ele está todo vestido, mas ainda é uma visão suada e sexy digna de admiração. A camiseta cinza está encharcada, grudada no corpo, enquanto ele dribla em direção à cesta e joga o ombro contra Christopher, que está defendendo. Will gira, então manda a bola para o ar, logo acima da rede. Jamie a pega e faz a enterrada.

"Alley-oop!", Bea grita.

"Não precisa ficar se gabando", Kate diz, emburrada.

Agora, Christopher está com a bola e dribla em direção ao outro lado da quadra. Um dos caras regulares que eu não conheço o defende bem, mas Christopher ainda consegue driblar, parar e fazer um arremesso de média distância que acerta a cesta com um sonoro "ding", antes de cair dentro.

"Isso!", Kate grita.

Bea abaixa os óculos de sol e diz: "Nada de ficar se gabando, né?".

Kate sorri acanhada. "Me empolguei."

Enquanto elas continuam o bate-boca, assisto a Will levantar a camisa pela gola, puxando-a sobre o rosto para enxugar o suor dos olhos. Ainda bem que não temos binóculo, porque não tenho certeza de que teria forças para não usá-lo.

Mesmo sem binóculo, consigo ver o contorno do abdômen bem definido, com uma linha de pelos que se estende pela região da cintura e reflete um brilho dourado sob o sol.

Deixo escapar um gemido. Tento disfarçar com uma tosse. Kate me dá uma batidinha nas costas. "Engasgou com a mimosa?"

"Uhum", consigo dizer.

Kate continua batendo nas minhas costas, distraída, com os olhos em Christopher. Eu tiro sua mão de mim e a coloco na braçadeira da cadeira.

"Tudo certo aí, KitKat?", Bea pergunta.

"Muito certo." Kate faz um som que deixa o ruído orgástico do cupcake no chinelo. "*Caramba*, meu namorado é um gostoso."

Bea e eu estremecemos. Christopher é como um irmão para nós. Não queremos ouvir isso.

"Então." Bea dá um gole da mimosa e deixa o copo na coxa. "Eu acho que me comportei bem essa semana *não* perguntando sobre o Will Orsino..."

Rapidamente, Kate vira a cabeça na nossa direção ao gritar: "O quê?!".

"Shiu!" Bato no ombro dela. "Você está gritando."

"O que", Kate pergunta, se inclinando, com uma voz que não é silenciosa o suficiente para o meu gosto, considerando o assunto, "está acontecendo entre você e o Will?"

"Nada!", respondo. Viro a cabeça e olho furiosamente para Bea. "*Nada*", enfatizo.

Bea dá de ombros, tomando mais um gole da mimosa. "Ele ficou depois dos jogos no domingo para ajudar a JuJu a limpar."

Kate solta um assovio. "Ele se ofereceu? Com certeza ele quer o seu corpinho."

"Ai, meu Deus, vocês duas." Jogo as mãos para o alto, exasperada. "Nós somos amigos. Amigos solteiros. Só isso."

"Hm." Bea olha para a quadra e acaricia o ouriço, que está na bolsinha transversal, com o focinho pequeno espiando para fora enquanto fareja o ar. "Eu sei, Cornelius. Também percebi isso."

"O quê?", pergunto.

"Ele é ruivo e gato. Você tem uma queda por ruivos", Bea responde.

"Só porque ele é ruivo, eu tenho que querer o corpinho dele?"

Bea vira e me lança um olhar incrédulo. "Vai dizer que não quer um pedaço daquele cara alto e gostoso, tipo um bolo de cenoura ali?"

Gemo, frustrada. Odeio mentir para minhas irmãs, mas também não quero contar a verdade. Sei que elas não me julgariam, que apoiariam o que estou fazendo com o Will. Mas o nosso plano, o que estou tentando fazer com a ajuda dele, parece... delicado. Esse trabalho de me fazer superar, de me deixar pronta para um envolvimento romântico de novo, parece algo que deve ficar só entre nós dois.

Bea interpreta meu silêncio de forma errada e me oferece um sorriso exagerado. "Vai, não me diga que não achou graça. 'Bolo de cenoura'? Ruivo?"

Olho para ela, sem expressão.

Bea murmura para Cornelius: "Povo sem humor".

Kate diz: "Deixa eu tentar". Ela bate nos lábios. "Ah, eu tenho uma! Que tal, um 'gole daquele cara alto e gostoso, sabor uísque'?"

Kate e Bea riem juntas.

Ofereço a elas um olhar mortal que as silencia imediatamente. Elas tentam disfarçar os sorrisinhos quando voltam a olhar para a quadra. Fico aliviada ao ver os caras se cumprimentando e dando tapinhas nas costas. O jogo acabou. Sobrevivi, não passei por uma combustão espontânea. Parece que corri uma maratona.

"É isso", Kate diz, batendo as mãos nos braços da cadeira e se levantando. "Acabou. Vou dar uma olhada na caçarola de ovos."

Bea se levanta junto. "Vou também."

Começo a me levantar, mas Bea gentilmente pressiona meus ombros de volta na cadeira.

"Só relaxa", ela diz. "Você preparou toda a comida do brunch. Deixa a gente fazer essa parte e pôr a mesa."

"Tem certeza?"

"Tenho." Ela tira a bolsinha com o Cornelius das costas e, com cuidado, coloca nos meus ombros. "Desculpa ficar te pressionando sobre o Will, JuJu. Eu só... quero que você seja feliz. Se ele não te interessa além da amizade, se você está feliz como está, eu respeito isso."

Observo o pequeno Cornelius, que fica uma graça bocejando, e sinto um toque de culpa me apertando por dentro. Não digo a ela que está errada, mas também não admito que está certa. "Obrigada, BeeBee."

Ela coloca a taça térmica na minha mão e sorri. "Fica relaxando e descansando aí com o Cornelius. Eu te aviso quando o brunch estiver servido."

Vozes de homens ecoam pelo corredor. Olho por cima do ombro e vejo Christopher entrando, depois Jamie, seguido de Will. Rapidamente, volto a olhar para a quadra, com o coração acelerado.

Escuto Kate dar um gritinho, imaginando que Christopher a puxou para um abraço suado, depois a risada de Bea. A voz profunda de Jamie, suas palavras difíceis de entender, então a de Will, um pouco mais grave e bem nítida. "Tem certeza?", ele pergunta. Depois de uma pausa, acrescenta: "Valeu, cara".

Engulo em seco, nervosa. Devo me levantar e cumprimentá-lo? É estranho ou rude continuar sentada? Ainda estou tentando descobrir o que fazer quando ouço uma batida suave no batente da porta do estúdio. Olho por cima do ombro, e meu estômago vira de ponta-cabeça.

Will está com o rosto vermelho e suado, sorrindo de orelha a orelha. "Oi."

"Oi, e aí?" Sorrio para ele, não consigo evitar. Quando vejo o Will, tudo o que quero fazer é sorrir para o rosto lindo dele, seus olhos afáveis e a presença doce de gigante gentil.

Ele faz um gesto com a cabeça em direção à quadra. "Curtiu o jogo?"

"Adorei. E você?"

Ele assente, ainda com um sorriso largo.

Meu sorriso se abre tanto quanto o dele. "Está cheio de adrenalina, né?"

"A melhor droga da natureza", ele responde, batendo duas vezes no batente da porta. "Vou tomar um banho agora, mas vou ser rápido. Aquela caçarola de ovo que você fez está com um cheiro muito bom. Estou morrendo de fome."

Ele se vira e caminha pelo corredor, provavelmente sem saber que acabou comigo ao plantar na minha mente a imagem dele tomando banho, com a água escorrendo pela pele, o sabonete deslizando pelo peitoral largo e forte que vi colado na camisa, pelos braços grossos que eu já toquei, por entre as coxas, pelo...

"Ah!" Balanço a cabeça. "Para com isso, Juliet!"

Cornelius levanta a cabeça de dentro da bolsinha. Seus olhos escuros e curiosos olham ao redor, provavelmente se perguntando o que foi aquele barulho.

"Desculpa se te assustei, amigão." Estendo a mão para o pequeno ouriço dentro da bolsa e cuidadosamente o tiro de lá. Suas patinhas minúsculas fazem cócegas na minha palma, enquanto ele se acomoda nas minhas mãos. "Cornelius, eu consigo fazer isso, né?"

Ele levanta a cabeça e acena para cima e para baixo. Tenho quase certeza de que ele está apenas farejando o ar, tendo sentido o cheiro da caçarola que saiu do forno, mas vou aceitar o pequeno gesto como o consolo de que preciso.

"É", digo para ele, acariciando suavemente os espinhos. "Também espero que sim."

18

WILL

Juliet tinha razão: mais cedo, eu estava pilhado de adrenalina. Mas agora, horas mais tarde, depois do brunch com Jules, suas irmãs, Petruchio, Jamie e Hamza, e depois Toni, que apareceu no final, chateado por ter perdido o jogo ("principalmente a parte dos caras sem camisa!"), não posso mais associar essa ótima sensação à adrenalina.

Lá no fundo, eu sei o que me deixa feliz assim — *quem* me deixa feliz: a mulher sorrindo para mim.

Juliet ergue as sobrancelhas quando eu seguro a porta do conservatório, o lugar que escolhi para o nosso próximo encontro de prática.

"Obrigada", ela diz, passando por mim.

Deixo a porta se fechar devagar e caminho ao lado de Juliet, com a mão em suas costas. Ela quase pula de susto.

Afasto a mão. "Desculpa, eu..."

"Não." Ela começa a agitar as mãos, fazendo que não. "Foi culpa minha. Desculpa." Ela segura minha mão e tenta, um pouco desajeitada, colocá-la novamente em suas costas. "Pode continuar."

"Não precisa, Juliet." Meu bom humor evaporou, e a sensação familiar de ter feito algo errado ressoa em mim. "Eu não deveria ter presumido. Só foi... um instinto."

"Exatamente", ela diz. "Você tem que ouvir o seu instinto."

"E *você* só deve ter o tipo de interação romântica com a qual se sente confortável", eu a lembro.

Ela suspira, com os ombros caídos. "Estou confortável, prometo. Só estava distraída, e você me pegou de surpresa."

Estreito os olhos para ela. "Promete?"

Ela sorri para mim, com o dedinho estendido. “Prometo.”

Suavemente, engancho meu dedo ao dela, depois deixo a mão cair.

O sorriso de Juliet se alarga. “Agora, coloca essa mão nas minhas costas, Orsino. E vamos olhar as flores.”

Com delicadeza, e um pouco hesitante, coloco a mão em suas costas outra vez, como ela pediu. Eu me preparo para ela se afastar de novo, ainda seguindo aquele reflexo. Mas isso não acontece. Na verdade, ela faz o contrário. Ela se inclina para meu toque, só um pouquinho, mas eu sinto — o toque da curva de sua coluna na minha palma, o calor do seu corpo. Sinto um leve perfume floral, algo sutil que sei que não tem nada a ver com as flores ao nosso redor. É ela. Cacete, que cheiro bom.

“Tantas flores pra ver, tão pouco tempo.” Ela sorri e esfrega as mãos, empolgada. “Por onde começamos?”

Caminhamos por uma hora e meia. Vimos praticamente tudo, e em algum momento a mão de Juliet encontrou o lugar de sempre ao redor do meu braço. Nos últimos dez minutos, tenho sentido mais seu peso. Ela se apoia em mim, e me sinto bem com isso. Mas também me preocupo que ela esteja sentindo dor, que esteja exausta da caminhada sem me contar.

Decido não comentar nada. Desde o diagnóstico da minha mãe, aprendi a não pressionar as pessoas a falarem da sua dor. Sei que não devo agir como se soubesse o que é melhor para o corpo de outra pessoa. Resolvo, em vez disso, apontar para um banco no canto da sala das plantas nativas. Guardei o melhor para o final.

“Tudo bem se sentarmos um pouco?”, pergunto.

“Tudo.” Ela parece distraída enquanto vamos até o banco, mas acho que só está absorvendo tudo. Ela olha ao redor com um sorriso suave no rosto. “Algum motivo em especial?”

“Queria ficar um tempinho aqui. É minha sala preferida.”

Ela me olha com curiosidade enquanto nos acomodamos no banco. “Por que você gosta tanto daqui?”

Eu me recosto e estico o braço ao longo do encosto atrás dela. Juliet se aconchega ao meu lado e suspira. Parece tão certo.

“Quando vim morar aqui por causa da faculdade”, respondo, baixinho, "sentia muita saudade de casa. No meu primeiro fim de semana, fiquei tão mal que quase arrumei minhas coisas e peguei o trem pra voltar. Mas eu sabia que ficaria triste se voltasse. Sabia que me sentiria como se tivesse falhado comigo mesmo e com meus pais, que estavam muito orgulhosos por eu ter saído da minha zona de conforto, por ter me jogado na vida da cidade, com um novo círculo social. Então fiz o que sempre faço quando estou pilhado. Fui dar uma volta."

Juliet se aconchega mais para perto. Parece confortável ouvindo.

Inspiro fundo e solto o ar. "Meu cartão de estudante me dava acesso livre ao conservatório. Eu tinha visto o lugar nos materiais de orientação, então entrei, fui de sala em sala e acabei... aqui." Meu olhar passeia pela sala, absorvendo as flores, os arbustos, o gramado e as árvores ao nosso redor. Todas as plantas nativas do estado, ligadas à terra e ao ciclo das estações. "Entrei aqui, vi todas as plantas que fizeram parte da minha infância e senti que... podia respirar de novo. Era como se meu coração tivesse voltado a bater direito. Não sentia mais como se fosse escapar do peito. Me senti... em casa."

Juliet está em silêncio, mas sinto seus olhos em mim, como o calor suave do nascer do sol de verão entrando pelas cortinas, aquecendo meu rosto. Por fim, olho para baixo.

Seu sorriso ainda é suave, seus olhos estão fixos nos meus. "Se for parecido com isso, o lugar de onde você vem deve ser lindo."

Assinto. "É, sim."

Nossos olhares se sustentam. Suavemente, ponho a mão ao redor de seu ombro. Juliet solta um murmúrio de contentamento.

"Então." Deslizo os dedos sobre sua pele.

Ela inspira, com os olhos ainda presos aos meus. "Então."

"Tenho um probleminha com o terceiro encontro."

Ela inclina a cabeça, confusa. "Por quê?"

"Nunca passo do terceiro. Sempre viro 'amigo' da pessoa. É sempre a mesma história: 'Não sinto uma conexão romântica. Acho melhor a gente ser amigo' ou algo do tipo."

Os olhos dela se estreitam. "Com que tipo de palermas você andou saindo?"

Uma risada vazia escapa.

"É sério", ela diz, com firmeza. "Quero nomes. Vou riscar o carro delas."

Dou risada. "Não vamos riscar carro nenhum. Os nomes não têm importância. O que importa é que eu deixei isso me afetar."

"Will." Ela me encara. "É por isso que você... se sente assim? Em relação ao romance?"

Sustento o olhar de Juliet enquanto engulo o orgulho e digo a verdade. "Eu não queria continuar fazendo uma coisa e depois ter que ouvir as pessoas falando sobre meu fracasso. Foi aí que eu... parei de tentar, parei de ter esperanças."

Juliet segura minha mão e aperta. Mas permanece em silêncio, ouvindo.

Hesito por um instante, e então digo: "Quando eu tinha treze anos, fui diagnosticado como neurodivergente. Para ser mais específico, sou autista. Tenho dificuldades sensoriais. Com os sons, como você sabe, mas também com outras coisas. Às vezes, quando estou tentando me expressar, surge um bloqueio entre meu cérebro e minha boca. Não sei ler as pessoas muito bem, nem entender duplo sentido. Minha bateria social acaba rápido e, quando estou perto de pessoas que não conheço, minha ansiedade social ataca. Não consigo relaxar, não consigo deixar rolar, porque estou muito ocupado tentando acompanhar uma linguagem que parece que eu só entendo pela metade". Engulo para umedecer a garganta. "Eu não sou... como a maioria das pessoas."

Seu polegar circunda delicadamente a palma da minha mão. *Estou ouvindo*, seu toque diz. *Continua*.

"Eu sei que isso não me impede de amar e ser amado, no sentido romântico", digo a ela. "Mas nunca encontrei alguém que me fizesse sentir que isso não era um empecilho. E... eu não quero me enxergar dessa maneira. Também não quero que a pessoa com quem eu vou dividir a vida me enxergue assim. Foi por isso que eu me conformei. Talvez, se não exigir tanto da pessoa com quem vou me casar, se ela também não exigir tanto de mim, consiga me proteger desse sentimento."

"Entendo isso", diz Juliet, baixinho. "De querer se proteger."

Assinto. "Mas... desde que você e eu começamos isso, Juliet, tenho pensado que talvez eu não precise me proteger. Talvez possa encontrar alguém que me faça sentir seguro o suficiente para tentar de novo."

Juliet aperta minha mão com força. Seus olhos brilham. "Exatamente."

"O que quero dizer é que eu superei o medo de me abrir, de me expor socialmente, depois do diagnóstico. Levou um tempo, mas acabei percebendo que sim, sou estranho, mas geralmente gosto das minhas estranhezas... elas me fazem ser quem eu sou. Porque ter um cérebro como o meu não me traz só desafios. Eu também consigo mergulhar fundo nas coisas que amo e aprender tudo sobre elas, em todos os aspectos. Meu cérebro é livre de regras preestabelecidas, e com isso consigo ser mais criativo nos negócios. Consigo ver soluções em espaços, possibilidades nas pessoas. Ideias que a maioria descarta porque não se encaixa no molde 'típico'. Consigo identificar esses potenciais e habilidades e aproveitá-los. Meus sentidos são altamente sensíveis, mas, com isso, também sou um bom observador, detalhista, reparo em coisas que grande parte não percebe, e isso me faz ser muito bom no meu trabalho. Consigo sentir a vida plena e intensa. Meu cérebro é extraordinário, de várias maneiras. Quando superei o medo de ser incompreendido e resolvi me expor, encontrei pessoas com quem me senti seguro para ser eu mesmo, estranho e completamente eu. Então talvez eu possa encontrar alguém com quem me sinta seguro, que me ame também."

Um sorriso se abre. "Com certeza. A mulher pra você, Will, vai amar cada pedacinho da sua 'estranheza' e vai se sentir muito amada no processo."

"Eu sei", digo, baixinho. "Com você, estou começando a entender isso."

Ela abre um sorriso radiante e deslumbrante. "Bom." Sua mão aperta a minha. "Obrigada por me contar isso, por se abrir comigo. Sei que não é fácil."

"Você sabe?"

Juliet assente. "A Bea é neurodivergente. A Kate também. Eu vi como é. Sei que é difícil compartilhar essa verdade porque as pessoas nem sempre são gentis. Você tem que se antecipar para o fato de que talvez alguém veja essa parte de você como um fardo que precisa ser tolerado em vez de uma particularidade para conhecer e amar."

Amar. A palavra ecoa no ar entre nós. Engulo em seco. Deslizo minha outra mão por seu ombro. "Obrigado, Juliet."

Ela aperta minha mão mais uma vez. "Também estou passando por isso, na verdade. É difícil se expor assim." Ela hesita por um segundo, como se estivesse procurando pelas palavras. "No ano passado, logo depois que te conheci na Escócia, na verdade, quando voltei para casa... eu fiquei doente. Bem, já estava doente, mas estava ignorando até aquele momento. Não sei se foi o nível de estresse ou algum gatilho que finalmente foi ativado, mas a situação começou a ficar debilitante. Fiz exames de sangue, alguns testes, radiografias. Comecei a me consultar com um ótimo reumatologista, recebi o diagnóstico de doença celíaca e doença mista do tecido conjuntivo, uma nova dieta para seguir, remédios para ajudar, mas não há cura para nada disso. Só... é o que é. Vai continuar comigo. E eu tenho pouco controle sobre quando piora ou quando os sintomas ficam mais leves. Quando voltar a namorar, tenho medo de contar isso para a pessoa e ela não querer aceitar a incerteza." Ela suspira pesado, forçando um sorriso. "E eu sei que, se uma pessoa não me quiser por completo, ela não me merece, mas não vai ser fácil lidar com a rejeição. Pelo menos, não no começo."

Sinto um aperto no peito ao olhar para Juliet. Queria poder alcançar e tirar de dentro dela cada uma de suas dores. Odeio que ela tenha que conviver com a dor e que, todo dia, se sinta tão pouco em controle do próprio corpo.

Mas eu compreendo. Como um espectador, pelo menos. Como alguém que ama uma pessoa que passa por algo parecido.

Engulo o nó na garganta, aperto seu ombro suavemente, e digo: "Minha mãe tem artrite reumatoide. Eu vejo o que ela enfrenta, as batalhas que ela luta nos dias difíceis. Sei que provavelmente não é a mesma coisa, que cada pessoa tem a sua experiência. Mas você tem que saber, Juliet, que você é incrível. Eu te vejo seguindo em frente, se levando para a frente porque quer, mesmo quando seu corpo não acompanha. Queria poder livrar minha mãe disso, livrar você da dor. Mas sei que não posso. Queria que você nunca tivesse que sofrer, mas nunca vou desejar que você seja diferente de quem é".

Seus olhos brilham, marejados. Aperto seu ombro novamente, puxando-a para perto. "Estou aqui para te apoiar, assim como você me apoia, ok? Nos dias difíceis, vou ser o braço para você segurar, as mãos para fazer o que você não pode, os pés que vão te carregar quando os seus não aguentarem dar mais um passo. E nos dias tranquilos, nos dias bons, eu também estarei aqui, grato por poder ser seu amigo e te ver brilhar." Eu a olho nos olhos, precisando que ela ouça o que digo, que sinta isso, profundamente. "A pessoa, homem, mulher, quem quer que seja que ganhar o seu coração... tem que fazer isso também, Juliet. Ou eu vou fazer algo *muito* pior do que riscar o carro dela."

Juliet funga e esfrega o nariz. "Droga, Will."

"Não fica brava comigo, mulher. Estou sendo sincero."

"Eu também", diz ela, entre soluços, procurando algo no bolso da calça esvoaçante, tirando um lenço. Ela assoa o nariz com força, e o barulho é alto, como um grasnar de ganso adorável. Ela guarda o lenço no bolso e me olha. "Obrigada."

Acaricio o braço dela. As pontas dos meus dedos desenham uma forma na pele dela que não me permito analisar, não permito que monopolize meus pensamentos. "Eu que agradeço."

Ela pigarreia, observando as flores. "Ah, e obrigada pela maneira como você falou sobre o meu futuro parceiro ou parceira. Eu sou bissexual, e significa muito para mim que você não tenha presumido que eu sou hétero."

Assinto. "Claro, Jules."

Ela balança a cabeça, olhando para a flor-de-cone roxa perto de nós e suspira. "Você é cheio de bons sinais."

Solto uma risada suave. "Achei que isso fosse uma coisa boa."

Ela assente, ainda sem me olhar nos olhos. "É bom."

"Ei." Aperto seu ombro.

Ela olha para mim. "Hm?"

"Nós acabamos de falar sobre um monte de coisa difícil, e eu acho que foi bom, né?"

Um sorriso ilumina o seu rosto. "Também acho." Ela levanta a mão para bater na minha. "Nós arrasamos no terceiro encontro!"

Bato na mão dela. "Quer comemorar? Você curte sorvete?"

Os olhos dela brilham. "Adoro. Mas tenho um jantar em família daqui a duas horas. Será que devo tomar um sorvete antes do jantar?"

"Eu diria que você merece."

Ela sorri ainda mais. "É, tem razão. Mereço mesmo."

"Vamos lá." Me levanto, oferecendo a mão para ela. "Sei de um lugar não muito longe daqui que tem casquinhas de waffle sem glúten."

Ela solta um gemido, pega na minha mão e me deixa puxá-la para levantar. "Claro que sabe."

Enquanto nos viramos, Juliet entrelaça o braço no meu. E então ela congela, com os olhos arregalados. Franzo a testa olhando para ela. "O que foi?"

"Meus pais", ela sussurra, "estão entrando aqui."

Minha cabeça se ergue de súbito, tentando seguir a linha de visão dela. Estreito os olhos, enquanto o casal de meia-idade entra, a mulher com a mão entrelaçada no braço do homem. Não há dúvida de que a mulher que está entrando é a mãe de Juliet. É uma versão dela trinta anos mais velha.

Uma dor intensa e terrível corta meu peito. Eu não vou conhecer Juliet assim. Não vou ver as linhas se aprofundarem ao redor dos seus olhos, os fios prateados começando a surgir em seu cabelo escuro. Estou tão perdido nesses pensamentos inesperados e desconcertantes que leva um tempo para perceber que Juliet está puxando meu braço *com força*.

"Vem", ela sussurra. "Temos que sair daqui!" Ela olha ao redor, percebendo o que eu já sei — não há saída, exceto pela porta onde seus pais entraram, nenhum caminho a não ser o que eles estão seguindo agora. Os olhos dela se agitam, procurando uma solução. Ela me puxa para um lado, depois para o outro.

"Jules", digo, calmo e tranquilo. "Não tem para onde ir."

"Ah, eu vou achar um lugar."

"Juro por Deus, Juliet, se você me empurrar para outro arbusto, eu vou..."

"Jules!"

Nós congelamos. E então nos viramos lentamente, de frente para a mulher que acabou de chamar o nome dela e o homem ao lado, segurando sua mão.

O sr. e a sra. Wilmot.

19

JULIET

Minha mãe me envolve em um abraço suave. Ultimamente, ela tem me tratado com delicadeza. O incômodo com o cuidado excessivo evapora quando ela diz: "Oi, passarinha", o apelido que ela e o papai usam para mim e para as minhas irmãs, que sempre me faz sentir amada.

Eu me entrego ao abraço dela. "Oi, mãe."

Enquanto ela se afasta, seu olhar passa rapidamente de mim para o Will. "E quem é esse?"

"Mãe, esse é meu amigo Will Orsino. Will, minha mãe, Maureen Wilmo..."

"Orsino!" Minha mãe coloca as mãos nas bochechas. "Ah, meu Deus, você é filho da Isla, não é?"

"Ah, sim", Will diz, sorrindo, nervoso. "Prazer em conhecê-la."

Eu já imaginava que minha mãe fosse fazer as conexões, principalmente considerando que Orsino é um sobrenome incomum. Acho que o Will esperava por isso também. Só não esperávamos que ela se jogasse nele e o abraçasse.

"Meu Deus, deixa eu olhar pra você", ela diz, enquanto se afasta. "Tem o cabelo ruivo maravilhoso da Isla." Suas mãos pousam no rosto dele, moldando-o. "As maçãs do rosto perfeitas também. Bom, pelo menos é o que parece. Você tem uma barba bem espessa, hein?"

"Mãe." Eu dou um tapinha suave nela. "Calma lá."

Minha mãe me devolve o tapinha. "Ah, deixa eu admirá-lo. Isso é tão nostálgico. Tão especial. Ver o filho da Isla e do Grant, o resultado daquele verão maravilhoso..."

Papai pigarreia e sorri. Minha mãe faz um gesto para ignorá-lo. "É uma surpresa muito feliz", ela diz.

Papai estende a mão, e Will a segura. "Prazer em conhecê-lo, Will."

"Papai, Will Orsino." Digo para o Will: "Meu pai, Bill Wilmot".

Will assente educadamente. "Prazer em conhecê-lo, senhor."

Papai sorri, com os olhos apertados atrás dos óculos. "William é nome de gente bacana."

Solto um resmungo para a piada. O nome do papai, assim como o do Will, é William.

Will sorri para mim.

"Então", diz minha mãe. "O que vocês dois estão aprontando? Como se conheceram?"

Eu conto para ela que o Will é amigo de faculdade do Christopher, como nos conhecemos na manhã seguinte à festa do Christopher, algumas semanas atrás, nossa narrativa combinada desde que elaboramos nosso plano; que o Will está na cidade nos fins de semana, por causa do trabalho, e decidimos visitar o conservatório. Simples e direto ao ponto.

"Que legal", diz minha mãe. Ela me lança um olhar estreito, como se estivesse tentando descobrir as verdades que eu cuidadosamente omiti.

Apenas abro um amplo sorriso e agito os cílios. Eu? Não tenho nada a esconder.

"Bom, o mundo é mesmo pequeno", ela diz, por fim, virando-se para o Will. "Eu adoraria saber mais sobre você. Saber como andam os seus pais. Ah, preciso ligar para a Isla. Ela vai ficar tão feliz de saber que vocês dois se conheceram. Olha, tive uma ideia." Ela bate as mãos e sorri amplamente. "Quer vir para o nosso jantar de família?"

Will, claro, é educado demais para recusar. E também se oferece para levar meus pais, que vieram de trem, de volta para casa.

Assim, acabamos todos na estrada, com o papai no banco da frente, perguntando ao Will cada detalhe da caminhonete elétrica. Uma mudança de planos que, pelo entusiasmo das respostas dele, Will parece adorar.

Afasto os apertos que minha mãe dá no meu joelho e os olhares direcionados para o Will.

Só amigos, gesticulo com a boca.

Ela lança uma piscadela e murmura, com bastante sarcasmo: "Tá bom".

Reviro os olhos.

A viagem é tranquila, sem muito tráfego, e logo chegamos em casa. Minha mãe corre para a cozinha, dizendo para nos acomodarmos e pegarmos algo para beber.

Papai serve água para o Will, já que ele vai dirigir para casa em breve. Peço uma taça de vinho branco, porque não vou dirigir e preciso de algo para me dar forças enquanto lido com essa reviravolta surreal da nossa noite.

"Então, Will", papai diz, girando o copo de uísque. Estamos na sala de estar, onde nossas fotos cobrem as paredes, e noto que o Will as observa de relance. Um sorriso se forma em seus lábios. "Vamos falar sobre barris. O processo de carbonização. Sou fascinado por isso. Se você não se importar, claro", ele acrescenta.

A porta da frente se abre, e entram Jamie e Bea.

"Ouvi alguém perguntando sobre barris de carvalho?", Jamie exclama.

Os olhos de Bea se arregalam quando ela vê Will, e imediatamente olha pra mim. Ofereço um olhar de quem foi pega de surpresa, e ela compreende na hora. Suaviza a expressão e abre um sorriso.

Jamie logo entra na conversa com o papai e Will. Eu me afasto e sussurro para Bea: "Eles nos viram no conservatório. Quando percebi, mamãe tinha convidado o Will para o jantar. Ele nos trouxe até aqui".

Bea me encara, procurando respostas para preencher as lacunas. Mas eu não tenho, pelo menos, nenhuma que esteja pronta para compartilhar. "No conservatório, né?"

Ela não diz, mas sei o que está pensando. *Românticos demais.*

Ofereço o sorriso mais convincente que consigo. "Acontece que a gente gosta de flores!"

Fico aliviada quando ela não me pressiona e não me critica. Apenas aperta minha mão e diz: "Vamos pôr a mesa?".

A porta se abre de novo enquanto cruzamos a entrada. Christopher está segurando a porta para Kate. "Cheguei atrasada para pôr a mesa?", Kate pergunta, esperançosa.

"Não!" Bea e eu respondemos.

Os ombros de Kate desabam. "Droga."

Christopher ri ao fechar a porta. "Vai ajudar, peralta."

Ela olha feio para ele. "Ajuda *você*."

Ele sorri, se aproxima e beija a bochecha dela. “Você e as moças põem a mesa. Eu e os caras cuidamos da louça depois do jantar, enquanto você fica de pé pra cima, comendo quanta sobremesa quiser. Que tal?”

Ela tenta sustentar o olhar ameaçador, mas desiste. Um sorriso apaixonado toma conta do seu rosto. “Tá bom”, ela suspira.

Christopher rouba mais um beijo. Dessa vez, nos lábios — *eca!* — e sai, na direção dos caras.

Kate vê o Will no meio e logo desvia os olhos para mim. “Ué, o que ele...”

“Vem”, digo, pegando sua mão. “Te conto enquanto a gente põe a mesa.”

De alguma forma, o jantar flui bem. Will é mais reservado que Jamie e Christopher, mas isso já era esperado. Ele é novo na dinâmica, e nós somos bem barulhentos. Eu me lembro de quando o Jamie era assim também. Tudo nele era perfeitamente refinado e arrumado. No começo, quando ele e Bea passaram a namorar, ele se sentava reto à mesa, exageradamente educado. E olha como está agora, com os cotovelos na mesa, as mangas arregaçadas, o cabelo bagunçado e as bochechas coradas, rindo de algo que o papai disse.

Dou uma piscadela para Will. Ele pisca de volta, ou pelo menos tenta, porque é mais uma piscadela conjunta, com os dois olhos fechando.

Sorrio.

E então sinto uma pequena, dolorosa pontada no coração. Porque essa noite está tão boa, tão perfeita, que eu quero que nunca acabe.

Mas vai acabar. E em breve.

De braços cruzados, saio para a varanda dos meus pais com o Will atrás de mim, que responde às despedidas dos meus pais e acena antes de fechar a porta.

Olhando para mim, Will solta um suspiro. “É, isso foi inesperado.”

Dou uma risadinha, esfregando os ombros. A temperatura caiu, e a brisa fria está me dando arrepios. “Acha mesmo?”

"Eu diria que a gente se saiu bem."

Sorrio para ele. "É, acho que sim."

"Com certeza, não era o que eu imaginava para o nosso terceiro encontro", ele diz, "mas, pensando bem, a vida real é assim, né? Com surpresas. É bom praticar, aprender a lidar com isso."

O lembrete — de que isso é prática, tudo isso é — faz meu sorriso desaparecer por um momento. Consigo abrir outro sorriso e olhá-lo diretamente.

Ele está me observando. "Gostei muito dos seus pais."

"Eles são intensos", digo.

Ele dá de ombros. "Os meus também. Bem, meu pai, nem tanto. Geralmente, ele é bem calmo e tranquilo, mas é só dar um pouco de uísque pra ele", ele estala os dedos, "e ele vira a alma da festa."

Dou risada. "Ele parece divertido."

"É mesmo", Will responde. "Você gostaria dele." Ele pensa um pouco e fala: "Ele gostaria de você também".

"Sério?"

"Uhum." Will sorri e solta um suspiro. "Não acho que *seu* pai me odeie. Isso é bom."

Mordo o lábio. Will não precisa se preocupar com o que meu pai pensa dele, mas se importa. Acho isso muito incrível. "Está brincando? Você deu uma palestra sobre a história da destilação do uísque. Respondeu a todas as perguntas que ele fez sobre sua caminhonete elétrica. Ele te *idolatra*."

"Nós trocamos contato", Will admite.

Fico boquiaberta. "Sério?"

Will faz uma careta. "Ele pediu! Eu não podia recusar. Além disso... gostei mesmo dele."

"Juliet!", minha mãe chama de casa, e seus passos ficam mais próximos. "Não deixa seu pretendente ir embora sem levar sobremesa!"

"Você ouviu isso?" Will mexe as sobrancelhas. "Eu sou seu pretendente."

Dou um gemido, morta de vergonha. "Eu juro que disse umas oito vezes que somos só amigos."

Minha mãe aparece na porta com um pote de trifle recheada com frutas vermelhas.

“Muito obrigado, sra. Wilmot”, Will diz.

As bochechas de minha mãe ficam coradas. “Por favor, já falei para me chamar de Maureen! E de nada. Agora, cuidado na volta para casa e dê um abraço forte na Isla e no Grant por mim, ouviu?”

“Sim, senhora.”

Ela coloca a mão no peito e suspira. “Tão educado.”

“Entra logo, vai?” Empurro minha mãe para dentro, fecho a porta e me volto para o Will. “Minha mãe também está morrendo de amores por você.”

Will sorri. Aqui está: um sorriso largo e raro, mostrando os dentes brancos e alinhados, fazendo as rugas dos olhos se aprofundarem.

“Está sorrindo tanto por quê, hein?” Cutuco o peito dele com um sorriso se espalhando pelo meu rosto também.

Will segura meus dedos e os coloca contra o coração dele, olhando para mim, suavizando o sorriso, que parece... quase terno. “Eu me diverti muito hoje.”

“Eu também”, digo a ele.

Devagar, ele solta minha mão e dá um passo para trás. Depois outro, antes de virar e descer pelas escadas.

“Manda mensagem quando chegar em casa?”

“Mando, sim”, ele diz sobre o ombro.

“E vê se flerta um pouco!”, sussurro, alto o suficiente para que ele escute.

Quando ele olha de novo, sei que me ouviu. Ele pisca, daquele jeito dele — com os dois olhos apertados. “Vou tentar.”

20

WILL

"Mandando mensagem para a Juliet?", pergunta minha mãe.

Aperto o botão do celular para apagar a tela. Eu ia mandar mensagem para ela, mas agora com certeza não vou mais.

Apoiado na cerca das duas vacas leiteiras, Dalila e Duquesa, jogo um graveto, que Hector sai correndo para buscar. "Só estava vendo a previsão do tempo", digo.

Minha mãe se apoia na cerca ao meu lado, massageando as articulações da mão esquerda. "Ainda não consigo acreditar. Esse mundo é mesmo pequeno."

Decidi me adiantar a qualquer versão da história que eu sabia que chegaria até minha mãe. Fee nos viu juntos no pub, e a mãe de Juliet pareceu muito empolgada para compartilhar as novidades. Então, na segunda-feira de manhã, enquanto tomávamos café, contei a ela e ao meu pai que sou amigo de Juliet, que conheci seus pais, fazendo a conexão entre as nossas famílias.

A semana inteira, minha mãe tem feito perguntas, me pedindo detalhes sobre nosso "relacionamento". Eu disse a verdade, todas as vezes: Juliet e eu somos amigos, e é só isso que seremos.

Tentei não ficar remoendo a tristeza que surgiu a cada vez que dizia isso, sabendo que até nossa amizade provavelmente terá que acabar quando nossos caminhos voltarem a se separar. Eu tocarei a vida aqui, depois de encontrar a mulher com quem passarei a vida e que vai administrar os negócios comigo. Juliet tocará a vida na cidade, com a esperança de se apaixonar outra vez. Consigo superar a tristeza, não porque não vou sentir falta da Juliet ou porque não vá ser doloroso dizer adeus, mas porque sei a tristeza que sentirei depois de deixá-la para trás, não mais tendo o que compartilhar, terá valido a pena. Porque tive a chance, mesmo que por uma fração de tempo, de conhecer a Juliet. E, por isso, eu sou um homem melhor. Espero que ela também sinta que a vida dela é melhor por ter me conhecido. Estou tentando muito garantir que seja assim.

Minha mãe toca suavemente o ombro dela no meu. "Para onde essa sua cabecinha incrível foi?"

Olho para minha mãe e a envolvo com um braço. "Muitos lugares."

Ela sorri, põe a cabeça no meu peito, fica quieta por um minuto, e pergunta: "Você está feliz, Will?".

Observo o horizonte enquanto o sol poente tinge o campo e o topo das árvores com uma cor laranja sanguínea, dourando as folhas verdes que balançam ao vento. Vejo meu pai, que está na varanda dos fundos, com as mãos nos quadris e a cabeça jogada para trás, rindo com o Fest. Miranda está no balanço pendurado na árvore de carvalho ao lado da casa com um bloco de desenhos no colo. Hector corre na minha direção, balançando as orelhas, com o graveto na boca.

Respiro fundo e assinto. Estou feliz. Estou feliz *e*, ao mesmo tempo, carrego essa aflição, desde que comecei a passar os fins de semana com Juliet. É mais intensa quando penso nela e sinto sua falta. Quero mostrar muitas coisas a ela, quero compartilhar momentos aqui, mas não posso fazer isso, porque seria mais difícil parar depois, quando eu tivesse que seguir em frente e encarar a realidade do que nunca vai acontecer: meu mundo e o dela se tornando o *nosso* mundo. Logo, teremos que dizer adeus.

"Sim, mãe." Eu a aperto com delicadeza contra mim. "Estou."

"Que bom", ela responde.

Hector deixa o graveto aos pés da minha mãe, ofegante, com a língua rosa e grande pendendo da boca. Ela pega o graveto e o joga o mais longe que pode, o que é uma distância de respeito para uma mulher de sessenta e três anos com artrite reumatoide.

Ela ergue a sobrancelha. "Não faça essa cara de espanto. Eu arrasava nos arremessos de softball."

"Como poderia me esquecer dos dias em que me sentava na primeira fileira na arquibancada e via minha mãe arrebentando na liga local? Aquela partida, no torneio da família, em que você pôs os Capuletti no bolso?"

"Aqueles abantesmas", ela murmura de forma sombria. Minha mãe é totalmente contra palavrões; adoro seus improvisos para não xingar. "A Duquesa fugiu *uma vez*, mal passou por aquele campo de repolhos infectados, e eles ficam dizendo por aí que ela era uma 'ameaça para a agricultura local'. Queriam tirar a vaca do *meu* filho por causa de uma disputa de família ridícula de cem anos atrás, com a qual você não teve nada a ver? Seu pai e eu tivemos que gastar... sabe quanto? Nem gosto de dizer. Pra repor os repolhos 'premiados'. Premiados uma ova!"

"Calma, mãe." Foi besteira mencionar nossos vizinhos, os Capuletti, com os quais a família da minha mãe tem uma rixa de gerações. Ela tivera esperanças de que isso seria superado quando se mudou para cá, ao herdar a terra da tia, mas suas expectativas foram logo destruídas, e ela nunca os perdoou por isso. Falar dos Capuletti é a receita certa para deixar minha mãe furiosa.

Ela balança o punho para o leste, em direção à propriedade dos Capuletti, que fica a pouco mais de um quilômetro de distância, passando um bosque espesso de árvores plantadas estrategicamente para bloquear nossa vista deles. Ela complementa: "Tentem mexer com Isla Montag Orsino ou qualquer pessoa que ela ame, e vão ver o que vai acontecer!".

Desisto de tentar acalmá-la e decido entrar na brincadeira. Virando para o leste ao lado dela, levanto meu braço dobrado, com a mão em punho, e bato com a outra mão no meu bíceps, minha maneira favorita de mandar um 'vai se foder', um gesto que aprendi com o avô do meu pai. Meu bisavô, Biso, já era bem velhinho quando nasci, mas sobreviveu tempo suficiente para me ensinar a arte de capar a água e de como usar, de forma adequada, cada gesto italiano vibrante que ele conhecia.

"William Campbell Montag Orsino!" Ela bate no meu braço. "Esse gesto italiano vulgar não é permitido na minha propriedade."

Dou de ombros. "Eu sou um quarto italiano, e esses 'abantesmas' são cruéis com minha mãe. Não posso evitar."

"Um quarto italiano", ela murmura, revirando os olhos, mas um sorriso aparece. "É bem menos que isso, meu filho."

"Não segundo o Biso."

"Seu bisavô, que Deus o tenha, pode ter sido italiano, além de muito corajoso, quando se casou com uma mulher escocesa muito temperamental e se arriscou a produzir o uísque da família dela em vez do vinho da família dele, mas depois disso nenhum italiano entrou para a família Orsino. Chegou até o seu pai..."

"Que te conheceu", digo, com afeto, "outra mulher escocesa temperamental que herdou a terra que ficava ao lado da dele. Ele te conquistou, e vocês viveram felizes para sempre."

"Depois", ela acrescenta, suavemente, enquanto se encosta de novo na cerca, olhando para a propriedade. "Nós encontramos nosso caminho para o final feliz depois." Ela se vira e me encara. "A moral da história é que você é, no máximo, hum, doze por cento italiano?"

"Mas sou italiano o suficiente para dar *l'ombrello* para os nossos vizinhos."

Ela revira os olhos e dá uma batidinha na minha bochecha. "Eu te amo, meu teimoso."

"Também te amo, mãe."

Sem dizer mais nada, ela se afasta da cerca e começa a voltar para a casa.

Espero até que ela esteja longe o suficiente para não me preocupar que possa ver o que estou fazendo, então pego o celular e abro as mensagens. Toda noite, depois do trabalho, eu troco mensagens com Juliet, e não quero perder um dia antes de voltar para ela amanhã de manhã.

Tenho tentado muito flertar nas mensagens, mas ainda é bem estranho pra mim. Acabei usando cantadas bobas e piegas mais vezes do que gostaria, mas, pelo menos, sempre a faço rir. Ontem, eu tive a ideia de fazer perguntas rápidas, apenas sobre as coisas simples e pessoais que seria bom saber sobre alguém que quero conhecer para possivelmente construir uma vida junto. O lado esquerdo ou direito da cama? Tipo de música favorito? Prefere a manhã ou a noite? Não fomos muito longe, porque nós dois desabamos de sono. Hoje, eu quero retomar de onde paramos.

Digo a mim mesmo que preciso praticar mais, mas sei a verdade: quero mais *dela*. Quero conhecer a Juliet, aprender mais a cada vez que conversamos.

WILL: Tá acordada?

JULIET: Que romântico! Nada faz meu coração disparar como uma mensagem que a gente usa pra chamar alguém pra transar.

Uma risada me escapa. Hector volta com o graveto que minha mãe jogou e solta aos meus pés, latindo quando não arremesso pra ele. Estou digitando minha resposta para Juliet.

WILL: Tá, vou mandar uma melhor.

WILL: Como tá a sua noite, linda?

JULIET: Ah, agora eu gostei. 10/10.

JULIET: A noite tá bem relaxante. O tempo tá maravilhoso, então abri as janelas e acendi umas velas. Acabei de finalizar alguns textos e agora tô só relaxando. E você, lindo?

Meu coração dá um salto. *Lindo*. Ela nunca tinha me chamado assim. *Ela está praticando, seu idiota. Assim como você.*

Mas isso não parece prática, mandar mensagens para ela, querendo saber como ela está, como está terminando o dia, receber mensagens dela e ter a impressão de que o desejo dela é igual ao seu.

Passo a mão pelo cabelo e dou um puxão, frustrado. Está ficando mais difícil manter as coisas separadas dentro de mim — o que é prática com Juliet e o que é real. Várias vezes, eu tive que me lembrar de que me fixar nesse detalhe é inútil, porque, mesmo que cada segundo disso fosse real, ela ainda seria inacessível. Não dá pra ir além disso depois desse mês de prática que prometemos um ao outro. Balançando a cabeça, empurro esses pensamentos para longe e respondo.

WILL: O trabalho hoje foi bom. Estamos preparando tudo para lançar um uísque novo, o das amostras que tenho dado para os clientes da cidade, então está bem corrido agora, mas produtivo. Jantei com meus pais, e agora estou jogando o graveto para o cachorro, porque, se ele não gastar essa energia, vai ficar agitado mais tarde e me acordar correndo pela casa.

Finalmente, jogo o graveto para Hector, então tiro uma foto dele. Está correndo pelo gramado, um borrão de azul-cinzento com branco. Quando ele volta e deixa o graveto aos meus pés, me agacho e tiro outra foto, desta vez do seu focinho pateta, com a cabeça inclinada de lado, as orelhas caídas para a frente e a língua rosa pendendo da boca.

WILL: Esse é o Hector.
JULIET: AI. MEU. DEUS!!

Encaro a resposta dela, nervoso. Já mencionei que tenho um cachorro, mas nunca disse a raça dele.

WILL: Esse AI MEU DEUS é bom ou ruim?
JULIET: Will, eu tô literalmente batendo os pés agora e fazendo uns barulhos muito ridículos! É o bichinho mais fofinho! Eu quero beijar esse focinho fofo! Eu preciso coçar atrás das orelhinhas macias de triângulo! ÓBVIO QUE É UM "AI MEU DEUS" BOM, EU AMO ELE!!

Meu coração está acelerado. Um sorriso largo e patético ilumina meu rosto.

WILL: Eu não tinha certeza. Nem todo mundo gosta de pit bulls. Muita gente não gosta.
JULIET: Ah, isso é problema delas. A má fama dos pit bulls é tão injusta. Qualquer cachorro, não importa a raça, que não seja bem socializado, que seja negligenciado ou maltratado, ou criado em um ambiente específico para agressão (detesto rinhas), pode ser potencialmente perigoso. Isso não é culpa dos animais. A culpa é dos seres humanos, que precisam melhorar.
WILL: Eu sei que estamos falando sobre meu cachorro, e isso provavelmente vai soar muito estranho, mas o fato de você ter essa opinião e falar sobre isso de uma maneira tão intensa é muito sexy.
JULIET: Você acha? Não acho que militar seja considerado uma forma de flerte.

Sorrio olhando para meu celular, depois jogo o graveto para o Hector e me apoio na cerca.

WILL: É, essa militância eu curti. 10/10.
WILL: Quero fazer mais algumas perguntas rápidas, se você quiser.
JULIET: Eu gostei de fazer isso ontem. :) Pronta quando você estiver!

WILL: Viagem de carro ou de avião?
JULIET: De carro!

Solto uma risada com essa resposta. Eu adoro dirigir. Gosto de aproveitar não apenas o destino, mas a jornada até lá. Vou de avião quando é a maneira mais prática de chegar a algum lugar, mas, de resto, pego a estrada.

WILL: Eu também.
JULIET: Queijo favorito?

Eu dou risada. Que mulher. Meu *queijo* favorito?

WILL: Gouda e, se você odeia, não fala. Não vou aguentar a decepção.
JULIET: EU ADORO GOUDA. É defumado! E cremoso! Droga, agora tô com vontade de comer.
WILL: A defumação é tudo pra mim. Uísque defumado de turfa. Legumes grelhados. Qualquer coisa que me faça sentir que estou saboreando uma fogueira na boca é sucesso.
JULIET: Simmm! Quando você estiver aqui nesse final de semana, temos que passar na Nanette's, minha confeitaria favorita. Eles estavam demorando pra oferecer opções sem glúten, MAS há pouco tempo montaram uma sorveteria e, cacete, o sorvete de chocolate defumado com caramelo é DE COMER REZANDO.
WILL: Fechado.
WILL: A próxima pergunta é minha: Qual a melhor coisa que aconteceu com você hoje?

Ela não responde imediatamente, e estou prestes a provocá-la dizendo que o jogo é de perguntas e respostas rápidas, quando a mensagem dela chega.

JULIET: Esse banho.

E então a foto aparece. Quase deixo o celular cair.

Um mar de bolhas. Velas com um brilho dourado nos cantos dos azulejos brancos. Seus joelhos quebrando a superfície da água, com dez dedos de pés pintados de rosa aparecendo um pouco mais abaixo. É uma foto bem simples, do ponto de vista mais objetivo, mas eu quero tanto essa mulher que ver um pedaço de suas pernas, a sugestão de seu corpo nu na água morna e espumosa, me deixa completamente duro.

Sei que estou quebrando as regras, que deveria responder rápido, mas fico sem palavras, com a mão trêmula segurando o celular. A próxima mensagem chega e me deixa tão inquieto que, dessa vez, deixo o celular cair. Pego meu celular da grama, limpo a terra da tela e imploro para o sangue que desceu para o sul volte à minha cabeça, para que eu consiga processar o que meus olhos estão lendo:

JULIET: E você? Qual foi a melhor coisa que aconteceu com você hoje?

Ah, isso é fácil de responder. Digito minha resposta e envio.

WILL: Essa foto. Claro.

21

JULIET

Estou de volta à banheira na manhã seguinte, imersa em água escaldante, tentando afastar a dor nas articulações, enquanto o vapor sobe da banheira para a luz da manhã. Ainda não sei o que o Will planejou para esta noite, mas, seja o que for, não quero ir e me sentir uma moribunda.

Já tomei o café da manhã, além de uma dose generosa de anti-inflamatório. Agora estou esperando para ver se vai funcionar, se a dor vai melhorar. Também estou esperando notícias do Will. E quero saber como é que vou controlar meu corpo neste fim de semana, considerando que sinto uma vontade bem no meio das minhas coxas só de pensar nele. Sou impaciente demais para lidar com isso. Essa coisa de praticar autocontrole para receber uma recompensa lá no futuro não é para mim!

Como uma bênção divina do universo, meu celular começa a vibrar. Desde que não seja telemarketing ou aquele cara estranho tentando pedir um sanduíche de pastrami, sendo que eu já disse um milhão de vezes que é o número errado, vou atender. Preciso de algo para me distrair dessa espera.

Seco a mão na toalha que está na beirada da banheira.

Meu celular vibra de novo. E de novo. E de novo. Rápido demais para ser uma ligação.

Uma conversa no grupo para me distrair! Melhor ainda.

Alcanço o aparelho em cima da tampa da privada e me inclino com os cotovelos na beirada da banheira. O grupo de amigos está bombando.

SULA: Conseguimos uma babá e o Rowan tá dormindo a noite toda essa semana. Eu estou bem descansada e SAFADA. Vamos sair hoje à noite!!

MARGO: "Safada" com a esposa dela, só pra explicar.

SULA: Amor, isso é óbvio. A gente sabe que eu só rebolo com você.

TONI: *E com aquela dominatrix de roupa rosa bufante no Réveillon do ano passado.

SULA: Antoni, olha quem fala — você tava dançando também. Além disso, tudo que eu fiz depois de beber absinto deve ser esquecido.

MARGO: Hahaha, essa noite foi tudo.

HAMZA: O Toni passou uma semana de ressaca.

TONI: Arrependido de ter mencionado essa noite. Fiquei enjoado só de pensar. Nem consigo sentir o cheiro de licor preto sem ter vontade de vomitar.

BEEBEE: A única reação aceitável ao cheiro de licor preto é querer vomitar. O Jamie tá trabalhando hoje, mas ele não tem plantões à noite nos abrigos essa semana, então tá livre, e eu vou responder por nós dois. Vamos!

KITKAT: Eu também vou, mas só se incluírem as dominatrices. Eu tava viajando a trabalho no Ano-novo passado. Preciso ver o que perdi!

SULA: Talvez seu desejo seja atendido. Vai ter uma festa com o tema "desejos ocultos" na boate. A Margo tá de folga, então ela vai estar do lado divertido do bar, ou seja, livre para rebolar comigo e com todos os outros pervertidos.

MARGO: Dominatrices, estamos chegando!

HAMZA: Já começamos um jogo de bebidas? Um gole de café toda vez que alguém falar "dominatrix/dominatrices"?

SULA: É um jogo perigoso, Hamza. Acho que a maioria de nós já tem doses crônicas de cafeína no corpo.

CHRISTOPHER: Eu nunca vi as palavras dominatrix/dominatrices tantas vezes em uma conversa. Sabia que não deveria pegar o celular durante uma reunião com os investidores.

KITKAT: Quem mandou trabalhar no sábado? Me deixou sozinha na cama...

BEEBEE: VIOLAÇÃO DE GRUPO — AVISO 1! Sai com esse papo meloso pra lá.

TONI: Mas foi meloso? Tipo, eles dividem a cama, né.

BEEBEE: Não se mete Antoni.

TONI: 🙄

CHRISTOPHER: Kate, eu só tenho essa reunião. Eu tô literalmente a dois cômodos de você, em casa, no escritório.

KITKAT: Sério?? Eu sabia disso?

CHRISTOPHER: Eu te disse ontem à noite que eu tinha uma reunião, mas não ia para a cidade.

KITKAT: Nossa. Você deve ter me contado quando eu estava distraída.

CHRISTOPHER: Tava distraída, com certeza 😈🔥

BEEBEE: VIOLAÇÃO DE GRUPO — AVISO 2! Mais uma, e vocês dois ficam fora do grupo por 24h.

CHRISTOPHER: Aviso recebido. 🫡

SULA: Voltando ao assunto.

MARGO: (Ou seja, dominatrices).

CHRISTOPHER: Certo. Kate e eu estaremos lá, com chicotes e algemas.

KITKAT: Vamos deixar evidente quem vai usar o chicote e as algemas na nossa dupla, Petruchio. 😉

SULA: Dominatrix na parada!

BEEBEE: AVISO 3

MARGO: Ah, dá um desconto pra eles.

BEEBEE: Tá.

BEEBEE: AVISO 2.5

Depois de ler tudo penso na minha resposta. A princípio, Will e eu temos planos. Pergunto se ele gostaria de vir também? Com protetores auriculares, claro.

Fico na dúvida se mando uma mensagem, perguntando se posso adicioná-lo, quando percebo que a imagem do grupo de mensagens, uma foto de todos nós no último Ação de Graças, e o nome do grupo (normalmente "MIGLES") não estão no topo da tela.

Meu coração começa a bater mais rápido, meu rosto se ilumina com um sorriso enquanto toco nas várias fotos do grupo no topo e vou rolando para baixo.

Lá está ele.

Will. Alguém o adicionou ao grupo. Alguém pensou nele e o incluiu, e cacete, isso faz meu coração se apertar de felicidade.

Me pergunto por que ele ainda não respondeu. Talvez esteja esperando para perguntar se eu quero ir em vez do que quer que tenha planejado? Mas então por que não me mandou mensagem?

Olho a hora. Nove da manhã. Bem, isso explica tudo. Coitado. Ele provavelmente está a caminho daqui. O celular dele deve estar vibrando sem parar. Será que devo mandar mais uma mensagem?

Talvez o celular dele não esteja vibrando. Talvez tenha colocado no modo Não Perturbe enquanto dirige. Ou no modo silencioso.

Ah, mesmo que não seja o caso, não consigo me controlar. Cansei de esperar. Tomo a iniciativa e mando uma mensagem:

JULIET: Oie. Você deve estar na estrada, mas só queria dar um oi e ver se você recebeu todas aquelas mensagens do grupo. Queria saber o que achou delas. Não sei o que você tinha planejado para hoje e se gostaria de encaixar mais um rolê. Me avisa!

Estou colocando o celular de volta na tampa da privada quando ele vibra, a tela iluminada com o nome do Will. Sou sem-vergonha e atendo no primeiro toque.

"Oi!"

"Oi, Jules." A voz do Will ecoa no meu banheiro, e acho um pouco engraçado ouvi-la, profunda, reverberando aqui, enquanto estou deitada, nua, na banheira.

Jogo água no rosto. *Para com isso, Juliet!*

"Recebi sua mensagem", ele diz, "mas, como você já disse, tô dirigindo. Achei melhor ligar pra gente conversar assim, se você não se importar."

Mordo o lábio para conter um sorriso enquanto afundo na água, apoiada no meu pequeno travesseiro inflável preso na parte de trás da banheira.

"Tudo bem", digo, pegando algumas bolhas. "Na verdade, estou até me sentindo importante. O vovô fez o sacrifício de usar o celular. Não só pra mandar mensagem, mas para *fazer uma ligação*."

Uma risadinha suave ressoa pela linha. "Você se acha engraçada, né?"

"Parece que você também acha."

"Pra sua informação, eu *gosto* de falar por ligação, muito mais do que mandar mensagem. Pelo menos, com as pessoas que eu gosto. Só evito os atendentes de telemarketing e a intrometida da minha tia-avó Gertrudes."

“Gertrudes é mesmo nome de tia-avó.”

“Ela prefere Gert.”

Rio. “Ah, melhor ainda.”

“Então”, ele retoma. “Eu vi todas as mensagens do grupo.”

“Deve ter sido interessante ler a conversa dirigindo.”

“Foi bem divertido. Pedi para Siri ler para mim. Ouvir ‘dominatrix’ com sotaque australiano não estava na minha lista de desejos, mas agora sei o que estava perdendo.”

Deixo escapar uma risada. “Por que sotaque australiano?”

“Se eu vou conversar com meu celular, quero pelo menos ouvir um sotaque legal.”

“Você diz ‘por favor’ e agradece a Siri, não é?”

“Os robôs”, ele diz, sério, “vão dominar o mundo. E quando isso acontecer, eles vão lembrar que eu os tratei com dignidade e respeito. Serei poupado, e os tolos que trataram a Siri como o cocô do cavalo do bandido vão perceber seus erros tarde demais.”

Estou rindo tanto que meu estômago dói. “É por isso que você deixa a barba crescer? É um daqueles caras que se preparam para o fim do mundo? Você tem algum bunker escondido cheio de sorvete de astronauta e toneladas de sopa em barris?”

“Não vou precisar de um bunker nem de ração pós-apocalíptica porque os robôs vão gostar de mim. Quanto à barba, é a única coisa que me impede de ser um livro aberto.”

“Como assim?”

“É mais difícil ler as minhas expressões com a barba...”

Sei bem disso e frequentemente lamento esse fato.

“... e eu sou péssimo em esconder o que estou pensando. Sem barba, fica tudo muito evidente. É como se meus pensamentos estivessem sendo passados na minha cara. A barba é minha única proteção.”

“Ah, estou só brincando mesmo. Eu gosto da barba. Ela é bem... robusta. Combina com você.”

“Ah, não. Ela está meio desleixada já faz um tempo. Fico tão ocupado que nem lembro dela. Quando me dou conta, minhas irmãs já estão me chamando de Pé Grande e Abominável William das Neves no jantar de família. Mas talvez eu tenha dado uma aparada nela. Você vai ter que esperar para ver.”

Mexo os dedos dos pés na borda da banheira. "E quando vou ver?"

"Olha, isso vai depender de você. Eu tinha planos para nós hoje à tarde, às cinco. Era o único horário que eles tinham disponível para uma reserva. Dependendo de quando esse... evento, digamos, com o pessoal começar, podemos deixar meu plano pra lá e ir encontrar com eles. Ou podemos manter o plano e ir pra lá depois."

"A última festa começou às oito. Acho que não tem problema. E, mesmo que comece mais cedo, não acho que devemos mudar nossos planos."

Porque eu quero passar um tempo com você só nós dois.

Não digo isso ao Will. Não falo que senti sua falta a semana inteira, que odiaria perder uma das nossas noites juntos para sair em grupo, por mais que eu saiba que vai ser divertido.

"Tem certeza?", ele pergunta.

Suspiro devagar, tentando me acalmar e manter a voz tranquila. "Tenho. Seria muito irresponsável negligenciar nossa sessão de prática."

"É um bom argumento. Quando eu chegar à cidade, aviso aos outros que vou também."

"Perfeito. Vou responder assim que a gente desligar, para que nossas mensagens não cheguem juntas. Não quero levantar suspeitas."

Há um momento de silêncio que me deixa inquieta. Eu daria uma fortuna — bem, não uma fortuna; não tenho esse dinheiro todo, com a renda limitada que ganho com meu trabalho freelance, pagando plano de saúde e o aluguel caro deste apartamento, agora que moro sozinha, mas daria uma boa quantia — para ver o rosto dele e ler nas entrelinhas do seu silêncio.

Será que o ofendi ao mencionar que não deveríamos levantar suspeitas com o grupo? Sei que ele disse que não quer esconder nada, mas também concordamos que nosso plano de prática é um assunto privado.

Antes que o silêncio se prolongue e me faça entrar em pânico, pergunto: "Então, quais *são* nossos planos para hoje, que começam às cinco?".

"É uma surpresa", ele responde.

O alívio me invade ao ouvir que ele parece bem, exatamente como antes.

"Posso adivinhar?"

"Não ouviu a parte em que eu disse que é uma surpresa?"

Sorrio, me sentindo animada. “Hm. Vamos ao... museu.”

“Não vou responder.”

“Boliche?”, tento.

“Ah, por favor.”

“O que tem de errado com boliche? Eu adoro boliche!”

“Eu também”, ele diz. “Mas você está bem longe da resposta.”

Franzo a testa, pensando. “Nós... vamos voltar ao conservatório. Você ficou chateado de não termos visto a sala das plantas carnívoras da última vez porque estava fechada.”

“Ah, já vimos a apanha-moscas. Não precisamos ver o resto.”

Deixo escapar uma risada. “O Jamie quase foi atacado por uma na primeira vez que ele e a Bea foram juntos.”

“Sério?”

“Ah, depende de quem conta a história. De acordo com o Jamie, a planta só passou raspando no ombro dele; ele é bem estoico em relação a isso. Mas, do jeito que a Bea conta, parece que ele quase perdeu um braço.”

A risada profunda de Will ressoa pela linha.

Sorrio, me mexendo na água. “Você não vai mesmo me contar os planos?”

“Eu conto se você quiser. Se for te estressar não saber. Não gosto muito de surpresas, mas ouvi dizer que uma surpresa bem-feita pode ser... sabe... romântica. E é isso que eu estou tentando te dar. Romance.”

Meu coração começa a bater tão rápido que fico tonta.

Prática de romance, a voz sensata me lembra. *É só prática, Juliet.*

Ok. É só prática. Ainda assim, está me dando um frio na barriga. E eu pretendo aproveitar esse sentimento.

Sorrindo para o celular, digo: “Então me surpreenda”.

“Pode deixar.”

“Quando devo estar pronta?”

“Hum, vamos dizer às quatro e meia? Pode ser?”

Tiro o celular da orelha para ver as horas e dou um chute no ar, frustrada. Sete horas de espera! Preciso encontrar algo para fazer hoje ou vou perder a paciência.

“Às quatro e meia”, respondo, “estarei pronta.”

“Excelente. E, Juliet?”

"Sim, Will?"

"Veste uma roupa elegante, ok?"

Elegante? O frio no meu estômago começa a se espalhar. Mordo o lábio para segurar o sorriso. "Ok."

A ligação termina. Fico ali por um momento, com um sorriso bobo e alarmante no rosto, o celular colado na orelha, antes de colocá-lo na tampa do vaso e me afundar na água.

22

WILL

Chego ao apartamento de Fee, deixo a bolsa na entrada e começo a andar pelas tábuas rangentes. Pego o celular e abro as mensagens para avisar que vou. Solto um grunhido quando vejo a resposta de Juliet.

JULIET: Estarei lá! E com certeza vou vestida a caráter. 😉

Vestida a caráter? O tema da festa, segundo minha lembrança da Siri australiana me dizendo, é dominatrix. Solto um pesado suspiro e bato a cabeça na parede, tentando afastar a imagem de Juliet vestida de couro preto apertado, estalando um chicote na palma da mão.

Não adianta.

Tomando impulso, me afasto da parede e ando pela sala mais um pouco. Talvez ajude se eu ler o resto das mensagens.

SULA: ARRASOU BORAA!!

MARGO: Apostando aqui quantos de nós vão aparecer de dominatrix.

HAMZA: *tomando meu café*

TONI: Ai, agora eu tenho que montar uma fantasia, então, se me dão licença, alguns de nós temos que trabalhar para fechar no horário e dar uma olhada no brechó depois.

SULA: Eu tô a um metro de você. Tudo que você fez hoje foi rir de vídeos de gatos no Instagram e pintar as unhas.

TONI: Dá licença, eu também passei um tempão carimbando as sacolas com o logo da Edgy Envelope.

SULA: Assistindo a *New Girl* no celular.

TONI: Não posso fazer nada, foi um dia tranquilo na loja!

MARGO: Vocês vão tretar fora do chat. Os outros: preparem as fantasias e vamos nos encontrar do lado de fora da festa, 20h em ponto! Tô animada!

JAMIE: Acabei de ver toda a conversa na minha pausa para o chá. Vou precisar de 5 a 7 dias úteis para processar o que acabei de ler.

SULA: Que pena! Você tem 7 horas! Boa sorte com a fantasia!

JULIET: Passei por uma fase de couro preto na faculdade e nunca consegui me desfazer de nada, então vou fazer compras no conforto do meu armário. Se mais alguém que vai no tema quiser gastar um total de zero centavos, me avisa!

Deixo escapar outro grunhido, porque a imagem volta à minha mente. Juliet. De couro preto. Aquelas curvas. Estou quase vesgo de tão excitado. Somente graças ao corretor automático minha resposta faz algum sentido:

WILL: Vou chegar tarde, mas tô dentro. Agradeço pelo convite!

SULA: Isso, Will!!! Todos confirmados, pessoal (não convidei a Bianca e o Nick porque eles disseram que vão fazer coisinhas fofas de casal neste fim de semana). VEJO VOCÊS LÁ!

TONI: Jules, que tipo de roupa de couro você tem?

JULIET: Vou te mandar fotos.

Quando a primeira imagem chega, meu celular cai no chão.

JULIET: Foi mal! Era pra ser só pro Ton. Por favor, desconsiderem.

A imagem desaparece quando ela apaga, mas eu não consigo esquecê-la. É um corpete preto lustroso. Só de pensar em vê-la com isso apertado ao redor da cintura, levantando os...

"Droga." Eu me inclino sobre a cômoda e bato a cabeça com mais força na parede.

Estava aliviado por saber que Juliet e eu teríamos algo para fazer depois do jantar romântico que planejei, que não haveria aquele silêncio carregado ao levá-la para casa, nenhuma tentação de subir com ela até o apartamento, cruzar a porta e ceder a esse desejo terrível que tem me consumido. Mas agora que sei que ela vai vestida assim?

Apoio as mãos na cômoda e encaro meu reflexo no espelho. E então digo a verdade para ele:

"Você está muito ferrado."

23

JULIET

Já liberei a entrada de Will no portão. Quando a batida na porta ecoa pelo apartamento, estou pronta, elegante, do jeito que ele pediu. Meu cabelo cai suavemente nos ombros em ondas macias, pronto para ser preso mais tarde com a fantasia de dominatrix. Passo as mãos pelo vestido marfim enquanto me afasto do grande espelho no meu quarto, satisfeita com o que vejo.

O tom quente do vestido deixa minha pele pálida radiante; o decote é em corte arredondado, largo nas bordas dos ombros. Meus brincos de ouro, herança da minha avó Viola, brilham com pequenos diamantes. Verifico a parte de trás, para me certificar de que estão bem presos, enquanto vou pelo corredor até a sala de estar, onde também ficam a sala de jantar e a cozinha. Verifico se o zíper, na parte inferior das minhas costas, está totalmente fechado. Meus sapatos bege de salto baixo, com palmilha confortável, batem suavemente no piso de madeira.

"Pode entrar!"

Após um segundo, ouço a porta abrir e bater nos ganchos de casaco na parede. Em seguida, um palavrão sussurrado. Sorrio para mim mesma.

"Não tem problema", digo. "Moro neste apartamento há anos, e isso ainda acontece comigo..." Perco a voz enquanto dou a volta para chegar ao pequeno hall de entrada. Fico paralisada.

Will está usando um terno cinza-escuro, com o paletó aberto e uma camisa branca impecável por baixo. Ele me observa, com a boca entreaberta, os olhos arregalados. Um rubor intenso sobe por suas bochechas — bochechas que agora consigo *ver*.

A barba, antes espessa, longa e volumosa, foi aparada e agora está curta, densa e arrumada. Isso significa que, finalmente, consigo ver... seu rosto todo.

E ele é deslumbrante.

Tem o queixo definido, covinhas rasas nas bochechas e uma pequena fenda no queixo. Olho para sua boca, que não está mais escondida sob a barba. Só consigo pensar em provar essa boca, deslizar seu lábio inferior lentamente entre os dentes, ouvindo seus gemidos.

"Sua barba", sussurro, rouca. "Não... está mais tão barbuda."

Will leva a mão ao rosto, parecendo um pouco desconfortável ao esfregar o queixo. Seus olhos percorrem meu corpo. Ele parece... desnorteado. "Uhum."

"Você está bem elegante, Will."

"Uhum", ele diz outra vez. Seu pescoço se move quando ele engole em seco.

Dou um passo em sua direção. "Tudo bem aí, grandão?"

Ele balança a cabeça. "N-não."

Deixo escapar uma risada suave. Passo a mão no terno dele. "O que foi?"

Ele me observa, com o olhar intenso. Sua mandíbula está tensa. Ele enfia as mãos nos bolsos, e eu me pergunto por quê. Será que está tentando manter as mãos ocupadas? Bom para ele. Eu, no entanto, não sou forte o suficiente para resistir à tentação.

"Jules", ele diz, com a voz rouca, ainda me olhando com intensidade. "Você está... perfeita. Seu cabelo. Seu vestido..." Ele tira as mãos dos bolsos, passa pelo cabelo e solta um suspiro profundo. "Meu Deus."

Minhas bochechas aquecem. Dou de ombros, sorrindo. "Ah, esse vestido velho?"

"Eu", ele solta uma risada abafada. Suas mãos desabam ao lado do corpo. "Estou até sem palavras. Eu sei que provavelmente não parece que é novidade, mas..."

Seguro a mão dele e aperto. "Obrigada", sussurro, sorrindo para ele. "Vamos lá jogar boliche?"

Uma risada suave e rouca escapa do seu peito. Ele vira a mão na minha e a aperta também, suavemente. "Pronto quando você estiver."

Preciso pegar as minhas coisas para irmos ao lugar que ele escolheu, mas não consigo mover os pés. Meu coração dispara conforme o observo.

Will franze a testa. “O que foi?”

“É que... eu consigo *ver* você.”

Seus olhos se fixam nos meus. “Isso é... uma coisa boa?”

“É uma coisa maravilhosa.” Para o caso de sentir frio, pego meu xale cor gelo que está pendurado na cadeira de jantar, assim como minha bolsa na mesa ao lado. “Você é muito gato.”

Will cora e abaixa a cabeça, encara os sapatos marrons polidos, enquanto esfrega a nuca. “Obrigado”, ele diz, em voz baixa.

Quando levanta a cabeça novamente, me oferece o braço. “Vamos?”

Pego o braço dele e sorrio com o coração acelerado. “Vamos.”

“Will”, sussurro em voz baixa quando entramos no restaurante. Minha mão envolve seu bíceps. Nunca estive neste restaurante, mas sei que é o auge da culinária de luxo e é absurdamente caro. “É chique demais.”

Ele dá um passo para trás e puxa meu xale de volta para meus ombros. “Não é, não.”

Não tenho tempo para debater, porque ele se vira para o recepcionista, que segura os cardápios, pronto para nos guiar até a mesa. Seguimos atrás dele. A mão de Will está apoiada nas minhas costas — as minhas costas nuas —, e seu calor áspero espalha uma onda de prazer pela minha coluna. O recepcionista nos leva até uma mesa para dois, num canto tranquilo do restaurante, onde a luz das velas dança sobre a toalha escura de linho e um delicado vaso de cristal com rosas em tons de pêssego e rosa.

Will puxa minha cadeira e, depois que me sento, a ajusta na mesa.

Eu o observo desabotoar o paletó e, em seguida, se sentar à minha frente. À luz de velas, ele é perfeito. Seu cabelo deslumbrante reluz; seus olhos cinza-esverdeados, marcantes, se iluminam; suas feições são banhadas pela luz quente. As sombras nítidas ressaltam o que agora consigo ver: uma estrutura óssea incrivelmente bela. Meu olhar percorre seu rosto, a saliência de seu pomo de adão, o contorno do pescoço visível pela abertura da gola da camisa. Desço os olhos por seus ombros largos e braços, até suas mãos. Meu Deus, até as mãos dele são bonitas — elegantes, longas, mas com nós rugosos. As unhas estão aparadas e bem cuidadas.

Cruzo as pernas sob a mesa para abafar o impulso que começa a se formar entre as minhas coxas. Imagino essas mãos deslizando pelo meu corpo, pelos meus quadris, afastando suavemente minhas pernas. Depois subindo, mais e mais...

Os joelhos de Will esbarram nos meus, me arrancando do meu transe sensual. Ele aperta os olhos. "Desculpa."

Dou uma leve batidinha no joelho dele. "Tudo bem. Roçar a perna é uma forma clássica de flerte."

Ele me encara com uma expressão tensa. "Eu não caibo nessas mesas."

"A mesa não parece mesmo feita para caras de pernas longas. Quer sentar no bar?"

Ele balança a cabeça. "Não. Tudo bem."

Começo a analisar o cardápio. Sutilmente, prendo a bota dele entre meus calcanhares e dou um apertinho afetuoso, esperando que isso o ajude a se soltar e elimine a tensão entre nós.

Quando dou uma olhada rápida, percebo que ele está me observando com tanta intensidade que baixo um pouco o cardápio, encontrando seus olhos. Um sorriso incerto surge no canto de sua boca, e ainda não sou capaz de acreditar que, finalmente, consigo vê-lo tão bem. Eu me perco em seu rosto. Poderia ficar olhando para ele por horas.

"Momento de sinceridade." Ele se inclina um pouco. "Estou nervoso."

Sinto um frio no estômago e me inclino junto. "Eu também."

É verdade. Eu estou nervosa. Sei que não é um encontro de verdade, que isso tudo é só prática. Ainda assim, parece especial. É como se essa noite fosse muito importante.

"Lembre-se." Eu aperto a sua bota com os pés outra vez. "Estamos andando desajeitados, porém juntos."

Ele engole com dificuldade. "É."

Will se recosta na cadeira, e eu faço o mesmo. Eu o observo pegar a jarra de água com gelo e estico a mão para o copo, querendo ser útil, levar até ele. Mas minha mão bate no copo, que tomba justamente quando Will começa a despejar a água. O copo bate nos talheres e rola para o lado. A água se espalha pelo meu prato e pela toalha de mesa.

"Merda!", resmungo. "Desculpa!"

"Meu Deus, desculpa", ele diz ao mesmo tempo, se atirando para pegar meu copo quando começa a rolar para a borda da mesa. Quando ele estica a mão para alcançá-lo, o barulho do seu joelho batendo contra a perna da mesa ecoa ao nosso redor.

Will solta um gemido de frustração e volta para a cadeira com o copo e a jarra meio vazia nas mãos.

Morta de vergonha, sinto as bochechas esquentarem. "Will, desculpa! Foi minha culpa."

Will faz que não. Seu rosto está todo vermelho. "Não se desculpe, Jules. Está tudo bem." Quando ele vai pôr meu copo no lugar, sua mão bate no garfo, fazendo-o voar e cair com um ruído em seu prato.

Ele baixa a cabeça, deixando escapar um suspiro de derrota.

Com cautela, inclino-me para pegar meu garfo e tirá-lo do prato dele. Tento colocá-lo de volta no lugar, mas meu xale se enrosca no garfo *dele* e o arrasta pela mesa.

Will rapidamente ergue os olhos com o som do garfo despencando do meu xale, caindo no prato de pão. Sei que deveria estar ainda mais envergonhada agora do que nos últimos sessenta segundos de desastres ininterruptos, mas isso me faz agir como em certos momentos em que o tamanho do desastre é absurdo: eu rio. Primeiro, é um gritinho que tento segurar. Rapidamente, cubro a boca. Uma fungada escapa em seguida.

Will pisca várias vezes, olhando, primeiro para meu rosto, depois para o garfo que acabou de cair do meu xale. Os ombros começam a sacudir.

Parece o fim do Cara a Cara na noite de jogos, mas ainda melhor. Deixo escapar uma explosão de risos e me inclino para a frente. Um riso profundo e rouco sai do peito de Will. Ele cobre o rosto com as mãos, e os ombros tremem ainda mais.

"Que *desastre*", ele murmura.

"Pois é", arquejo.

Depois de um momento, finalmente conseguimos nos recompor.

Nossos olhares se encontram. Nossas risadas vão diminuindo lentamente.

Com cuidado, Will tira o garfo do meu prato e o coloca de volta no lugar. Eu o observo. Ele é tão bonito de perfil, com a testa franzida, os lábios apertados em concentração. Ele olha para cima e percebe que estou encarando. Um suave rubor aparece em suas bochechas.

Sorrio na hora, porque é isso que olhar para Will, estar com Will, faz comigo. Sou tomada por um sentimento quente e agradável de gratidão. Seguro sua mão e me agarro a esse conforto. Eu preciso desse sentimento. Porque há algo novo entre nós esta noite que me assusta. No começo, pensei que fosse apenas o nervosismo, o frio na barriga por nos vermos arrumados, a tensão sexual palpável e a atração que é inegável entre nós.

Mas estou começando a me preocupar que seja algo mais, algo além do conforto e da familiaridade do que construímos nas últimas semanas.

Will vira a mão dentro da minha e esfrega nossas palmas juntas.

"Juliet...", ele diz.

Ao mesmo tempo, eu digo: "Will...".

Ranjo os dentes, frustrada, quando o garçom aparece, nos interrompendo. Nos afastamos e nos ajustamos na cadeira ao cumprimentá-lo. Observamos meu prato encharcado ser trocado, assim como o cardápio e o copo de água, sem que a nossa bagunça seja comentada. Recebemos o cardápio de vinhos, e as informações sobre as opções sem glúten. O cardápio inteiro é feito de pratos sem glúten ou substitutos.

Meu coração aperta ao olhar para Will, que me observa atentamente, com uma minúscula curva no canto da boca.

O garçom se afasta, e eu dou uma leve batida no joelho dele com o meu. "Como ousa?"

Seus olhos se estreitam um pouco quando ele se inclina. "Como ouso o quê?"

"Encontrar um lugar onde eu possa comer *tudo* no cardápio." Engulo o nó que se forma na minha garganta. "Eu até já tinha esquecido como era isso, o que antes eu não dava valor: simplesmente olhar para o cardápio e poder escolher o que eu quiser." Um momento de silêncio se passa enquanto tento não chorar. "Isso é muito importante, Will. Obrigada."

Ele sustenta meu olhar. "Foi o mínimo que eu poderia fazer, para garantir que você pudesse comer no restaurante que eu escolhi."

Lanço um olhar provocador para ele. "Para de ser bom demais pra ser verdade, Will Orsino."

"Pode confiar, eu não sou."

"Mentira", rebato.

"Só espera." Ele aponta para o cardápio. "Você vai ver."

"Como assim?"

Ele se inclina, com a voz mais baixa. “Eu tenho uma condição muito séria. Escolhite.”

“Escolhite?”

“Eu não consigo escolher o que comer.”

“Como assim?”

Ele pega o cardápio, inclinando-o na minha direção. “Esse prato aqui, o paccheri de abóbora-manteiga?”

Assinto.

“É isso que eu quero.” Ele franze o rosto. “Mas, quando o garçom voltar, a escolhite vai atacar, e eu vou falar errado o nome do prato ou então pedir outra coisa que eu nem quero.”

“Por quê?”

“Ansiedade, talvez? Sei lá. Fico... nervoso.” Ele dá de ombros. “Faço isso desde sempre.”

Mordo o lábio. “Odeio dizer isso, porque não deve ser nada fácil de lidar, mas... isso é meio fofo?”

Ele arqueia uma sobrancelha e se aproxima, com um olhar de ceticismo estampado no rosto. Uma mecha de cabelo indomável escapa de detrás da orelha e roça sua têmpora. “Você vai querer reformular essa afirmação quando eu pedir um pacote de castanha de abóbora-manteiga.”

Deixo escapar uma risada. Eu me inclino e arrumo a mecha atrás da sua orelha, traçando delicadamente a linha da maçã do rosto, antes mesmo de perceber o que fiz.

Começo a afastar a mão, mas Will a segura com delicadeza. Seu olhar sustenta o meu. Lentamente, giro minha mão dentro da sua e deslizo os dedos para baixo, até que fiquem entrelaçados com os seus. Nossas mãos repousam juntas sobre a mesa.

“Você pediu um muffin de mirtilo e um café gelado tranquilamente”, digo, baixinho. “No primeiro encontro, na Boulangerie.”

Ele assente, como se esperasse por isso. “Eu queria um pãozinho com gotas de chocolate.”

Mordo o lábio. “Ah.”

“Pode rir”, ele diz. “É ridículo.”

“Não.” Aperto ainda mais os nossos dedos. “E no pub da Fee também? Você não queria o Reuben?”

"Ah, eu queria muito aquele Reuben. Mas a Fee é como se fosse da família. É fácil conversar com ela, então consegui manter meus pensamentos organizados e dizer o que queria."

Com a mão livre, abro um cardápio entre nós. "Bem, eu posso pedir para nós dois."

Ele suspira. "Pensei em te pedir isso, para ser sincero. Mas... eu gostaria de tentar, ver se consigo quebrar um padrão de trinta e quatro anos. Bem, talvez trinta e um. Foi a primeira vez que eu lembro de fazer isso. Na feira dos agricultores. Eu tinha três anos. Queria muito uma casquinha de chocolate."

Coloco a mão na boca. "Não vou aguentar. Não me conta como o Willzinho ficou desapontado."

"Eu pedi um picolé napolitano."

Solto um gemido. "Ah, não."

"Ou, como eu falei na época, um 'napotano'."

"Para." Aperto o coração, chorosa. "Não aguento."

Ele ri baixinho. "Como eu disse... talvez hoje seja diferente. Estou... disposto a tentar, a arriscar algo que eu não tento há muito tempo."

Olho em seus olhos com o coração acelerado. Sei que ele está falando sobre pedir a comida, mas, por um momento, não consigo deixar de ceder a uma esperança ilusória de que ele também esteja falando sobre outra coisa. Algo mais.

Algo que pode ser nós?

Não tenha esperanças, Juliet. Não ouse fazer isso.

Me forço a olhar para o lado, puxando a mão para trás, fingindo que preciso dela para segurar o cardápio.

"Uma pergunta importante", digo para ele. "Mesmo que você faça o pedido. Vamos dividir os pratos?"

Will parece ofendido por eu ter perguntado. "É claro."

Lanço um olhar provocador para ele. "Como é que eu ia saber que você queria isso?"

"Porque é romântico!"

Sorrio. "Aprendeu isso em um romance que eu te emprestei na semana passada?"

Ele olha para o cardápio, passando a mão pelo queixo. "Não foi *só* o romance. Que, aliás, eu curti."

"Ah, que bom! Já chegou naquela cena adorável do primeiro encontro no mercado?"

Ele olha para mim e se aproxima, baixando a voz: "Talvez tenha chegado na primeira cena de pegação".

Dou um suspiro. Conheço bem aquele romance, já reli duas vezes, então sei exatamente quando aquele beijo bem sexy acontece. Está bem perto do final.

"Já leu isso tudo?"

"Audiobook", ele responde, voltando a olhar o cardápio. "Eu leio o impresso à noite. Durante o dia, ouço quando dá tempo e durante a viagem até aqui. Pelo menos, quando a Siri australiana não estava me contando sobre essa festa de dominatrix hoje à noite."

Eu rio. "Quc bom que você está gostando."

Ele sorri. "Estou, sim. Obrigado por me emprestar."

"Tem um jantar bem romântico nesse livro. Foi a inspiração para a noite de hoje?"

Will volta a olhar para o cardápio. "Não exatamente." Depois de uma pausa, ele responde: "*A Dama e o Vagabundo* era meu filme favorito quando era criança".

Meu Deus. Esse homem vai me matar. "Você está falando sério?"

"É minha verdade, Juliet. Não vou negar."

Eu suspiro e fecho meu cardápio. "Bom, agora a gente *tem* que pedir o espaguete."

Saímos do restaurante. Lá fora, o ar está fresco e delicioso contra as minhas bochechas quentes, que estão coradas de vinho, risadas e flerte descarado. Minha mão instintivamente encontra o seu devido lugar, ao redor do braço de Will.

"Então, as suas irmãs", digo para ele. "Helena, Celia, Imogen, Miranda. Acertei a ordem?"

Ele assente.

"Você não disse. Onde você se encaixa na ordem de nascimento?"

"Sou o mais velho."

"Não acredito!" Ofereço a mão para ele bater. "Eu também!"

Ele encontra minha mão com um tapa satisfatório. "É um trabalho difícil mandar em todo mundo e sempre ter razão, mas alguém tem que fazer isso."

Deixo escapar uma risada. "Carregamos essa cruz com muita dignidade."

Ele também deixa escapar uma risada suave e rouca, e o prazer se espalha pela minha pele. Eu adoro fazê-lo rir.

Will me olha, absorvendo meu rosto com os olhos. "Por que esse sorriso?"

Aperto o seu braço. "Eu só gosto de você, Will. Só isso."

As bochechas dele enrubescem. Seus olhos cinza-esverdeados brilham como a luz das estrelas em folhas congeladas. "Também gosto de você, Juliet Wilmot."

Will para na recepção do estacionamento, entrega o bilhete e o dinheiro para um dos manobristas e agradece. Depois ele se vira e me observa, com um olhar caloroso.

"Quando você virou vegetariano?", pergunto.

"No meu décimo segundo aniversário. Quando minha mãe me deu minha primeira vaca, a Duquesa."

Sorrio. "Coisa mais fofa."

"Quem?", ele pergunta. "Eu ou a vaca?"

"Os dois."

Ele abre um sorriso.

Inclino a cabeça na direção do restaurante. "Foi ótimo."

"Principalmente", ele diz, "a abóbora amanteigada com nozes."

"Principalmente isso. E a salada de beterraba dourada que você pediu em vez da salada cítrica. A minha favorita."

"Estava bem gostosa", ele admite, balançando os calcanhares. "Com o mel por cima e queijo de cabra?"

"E os pedacinhos de pistache." Faço um som de prazer ao lembrar. "Uma delícia. Mais uma vez, obrigada pelo jantar. Por tudo. Foi maravilhoso."

Ele me lança uma daquelas piscadelas adoráveis com um piscar duplo. "De nada, Jules. Eu também acho que foi bem maravilhoso."

Um silêncio se instala entre nós, e eu me preparo para o nosso habitual debate pós-encontro de prática. Estou com receio disso. Passei as últimas duas horas vivendo em uma bolha fantástica, afastando todo pensamento sobre a prática. Não estou pronta para ela estourar, para cair de volta na realidade.

O vento começa a soprar mais forte, e Will se vira para me encarar. Estamos bem próximos. Com delicadeza, ele ajeita meu cabelo, bagunçado pelo vento, e o coloca atrás das minhas orelhas. Seus polegares tocam as minhas bochechas, meu queixo, e descem pela pele sensível atrás das minhas orelhas, pelo meu pescoço, até a linha das minhas clavículas. Eu estremeço, o que não tem nada a ver com o ar frio da noite.

O manobrista chega com a caminhonete de Will bem quando estou me inclinando, considerando o quanto seria imprudente e maravilhoso beijá-lo com tudo. Will dá um passo para trás, mas ainda segura minha mão gentilmente, me puxando para junto dele e me ajudando a entrar na caminhonete.

Enquanto ele dirige, eu prendo a respiração, me preparando para o debate que ainda não aconteceu, mas que *deveria* acontecer, porque é isso que nos mantém em território seguro e familiar. Mas Will está concentrado, aparentemente com todos os pensamentos sobre a discussão afastados da mente. Eu só consigo pensar nisso. Deveria trazer o assunto à tona, mantendo-nos em um lugar seguro, *sei* que deveria. Mas, droga, eu *não quero*. Eu quero que a noite seja divertida, sem ensaios de algo que outra pessoa vai aproveitar. Não quero planos futuros sem nós dois. Quero ficar na minha bolha fantástica só mais um pouco.

Então, em vez de fazer o que deveria, me viro no banco para olhá-lo e pergunto: "Vai para a festa vestido de quê?".

Ele franze a testa, com os olhos fixos na estrada. "Segredo."

"Por quê?", pergunto, indignada.

"É uma *surpresa*", ele diz. "Obviamente. Hoje é a noite das surpresas."

"Chato." Eu me jogo de volta no banco, com os braços cruzados sobre o peito. "Você sabe qual é minha fantasia!"

"Não é culpa minha que você abriu a boca no grupo."

Dou um soquinho na coxa dele.

"Ei, essa é minha perna de dirigir, senhorita." Ele segura minha mão, mas, em vez de afastá-la, entrelaça nossos dedos.

Fico derretida com isso, só um pouco — ok, bastante. É tão bom. Cada momento da noite, desde que ele apareceu na minha casa. Mesmo os momentos mais estranhos, os desajeitados. Foi tudo incrivelmente bom, droga.

Não posso pensar nisso nem por mais um segundo. Não posso deixar minha mente seguir pelo caminho que quiser. O caminho pavimentado com perguntas que eu não deveria fazer:

Por que isso é *tão* bom?

Hoje estávamos praticando ou foi... real?

Aquela frase enigmática era mesmo só sobre pedir comida ou era sobre... nós?

Talvez esta noite seja diferente. Eu estou... disposta a tentar, a correr o risco de algo que não tento há muito tempo.

Se era sobre nós, o que isso significa?

E a pergunta mais assustadora de todas: pratiquei tanto o romance com Will Orsino que desenvolvi sentimentos românticos reais por ele?

24

WILL

Juliet não quer que eu a leve para a festa dos desejos ocultos que começa em menos de uma hora. Ela prometeu que vai pegar carona com alguns amigos e não vai de metrô sozinha para o evento, então estou tranquilo.

Por enquanto. Até vê-la vestida de dominatrix.

"Não posso ficar pensando nisso", murmuro para mim mesmo, tirando o paletó e jogando-o na cama.

Em seguida, puxo a calça do terno, lembrando tarde demais que meu celular está em um dos bolsos da frente. Ele cai no chão, e eu o pego, aliviado ao ver a mensagem que estava esperando.

> FEST: Cheguei na cidade, mas tem trânsito! Começou a andar só agora. Chego em 10 minutos, segundo o Google Maps, mas vai saber.

A mensagem foi enviada quinze minutos atrás. Franzo a testa olhando para a tela. Não sei como não vi a mensagem, já que estava com o celular conectado ao carro. Mas, pensando bem, da casa da Juliet até o apartamento da Fee, eu dirigi meio que em transe.

Porque estou começando a perder o controle.

O jantar hoje à noite não pareceu nem um pouco uma "prática". Não falei sobre prática. Juliet também não. E foi tão perfeito, tão bom, mesmo o começo estranho e desajeitado, quando o nervosismo me dominou. Mas, sinceramente, a culpa não é minha. Ela parecia uma deusa. Com sorte, eu consegui formar frases completas.

Entre refeições compartilhadas, garfos para lá e para cá, cutucando um ao outro para provar *esse pedacinho aqui*, a conversa fluiu facilmente. Juliet perguntou como encontrei o Hector, minha música favorita, sobre meus pais, a destilaria, a fazenda; quis saber sobre as minhas irmãs, a ordem de nascimento delas, os nomes, o que elas fazem; implorou para ver fotos da minha sobrinha e do meu sobrinho; me bombardeou com perguntas sobre meus estudos agrícolas na faculdade, minhas viagens à Escócia a trabalho. Fiz infinitas perguntas sobre a infância dela na cidade, o porquê de ter estudado relações públicas e comunicação corporativa na faculdade, como o trabalho dela mudou desde que passou a escrever como freelance, sobre o relacionamento dela com as irmãs e os pais, quais romances ela mais adora, para onde quer viajar, quais flores ela plantaria se tivesse um jardim.

Cada momento... fluiu.

Aquela vontade de tê-la que começou semanas atrás — cara, quem estou tentando enganar? Começou quando a vi naquele pub na Escócia, em dezembro, e a viagem a trabalho que eu fiz no lugar da minha mãe, que estava com muita dor para viajar, valeu muito mais a pena. Era apenas desejo, no início. Mas, desde que começamos a fazer esses encontros de prática, o sentimento tem se acumulado, crescido, ficado mais denso com tudo o que aprendi sobre o passado dela, o que ela quer para o futuro, o que descobri que a faz sorrir e dar risada, o que a faz se sentir segura e apreciada.

Desabotoando a camisa, olho para o chão e tento acalmar meu coração acelerado.

Eu disse a ela, no jantar, que seria corajoso e pediria meu prato, sabendo que ainda havia uma boa chance de fazer merda — o que, de fato, aconteceu —, mas que queria tentar mesmo assim, correr o risco de novo e esperar que dessa vez desse certo algo que eu não arriscava havia bastante tempo. E percebi, enquanto dizia isso, que eu não estava falando só sobre engolir meu orgulho no restaurante. Estava falando sobre me desafiar, ter esperança em um cenário muito maior: meu coração.

E *se* eu quisesse esse tipo de amor com minha futura esposa? O amor no qual Juliet acredita e que quer para si mesma. E se eu me arriscasse, confiando que eu poderia dar e receber o que Juliet quer de um parceiro e que isso não me levaria à dor e à rejeição novamente? Ainda não sei se acredito que isso seja possível.

Mas... acho que *quero* acreditar.

E ainda assim.

Eu sei que é injusto tentar interpretar as ações de Juliet, o que ela fez depois que eu confessei, o jeito como afastou a mão e seguiu a conversa com tanta facilidade. Claro que ela não podia ler minha mente, não tinha como saber o que eu estava dizendo de fato. Eu, de todas as pessoas, com a dificuldade *imensa* que tenho de ler o real significado do que os outros dizem e já fui muitas vezes mal interpretado, não deveria esperar isso dela, não deveria culpá-la pela forma como respondeu à minha confissão ou dar à sua reação algum significado profundo.

Mas meu medo e minha insegurança estão atrelados à reação dela. E não consigo deixar de sentir a intuição de que ela se afastou porque, de alguma forma, percebeu o que eu realmente queria dizer, e isso não é algo que ela quer de mim.

Ou pior, é algo que ela não acha que *pode* querer de mim, que ela não acredita que eu possa fazer, assim como não consegui pedir um macarrão sem fazer papel de idiota.

"Ei!"

A voz de Fest fora do apartamento me assusta. Coloco a mão no peito e respiro fundo enquanto vou até a porta.

Abro uma fresta e estendo a mão. "Obrigado, Fest. Pode entregar por aqui."

"Espera aí", ele diz. A porta bate no meu ombro quando ele empurra. "Me deixa entrar."

Eu empurro de volta. "Fest. Só entrega as roupas. Estou de cueca."

"E eu lá me importo?" Ele empurra mais forte. Droga, ele é forte para um cara pequeno e magro.

"*Eu* me importo."

"Então coloca uma calça e me deixa entrar! É assim que sou recompensado por fazer um favor? Por entrar escondido no sótão dos seus pais e roubar uma herança de família bem na cara deles? Dirigir duas horas no *meu* sábado à noite e enfrentar essa porcaria de trânsito da cidade?"

Rosnando, eu deixo a porta abrir de vez. Fest entra tropeçando, segurando as bolsas com as roupas de que preciso para minha fantasia.

Arranco-as dele. "Muito obrigado", digo. "Agora pode ir embora."

Ele me encara, com os olhos azuis arregalados, abrindo um sorriso exagerado. Está usando um de seus bonés chamativos. Esse tem uma estampa de tinta colorida, tão berrante que faz o olho doer.

Ele tira o boné da cabeça, deixando à mostra o cabelo preto bagunçado com fios prateados, e balança o rosto. Seus olhos vão direto para minha barba quase toda aparada. "Caramba. Olha só *você*."

Eu giro, com o pretexto de pendurar as roupas que ele trouxe, de costas para ele.

"Agora eu preciso me arrumar", digo, abrindo a primeira bolsa de roupa. "Senão vou me atrasar."

"Pode se arrumar", ele diz. Suas botas fazem barulho no chão. Eu ouço o ranger do colchão e um suspiro de satisfação. "Não tenho pressa."

"Fest", grito, olhando por cima do ombro. "Cai fora daqui."

Ele estica os braços, com a cara de quem está sofrendo. "Será que um homem velho não pode descansar os ossos cansados por alguns minutos?"

"Você é cinco anos mais velho que eu, não cinquenta. E passou duas horas sentado dirigindo até aqui", digo, pegando a próxima bolsa de roupa. "Precisa descansar de quê?"

"O sótão dos seus pais", ele responde. "Estava tão cheio de tralhas que senti como se estivesse em uma expedição, tentando achar aquele baú. Quase não saio vivo de lá."

Reviro os olhos. Ele adora fazer drama.

"Tá bom", resmungo. "Mas, se eu ouvir uma palavra sua sobre..."

"Sobre o quê?", ele pergunta, colocando as mãos atrás da cabeça. Ele tira as botas e estica as pernas na cama. "Que você não faz a barba há mais de dez anos? Que, pra querer vestir essa roupa hoje à noite... alguém deve querer muito te ver vestido assim?"

Eu o fuzilo com os olhos. "Isso. Tudo isso."

"Ah, meu Deus", ele diz, estalando a língua. "O Willy arrumou uma mulher."

"Fest, eu juro que, se não calar a boca, eu te jogo pra fora desse quarto."

Ele revira os olhos. "Você não vai fazer nada. Eu já fui bem mais insuportável antes..."

"Isso é verdade", murmuro, pegando a camisa e colocando-a em um cabide na parede.

"E você nunca encostou um dedo em mim."

"Que bom ver você respeitando meu autocontrole em vez de se aproveitar dele."

"Ah, vai. Se abre com o seu amigo aqui. Me fala dela! Ela deve ser especial pra ter você na mão assim. Estou supondo que essa é a *única* possibilidade, considerando o que estou vendo aqui. A roupa, a urgência de conseguir a roupa." Ele faz uma pausa dramática, e eu sei o que vem a seguir. "A *barba feita*."

Olho para cima, pedindo aos céus que aquela parte do teto caia na cama e desacorde o Fest. Não aguento mais.

"Fest", resmungo. "Dá um tempo, ok? Estou... tentando ir com calma, e não é tão fácil assim."

Dou uma olhada no meu reflexo no espelho sobre a cômoda. Minha batalha interna está estampada no rosto.

Fiz a barba. Eu mantinha a barba grande para me esconder, porque eu não queria ser visto pelos outros. Mas decidi que vale a pena ser visto por todos se isso significa ser visto por ela.

Tive a ideia de usar essa fantasia depois de pensar nos livros nas prateleiras de Juliet, com as lombadas amassadas e desgastadas, os que ela ama de verdade. E sei que me ver vestido assim vai fazê-la se iluminar, como se tivesse engolido o Sol, e também fará com que ela solte aquela gargalhada profunda que eu adoro tanto.

O Will do passado não teria feito metade disso. Mas o Will de agora fez, e eu não me arrependo de nada. Por isso, sei que estou encrencado. Se meus sentimentos por Juliet estivessem sob controle, eu não teria ido tão longe.

Sou arrancado dos meus pensamentos quando ouço a cama ranger e vejo um par de pés com meias cruzando o cômodo. Fest olha para mim, com uma expressão séria, o que é raro para esse cara que está sempre feliz, sempre brincando e sendo petulante. "Caramba." Ele me encara. "Isso é sério, não é?"

Olho para a fantasia e depois para meu novo reflexo. O antigo Will nunca seria visto sem barba, muito menos usando a fantasia que está prestes a vestir. Mas o Will do passado não conhecia a Juliet.

Nada disso teria acontecido, não fosse pela Juliet. Esse tempo com ela não me mudou, mas me desafiou. E, em vez de resistir, como teria feito antes, segui em frente e amadureci, de maneiras que, antes, eu tinha certeza de que nunca gostaria, transformando completamente as minhas ideias preconcebidas, meus sensatos planos para o futuro.

Eu me volto para as roupas penduradas nos cabides e pego a camisa. "É, Fest", murmuro. "É, sim."

25

JULIET

Tiro o vestido branco. Depois, o sutiã e a calcinha bege que usei por baixo. Ainda poderia usá-los por baixo da roupa de dominatrix, mas não quero. Quero incorporar meu personagem esta noite da forma mais completa possível. Vou precisar de uma calcinha justa de renda preta e um sutiã meia taça.

Depois de vestir o sutiã, eu me sento na beirada da cama e pego a calcinha, deslizando-a até os joelhos. Levanto-me da cama e, no momento em que consigo puxá-la para a bunda, meu joelho esquerdo fraqueja. Caio na cama com um barulho.

Bem. Pelo menos não foi no chão. Ainda assim, lágrimas de frustração queimam meus olhos.

Estou aprendendo a aceitar meu corpo, em vez de passar o dia todo lamentando, e já estou bem melhor em relação a isso. Agora sei lidar com ele. Sei amá-lo, mesmo quando dói. Mas, às vezes, ainda fico aborrecida quando recebo esses lembretes de novas limitações.

Respiro fundo e me levanto devagar. Depois, dou um passo, testando meu joelho. Dessa vez, ele se mantém firme, mas eu sinto a oscilação na articulação, a frouxidão que estou aprendendo a compreender, os sinais de que a estabilidade não está garantida. Com cautela, caminho até meu armário e abro a porta. Na parte interna dela, no gancho, pego a alça da bengala preta dobrável que comprei na internet alguns meses atrás. Eu quase a levei no dia em que encontrei o Will na Boulangerie, quando acordei sentindo aquela oscilação ameaçadora no joelho. Como eu esperava, meu joelho fraquejou, e eu caí em cima dele.

Mas não quero cair no Will esta noite. Não porque ele não me trataria com gentileza ou porque isso me deixaria envergonhada. Depois de ter contado a ele sobre meu diagnóstico, sei que ele entende, pela experiência com sua mãe, como me apoiar sem sufocar. Mas eu quero ficar de pé sozinha esta noite. Quero sentir que posso ir aonde for e me manter de pé por conta própria.

Esta noite, se eu segurar no braço do Will, será porque eu quero, não porque eu preciso. Quero aproveitar aquele toque apenas pelo prazer de estar perto dele.

Ergo a bengala do gancho e a desdobro, acionando as travas de metal em cada parte até que se encaixem nos buracos e fixem as articulações da bengala. Depois que está montada, me apoio nela com a mão oposta ao joelho instável e dou alguns passos para trás até que possa me ver no espelho de corpo inteiro. Começo a pensar em como combinar a bengala com minha fantasia. O cabelo, a maquiagem, a roupa ousada.

Quando escolhi essa fantasia, disse a mim mesma que, esta noite, eu incorporaria minha versão de mulher poderosa: uma mulher empoderada com seus desejos e sem medo de vivê-los.

Observo-me atentamente, imaginando minha transformação. Eu ainda não estou com a fantasia completa, só com uma parte sexy e ousada. Mas percebo algo: eu não *preciso* da fantasia para incorporar a mulher que assume seus desejos por amor, romance, paixão íntima. A mulher que tenho me esforçado para me tornar nesses meses de cura já não é uma esperança distante.

Ela já está aqui, olhando-me nos olhos.

Estou com Margo e Sula, que me buscaram no táxi delas, e Toni e Hamza, do lado de fora da festa. Estamos todos juntos não porque está frio — é uma noite quente e abafada de julho —, mas porque estamos empolgados esperando o resto do grupo chegar. Estamos animados com a expectativa de aproveitar a noite e nos divertir.

Olho para a calçada, girando minha bengala, na esperança de avistar o Will, mas não o encontro.

O que vejo, na verdade, é um táxi parando, com a porta se abrindo de repente. Kate e Bea saem primeiro e me avistam imediatamente, vindo direto em minha direção. Kate solta um gritinho e bate palmas. Bea assobia uma cantada.

Eu dou uma volta com minha bengala, fazendo um giro divertido para que elas possam me ver de todos os ângulos: meu cabelo puxado totalmente para trás em um coque alto que tomou forma depois de muito spray e paciência, meu delineado gatinho preto e meus lábios vermelhos. Estou de terno preto com um blazer decotado, só de sutiã por baixo, uma calça preta justa e botas de verniz brilhante com um salto confortável de cinco centímetros.

"Você está muito gostosa!", Kate diz.

Bea balança a cabeça, embasbacada. "*Caramba*, JuJu."

Sorrio para elas, orgulhosa e satisfeita. "Muito obrigada. E vocês duas também estão maravilhosas!"

Kate faz uma reverência com a fantasia de mestre de cerimônias, completa com um longo chicote de couro preso sob o braço — um casaco escarlate sobre um corset preto e calças pretas justas. Ela usa saltos altíssimos e uma cartola preta, então está mais alta que eu. O cabelo está solto em longos cachos castanhos macios que brilham em tons de ruivo sob as luzes da rua, caindo quase até a cintura. Bea sorri por trás de uma máscara preta com penas escuras, com os olhos delineados e uma sombra, fazendo suas íris se destacarem de forma vívida. Está toda de preto: um longo casaco e um collant por baixo, uma saia de tutu, meias-calças e sapatilhas de balé. Um cisne negro.

"Adorei essas fantasias", digo. Meu olhar se desvia delas e vai até o Christopher, que está fantasiado de leão. Dou risada.

Bea olha por cima do ombro e suspira. "Ainda não acredito que vamos ter que ver a Kate fingindo dar chicotadas no Christopher a noite toda, mas é uma fantasia de casal bem legal."

"E o Jamie?", pergunto, franzindo a testa enquanto olho ao redor.

"O nome é Holmes", diz sua voz profunda atrás de mim. "Sherlock Holmes."

Eu me viro e fico boquiaberta. Jamie está impecável, vestido com um terno de três peças e sobretudo, um boné de detetive com estampa de pied de poule na cabeça e um cachimbo antigo preso com firmeza entre os dentes. "Uau. Cuidado, Benedict Cumberbatch. Tem um novo Sherlock na área!"

Bea sorri para ele. "*Nós* não combinamos a fantasia. Estamos incorporando nossos desejos secretos. O meu é o epítome da elegância."

"E o meu", Jamie acrescenta, "é ser remotamente capaz de desvendar assassinatos frios e cruéis, de qualquer lugar, exceto em aconchegantes mistérios de assassinato no sofá da minha casa."

"Sherlock Holmes!", grita Margo, puxando Jamie para longe do nosso círculo em direção ao resto do grupo. "Eu preciso ver esse terno bem de perto!"

Christopher está de costas para nós, com o celular na mão, tirando uma foto de Toni e Hamza em uma pose sedutora. Toni pôs um vestido longo preto e sexy, com chifres vermelhos na cabeça, e está segurando um tridente vermelho. Hamza, todo angelical, veste um terno branco perfeitamente ajustado ao corpo e uma tiara com auréola brilhante.

Kate pergunta: "E você, JuJu, quem é?".

Ajusto a postura, puxando os ombros para trás. "Uma persona que eu criei, Viola Cesario. Durante o dia, uma sentimental escritora de apaixonantes romances de época. À noite, uma dominatrix cruel."

Minhas irmãs sabem que eu tenho o sonho de um dia escrever e publicar romances. E sabem que também estou tentando encontrar um jeito de recuperar o romance na minha vida. Elas entendem o que está implícito nessa persona de desejos secretos. Sinto-as se aproximando. É um breve momento de cumplicidade entre irmãs.

"Viola Cesario", Kate diz. "Parece alguém que eu gostaria de conhecer."

Bea mexe as sobrancelhas. "E eu adoraria ler o que ela escreve. Você sabe que eu adoro um bom romance hot de época."

"Talvez um dia você leia", respondo, antes de começar a rir. "É, sem a parte da dominatrix."

Dentro da festa, o barulho é absurdamente alto, mesmo na cabine que Margo reservou para o nosso grupo, a mais distante da pista de dança e do DJ. Se Will estivesse aqui, tenho certeza de que já teria colocado os protetores auriculares.

Mas ele não está. Ainda não estou preocupada. Ele não está atrasado o bastante para eu me preocupar. Estamos aqui há dez minutos.

Estou preocupada *comigo*. Porque sinto falta dele. Porque já estou me divertindo tanto com todos, e ainda assim não consigo parar de sentir que tudo isso seria ainda melhor se ele estivesse aqui.

E isso não é um bom sinal. Em pouco mais de uma semana, quando o nosso último final de semana de prática acabar, terei que me despedir dele.

Tento afastar essa saudade enquanto tomo um gole do meu uísque *sour* e observo meus amigos e minhas irmãs, dançando e rindo na pista. Ainda não estou a fim de dançar.

Quando dou outro gole, ouço apenas o som do borbulhar subindo pelo canudo. Sem perceber, já terminei meu drink. Não sinto o efeito ainda. Adoraria já sentir o leve torpor para acalmar meus pensamentos que não param de acelerar.

Hora de pegar outro drink.

Devagar, me levanto, segurando a bengala, e sigo até o bar, empurrando com alguns toques de bengala as pernas teimosas que insistem em obstruir o caminho. Acessórios de mobilidade são ótimos para passar por aglomerações.

Chegando ao bar, prendo a bengala na beirada e a encaixo entre meu peito e o balcão. Acabo de chamar a amiga e colega de trabalho de Margo, Aila, que dá uma olhada no meu copo vazio e pisca para me avisar que já vão encher meu copo. Bem nessa hora, a mão delicada de alguém envolve meu pulso.

"Basti?", diz uma voz sedosa. "O que você está fazendo aqui?"

Eu me viro para a voz e congelo. A mulher que segura meu braço é linda. Uma dessas pessoas tão bonitas, com feições tão perfeitas, que chega a ser quase estranho. Tem lábios rosados e carnudos. Olhos verdes e grandes, com cílios longos e escuros. O cabelo longo e dourado cai em ondas, com tranças finas enfeitadas com pequenas flores azuis e verdes.

Ela está com uma fantasia que parece ter saído de uma feira medieval: uma coroa de flores azuis e verdes que parecem muito ser de verdade, uma túnica branca que escorrega dos ombros e é justa ao redor dos seios, um corset verde, do mesmo tom de seus olhos, aperta sua cintura, e uma saia azul-clara está por baixo.

Por um segundo, olho fixo para ela, tentando me lembrar de onde a conheço. Algo nela me é familiar. De onde eu a reconheço?

"Ah." Ela solta meu pulso ao olhar bem para meu rosto. Sua expressão surpresa se dissolve no que eu acho que é desapontamento. "Ai, meu Deus. Desculpa. Eu *jurava* que você era outra pessoa."

"Tudo bem." Sorrio educadamente, ainda tentando me lembrar de onde a conheço. Odeio quando isso acontece. "Sem problema."

Ela também sorri, um pouco hesitante, e inclina a cabeça para o lado. "É impressionante, sabia? Eu apostaria meu guarda-roupa inteiro que você era a Basti. De costas, você poderia ser irmã gêmea dela!"

"Vou considerar isso um elogio. Contanto que você me diga que ela tem uma bunda perfeita."

Ela joga a cabeça para trás e ri. "Ela tem, sim."

"Então me considero honrada."

Os olhos dela sustentam os meus por um instante.

Eu estava prestes a perguntar se já nos encontramos antes quando ela diz, alegremente: "Deixa eu te pagar uma bebida". Ela segura minha mão. "Pra compensar por isso?"

"Ah, não precisa!" Aponto para o bar, onde Aila já está fazendo outro uísque *sour* para mim. "Já pedi um."

"Tem certeza?", ela pergunta.

Sorrio. "Total."

"Está bem." Ela revira os olhos brincando. "Então, vou indo. Tenha uma ótima noite!"

Deve ser visível na minha expressão a confusão por ela estar indo embora de um evento que começou literalmente quinze minutos atrás.

Ela ri timidamente, depois se aproxima. "Só estou aqui para uma parceria com uma marca. Chegar, tirar umas fotos e sair, sabe?"

Meus olhos se arregalam. É aí que finalmente percebo de onde a conheço. Estou conversando com Olivia Tobias. Uma influenciadora *gigantesca* nas redes sociais. Eu não sigo muitos influenciadores, mas sempre gostei das postagens dela porque são belíssimas: muitas fotos dela na natureza, com flores em casa, refeições que ela mesma preparou, vestidos bonitos que ganhou. Eu sei que é tudo muito bem planejado e que ela é paga o tempo todo para promover coisas, mas ver as fotos dela me dá pequenas doses de serotonina, assim como ler um romance de época. Mesmo sabendo que não tem nada a ver com a realidade, gosto de refúgios agradáveis.

"Olivia Tobias?"

"Sou eu!", ela diz.

"Eu te sigo!"

Ela coloca a mão no peito. "Para! Segue mesmo?"

A surpresa encenada é um pouco exagerada. Ela tem mais de um milhão de seguidores. Seria mais surpreendente se eu *não* a seguisse. Mas talvez ela esteja tentando ser humilde e simpática.

Sorrio. "Sigo. As fotos que você tira são lindas."

Sua expressão se torna mais suave. "Uau, obrigada. A maioria das pessoas só diz que eu sou muito bonita ou que adoram as minhas roupas nas fotos, ou que fizeram a receita que eu compartilhei, que eu nem inventei. Só fui paga para cozinhar e postar." Ela suspira, e seus olhos permanecem nos meus. "É como se a única parte minha da minha rede social fosse invisível para as pessoas."

Franzo a testa, em solidariedade. "Lamento, deve ser uma merda."

"E é! Eu sou fotógrafa profissional. Amo fotografia e... ninguém vê isso."

"Ah... e se você..." Eu mordo o lábio para me calar.

Quem sou eu para dar um conselho a ela? Ela não pediu minha opinião. Tenho o péssimo hábito de me intrometer na vida dos outros quando me preocupo com eles, um reflexo do DNA protetor de Maureen Wilmot, da minha experiência como irmã mais velha e da péssima estratégia que sigo para lidar com a ansiedade de ver pessoas com problemas.

"E se eu o quê?", ela pergunta, se aproximando. "Pode falar o que ia dizer."

Hesito. "E se você... fizer um post sobre isso? Muita gente não entende como a fotografia é difícil. Eu só sei porque minha irmã é fotojornalista. Ela fotografa desde sempre. Mas a maioria das pessoas não faz ideia dos detalhes, de como a fotografia é uma forma de arte. Se você compartilhar com as pessoas o que a fotografia significa para você, como você cria essas imagens lindas, se você se abrir e mostrar essa parte sua, pode perceber que talvez as pessoas que te seguem não estejam ignorando essa sua habilidade. É só que elas não sabem como ver."

Ela sorri para mim, mas o sorriso parece triste. "A Basti disse a mesma coisa."

"É, eu diria que a Basti e eu temos razão."

Seu sorriso murcha um pouco. Ela olha para baixo e tira o celular da bolsa. "Qual é o seu insta?" Ela sorri para mim de novo. "Vou te seguir."

Pouco tempo atrás, eu era bem ativa nas redes sociais por causa do meu trabalho como assessora de relações públicas. Arquivei tudo no ano passado, desde que parei de trabalhar com consultoria para cuidar de mim mesma e colocar minha vida em ordem. Se há uma maneira de ressuscitar meu trabalho, é esta: dar o nome da minha conta à Olivia Tobias, reativar meus perfis, tentar aproveitar a conexão com ela e até tentar conquistá-la como cliente.

Nada me deixa mais desanimada.

Porque eu não quero voltar a trabalhar daquela maneira. Eu quero essa vida tranquila e aconchegante que construí para mim no último ano. Quero escrever o suficiente para pagar as contas e depois passar meu tempo fazendo o que quiser, tentando escrever, cozinhando por diversão, plantando flores e curtindo com as pessoas que eu amo. Eu não quero mais aqueles dias longos e extenuantes que costumava ter, a pressão constante que impunha a mim mesma para conseguir mais clientes, os eventos incessantes, o networking, a socialização. É claro que sempre vou adorar ajudar as pessoas quando puder; sempre vou ser extrovertida e adorar fazer festas, reunir novas pessoas e ver as conexões que elas fazem.

Mas só porque *posso* trabalhar com isso, não significa que eu *deva*.

"É que eu não tenho nenhum perfil público nas redes sociais", digo a ela. "Só uma conta privada."

Ela congela, com o celular na mão, franzindo a testa. "Sério?"

"É."

"É óbvio." Ela guarda o celular no bolso e suspira.

"Deixe-me adivinhar", arrisco. "A Basti é do mesmo jeito?"

Olivia ergue as mãos. "Vocês duas podiam ser irmãs gêmeas!"

Sorrio. "Já tenho uma dessas, na verdade." Aila coloca meu drink no balcão. Agradeço, seguro o copo e pego minha bengala. "Prazer em te conhecer, Olivia. Aproveite o resto da sua noite e... boa sorte com a Basti."

Ela me encara como se eu a tivesse surpreendido. "O quê?"

"Você parecia tão desapontada por eu não ser ela. Achei que isso significava..." Franzo o rosto. "Eu não devia ter presumido, desculpa."

"Não..." Ela suspira, frustrada. "Você não interpretou errado."

“Foram amigas?”, pergunto, com delicadeza.

Ela assente, parecendo chateada. “Ela queria mais. E eu não queria arriscar a nossa amizade.”

“De amigas a amantes. Não é o enredo tranquilo que todo mundo acha que é.”

Olivia deixa escapar uma risada, mas eu vejo quando ela rapidamente seca o canto do olho, como se uma lágrima tivesse escapado e ela não quisesse que ninguém visse. “Eu adoro romances de amigos que viram amantes.”

“Eu também.” Dou um empurrãozinho nela com o ombro e ofereço um sorriso encorajador. “Boa sorte. Eu espero que vocês tenham um final feliz, seja qual for.”

Ela aperta meu braço. “Obrigada.”

Após uma breve pausa, eu me viro e começo a caminhar de volta pela multidão, dando mais algumas batidinhas com minha bengala em pernas que se aproximam demais. Estou concentrada apenas nos dois pés à minha frente, garantindo que meu caminho continue livre. Só quando chego à cabine percebo que as únicas pessoas lá são a Margo, de sereia, e a Sula, com seu vestido de polvo vilão, dando uns amassos.

Dou um passo para trás antes que elas me vejam e me viro para a pista de dança, onde o resto do pessoal está...

É aí que eu bato de frente com um peito duro, envolto em uma camisa branca larga que parece saída de um romance da era Regencial, com uma faixa xadrez sobre um ombro. Meu olhar segue o belíssimo xadrez azul-claro e verde, com cinza-escuro, e meus olhos se arregalam. Estou olhando para um kilt preso com um cinto e um *sporran* pendurado, ambos pretos. Percebo os detalhes do par de botas pretas surradas sobre dois joelhos incrivelmente sensuais — nossa, quem diria que joelhos poderiam ser sensuais. O herói medieval escocês dos meus sonhos está na minha frente.

“Desculpa o atraso”, Will diz. “É que é bem mais difícil colocar um kilt do que parecia nas minhas pesquisas no YouTube.”

Eu o observo, atordoada, encantada, sorrindo de orelha a orelha.

26

WILL

Juliet sorri para mim como se eu fosse a melhor coisa que ela já viu. Isso faz eu me sentir imbatível. Quero sorrir também, mas estou entrando em curto-circuito conforme ela me observa da cabeça aos pés, prestando atenção a todos os detalhes.

Ela é uma mulher poderosa, toda de preto. Ela usa botas lustrosas, calça apertada e um blazer preto justo com decote baixo, que deixa à mostra um triângulo profundo e torturador da pele branca e macia, o vislumbre de um sutiã de renda e o volume dos seios.

Fico ali, olhando para ela, com as mãos fechadas, sem os bolsos da calça jeans para escondê-las, tentando me controlar. A vontade de tocá-la é tão grande que dói. Meu coração bate forte no peito, ressoando e gritando o quanto é errado tê-la assim tão perto e não poder ceder ao desejo.

"Will!", ela grita conforme o volume da música aumenta.

Graças a Deus, ela grita, porque está ensurdecedor aqui dentro. Estou com os protetores auriculares, que abafam um pouco o som ao nosso redor — a frequência pulsante, a música estridente e as pessoas gritando. Seria impossível ouvir se ela falasse mais baixo.

"Você é um herói medieval escocês!", ela grita, apertando meu braço e sorrindo.

Suspiro e olho fixamente para ela. "E você vai ser minha perdição."

"O quê?", ela se inclina. "Não consegui te ouvir!"

Balanço a cabeça. "Nada."

Do canto dos olhos, vejo mãos acenando da pista de dança e me viro para olhar. Toni e Hamza, Kate e Christopher, Bea e Jamie, gesticulam para nos juntarmos a eles.

Juliet franze o rosto e se aproxima tanto que quase ficamos próximos demais. "Está muito barulhento aqui!"

Ela não está apenas dizendo o óbvio. Está constatando isso por mim. Está dizendo, sem dizer, que entende que este ambiente talvez não seja o melhor para mim. Porque ela sabe o quanto eu acho esse tipo de lugar exaustivo. No passado, quando até mesmo uma pequena menção às minhas sensibilidades e limitações era feita, meu orgulho defensivo entrava em ação. Mas isso não acontece mais. Não quando estou com ela. Com Juliet, eu não me sinto constrangido. Eu me sinto respeitado.

Quando ela segura minha mão, apertando firme, parece que está segurando meu coração, porque sinto ele apertar também. Não só porque sinto uma onda de conforto com o toque dela, mas porque estamos aqui, onde as irmãs e os amigos dela podem nos ver, e Juliet parece não se importar nem um pouco.

Espero que isso signifique que ela não quer mais esconder nossa proximidade, seja ela praticada ou real. Porque a verdade é que eu não quero mais esconder. Não sei se *eu* consigo esconder mais.

Entrelaço nossos dedos e vejo seu olhar descer até minha boca, depois voltar para meus olhos. A música pulsa ao nosso redor, e todos do nosso grupo, que estão na pista de dança, gritam para nos juntarmos a eles.

Eu me aproximo de Juliet e digo no ouvido dela: "Eles estão chamando a gente para dançar". Assim como ela me mostrou que sabe que essa festa pode ser difícil pra mim, e me deu espaço para que eu dissesse se conseguiria ficar, espero mostrar que entendo como isso também pode ser difícil para ela, que estou deixando que ela decida, que me diga o que está disposta a fazer.

Notei que ela está segurando uma bengala. A menos que seja um acessório decorativo da fantasia, provavelmente significa que seu joelho não está muito estável. Espero que ela não esteja sentindo dor. Mas, se estiver, confio que vá me dizer a verdade.

Juliet sorri para mim, e o brilho em seus olhos mostra que ela ouviu o que eu não disse, que fiz com que se sentisse notada sem constrangê-la. "Quero dançar um pouco... E você?"

Assinto. Não, não vou aguentar o caos da festa por muito tempo. Mas, antes de atingir meu limite, vou dançar até não poder mais com Juliet.

Vou me afogar no prazer de estar perto dela, vendo-a brilhar, feliz e sem preocupações com as pessoas que ela ama.

Ela envolve a mão no meu braço e nos vira em direção à pista de dança. "Eu sei que isso provavelmente é muito impróprio", ela grita por cima do barulho, "mas eu tenho que perguntar: você está usando alguma coisa por baixo desse kilt?"

Eu mexo as sobrancelhas. "Mas é claro que você quer saber."

Na terceira vez em que o joelho de Juliet fraqueja, ela está com as mãos ao redor do meu pescoço e a bengala pendurada no meu cotovelo. Fico aliviado por estar ali, porque pude perceber que ela quase caiu feio.

Eu me preparo para vê-la constrangida, como quando isso aconteceu no nosso primeiro encontro de prática, mas ela fica bem. Apenas aperta mais meu pescoço e diz: "Acho que já deu pra mim aqui".

Assinto. Para mim também.

Nas últimas duas horas, nós dançamos, ficamos um pouco na cabine com os outros, bebendo água, jogando conversa fora, depois voltamos para a dança. Agora, meu cérebro está zumbindo. Eu me diverti muito, mas já estou no meu limite.

Ela se aproxima um pouco e pergunta: "Quer sair daqui?".

Franzo a testa, confuso. Olho para as irmãs dela e todos os amigos na pista de dança. Ela não está preocupada que eles nos vejam saindo juntos?

"Tem certeza?", pergunto.

Sua boca se curva em um sorriso. "Tenho. Só um segundo!"

Ela tira a bengala do meu cotovelo e se afasta em direção às irmãs, com a cabeça baixa enquanto conversa com elas. Ambas olham para mim e sorriem. Não faço ideia do que está dizendo, mas fico aliviado que, seja o que for, elas parecem tranquilas com isso.

Juliet volta e enlaça o braço no meu. "O que você acha", ela grita por cima da música, "de ganhar uma surpresa?"

Normalmente, não gosto de surpresas, mas confio na Juliet. Ela pergunta se eu quero levá-la direto para casa. Eu quero, não por estar cansado e pronto para voltar para casa, mas porque quero levá-la para o apartamento dela e arrancar aquelas roupas. Quero fazê-la gozar até ela me implorar para parar, até que ela não aguente mais um pingo de prazer.

Obviamente, não posso dizer isso, então digo *uma* verdade, se não for toda a verdade: que não estou cansado, que estou pronto para outra coisa, desde que não haja muito barulho.

Seguindo esse critério, vamos embora. Não seguimos as instruções da minha Siri australiana, e sim as de Juliet, que segura o celular perto do peito e me diz qual direção tomar e em que momento, determinada a não deixar eu espiar o mapa na tela dela.

Sigo todas as instruções e, quando faço a última curva, virando à esquerda, ainda não sei o que esperar do nosso destino, que supostamente está logo ali. Quando vejo o que é, freio bruscamente.

À margem da água há um estacionamento de drive-in. Na esquerda, uma tela alta e ampla, e na direita, o horizonte do centro da cidade, brilhando do outro lado do rio.

Um cinema drive-in.

"O que foi?", ela pergunta. Sua mão encosta na minha coxa e aperta suavemente. "O barulho ainda é muito alto? A gente pode fazer outra coisa..."

"Não." Faço que não, depois olho para Juliet, tentando forçar um sorriso, mesmo sabendo que sou péssimo nisso.

O que é confirmado pela reação dela. "Parece que você está com dor de barriga."

Deixo escapar um grunhido. Acho que estou em choque. É a primeira vez que ela escolhe para onde vamos, desde que começamos os encontros. E, de todos os lugares, nós viemos parar aqui.

Num cinema drive-in.

Um lugar que é quase sagrado na minha família, que tem um significado tão especial, algo que ela não poderia saber.

Será que é um sinal? Ou será que o fato de eu querer que seja um sinal é, por si só, um sinal?

"Estou bem", afirmo, apertando sua mão. "Prometo. Você só... me surpreendeu muito. Achei que a gente ia jogar boliche."

A expressão dela fica desanimada. "Ah. A gente pode fazer isso, se você quiser. Principalmente porque"— ela aponta para a placa na entrada — "é noite de comédia romântica. Talvez você não esteja no clima..."

"Juliet." Aperto a mão dela mais uma vez. "Estou bem aqui. Prometo."

Consigo convencê-la. Seu sorriso volta, e ela se recosta no banco, batendo as mãos. "Eita! É *Como perder um homem em dez dias*. Adoro esse. Você já viu?"

Faço que não. "Mas, obviamente, me converti ao gênero."

"Você vai adorar."

E ela tem razão. Adoro o filme. Dou risada de todas as tiradas, de como Matthew McConaughey e Kate Hudson se esforçam absurdamente para estressar um ao outro, o que só acaba fazendo com que eles se apaixonem. Eu me emociono no final. Adoro tudo no filme.

Cacete, estou nas nuvens quando o filme termina. O que sinto é quase tão bom quanto as endorfinas depois de um treino pesado. Acho que vou começar a ver mais comédias românticas.

"A samambaia do amor!", ela diz enquanto saímos do estacionamento. "Como assim? Quem pensou nisso? Queria entrar na cabeça dessa pessoa! Parece que, toda vez que tento escrever uma cena engraçada, não fica nem perto de como eu quero."

"Você está escrevendo uma comédia romântica?", pergunto, trocando de faixa.

Ela fica em silêncio por um tempo, então responde: "Eu meio que estou escrevendo um romance de época, mas é uma comédia romântica de época. Pelo menos, é o que eu quero fazer".

Olho para Juliet. "Que legal, Jules. Posso ler o que você escreveu até agora?"

"Claro que não!", ela grita, com as mãos nas bochechas. "Está brincando? São mil palavras idiotas que eu passo o tempo todo ajustando e reescrevendo. Não saio disso. Não quero que você comece a ler romances de época assim."

Sorrio e acelero. "Olha, não seria um começo. Eu já li três romances de época e estou viciado."

"O quê?" Ela se aproxima. "Como assim? Quando?"

"Peguei emprestado da minha mãe. Escondido, na verdade. Ela não me deixaria em paz se soubesse que finalmente dei o braço a torcer, depois que ela passou quase duas décadas insistindo para que eu os lesse."

Juliet suspira e diz, com a voz trêmula: "Me diz que não foram romances medievais escoceses".

"Eu poderia dizer isso..." Lanço um sorriso rápido em sua direção antes de voltar a atenção na estrada. "Mas eu prometi não mentir pra você."

27

JULIET

Eu não vou me jogar em cima dele. Não posso. Não vou.

Mas, meu Deus, ele leu romances medievais. Três romances medievais!

Se acalma, Juliet.

Suspiro conforme Will dirige a caminhonete pela minha rua. O apartamento está logo à frente. Eu consigo me controlar. Consigo lidar com o fato de que meu parceiro de prática de romance, esse homem amável que se tornou meu amigo, leu meu gênero favorito de romance. Consigo lidar com o fato de que ele apareceu vestido como um guerreiro medieval escocês hoje à noite, que se acabou de dançar comigo e com meus amigos, riu e se emocionou nas partes certas de uma comédia romântica que eu adoro. Consigo lidar com isso e guardar meu desejo por ele no armário de tentação de onde ele saiu...

Esse é o problema. Meu desejo por Will não é mais só físico. Saiu do armário da tentação, nem sei direito quando — mas já faz algum tempo —, e agora esse desejo preencheu um cômodo inteiro. Um cômodo cuja porta tenho medo até de *pensar*, quanto mais nomear.

Mas eu sei o que é. E não pensar nessa palavra ou não querer nomeá-la não faz com que seja menos real ou verdadeira. Simplesmente existe, tecida na trama do nosso tempo juntos.

É até irônico. Comecei essa jornada com Will porque achei que era seguro voltar a dar os primeiros passos no caminho do amor romântico com alguém que não tinha certeza se procurava por isso ou, pelo menos, parecia certo de que não procurava isso comigo. A proximidade com o Christopher fazia dele uma opção segura, proibida. Eu tinha certeza de que Will era a pessoa perfeita para ser meu parceiro de prática nessa jornada para me sentir segura novamente e confiar em mim mesma para iniciar um romance porque ele era a última pessoa por quem eu poderia me apaixonar.

E foi bem isso o que eu fiz.

Will para a caminhonete na frente do meu apartamento e aciona a seta. Não há uma vaga em toda a rua onde ele possa estacionar; ele vai ter que me deixar aqui e ir embora. Isso me deixa absurdamente desapontada. Se isso é um sinal do universo para esconder meus sentimentos, o que lamento do fundo da minha alma, mesmo sabendo que seria a coisa sensata, a coisa *prudente* a ser feita.

Talvez eu não queira mais ser prudente.

Devastada, torturada pelo quanto quero seguir meu desejo, me viro no banco o máximo que posso e encaro Will, procurando em seus olhos, desejando ver neles alguma resposta para minhas perguntas — *Você me quer da mesma forma que eu te quero? Você acha que poderia querer o que quero? Você poderia querer isso comigo?*

Mas, por mais que ele tenha dito que é muito transparente sem a barba, não consigo encontrar uma pista sequer.

Então me concentro no que sei: o quanto foi maravilhoso cada momento da noite com ele, o quanto *ele* foi maravilhoso. “Obrigada, Will. Por tudo isso. O jantar. A festa com todo mundo. O filme. Foi… muito, muito legal da sua parte.”

Ele assente com as mãos apertadas no volante. “É, foi, sim”, ele diz baixinho. “Eu que agradeço, Jules.”

É agora que ele vai abrir a porta do carro, dar uma rápida caminhada ao redor da caminhonete e me ajudar a descer. É agora que eu vou dar um abraço de boa-noite sem esfregar meu corpo nele como uma gata no cio e depois subir sozinha para meu apartamento.

Ainda não, uma voz sussurra dentro de mim.

Paro por um momento, com a voz ecoando na minha cabeça. Uma fisgada no estômago me diz que ela está certa.

“Will.”

“Hm?”

O desejo se espalha por mim quando seu olhar vai até minha boca e o meu, para a boca dele. Cada partícula do meu corpo está quente de desejo.

"Por que você pisou no freio", pergunto, com cuidado, "quando percebeu que eu tinha escolhido o cinema drive-in? Fala a verdade."

Will não responde, me encarando nos olhos. Então, solta um suspiro longo e lento.

"A gente prometeu", digo, baixinho. "Lembra?"

Devagar, ele segura minha mão e a entrelaça na dele. Ele hesita por um momento, então me conta: "Vai parecer... estranho, mas tem uma tradição na minha família. Quando levamos alguém para o cinema drive-in... É o lugar para onde levamos a pessoa que nós amamos".

Meu coração dispara, batendo forte no peito. "O quê?"

Ele olha para baixo, para nossas mãos entrelaçadas. "Começou com meu bisavô. Quando ele era jovem, Ilíria não era tão desenvolvida como é agora e não havia muito o que fazer. Quando inauguraram um cinema drive-in na cidade, foi um *evento*. Era o point dos adolescentes, para onde iam para flertar e dar uns beijos, o básico. Ele era um cara bonito, charmoso, com muitas moças interessadas nele, e ele as levava para encontros. Para o lago, onde iam pescar, para tomar um sorvete, para passear pela cidade. Mas nunca as levava ao cinema, porque esse era o lugar que ele estava guardando para a mulher com quem fosse ficar sério. No dia em que ele conheceu minha avó, perguntou se ela queria ir ao cinema drive-in."

Meu Deus, isso é romântico demais. Meus olhos se enchem de lágrimas. "Porque ele sabia que era ela?"

"Ele sabia que era ela", Will confirma. "'Foi como ser atingido por um raio', ele sempre me contava. 'Quando eu a vi', ele dizia, 'foi como uma descarga elétrica, direto no coração. Eu soube que a amava, que sempre a amaria.'"

Ele aperta minha mão com gentileza.

"E assim virou uma tradição", ele me conta. "Meu avô fez a mesma coisa com minha avó. Depois, meu pai com minha mãe. Nunca levou nenhuma mulher para o cinema drive-in, até saber que era a pessoa certa." Ele sorri para si mesmo. "Meus pais ainda vão ao cinema drive-in em todo aniversário de casamento."

"Ah", suspiro, colocando a mão no peito.

"Eu nunca pensei que faria isso", ele diz, baixinho. "Porque... com base em... você sabe, como as coisas aconteceram quando tentei namorar... eu meio que desisti de esperar que algum dia me sentiria assim."

Sinto uma pontada no coração. Durante o tempo que passamos juntos, precisei me segurar para não desafiar as ideias de Will sobre o que ele deveria esperar, sobre o tipo de amor que a pessoa certa poderia dar a ele e o quanto a pessoa adoraria receber o seu amor. Agora, é quase insuportável me manter em silêncio, mas é o que faço. Mesmo que, desde que começamos os encontros, eu tenha prometido para mim mesma que faria o máximo possível para mostrar a Will que a pessoa que ele merece o amaria e sentiria o mesmo amor dele. Por mais que eu queira que ele veja as possibilidades que eu vejo, que ele tenha esperanças para si mesmo da maneira como eu tenho, não posso fazer isso por ele. Fiz o que pude, como praticamos. É o limite do quanto posso contribuir para a sua crença no que é possível. O restante tem que vir dele.

Will sustenta o olhar no meu. "Então, quando você..." Sua garganta se move conforme ele engole. "Quando, de todos os lugares que você poderia ter escolhido para irmos, você escolheu um drive-in, isso... mexeu comigo. Me fez pensar, e não é a primeira vez que penso nisso, Juliet, mas com certeza é a primeira vez que me pergunto se..." Sua voz falha. Ele aperta a mandíbula. "Eu vou dizer uma coisa. Se não for algo que você queira ouvir, preciso que me prometa que vai me dizer, tudo bem?"

Meu coração bate forte contra as minhas costelas. "Prometo", sussurro.

Ele sustenta meu olhar e diz: "Eu passei muito tempo acreditando e dizendo a mim mesmo que não valia a pena imaginar ter isso com alguém, que não valia a pena tentar outra vez, depois de ter sido machucado tantas vezes antes".

Assinto, porque sei disso. Ele confiou essa verdade a mim.

"Mas... quando estou com você, Juliet..." Ele olha para as nossas mãos, o polegar dele esfregando gentilmente minha pele. "Não sei se acredito nisso. Quando estou com você... quero tentar, quero ter esperança. Com... você."

Meu coração está voando, a esperança se espalha dentro de mim.

"O problema é... " Ele pigarreia, nervoso. "O problema é que, se eu deixar minhas crenças antigas irem embora, não sei o que vem depois. Eu não sei se vai ser tudo o que você me disse que o seu coração deseja ou se vai acontecer com nós dois o que já aconteceu comigo antes. Se você vai sentir que, apesar dos meus muitos esforços, eu só te ofereci um vislumbre disso."

Não consigo suportar mais nem um segundo dele duvidando de si mesmo desse jeito, não quando já mostrou como é capaz de demonstrar amor — familiar, platônico, romântico —, quando já manifestou o amor de tantas formas, mesmo que tenha sido sob o pretexto de prática. "Will, eu *nunca* sentiria isso..."

"Por favor", ele diz, rouco. "Escuta."

Mordo a língua, porque é a única forma de me manter em silêncio, e assinto.

"Se eu fosse um homem mais forte, esperaria até saber. Até poder te dizer com certeza que tenho razão, quando te oferecesse tudo o que você merece e deseja, Juliet, que você sentiria isso, que você nunca duvidaria do poder ou propósito disso...

"Mas eu não sou. Não sou forte o bastante. Não suporto passar mais um segundo na sua presença sem você saber que talvez eu não tenha certeza ainda, se o amor do meu coração vai ser o suficiente para você..." Ele pega minha mão entrelaçada na dele e segura contra o peito. "Mas cada pedacinho desse coração, com todas as suas imperfeições, *é* seu, se você quiser. E se não quiser... bem, eu, com certeza, vou entender."

Olho para ele com o coração radiante e os olhos marejados. A alegria explode no meu peito como água de uma represa. A esperança reprimida corre e transborda dentro de mim. Então, logo atrás dela, ameaçando engolir tudo, está o medo.

Eu *tenho* medo. Sinto tanto medo quanto sabia que sentiria quando me apaixonasse de novo. A antiga Juliet costumava correr atrás do romance, com braços abertos para o amor intenso, acreditando que isso sempre seria o suficiente. Mas a Juliet do passado não sabia o que era sofrer uma desilusão. Ela não sabia o que era sentir uma insegurança paralisante, a dor que causava pânico, que poderia surgir quando tudo desmoronasse.

Agora, diante da possibilidade de ter o que esperei, que meu coração finalmente se curou o bastante para desejar outra vez, eu *sei* como será se me entregar a isso e tudo acabar...

Será devastador.

Mas.

Eu vou sobreviver. Porque sou forte. Mais forte do que acreditava ser quando minha vida desmoronou no ano passado. Se aprendi alguma coisa nesses quase nove meses, é que posso sobreviver a muito mais dificuldades do que imaginava. Sei que, mesmo quando a dor me derrubar, eu posso me levantar de novo.

Então sim, eu sinto medo ao pensar em finalmente ceder a tudo o que sinto por Will, ao ouvir a humildade dele ao se preocupar que eu possa vê-lo como alguém que falhou. Sinto-me ansiosa também com a possibilidade de que ele me veja como alguém que fracassou com ele.

Mas, no começo de nossa jornada, prometi a ele que ambos seríamos corajosos, que subiríamos naquela bicicleta e andaríamos desajeitados juntos. Prometi a mim mesma que não me esconderia mais das alegrias da vida e da emoção do amor por medo de algum dia perdê-los.

A princípio, não digo nada. Pressiono com força a mão, ainda entrelaçada na dele, sobre seu peito. Com a voz firme e o coração decidido, digo: "Eu quero isso. Eu quero *você*".

Ele me olha intensamente e aperta minha mão. Sinto seu coração batendo acelerado. "Você quer?"

Assinto. Afundo os dedos em sua camisa e o puxo para mim. "Quero muito. E eu preciso que você me ouça, Will. Você *é* um homem forte. É preciso ter força e coragem para abrir o coração mesmo com medo de se machucar. Não seria por força que você ficaria em silêncio sobre o que sente até ter certeza de que eu veria tudo no seu coração. Seria por medo." Pressiono minha mão contra o peito dele. "Você é corajoso, Will. E me faz sentir segura para ser corajosa, mesmo quando também tenho medo. Porque eu *tenho* medo. Eu tenho medo do quanto você significa para mim, do quanto quero isso, não porque eu não confio ou acredito em você, Will. É exatamente o contrário."

"Jules", ele sussurra, devagar.

Seguro seu rosto, passando o polegar suavemente por sua bochecha. "Will."

Assim que digo seu nome, uma SUV que estava estacionada vai embora, deixando um espaço para a caminhonete dele.

Nós olhamos para a vaga disponível, depois um para o outro, e sorrimos. Obrigada, universo.

* * *

A porta do meu apartamento se abre com um baque, e nós entramos caindo, com as mãos agitadas, buscando o corpo um do outro. Damos beijos profundos, roçando as línguas, com gemidos e suspiros. Finalmente, *finalmente* estou beijando Will outra vez. O alívio que eu sinto quase me faz chorar.

Will tateia o ar, procurando pela porta. Ele a fecha com força, fazendo ecoar um estrondo.

"Espera, linda", ele murmura, afastando o rosto para ver o que está fazendo. Will passa o trinco e tranca a porta.

"Chega de esperar", reclamo contra seu pescoço enquanto tiro as botas com um chute. Em seguida, me ponho na ponta dos pés para lamber seu pescoço.

"Caralho", ele geme.

De forma desajeitada, Will tira as botas enquanto beijo seu peito. Ele começa a me guiar pelo corredor, e nós paramos no meio do caminho, quando ele me pressiona contra a parede. Começa a beijar mais devagar, com a mão no meu queixo, me segurando. Sua língua acaricia a minha, lenta e macia. O calor se espalha pela minha barriga.

"Você tem um gosto tão bom", ele murmura na minha boca.

Suspiro em nosso beijo. "Você também."

Ele solta um grunhido conforme eu deslizo a mão por sua coxa e o sinto deliciosamente duro e grosso pressionando minha barriga. Gentilmente, Will pega minha mão e a afasta, entrelaçando nossos dedos, pressionando-os contra seu peito. Bem no coração dele.

Will olha para mim, com a mandíbula tensa e os olhos ardentes. "Tem certeza de que você quer isso?"

"Nunca tive tanta certeza", respondo. "E, se você me perguntar de novo, a dominatrix vai aparecer."

Ele geme e ri na minha boca enquanto eu o beijo, enquanto me perco no prazer de seus quadris balançando contra mim, o calor de seu corpo apertado contra o meu. Uma necessidade de desejo lateja entre as minhas coxas, no bico dos meus seios. Minha pele exala suor.

"Me toca", imploro.

Ele sorri no meu pescoço enquanto envolve minhas costas e me abraça. Minha respiração fica ofegante conforme ele beija minha clavícula e dá mordidinhas. "Estou tocando você."

Pego sua mão e a coloco entre minhas coxas, esfregando exatamente onde preciso.

Ele solta um palavrão no meu pescoço. Então me agarra pela bunda e me levanta. Passo as pernas em volta de sua cintura e enlaço seu pescoço.

Mergulho os dedos em seu cabelo enquanto o beijo. Esfrego a pélvis no volume duro e grosso. "Eu odeio essas roupas agora", digo, ofegante.

"São péssimas."

"Diz o cara de saia. Estou praticamente costurada nessa calça."

Will ri enquanto nos conduz pela sala, passando pelo corredor, direto para meu quarto. "Bem que eu queria que esse kilt fosse tão simples quanto uma saia. Tomara que não seja tão demorado para tirar quanto foi para vestir."

"Já li vários livros de romances medievais, Will." Mordo suavemente seu lábio inferior e ouço um grunhido de prazer. "Estou preparada pra isso. Prometo que esse kilt vai sair agora."

"Vai ter que cumprir a promessa." Gentilmente, ele me põe no chão. Nada do que vem a seguir é medido ou controlado. Não é um striptease lento e saboroso de assistir. Afasto freneticamente o tecido xadrez pendurado em seu ombro e tiro sua camisa por cima. Will se atrapalha com os botões do meu blazer e quase o arranca de mim. Puxo o cinto, deixando-o cair no chão com o *sporran*. Depois, puxo a manta enrolada em seu corpo apenas o suficiente para soltá-la em seus quadris.

"Como você fez isso?", ele pergunta sem fôlego, abaixando o kilt. "Eu tive que me embalar como um burrito. Você tirou muito rápido."

"Eu disse que tiraria." Quando o tecido cai em seus pés, eu solto um patético som de desejo. A pergunta que fiz mais cedo é respondida — ele *estava* de cueca —, mas ainda é uma visão gloriosa, a cueca boxer cinza na parte baixa dos quadris, saliente com sua ereção. Eu apalpo ali e acaricio com força.

"Jules", ele implora, gentilmente afastando minha mão. Fica de joelhos, desabotoa rapidamente minha calça e puxa o zíper para baixo. Seguro seus ombros enquanto ele desliza a calça pelas minhas pernas, ajudando-me a tirá-las.

Will se levanta e pega no meu cabelo, que eu comecei a puxar para tirar os grampos e o elástico, que resistem teimosamente aos esforços dos meus dedos enrijecidos. “Posso tirar?”, ele pergunta.

Nosso desespero frenético se foi, e a ternura preenche o espaço entre nós. Assinto e coloco as mãos em sua cintura. Will se inclina e habilmente arranca os grampos, beijando minha têmpora, minha testa e minha bochecha ao tirar cada um dos prendedores. Elc beija minha boca, devagar e com delicadeza, enquanto desenrola meu cabelo, depois puxa a faixa. Agarro sua cintura com força e fico na ponta dos pés, ansiosa por mais.

Meu cabelo cai sobre os ombros, e Will enterra a mão nele. Depois ele inclina minha cabeça para trás e ataca minha boca com a língua, exatamente como eu quero. Devagar e com força, recuando, fazendo-me avançar para conseguir mais, então se aproxima de novo.

Estou tão agitada que parece que vou morrer. A espera vai me matar.

Lentamente, tão lento que me tortura, ele arrasta os nós dos dedos pela barra da minha calcinha. Vai e volta. Vai e volta. Tento balançar os quadris, perseguindo seu toque com tanta avidez que quase choro.

Minha respiração está irregular e rápida de tanto desejo. Um toque dele onde preciso e vou explodir como fogos de artifício.

“Por favor”, imploro, balançando os quadris na direção dele.

Ele beija meu pescoço, meu queixo, bem atrás da minha orelha. “Paciência, Juliet.”

“Não posso. Não posso esperar.”

Ele solta uma risada áspera e rouca contra meu cabelo, depois suspira. “Eu adoro o quanto você quer isso.”

“Eu quero *você*”, digo a ele, à beira das lágrimas, com a voz carregada de desejo. “Eu quero tanto você.”

“Eu também quero você, linda”, ele murmura em meu cabelo. “Calma, Jules. Estou aqui.” As pontas dos dedos provocantes finalmente mergulham mais, roçando em mim, na minha pélvis...

Suspiro quando ele *finalmente* desce onde estou encharcada, onde uma pulsação bate entre minhas pernas. “Will”, suspiro novamente.

“Você está encharcada”, ele sussurra, tocando meu clitóris, me observando enquanto eu monto descaradamente em sua mão. Seu toque é tão leve, tão provocante.

"Ah. Fiquei assistindo ao Matthew McConaughey por duas horas", digo a ele, fraca, fechando os olhos. "Dá pra me julgar?"

Ele ri no nosso beijo. "Então é por causa dele?"

"Você sabe que não." Um arrepio percorre meu corpo, o primeiro sinal do clímax crescendo dentro de mim. "Isso tudo é por você."

Will geme quando digo isso e tateia as minhas costas. Com alguns movimentos eficientes, desabotoa meu sutiã, que cai em meus braços. Will o arranca e depois o joga de lado. "Olhe só você", ele sussurra. "Juliet, você é absolutamente perfeita."

"Não sou perfeita", murmuro.

"Para mim, você é." Ele abaixa e dá um beijo direto no meu coração, acima do volume dos meus seios. Seu nariz mergulha e roça meu mamilo.

"Will, por favor", imploro. "Por favor."

"Que mulher mandona. Estou tentando saborear você."

"Saboreia depois." Arrasto minhas mãos por seu peito, sobre sua ereção. "Me faz gozar primeiro."

Ele ri e me levanta novamente, me levando até a cama. Eu caio no colchão, com os braços sobre minha cabeça, e sorrio para ele.

Will cai de joelhos, me agarra pelos quadris e me puxa para a beira da cama. "Posso?", ele pergunta.

Assinto freneticamente. "Pode demais."

Ele agarra minha calcinha, depois a arrasta pelas minhas pernas e a joga de lado. Suas mãos esfregam as minhas coxas enquanto ele me observa, com o olhar intenso, a mandíbula apertada. "Cacete, você é linda."

Enrubesço, jogando o braço sobre o rosto. "Will."

Gentilmente, meu braço é puxado para trás. Will está sobre mim, deslizando a mão pelas minhas costelas, segurando meu seio, esfregando meu mamilo. Mordo meu lábio enquanto ele puxa meu mamilo. Mal consigo evitar que meus olhos rolem para trás. Ele olha para mim. "Eu preciso que você veja, Jules. Preciso que seus olhos estejam em mim quando eu fizer você gozar."

Ele pega um travesseiro e levanta minha cabeça, apoiando-a, então não terei escolha a não ser vê-lo me chupando. Ele me beija, lambendo minha boca, passando as mãos pelo meu corpo, provocando cada centímetro extremamente sensível da minha pele. Sua palma roça minha coxa e a aproxima dele. Ele abre minhas pernas e circula meu clitóris com batidinhas leves. Arqueio as costas com o toque, murmurando durante nosso beijo.

Ele se ajoelha na beirada da cama, segura minha bunda com ambas as mãos, como um homem se preparando para um banquete. Sua língua se arrasta até meu centro e depois passa por meu clitóris. Eu gemo, minhas mãos voam para sua cabeça, afundando em seu cabelo.

Ele enterra um dedo em mim, e eu mordo o lábio, gemendo de satisfação. Minhas coxas apertam seus ombros.

"Está muito bom." Assinto febrilmente. "Por favor, não para."

Ele geme contra meu clitóris e desliza um segundo dedo. O prazer incandescente me incinera, um fogo intenso queima em minhas veias.

Na próxima estocada de sua língua, ele circunda meu clitóris, num redemoinho quente e úmido que me faz fechar os olhos. Aperto mais o seu cabelo. "Isso", sussurro. "Eu *adoro* isso."

Ele faz mais uma vez, e de novo, um movimento lento para cima, depois molhado, ritmado. Com a mão livre, bem aberta, segura minha barriga, as costelas, e meu seio, puxando meu mamilo.

Respiro ofegante, frenética por liberação. Cada vez que tenho certeza de que cheguei ao meu máximo, Will me mostra que ainda há espaço para mais. "Mais rápido", imploro. "Está perfeito, só vai mais rápido."

Ele curva os dedos e começa a enterrá-los pra valer, ainda circulando a língua, molhada e quente, mais rápido. Estou ofegante, puxando o seu cabelo, coitado, mas estou tão perto, no limite. Quando ele enfia os dedos mais fundo em mim, minhas pernas se levantam, meus joelhos se dobram. Mal consigo respirar. É tão intenso, tão incrivelmente bom. A língua molhada e quente no meu clitóris, os dedos grossos e encurvados dentro de mim, o cabelo macio roçando minhas coxas, a mão grande e forte envolvendo meus seios, acariciando-os com ternura.

"Goza para mim, Jules." Ele se afasta do meu clitóris, para beijar a parte interna da minha coxa direita, depois a esquerda. "E olha pra mim quando gozar."

Eu me forço a olhar para baixo quando sinto meu corpo se contrair, meus mamilos duros e sensíveis, ávidos pelo seu toque. Ele olha de volta para mim, com o rosto febril, os olhos brilhantes e as bochechas coradas, e lambe meu clitóris uma, duas vezes, depois o circula...

Grito seu nome enquanto aperto seus dedos, o pulso contra sua mão. Meus quadris arqueiam com cada raio de prazer que me atinge, elétrico e ofuscante.

Meu orgasmo dura uma eternidade, choque após choque glorioso ondulando através de mim enquanto ele me lambe devagar, beija as minhas coxas, com ternura, puxa os dedos para fora, depois põe no meu clitóris, ondc estou tão sensível que mal consigo aguentar.

Ofegante, abro os braços. "Will", resmungo. "Vem cá."

Sem hesitar um segundo, ele se levanta, se inclina sobre mim e me coloca de volta na cama. Então desaba no colchão ao meu lado, me enrolando em seus braços.

Deslizo minha mão por seu coração, depois subo pelo peito até o cabelo, ainda ofegante ao olhar para ele. Seguro seu rosto e o trago para perto. Damos um longo e lento beijo. "Esse", digo, sem fôlego, "foi o melhor orgasmo da minha vida. Vou dormir um mês."

Will ri, rouco e baixo. "Ainda não, Juliet."

Franzo a testa. "Você acha mesmo que vai me fazer gozar mais uma vez?"

"Uma vez?" Ele balança a cabeça, afastando o cabelo do meu rosto. "Não. Eu estava pensando em um número de dois dígitos."

Deixo escapar uma risada.

Will me pressiona de volta no colchão, pairando sobre mim. "Você duvida que eu consiga fazer isso?"

Faço que não, ainda rindo. "Duvido que eu consiga *sobreviver*."

"Eu sei que consegue", ele diz, suavemente, dando um beijo entre meus seios, na cavidade do meu pescoço, atrás da orelha. "Vou dar isso a você, Juliet, prometo. Porque é isso que você merece. Porque já faz semanas que eu fantasio com todas as maneiras que eu poderia tocar você, descobrir o seu corpo, te provocar e agradar, fazer você gozar várias e várias vezes."

Estremeço, como se, de alguma forma, uma nova onda de desejo me invadisse.

Will consegue sentir e sorri no meu cabelo, roçando minha têmpora. "Arrasamos."

Suspiro, sentindo sua mão deslizar entre as minhas pernas.

"Will", sussurro.

"Hum?" Ele me beija suavemente, seu nariz roça o meu.

"Eu acho... ah!" Mordo o lábio quando ele circula meu clitóris.

"Você acha o quê?", ele murmura no meu pescoço, depois beija atrás da minha orelha.

Meu corpo está quente e relaxado por causa do orgasmo, por causa desse novo fio de prazer que seu toque tece por mim, mas também estou rígida e dolorida por causa das horas de dança, das dores que sinto desde que acordei. "Eu acho que", digo, baixinho, "por mais que eu queira que você me dê tantos orgasmos em uma noite... também não sei se conseguirei sobreviver de fato."

O toque de Will fica mais lento, seus olhos observam os meus. Estou preocupada que ele se afaste, que se sinta desencorajado. Mas ele não faz isso. Ele apenas abaixa a cabeça e me beija suavemente. "Tudo que eu quero é que você se sinta bem, Juliet. Seja como for. Você me diz o que precisa, e eu faço."

Engulo o nó na garganta e o beijo de volta. Enlaço seu pescoço e o puxo para perto, empurrando meus quadris em sua direção, pressionando minha pélvis contra sua mão, mostrando a ele que ainda quero isso. "Mais um", sussurro.

Ele sorri contra minha boca. "Com prazer."

28

WILL

Acordo, piscando devagar, apertando o rosto contra a luz intensa da manhã que preenche o quarto de Juliet. Leva alguns segundos para ajustar os olhos, mas então a vejo, sentada na cama ao meu lado, com o cabelo bagunçado e arrepiado, formando uma auréola ao redor da cabeça. Está usando minha camisa de ontem, solta no corpo, escorregando do ombro.

Ela sorri. "Oie."

Olho para ela e sorrio. "Oi, linda."

Meu corpo está pesado, ainda lento do sono, mas preciso tocá-la. Minha mão desliza pelos lençóis de algodão, amassados, até sua coxa macia. Envolvo minha mão em torno dela, meu polegar roça sua pele. "Dormiu bem?", pergunto.

"Dormi enquanto te beijava", diz ela, com as sobrancelhas erguidas, "e não me mexi até acordar há dez minutos. Então diria que dormi muito bem, mas não foi minha intenção adormecer naquele momento. Pelo visto, você só precisa me fazer gozar duas vezes, e eu entro em coma."

Sorrio, lembrando o quanto ela estava linda quando gozou, com a cabeça jogada para trás, a boca sexy entreaberta, os cabelos escuros espalhados no travesseiro, gritando meu nome. Deixo escapar um suspiro feliz. "Fico feliz em saber disso."

Ela revira os olhos, mas está sorrindo. "Como *você* dormiu?"

"Como uma pedra."

O sorriso dela diminui um pouco, e seus olhos observam os meus. Eu sei, com o medo se instalando no peito, o que está por vir. "Antes de dormir, eu tentei te tocar. Você fez a mesma coisa que fez quando chegamos ao apartamento ontem à noite. Pegou minha mão e a segurou. Você... me impediu. Ontem, você só me deu, Will. E eu não pude retribuir."

Engulo com dificuldade. Sinto a ansiedade zumbir dentro de mim. "O que eu posso dizer? Entregar é minha linguagem do amor."

Amor. A palavra cai como uma bomba no quarto.

"São presentes", ela diz suavemente.

Franzo a testa. "Como assim?"

"Presentes", ela diz, "são a linguagem do amor."

Juliet entrelaça nossos dedos e puxa minha mão para o seu colo, olhando para baixo, traçando as veias que correm por ela, subindo pelo meu pulso e meu braço. "Eu acho que você está pensando em outra linguagem do amor: atos de serviço."

Lentamente, me sento e me apoio na cabeceira. Luto contra o nervosismo, sem saber aonde ela quer chegar. "Está dizendo que eu te servi bem ontem à noite, Juliet?"

Ela me lança um olhar direto. "Você sabe que sim." Ela começa a massagear minha mão, a mão que a tocou ontem à noite, que esteve dentro dela, a agradou e a fez gozar. Deixo escapar um gemido quando ela esfrega a base do meu polegar.

"E agora", ela diz, baixinho, com olhos nos meus, "eu quero *te* servir. Mas, Will, você tem que permitir."

"Eu sei", respondo. Uma tentativa forçada de engolir desce pela minha garganta. "Eu só... entrei em pânico. Você estava exausta, e eu estava... bem agitado. Não queria pedir mais do que você poderia dar ou te machucar quando você já estava com dor."

Ela assente. "Faz sentido." Um sorriso suave surge em seus lábios. "Mas você não me machucaria. E eu teria te dito se não conseguisse fazer algo que você quisesse. Você acha que, da próxima vez, pode confiar em mim, e pedir o que quer, mesmo que não tenha certeza do que eu vou dizer?"

Nossos olhares se encontram. Nossos dedos dançam juntos. "Sim", sussurro. "Eu posso fazer isso." Um momento de silêncio paira entre nós enquanto nos olhamos. "Vem cá?" Faço um gesto para ela se aproximar.

Juliet se aproxima e se acomoda ao meu lado. Eu ponho um braço ao seu redor e a puxo ainda mais para perto, aninhando sua cabeça no meu peito, então pego sua coxa e a arrasto sobre a minha. Sua cabeça pesando no meu peito, seu corpo colado ao meu e suas coxas nas minhas trazem uma calma reconfortante que me envolve.

Aperto seu quadril e beijo sua testa para mostrar a ela, enquanto estou sem palavras, que eu quero dizer mais, que quero explicar. É só que é... difícil.

"Eu..." Minhas palavras ficam presas quando tento começar. "Eu... pela minha experiência, eu não... aproveito quando recebo o que dei pra você ontem à noite. Bem, não, isso não é bem verdade. Eu gosto, sim, mas muitas vezes é difícil aproveitar quando se trata de um toque que não gosto, quando estou preocupado que, se pedir o que quero, minha parceira vai se sentir... incomodada." Olho para ela, tentando elucidar o que acabei de confessar. "Além disso, fazer você gozar é muito bom."

"E se", ela sussurra, segurando meu rosto com as mãos, traçando meus lábios com o polegar, "eu dissesse que fazer *você* gozar é muito bom para *mim*?"

O ar escapa dos meus pulmões enquanto sua coxa sobe mais na minha perna.

"E se", ela beija meu pescoço, meu queixo, "eu dissesse que pensar em você me contando tudo o que gosta, e eu fazendo isso e te dando tudo que é preciso para fazer você gozar, me deixa obscena de tão molhada."

Minha mão desliza do seu ombro e desce para seus quadris. Eu aperto sua bunda. "Jules", sussurro.

"E se", ela murmura contra minha clavícula, dando mordidinhas, e desce a mão pelo meu braço até encontrar minha mão, "eu dissesse que adoraria que você me mostrasse, que me ensinasse tudo o que gosta, para que eu possa fazer você se sentir tão bem quanto você merece?"

"Juliet", imploro. Eu nem sei o que estou implorando, só que estou impactado pelo quanto ela me faz sentir seguro, pelo quanto eu a quero, com tanta intensidade, o quanto ela me faz querer ser corajoso.

"Will", ela diz, baixinho, olhando para mim.

Inclino a cabeça e a beijo, puxando-a para mim. Ela sorri no nosso beijo e segura meu queixo. "Me mostra?", ela sussurra.

Assinto, engolindo em seco. Com a mão dela na minha, coloco-a sobre meu coração e pressiono. "Com pressão", sussurro. "Eu gosto assim."

Ela sorri. "Ok. Nada de toques suaves para provocar."

Faço que não.

"O que mais?", ela pergunta, baixinho.

Lentamente, guio sua mão pelo meu peito, depois pela minha barriga. Meus quadris saltam enquanto nossas mãos roçam a ponta do meu pau. Estou duro, é quase doloroso. É muito bom sentir o toque dela assim, lembrando como a fiz gozar ontem à noite.

Sua mão repousa em meu quadril, e eu afasto minha mão. "Pode me tocar", digo.

Ela abre um largo sorriso, e seus olhos brilham como uma chama azul. Mordendo o lábio, ela desliza a mão macia e quente pela minha barriga como mostrei, passando pelos meus quadris, que impulsiono com o toque. Sua mão desce, até que ela agarra o lençol, puxando-o para trás, expondo cada centímetro de calor e desejo ao ar fresco da manhã.

Juliet se afasta, abre a gaveta da mesa de cabeceira e se volta para mim, com um pequeno frasco de óleo na mão. "Sim? Não?"

"É perfumado?", pergunto. Cheiros muito fortes me dão dor de cabeça.

"Não. É só um óleo de amêndoa e jojoba. Aqui." Ela abre a tampa e vira o frasco na minha direção, sem aproximar demais. "Cheira."

Sinto o cheiro, que não desperta nenhuma reação. Recosto-me na cabeceira da cama e digo: "Pode usar".

"Legal", ela diz, com a voz animada, enquanto põe um pouco de óleo na palma da mão. Seu sorriso é largo quando se apoia em mim, colocando a coxa em cima da minha.

Entreabro a boca quando a vejo agarrar a base do meu pau e acariciar para cima, com firmeza, apertando a ponta. Minha cabeça cai para trás quando ela desliza para baixo. "Cacete", murmuro, mexendo os quadris com seu toque.

"Tadinho." Ela estala a língua, acariciando meu pau novamente. "Olha só como você está."

Suspiro, com os olhos ainda fechados. Minha mão encontra seu cabelo e afunda naquelas ondas bagunçadas. "Adorei ficar assim. Tenho certeza de que dormi duro ontem. Fiquei muito excitado."

Sinto seu sorriso na minha pele enquanto ela beija meu pescoço, minha clavícula. "Que bom que estou aqui pra cuidar de você, então. Que eu *posso* cuidar de você", acrescenta ela, com a voz baixa.

Deixo escapar um gemido quando ela tenta algo diferente, girando a mão em torno da cabeça do meu pau, circulando o polegar suavemente na ponta. "E assim?", ela pergunta.

Assinto, abrindo os olhos, encontrando os dela. Passo os dedos pelos seus cabelos enquanto a observo. "Perfeito pra caralho."

Ela sorri, tão sexy e linda, com o cabelo despenteado por ter se contorcido contra os travesseiros na noite passada, os lábios ainda inchados por causa dos nossos beijos.

Minhas bolas ficam tensas quando ela desce novamente. Já estou quase gozando. Não é de surpreender, considerando como me privei ontem à noite, as semanas que passei desesperado por ela. Mas, ainda assim, não quero que isso acabe agora.

"Respira", ela sussurra na minha boca, com um beijo lento e doce. "Respira, Will."

Respiro fundo enquanto ela vai mais devagar, depois segura as minhas bolas, massageando-as. Meu pau balança sem seu toque. Estou ofegante e aperto os lençóis.

"Meu Deus, Will", ela sussurra. "Você é espetacular pra caralho."

Engulo em seco, arqueando os quadris. Meu corpo está perseguindo o prazer do toque dela. "Você me faz *sentir* espetacular."

Ela aperta meu pau mais uma vez, com um pouco mais de força, e, puta merda, é tão bom que minha mandíbula contrai.

Solto um palavrão, baixinho. Sem fôlego, com o coração disparado, observo sua mão escorregadia me envolver, para cima e para baixo.

"Cacete", solto, puxando-a para perto, espremendo-a contra mim. Eu a beijo com intensidade, seguro seu seio, envolvendo o mamilo com o polegar. "Tenho que tocar em você. Me deixa tocar em você."

"Você pode me tocar", ela sussurra, enquanto me acaricia, devagar e com força, "mas não para me fazer gozar. Deixa eu fazer isso por você." Sua língua dança com a minha, me deixando cada vez mais excitado, perto demais de gozar.

Ela aperta, então recua e gira a mão em torno da ponta, me fazendo reprimir um palavrão. "Gosta disso?"

"Não para", imploro. "Não para, por favor..."

"Não vou parar", ela diz, contra meu pescoço, beijando meu queixo, um ponto incrivelmente sensível abaixo da minha orelha.

O calor se espalha dentro de mim, fazendo-me arquear os quadris em sua direção, impulsionado pelo seu toque.

"Mais rápido?", ela pergunta.

Assinto, febrilmente. Ela aperta mais, acelera o ritmo. Um raio percorre meu corpo, desce pela espinha e se espalha lá dentro, incendiando tudo.

"Vou gozar", digo, ofegante. Dou um beijo desajeitado, desesperado, e ela me acompanha. Sua coxa desliza mais alto sobre a minha, sua pélvis roçando em mim.

Ela suspira quando pressiono minha coxa com mais força entre suas pernas. "Acho que também vou", ela murmura.

Isso me leva ao êxtase, ouvi-la dizer essas palavras, saber que apenas me tocar assim vai fazê-la gozar. Ela esfrega o polegar na ponta do meu pau e sussurra: "Para de resistir, Will. Vai. Goza pra mim".

Eu a aperto com força contra meu peito enquanto o orgasmo me atinge. É uma onda de prazer tão intensa que tira o ar dos meus pulmões, faz meus quadris mexerem sem controle enquanto jorro em sua mão, na minha barriga. A boca de Juliet se abre, e ela se curva em minha direção, com o corpo tremendo, a perna apertando ainda mais a minha.

A deliciosa compreensão de que ela gozou prolonga meu orgasmo, e uma nova onda de prazer me preenche. Dou estocadas em sua mão enquanto a beijo e respiro nos gemidos entrecortados e ofegantes que saem de seus lábios.

Aos poucos, nosso ritmo diminui. O corpo de Juliet relaxa, assim como o meu. Nossos beijos se tornam profundos e lânguidos. Finalmente, ela abaixa a cabeça no meu peito, com o rosto corado, e um sorriso largo e satisfeito ilumina seu rosto. Minha cabeça bate contra a cabeceira quando olho para ela, respirando pesadamente. "Isso foi..."

"Incrível pra caralho", ela diz com voz rouca.

Deixo escapar uma risada abafada e pego alguns lenços de papel da mesa de cabeceira. Limpo sua mão e minha barriga. "Tirou as palavras da minha boca."

"Falando em bocas", diz Juliet, com o olhar mergulhado no meu pau. "Mal posso esperar para te deixar nas nuvens com a minha."

Meu queixo fica tenso com o pensamento excitante dessas palavras. "Juliet, tenha piedade de mim. Estou no período refratário."

Ela ri e me puxa para um beijo, fazendo-me cair por cima dela. "Posso pensar em uma maneira muito prazerosa de passar o tempo até você se recuperar."

Estou me acomodando entre suas coxas quando meu celular toca, alto o suficiente para que eu o ouça de dentro do *sporran*. Gemo em seu pescoço. "Ah, não."

Juliet olha em direção ao som abafado do alarme do celular. "O que foi?"

"Que horas são?", resmungo.

Juliet pega o relógio na mesa de cabeceira e vira na nossa direção. "Onze e meia."

"Merda." Eu me jogo de volta na cama, esfregando o rosto com as mãos.

Ela se apoia no cotovelo, olhando para mim. "O que foi? Você tem que ir a algum lugar?"

"Uhum." Eu passo as mãos nos cabelos. "Droga de reunião com o cliente. Vou cancelar."

"Por que você cancelaria?"

"Porque prefiro mil vezes ficar aqui na cama com você."

"Eu sei." Ela alisa meu cabelo, afastando-o do rosto. "Mas isso pode esperar. Você disse que precisava de tempo, afinal."

Olho feio para ela. "Meu período refratário não é *tão* longo assim."

Ela deixa escapar uma risada. "Olha, pode cancelar, se quiser. Mas *eu* não me importo se você for." Ela se inclina e me beija. "Desde que me leve com você."

29

JULIET

Will fecha a porta da caminhonete quando eu saio e segura minha mão. "Obrigado por querer vir."

"Está brincando? Obrigada por me deixar vir de penetra."

"Você está longe de ser uma penetra, Juliet." Ele fica sério e acaricia suavemente o dorso da minha mão com o polegar. "Estou feliz de verdade por você ter vindo."

Olho para ele e sinto o frio na barriga se espalhar pelo corpo. Ficamos separados por uma hora enquanto eu me arrumava e colocava um vestido e Will corria para casa e trocava de roupa, saindo do estilo guerreiro escocês do século XVIII. Mas eu senti falta dele, e agora estou animada e eufórica por tê-lo de volta até a hora de nos despedirmos à noite.

Eu me ponho na ponta dos pés e dou um beijo nele. "Estou animada. Vou ver o sr. Negócios em ação, todo intenso, falando sobre uísque."

Ele franze o rosto e deixa delicadamente de segurar minha mão para levá-la para minha cintura, me guiando até o pub, que fica a alguns prédios de distância. "Por favor, mantenha as expectativas baixas. É uma conversa simples, vamos tomar um uísque no bar, nada de interessante."

"Talvez pra você." Olho para ele. "Mas, para mim, isso é novo e *muito* interessante. Você conheceu meus pais, minhas irmãs e meus amigos. Você viu minha vida, mas eu vi tão pouco da sua, e agora vou poder. Estou feliz."

As bochechas dele ganham um tom adorável de rosa enquanto ele ajusta, debaixo do braço, a pequena caixa de uísque Orsino que trouxe. "Você não pode ser fofa assim no pub. Vou ficar vermelho." Ele aponta para uma bochecha rosada. "*De novo*."

Mordo o lábio segurando um sorriso. "Mas eu *adoro* quando você fica corado."

"Fácil pra você dizer. Seu rosto não fica vermelho com tanta facilidade."

"Ok, entendido. Vou me comportar."

O sorriso de Will se alarga, e ele coloca o braço ao redor dos meus ombros, me puxando para mais perto, enquanto vamos em direção à porta. "Ah, não precisa se comportar *tão* bem assim. A gente quer se divertir, né?"

"Então", sussurro enquanto entramos no pub. "Como quer planejar?"

Ele dá uma risada. "É uma conversa de negócios, Jules, não um roubo de banco."

"Ah, vai. Você disse que queria se divertir um pouco. Podemos brincar de interpretar papéis. Você é o ruivo silencioso e sério, lindíssimo, sentado no bar, tomando um uísque. Eu sou a morena animada que se aproxima e pede para você me contar *tudo* sobre uísque."

As sobrancelhas dele se levantam. "Interpretar papéis, é?"

Minhas bochechas esquentam. "Se você curte esse tipo de coisa."

"Não posso dizer que já fiz isso", ele diz. Seu olhar dança sobre meu rosto. "Mas, como já aconteceu outras vezes com você, estou inclinado a repensar minhas convicções."

"Como assim?"

Will passa os nós dos dedos suavemente pela minha bochecha. "Significa que você tem um talento para fazer esse vovô sair do lugar. Ou seria 'sair do sofá'? Você entendeu o que eu quis dizer." Ele franze a testa. "Espero."

Sorrio amplamente. "Acho que entendi."

Com delicadeza, Will me empurra para a frente. "Vamos lá, vamos acabar logo com isso."

Nós nos sentamos na extremidade curta do balcão, longe da fila de pessoas que preenche a parte mais ampla que se estende até o fundo do bar. Will deixa a caixa de uísque sobre a madeira, depois puxa minha cadeira para mais perto. Eu bato na coxa dele, sorrindo de maneira encorajadora. Consigo ver seus primeiros sinais de nervosismo enquanto observa a bartender no outro extremo do balcão.

"O que foi?", pergunto.

Will esfrega a nuca. "É mais fácil quando eu já conheço as pessoas, mas essa é a primeira vez que encontro a dona do bar. O nome dela é Mari." Ele aponta com o queixo para a mulher no final do balcão e pigarreia. "Fico nervoso quando faço apresentações, quando preciso captar a primeira impressão dos clientes."

Aperto a perna de Will para encorajá-lo, e o encaro. "Então o difícil é começar."

Ele assente. "O *mais* difícil. Tudo é difícil, ou talvez não tão difícil, mas... Essa parte social é desgastante. Só fica mais fácil quando já estamos... familiarizados e temos... uma boa relação, acho."

"Então quando nós nos conhecemos, quando você falou sobre o que procurava na sua futura..."

"Esposa", Will diz, mantendo os olhos fixos nos meus.

Meu coração acelera com sua intensidade. "Esse é o tipo de situação na qual ela estaria com você? É nessa primeira parte que ela talvez... ajude."

Will assente e segura minha mão, que está repousada sobre sua coxa. "É isso."

O casamento sempre foi um sonho para mim. Tanto que me joguei de cabeça quando meu ex me pediu em casamento depois de apenas alguns meses de uma relação intensa. Agora eu vejo as coisas de outra forma. Penso no casamento como um lugar que um dia pode ser meu caminho na jornada de amor, não o destino que eu preciso correr para alcançar.

Ainda assim, a palavra *esposa* saindo da voz profunda e calma de Will faz algo surgir dentro de mim. Uma animação, um sussurro suave, um curioso *talvez um dia* nos meus pensamentos.

Eu viro a mão para que nossas palmas se toquem e enrosco os dedos ao redor da mão grande e calejada dele. "Will..."

"Sim, Jules." Seu olhar é ardente e intenso.

"Talvez hoje eu possa fazer isso? Se... você quiser?"

Ele enrubesce. "Ser minha esposa?"

Finjo olhar feio para ele. "Ser sua *parceira*."

"Você até sugeriu que a gente interpretasse papéis", ele diz.

"Foi." Olho para ele. "Mas não agora. Não quero mais interpretar um personagem com você. Pelo menos não num cenário romântico."

Will assente. "Também não quero isso. Acho que deixei bem evidente ontem à noite, mas, se não deixei... Chega de praticar? Agora podemos ser só... nós?"

Abro um sorriso tão largo que minhas bochechas doem. A alegria que transborda de mim parece grande demais para ser contida. "Só nós."

Will passa o polegar pelo dorso da minha mão e me observa. Ele fica em silêncio por um instante, então diz: "Você... você acha que um dia vai querer se... casar?".

Sinto um nó no estômago, e meu coração bate forte contra as minhas costelas. "Um dia, acho que sim. Se for com a pessoa certa, se a pessoa que eu amo" — essa palavra tem um peso que reverbera entre nós, brilhando com promessa — "também quiser."

Will assente. Um sorriso sutil ergue seus lábios. "Bom saber."

A dona do pub, para quem Will acenou quando entramos, Mari, que estava lá no final do balcão, parece ter aparecido do nada. Põe o porta-copos no balcão e em cima deles dois copos de água. Nós nos viramos em sua direção.

"Oi", ela diz, em um tom monótono. Seu cabelo curto e escuro está bagunçado, a pele tatuada brilha de suor. Ela parece exausta e estressada.

Vivi na cidade e passei tempo suficiente em bares para reconhecer uma bartender cansada. Eu lhe ofereço um sorriso caloroso. "Oi."

"Como você está?", Will pergunta, educadamente.

"Ah, estou um caco", ela responde.

Will hesita. "Ahn." Ele pigarreia. "Lamento... ouvir isso."

Mari faz um som de desgosto.

"Dia difícil?", pergunto.

Ela me lança um olhar rápido e cansado, pegando alguns copos vazios do balcão e os colocando na água com sabão ao seu lado. "Vai ficar ainda mais difícil. Meus músicos cancelaram. Tiveram intoxicação alimentar, aqueles imbecis."

Faço uma expressão de empatia. "Que chato."

"Chato é pouco. Não é uma banda qualquer que eu consigo substituir de última hora. Eles tocam música folk escocesa, e eu tenho vários membros da Sociedade Escocesa para chegar. Eles estão esperando uma tarde inteira de música tradicional que eu prometi. *E* o uísque preferido deles acabou. A porra da notificação de envio disse que chegaria três dias atrás." Ela enxuga o suor da testa, encarando as bolhas de sabão. "Estou ferrada."

"Que tipo de música folk escocesa?", pergunto.

Will me olha com uma expressão de *O que você está tentando fazer?*.

Aperto sua mão.

Mari pega o celular, digita algumas coisas, depois o gira sobre o balcão, para que eu possa ver um e-mail com a lista das músicas. Meus olhos descem pela lista.

Uma ideia me vem à cabeça. Aperto a mão de Will de novo. *Confia em mim, ok?*

"Você tem um violão por aí?", pergunto.

Mari olha para mim, com uma expressão desconfiada. "Tenho. Por quê?"

Abro um sorriso. "Porque consigo te ajudar. Eu posso tocar as músicas."

"*Você* conhece todas essas músicas? E consegue tocá-las no violão?"

"Dá pra aprender muito quando se passa um mês na Escócia", respondo. "E eu já fui muito melhor no violão, mas provavelmente ainda consigo tocar acordes simples para acompanhar a letra."

Will aperta minha mão outra vez. Sinto a preocupação irradiando de dentro dele.

"Você está me zoando." Mari cruza os braços. "Sério?"

Com tranquilidade, canto as primeiras linhas de "The Skye Boat Song". Quando termino, faço mãos de jazz e sorrio. "Me diz você."

Os braços de Mari desabam. Ela me observa com uma expressão atônita. "Está contratada."

Meu sorriso se expande. "Fico feliz de poder ajudar. E acho que também podemos ajudar com o outro problema, a... falta de uísque?"

Olho de relance para Will, erguendo a sobrancelha. Ele olha para mim e depois para a bartender, e então para a caixa de uísque que colocou na cadeira ao seu lado.

Mari franze a testa quando ele pega a caixa e a coloca sobre o balcão. Então Will estende a mão e diz: "Will Orsino. Prazer em finalmente conhecê-la".

Mari aperta a mão dele com firmeza e cruza os braços. "Destilaria

Orsino." Ela assente. "Vende bem. Mas não é o favorito da Sociedade Escocesa."

Will abre a caixa e revela uma linda garrafa de uísque que brilha em tons dourados sob a luz. O rótulo azul-escuro tem uma escrita dourada intrincada de "Destilaria Orsino", e abaixo, "30 anos".

"Confie em mim", diz Will. Ele abre a garrafa e pega um copo que está virado na borda do balcão. Vira o copo, derrama uma pequena dose e empurra na direção de Mari. "Em breve, vai ser."

Will me observa. Estou em um canto tranquilo do outro lado do bar, com o violão de Mari no colo, desejando que meus dedos se movam como gostaria. Mas eles não obedecem. Sei fazer um acorde simples, mas até isso causa dor nos meus pulsos.

"Droga", murmuro, sacudindo a mão.

Espio por cima do ombro e vejo Will me observando, distraído, enquanto conversa com Mari. Agora tudo parece bem, depois que ele superou o nervosismo inicial de conhecê-la e se apresentar.

Aponto a cabeça na direção dela, indicando que ele deveria se concentrar em Mari, então movo os lábios para dizer: *Estou bem.*

Ele me lança um olhar intenso e levanta o mindinho. Um lembrete de que eu deveria ser sincera.

Torço o rosto e me corrijo: *Estou mais ou menos.*

Will se volta para Mari e parece se desculpar educadamente. Então vem direto até mim.

"Oi, grandão." Faço um charme, tentando abrir um sorriso largo e despreocupado. "As coisas parecem estar indo bem com a Mari."

"Você está com dor", ele diz sem rodeios, apontando para minhas mãos, que apertam o violão.

Suspiro. "É, estou. Acho que vou ter que cantar e improvisar sem o violão. Por mim, tudo bem. Sou rata de karaoke, e aquelas máquinas travam muito mais do que você imagina. Já sou craque em cantar sem melodia."

Will arrasta uma cadeira da mesa próxima e se senta, depois faz um gesto pedindo o violão. "Eu fico com isso, se você não se importar."

Franzo a sobrancelha. “Por quê?”

“Porque”, Will diz, começando a dedilhar as cordas, inclinando a cabeça para escutar o tom. Ele está afinando as cordas. “Você não vai cantar sem a melodia.” Ele olha para mim e me manda um daqueles olhares adoráveis e encantadores com a piscadela dupla. “Eu te acompanho.”

O crepúsculo pesa no céu, com faixas lilás contra a luz laranja do fim do dia. Estou na ponta dos pés na calçada fora do meu apartamento, com os braços ao redor de Will enquanto nos beijamos. “Eu adorei esse dia.”

Will suspira contra meus lábios. “Eu também. Sua voz é tão linda, Jules.”

“Ah.” Torço o nariz. “É boazinha.”

“É *linda*”, ele diz, baixinho. “Todo mundo estava embasbacado ouvindo você cantar.”

“A Sociedade Escocesa pareceu mesmo gostar”, admito.

“A Mari também”, ele diz. “Jules, com ela e a Sociedade Escocesa, nós vendemos muito uísque.” Uma risada reverbera em seu peito. “O Fest vai ficar de boca aberta quando vir esses pedidos.”

Coloco as mãos no peito dele. “Você conseguiu isso, Will.”

“Não.” Ele balança a cabeça. “*Nós* conseguimos.” Ele sorri para mim, acariciando meu rosto. “Acho que fazemos uma boa dupla, você e eu.”

Sorrio para ele, com a mão em seu peito. “Acho que sim.”

Ele se abaixa para me beijar, mas eu o seguro. Will franze a testa. “Por que não me deixa te beijar?”

“Pra você saber que estou furiosa com você!” Eu o beijo com intensidade, para aliviar a decepção e garantir que estou só brincando. “Você estava me escondendo coisas. Sabe tocar violão muito bem, e toda aquela conversa sofisticada sobre o uísque quando estava conquistando a Sociedade Escocesa! Quais outros segredos Will Orsino esconde?”

Ele sorri e rouba um beijo rápido e suave. “Acho que você vai ter que esperar para ver, não vai, senhorita?”

É como um raio que atravessa meu corpo, o impacto de suas palavras. Ele não disse isso de qualquer jeito — falou com um leve sotaque escocês.

Minha boca escancara. “Você estava vestido como um guerreiro medieval escocês na noite passada e não falou assim comigo? Nem *uma vez*?!”

Ele abre mais o sorriso e esfrega seu nariz no meu. "Primeiro eu tinha que ter certeza de que você gostava de mim pela minha personalidade encantadora, Juliet. Não podia arriscar você se apaixonando só pela minha persona de guerreiro escocês."

Deixo escapar uma risada. "Embora sua capacidade de performar um guerreiro escocês seja definitivamente um bônus, eu me apaixonei por cada parte sua."

Will olha para mim com os olhos intensos. "Eu me apaixonei por cada parte sua também, Jules."

O frio na barriga se espalha, e meu coração dá um salto. É tão maravilhoso, tão bom, e, por um momento, o medo atravessa meu peito. Um vento feroz congela o estômago.

E se tudo isso for bom *demais* para ser verdade?

Confia, sussurra a voz dentro de mim. *Coragem, Juliet.*

"Está tarde", Will diz, baixinho. "Preciso pegar a estrada."

Assinto, afastando o medo, buscando coragem. "Você precisa."

As mãos de Will descem para minha lombar. Depois descem mais, segurando minha bunda. Ele me puxa para perto, me beija forte mais uma vez e depois se afasta, apoiando a testa sobre a minha. "Vou sentir muito a sua falta."

Fecho os olhos, com os dedos acariciando seu cabelo. "Também vou sentir sua falta."

Will se afasta para olhar para mim. Seus olhos buscam os meus. Ele ajeita meu cabelo atrás da orelha. Seu polegar acaricia suavemente meu lábio inferior. "Vou dar um jeito de vir na sexta-feira. Sei que vai ser só um dia a mais, mas é melhor que nada. Não acho que consigo passar cinco dias sem você."

Levo o polegar dele à minha boca e sugo. Ele geme, fingindo olhar feio para mim. "Juliet, se comporta."

"Você disse pra eu não me comportar *muito*", sussurro, sustentando o olhar dele enquanto passo a língua na ponta do seu dedo.

Seu olhar fica sombrio. "Não me olha assim."

Solto seu polegar com um estalo. "Assim como?", pergunto, com uma expressão inocente.

Ele faz que não. "Você sabe exatamente do que estou falando."

"Tá bom", sussurro, me afastando dele, mas desisto e enlaço sua cintura, apertando-o forte. "Só volta, ok?"

Ele me abraça com carinho, os braços envolvendo meus ombros, a boca pressionada contra meu cabelo. "Eu volto, Jules... Prometo."

Eu o deixo ir de algum modo. Aperto os braços ao redor do meu corpo contra a brisa fresca da noite enquanto vejo a caminhonete se afastar. O braço dele aparece da janela.

Aceno de volta, na ponta dos pés, até a caminhonete virar a esquina.

Logo depois que ele desaparece de vista, o vento muda e fica mais quente, como um cobertor me envolvendo.

Amor, o vento parece sussurrar, ao agitar as folhas acima de mim. *Amor*.

Estou colada ao chão. E, pela primeira vez desde que essa percepção começou a me atravessar, deixo permanecer — a compreensão, a verdade que me pegou de surpresa, como um gotejamento lento em um balde que agora está cheio e transborda, derramando, não importa o quanto eu tente impedir. Eu *amo* o Will.

Eu não sei se Will está pronto para dizer isso, se ele sente o mesmo. Mas *eu* sei no meu coração. E, por enquanto, isso basta pra mim.

Lentamente, entro no prédio e subo as escadas com calma, murmurando a primeira música que cantei com Will dedilhando o violão ao meu lado. Sinto-me aquecida ao lembrar disso, ao lembrar da noite passada. Tudo o que aconteceu em uma janela tão pequena e doce de tempo. Tudo o que veio antes, mais lento, mais suave, nos trazendo até aqui.

No meu apartamento, fecho a porta, então caminho pela sala e atravesso o corredor até meu quarto.

Pela primeira vez desde que conheci Will, estou ansiosa pelo inevitável que virá assim que eu cair no sono. Porque sei os tipos de sonhos que vou ter, os sonhos que venho tendo por causa dele.

E, dessa vez, quando acordar de manhã, vou aproveitar a lembrança desses sonhos sabendo que Will está lá fora, que me quer e espera por mim com a mesma ansiedade que eu espero por ele — pela próxima vez, na qual esses sonhos podem se tornar realidade.

30

WILL

Essa semana me deixou exausto. Mas eu já esperava por isso, ciente do eclipse, agitando o movimento de negócios e turismo que teremos no fim dc semana. O que eu não esperava era como a carga de trabalho me deixaria mal-humorado. Quase não tive tempo para mandar mensagem para Juliet durante o dia, e nossas ligações noturnas atrasavam, então precisavam ser curtas, pois ela dorme cedo e eu só parava de trabalhar tarde da noite. Pelo menos amanhã de manhã finalmente vou voltar a vê-la.

Minha mãe reuniu todo mundo em casa para um jantar na sexta-feira à noite. A caçarola foi rapidamente devorada por toda a família, e nós debatemos os preparos para a alta nas visitas à destilaria, nas degustações, nos passeios de carroça e de pônei, e nas atividades de interações com os animais da fazenda. Limpamos todas as ervas daninhas dos jardins. Deixamos as salas de degustação brilhando.

Estou quase delirando de cansaço.

Mas preciso ter uma conversa que venho adiando e que não pode mais esperar.

Meu pai está na varanda dos fundos, em sua cadeira de balanço, tocando o banjo, um hábito que ele adquiriu para relaxar no fim do dia, depois que felizmente parou de fumar cachimbo.

"Ei, pai. Tem um tempinho?"

Ele fala baixo, com a voz um pouco rouca, como sempre. "Will." Ele aponta para o violão que está entre ele e a cadeira de vime estofada da minha mãe. "Toca comigo."

Eu me sento na cadeira e pego o violão, tocando suavemente em harmonia com a melodia dele. Ouvi essa melodia a vida toda e aprendi a tocar violão sozinho. Primeiro, aprendi a melodia que meu pai estava tocando, depois passei a improvisar e a harmonizar com ela.

"Como estão as coisas, pai?"

Ele dá uma risadinha. "Além do fato de esta casa estar atualmente infestada de mulheres Orsino mal-humoradas e estressadas, está tudo bem." Ele termina de tocar a música e começa uma nova. "Elas se preocupam demais. Vai dar tudo certo no fim de semana."

"É só a maneira delas de cuidarem das coisas. Elas querem que tudo seja perfeito."

"Nada é perfeito. Mas você está certo. É porque elas se importam." Ele lança um olhar na minha direção. Seus olhos verde-acinzentados, como os meus, sustentam meu olhar. "E como *você* está, filho?"

Analiso o violão, fingindo escutar a melodia, tentando descobrir como quero tocar com ele. Como se não soubesse essa música de cor.

Papai deixa meu silêncio pairar por um tempo, então diz: "Você e eu... Sei que não somos muito de falar, mas, se algum dia precisar conversar, quero que saiba que estou aqui, filho. Eu te amo. Você pode me contar qualquer coisa".

Olho para ele, com o coração acelerado, buscando as palavras para começar.

Ele pigarreia. "Só... queria dizer isso. Caso você tivesse alguma dúvida."

"Obrigado, pai." Engulo em seco. "Isso... é muito importante pra mim. E... eu também te amo."

Ouvimos um gritinho vindo de dentro de casa. Com certeza é da Eleanor. E depois ouvimos o som das portas batendo. Ela e a Miranda devem estar brincando de esconde-esconde, porque Eleanor é como o Hector: se não gastar energia, não vai conseguir dormir.

O silêncio paira novamente no ar, e os grilos cantam na grama. Toco o violão para ter algo para fazer enquanto tento formular meus pensamentos, juntando coragem para perguntar o que quero desde que voltei para casa na noite de domingo. Depois que tudo mudou com a Juliet.

"Papai", digo, em voz baixa.

Ele não me olha. Apenas continua tocando. "Pode falar, filho."

"Quando... você conheceu a mamãe, quando vocês se casaram, vocês dois não estavam apaixonados, certo?"

Ele hesita. "Olha, eu não diria isso."

"Mas é assim que você conta a história."

"Essa é a história que *sua mãe* conta", ele responde. "Ela demorou um tempo para perceber que estava perdidamente apaixonada por mim. Não sei por quê." Ele pisca como eu, o único jeito que conseguimos: um piscar duplo, apertando os olhos nos cantos.

Franzo a testa, surpreso. Cresci ouvindo que meus pais se casaram porque era o jeito mais barato e eficiente de juntar as propriedades, para que unissem as terras e os negócios com uma visão compartilhada de algo que acreditavam. E que, depois, aos poucos, o amor aconteceu.

"Então foi minha mãe que não tinha certeza no começo?", pergunto.

Ele balança a cabeça de um lado para o outro. "Acho que ela sabia. Só estava com medo de admitir."

"Por quê?"

"Porque aconteceu rápido demais", ele diz, dedilhando o banjo, com o olhar distante. O vento balança seu cabelo prateado. Um sorrisinho surge no canto de sua boca, e ele coça a barba. "Ela só... precisava de tempo, para se acostumar com a ideia."

"Mas como foi pra você?"

"Pra mim..." Ele dá de ombros. "Foi amor à primeira vista, mas vejo que só entendo isso agora, pensando bem. No começo, eu também não sabia que a amava."

Minhas mãos escorregam pelas cordas, fazendo uma nota desafinada soar. Meu coração começa a bater forte dentro do peito. "Como assim?"

Ele fica sem responder por tanto tempo que qualquer outra pessoa se sentiria desconfortável com esse silêncio prolongado. Mas eu o conheço. Sou exatamente como ele nesse aspecto. Apenas fico ali quieto, esperando.

"A primeira vez que vi sua mãe", ele finalmente diz, "foi como se, durante minha vida toda, eu visse meu mundo como uma casa. Cada parte da minha vida era um cômodo que eu já conhecia: trabalho, amigos, família, passatempos, interesses. Eu tinha certeza de que esses eram os cômodos que existiam para mim. Mas, quando conheci sua mãe, foi como se... outra porta aparecesse no meu mundo, e eu soubesse que não era apenas outro cômodo do outro lado daquela porta. Era um universo inteiro."

Meu coração está disparado. Eu o escuto com a respiração apertada.

Meu pai olha para o banjo, dedilhando suavemente. "Não sei se você acredita em almas gêmeas, Will, mas, na minha opinião, é assim: alguém cuja existência abre seu mundo de uma forma que você nunca experimentou com mais ninguém, alguém que faz você querer ser corajoso e curioso. Quando vi sua mãe, tive uma sensação de possibilidade como nunca tinha sentido. Eu não a conhecia, mas queria conhecer. Não achei que a amava ainda, mas tudo que eu mais queria era abrir aquela porta que ela fez aparecer e entrar, de mãos dadas com ela, em toda essa possibilidade. Depois percebi o que era essa vontade." Ele olha para mim e dá de ombros. "Amor."

"Quando?", pergunto. "Como?"

Ele solta um suspiro. "Eu queria conseguir te dizer. Só... fui descobrindo aos poucos. Não foi como se eu tivesse acordado um dia, sentado na frente dela à mesa, tomando meu café, e sentisse algo muito diferente. Não foi como se meu sentimento tivesse mudado ou aumentado. Eu só... finalmente dei um nome para ele."

Solto um suspiro pesado, com os olhos voltados para o violão enquanto toco devagar, e penso. Será que pode ser tão simples assim? Será que amei Juliet desde que ela expandiu por completo meu mundo, e eu só não reconheci o sentimento?

"Isso tem a ver com aquela moça que você tem cortejado todo fim de semana?", ele pergunta. "Uma tal de Juliet?"

Minha mão escorrega no violão novamente, e outra nota desafinada soa no ar. "Como você soube?"

Meu pai sorri. "Sua mãe, Will, tem falado ao telefone. Meu Deus, como tem falado! Ela fica conversando com a mãe da sua mocinha. Eu lembro que elas já se davam bem, por causa da Fee, mas agora? Estão mais unidas do que pão e manteiga."

Paro de tocar, surpreso. "Nós dissemos aos pais da Juliet que éramos apenas amigos."

Ele solta uma risada rouca e arrastada. "E sua mãe ouviu isso dela, com certeza, mas ela também sabe muito bem o que pode acontecer quando duas pessoas são 'apenas amigas'." Ele para por um instante e diz: "Tudo bem ter medo, Will. É natural na primeira vez que você reconhece esses sentimentos em si mesmo, se for isso o que sente".

"É?"

"Claro", ele diz. "As pessoas mais importantes da nossa vida — por causa de sua relevância para nós, de como nos deixamos vulneráveis para elas — têm o nosso coração nas mãos. Isso é aterrorizante. E, em alguns dias, o medo de como... nos sentimos expostos, todas as incertezas que ele traz, bem, esse medo fala bem *alto*. Mas o amor, a alegria que ele traz, a esperança que te dá, tudo isso pode falar ainda mais alto quanto mais você se aproxima dele, quanto mais se entrega, quanto mais você o escolhe. É assim que o amor vence."

Fico ali, segurando o violão. "Obrigado, pai", digo, em voz baixa.

Ele assente, depois se aproxima e segura meu braço, apertando forte.

Ele não diz mais nada enquanto ficamos juntos na varanda, e eu também permaneço quieto. Observo o sol se pôr, já desejando que o amanhã chegue, que o sol nasça.

Para que eu finalmente possa entrar nesse universo todo que encontrei no que sinto por Juliet. Um mundo no qual espero que ela queira entrar comigo, de mãos dadas.

31

JULIET

Will não veio ontem para a cidade como tinha dito que viria. Nem me ligou. Esperei até que minhas pálpebras não conseguissem mais ficar abertas nem por mais um segundo, na expectativa de ter notícias dele.

Acordei sem novas mensagens no celular. Sem chamadas perdidas.

Estou entrando em desespero. Preciso me controlar, mas estou entrando em desespero. No começo, disse a mim mesma que talvez ele tivesse acordado tarde. Mas as horas foram passando e nada. E aí, o ressentimento chegou. Ele tinha se esquecido? Será que tinha decidido me dar um fora? Não conseguia acreditar. Depois, fiquei preocupada. Mas pensei: se algo tivesse acontecido com ele, Christopher saberia, teria nos contado.

Às nove da noite, não aguentei e mandei mensagem para ele.

JULIET: Senti sua falta hoje. O que aconteceu?

Esperei e esperei. Até que não aguentei mais e dormi.

Já amanheceu, e estou acordada. O sol está brilhando, e, embora eu não saiba o que está acontecendo com Will, estou determinada a deixar isso de lado por enquanto e seguir em frente.

Porque hoje é um dia importante, o mais importante do ano, tirando o Dia dos Namorados, para a papelaria da Sula, a Edgy Envelope. Hoje é o dia da liquidação anual, e eu estarei lá para ajudá-la.

Olho no espelho, alisando minha saia vermelha. Forço um sorriso e digo: "Oi! Bem-vindo à Edgy Envelope".

Franzo a testa. "Animada demais. Preciso ser agradável e simpática, sem exagerar." Suspiro, ajeito os ombros para trás, dou uma batidinha para tirar um fiapo do meu suéter de pelúcia e tento outra vez. "Oi. Bem--vindo à Edgy Envelope."

Sorrio e aceno para meu reflexo, satisfeita. "Bem melhor."

"JuJu!" A porta do apartamento se abre. Bea a segura antes que bata nos ganchos na parede. É o que deduzo ao não ouvir nenhum barulho, apenas o clique da tranca quando ela fecha a porta. Isso me faz sentir falta do Will, de como ele batia a porta nos ganchos toda vez que entrava.

"JuJu?", minha irmã chama.

"Aqui atrás!", grito.

Bea avança pelo corredor, depois para na porta. Deixa escapar um grunhido. "Ah, não. De novo!"

Olho para a roupa dela e dou risada, estamos vestidas iguais, só que o oposto. Sua blusa é escarlate, como a minha saia. A saia dela é do mesmo tom de rosa pastel do meu suéter. "Bem, era de esperar", digo a ela, "considerando que a Sula pediu para nos vestirmos de acordo com as cores da loja."

"Amo a Sula. Essa é a sorte dela", Bea resmunga, se aproximando de mim na frente do espelho para inspecionar seu reflexo. "Exigindo um código de vestimenta. Essas cores *não* combinam comigo."

Dou risada da tiara rosa com strass que segura a franja que ela começou a deixar crescer. "Você de rosa, BeeBee. Nunca pensei que veria esse dia."

"A Sula me pede cada coisa", ela resmunga, ajustando a tiara. Bea se vira para mim e me observa. "Você está linda, JuJu. Mas..." Ela inclina a cabeça quando olha mais de perto meu rosto. "Está tudo bem?"

Engulo a ameaça imediata de lágrimas e forço um sorriso largo. "Estou bem. Vem, vamos." Pego minha bengala do gancho na porta do armário, só para o caso de precisar. Seguro a mão da minha irmã e a arrasto para fora do quarto. "Vamos chegar tarde!"

"Bem-vindos", diz Sula, marchando em direção à fila de funcionários como uma general prestes a nos liderar para a batalha, "ao dia de vendas mais movimentado da Edgy Envelope."

Bea morde o lábio.

Não consigo olhar para ela ou vou começar a rir, e esse não parece um bom momento para isso.

"O que vocês vão enfrentar", diz Sula, e a gravidade de sua fala é um pouco suavizada pelos corações cor-de-rosa que balançam como uma antena de sua tiara vermelha, "são pessoas completamente desesperadas. Vão querer estocar os cartões perfeitos, comprar o colar ideal, a melhor caixa de chocolates, as flores mais bonitas" — ela gesticula em direção ao estande de buquês que minha mãe começou a montar na estufa e vender para Sula no ano passado — "porque vamos cobrar apenas sessenta por cento do valor normal, e, numa promoção, as pessoas se transformam em animais selvagens. Resumindo, elas precisam da ajuda de vocês tanto para encontrar tudo o que querem como para sobreviver. Não podemos falhar com elas."

"Sem pressão", resmunga Bea.

Mordo a bochecha para não rir.

"Preparadas?", pergunta Sula.

"Sim, senhorita, general", diz Bea, fazendo uma saudação. "Mas, uma perguntinha rápida... cadê o Toni?"

"Banheiro", responde Sula. "Já vai sair. Tenho certeza... *merda*." Sula olha para trás de nós, com uma expressão de choque.

Bea e eu nos viramos e vemos o motivo da chateação de Sula. Toni saiu do banheiro. Ele parece péssimo. Está agarrando a barriga, a pele branca como papel. Na verdade, está meio verde também.

"Eu acho que...", ele diz, com a voz rouca, "estou doente."

Imediatamente, todos damos um passo para trás.

Sula suspira. "Você passou vinte minutos no banheiro e saiu com cara de moribundo. Claro que está doente."

"Desculpa", ele murmura, triste.

"Meu bem", Sula diz, "você não precisa pedir desculpa. Está doente. Essas coisas acontecem."

"Eu enviei um pedido de socorro para todos os caras fortes que conheço", ele diz. "Espero que alguém venha ajudar a pegar as coisas no estoque."

Olhamos feio para ele.

"O quê?", ele pergunta, na defensiva, se endireitando. "Eu sou forte."

"Eu peso o dobro de você", Sula declara, séria.

"Eu sou um tipo de forte magro", Toni afirma. "Ainda sou o braço forte dessa operação."

Sula revira os olhos. "Claro, meu bem. Obrigada por pedir ajuda. Agora, vai para casa e descansa."

Toni parece prestes a chorar. Ele abre os braços e caminha na direção de Sula.

"Eu te amo, Antoni", Sula diz, dando mais um passo para trás, "mas, pelo amor de Deus, mantenha essa peste com você. Pode ir."

Toni abre um sorriso fraco. "Ok, eu vou. Só vou pegar minha bolsa..." Sua mão vai até a boca. "Esquece, vou pro banheiro."

"Nossa", Bea murmura, virando-se para mim. "Coitado do Toni. Coitadas de nós. Não vai ser fácil."

Ela tem razão. As duas horas seguintes realmente são difíceis. A loja está superlotada. Sula está no atendimento; Bea e eu, nos caixas. Bea sai do caixa quando precisamos de cartões, joias e chocolates, e logo volta repondo o estoque.

Quando parece que finalmente teremos uma pausa pela primeira vez desde que abrimos, me dirijo para a salinha do estoque. Está escuro e aconchegante lá dentro, fresco e silencioso. Só preciso de um minuto sozinha.

De repente, ouço uma batida na porta. "Sim?", pergunto.

Bea abre a porta devagar, e Kate entra atrás dela. "Oi, JuJu", diz Bea. Kate fecha a porta e sorri.

Olho para uma, depois para outra. "O que foi? Por que vocês estão aqui?"

Faz sentido que Bea esteja aqui, mas Kate, não. Kate nem está trabalhando na liquidação hoje. Ela tinha uma sessão de fotos agendada de manhã com uma ONG dedicada a prevenir a insegurança alimentar. Suas fotos seriam usadas em um artigo de destaque. Ela não podia cancelar o compromisso, embora precisássemos muito de ajuda.

"Terminei minha sessão de fotos agora", Kate diz, "e uma passarinha me contou que outra passarinha estava triste."

Olho feio para Bea. Ela não parece nem um pouco arrependida. "Eu te conheço desde que éramos zigotos. Sei quando você não está bem, mesmo quando diz que está."

"Você não me *conhecia* quando éramos zigotos", resmungo, me recostando na parede e apoiando os pés em uma caixa. “Não éramos seres conscientes naquela época.”

“Meu argumento ainda é válido.” Bea se abaixa ao meu lado e segura minha mão. “Você não precisa contar, mas, se quiser, estamos aqui.” Ela olha para Kate, que se acomoda em cima de uma caixa marcada com o texto CARTÃO FOSCO 10 × 15 cm. Então, abre um sorriso encorajador.

Kate abre a bolsa transversal e tira de lá uma pequena caixa de doces. “Ou você pode só sentar aqui e comer porque está triste.”

Hesito por um segundo, depois lentamente pego a caixa. “Talvez... eu possa fazer um pouco dos dois?”

Kate sorri, abrindo a caixa. “É isso aí!”

Bea fica boquiaberta, deixando à mostra o cupcake de chocolate amargo mastigado. Está chocada. Kate sujou a ponta do nariz com cream cheese, tamanha a surpresa, justo quando estava prestes a dar a primeira mordida no cupcake de abóbora.

“Espera aí.” Bea mastiga duas vezes, depois engole um pedaço que obviamente ainda era grande demais. “Você e o Will estão vivendo um romance há semanas?”

“Estamos *praticando* romance”, enfatizo.

“Eu vou precisar de um pouco mais de informação”, Kate diz, hesitante.

Conto para elas meu plano com Will, combinado no quintal do Christopher, os encontros de prática, as mensagens de flerte, a ideia que eu tive de incluí-lo ao nosso grupo de amigos para evitar suspeitas.

“Mas aí a prática”, digo, baixinho, olhando para minhas mãos, “parou de ser prática. Começou a ser...”

“Real”, Bea diz, com delicadeza.

Encontro seus olhos, tentando entender. “É.”

Bea sorri e dá um tapinha na minha mão. “Sei uma ou outra coisa sobre como prática e realidade podem se embaralhar quando a gente finge com alguém.”

“Sabe?”

Bea aperta um dos olhos e mexe a cabeça de um lado para o outro. “Sei”, ela diz, envergonhada, olhando para Kate e depois para mim. “Eu e o Jamie, quando começamos a", ela faz aspas no ar, "'namorar', não era namoro de verdade."

Entreabro a boca. "*O quê?*"

Kate chuta o ar, soltando um grito de surpresa. "Que *reviravolta*! Por essa eu não esperava!"

"Ah", Bea diz, olhando nos meus olhos. "É que você e aquele chatonildo, além dos nossos amigos, estavam se metendo, tentando nos juntar quando *não* queríamos. A gente decidiu fingir que estava namorando para deixar vocês felizinhos, depois acabaria de um jeito épico, destruindo a esperança de todo mundo. Isso pra que vocês nunca mais se metessem na vida alheia."

"Meu Deus, BeeBee." Fico pasma. "Eu... Uau. Eu *nunca* percebi que era pra ser de mentira. Nem uma vez sequer suspeitei de uma performance."

"Isso é porque", ela diz, sorrindo, "a gente não fingiu, pelo menos não por muito tempo. Claro, no começo foi teatro, mas vimos que não daria certo mentir que éramos um casal, a menos que passássemos um tempo juntos e realmente nos conhecêssemos bem o suficiente para convencer como casal. Foi quando começamos a sair, conversar, tentar entender um ao outro, e... acabamos nos apaixonando."

Um sorriso incrédulo se espalha pelo meu rosto. "Vocês se apaixonaram enquanto *fingiam* se amar?"

Ela assente. "É, foi isso... quer dizer, tivemos um pequeno obstáculo, claro..."

"Por causa dele..." Eu me recuso até a falar o nome do meu ex. Todas nós sabemos de quem estou falando. A culpa pesa forte no meu estômago. "Foi por isso que vocês terminaram, não foi?"

"Demos um *tempo*", Bea corrige. "Foi só um *tempo*!"

"Mas vocês fizeram isso por mim, seus idiotas!" Agarro os ombros dela. "Como puderam? Achavam que eu teria um ataque quando visse você com o Jamie? Não acharam que eu podia ficar feliz por vocês e separar o fato de que meu ex escroto era amigo dele? Bea, o Jamie odiava ele. Eles nunca mais tiveram contato depois do que aconteceu. Claro que provavelmente eu precisaria de um tempo, mas era uma coisa com a qual teria que lidar. Vocês não precisavam forçar nada."

"Estamos desviando o assunto", Bea diz de forma direta, alisando a saia. “Sei que provavelmente não foi uma atitude muito bem pensada, mas eu pedi desculpas ao Jamie e ele me perdoou. Nós superamos, estamos juntos e planejamos nos casar. A questão é”, ela diz, fixando os olhos em mim, “eu acho que entendo o que aconteceu com o Will. O que eu não entendo é por que você está triste.”

Encaro minha irmã gêmea, vendo todo o seu amor e empatia. As lágrimas embaçam minha visão.

“Ah não, não”, Bea sussurra, logo enxugando meu rosto. “Passar maquiagem tem sido um esforço hercúleo para você ultimamente. Vamos evitar ter que fazer tudo de novo. A gente sabe que você odeia quando eu tento te maquiar.”

Rio, chorando um pouco, e me encosto no ombro dela.

Kate estica as pernas, com o rosto sério enquanto me observa. Ela prende meus pés entre suas botas e os aperta afetuosamente.

Olho para as minhas irmãs. “Nós finalmente demos um passo adiante, no fim de semana passado, de amigos para...”

“Amantes?”, Kate pergunta, com delicadeza.

Assinto. “Ele passou a semana toda muito ocupado, e eu entendi isso. Eles estão se preparando para um festival importante e um fluxo intenso de turistas amanhã, para o eclipse, e estava tudo bem. Mas aí ele deveria ter vindo ontem, porque... porque ele não aguentava esperar mais um dia, mas não veio.”

“Ele deu alguma explicação?”, Kate pergunta.

Faço que não. “Ele nem falou mais nada.”

Bea franze a testa. “Isso não parece coisa do Will. Ele é tão gentil.”

“Não”, murmuro, triste, com a cabeça em seu ombro.

“Christopher saberia”, Kate diz, “se ele tivesse se metido em algum problema.”

“Pensei isso também.”

“Então o que está acontecendo?”, Bea pergunta, franzindo ainda mais a testa. “Não faz sentido.”

“Não faz”, concordo. “E é isso que me deixa mal. Seja lá qual tenha sido o motivo para ele não aparecer ontem e não me procurar para se explicar não é a razão de eu estar chateada. Não é a principal razão, pelo menos.”

Kate olha para mim. “Você está assim porque se importa muito.”

Assinto. “E não é só que eu me importo. É que estou presumindo o melhor dele. E isso é... exatamente o que eu temia que acontecesse!”

“Como assim, JuJu?” Bea pergunta, com delicadeza, ajeitando as mechas soltas no meu rosto. Tive a patética ideia de prender o cabelo com grampos para parecer mais arrumada, mas, com as horas que passei trabalhando sem parar, ficou todo bagunçado.

“Olha o que fiz.” Levanto o polegar. “Falei para mim mesma que não ficaria com outro amigo do Christopher, e o que eu faço? Fico toda encantada por um amigo antigo dele, um bem próximo.” Levanto o indicador. “Falei para mim mesma que seria mais sensata, que não presumiria sempre o melhor de alguém quando estivesse apaixonada por essa pessoa. E olha eu aqui, mesmo depois de ter sido ignorada por vinte e quatro horas, criando desculpas para justificar as atitudes dele.” Levanto o dedo do meio, o que parece apropriado. “Nós estamos saindo há menos de um mês, não passamos nem metade desses dias juntos, e eu já me apaixonei.” Pigarreio. “E eu me apaixonei por ele tão rápido. Já aconteceu antes. E olha só como aquele desastre tóxico e péssimo terminou da última vez que me apaixonei assim. Foi tóxico e péssimo!”

“Ei.” Bea dá um tapinha no meu ombro. “Respira fundo.” Ela olha para Kate. “Escuta a gente. Você sabe que eu já passei por um término difícil, que é compreensível querer proteger o coração depois de ter sido machucado. Mas, só porque algo deu errado com uma pessoa, não significa que será assim com outra. Jules, você tem um coração tão grande e aberto. Faz sentido que, quando seu coração reconheceu alguém maravilhoso como o Will, você tenha se apaixonado. Nessa sua equação, o erro foi aquele bunda-mole, não você.”

Eu rio. “Bunda-mole.” Dou uma leve batidinha para secar os olhos, ainda rindo. “Mas eu sou o denominador comum!”

“Exatamente”, Kate se inclina, apertando minha canela. Ela me observa com intensidade. “Você foi a única coisa boa no seu relacionamento com o seu ex. E agora você tem algo que é completamente diferente disso. Tem toda a sua bondade e toda a bondade dele também.”

Bea assente, concordando.

Enxugo o nariz, fungando. “Estou com tanto medo disso. Da intensidade do que eu sinto, de quanto eu...” Dou um suspiro pesado. “Eu só estou... com medo.”

Kate assente, apertando gentilmente meu tornozelo enquanto se levanta. “Se eu aprendi alguma coisa desde que voltei para casa no ano passado, desde que Christopher e eu enfim entendemos o que significamos um para o outro, é isso: não dá para fugir dos nossos sentimentos, principalmente do medo. Podemos negá-los, reprimi-los, tentar não sentir. É óbvio que isso faz a gente ficar mais segura por um tempo, até melhor. Mas não dura. Os sentimentos continuam lá. Ou você continua escondendo o que sente dos outros e de si mesma também, o que é bem solitário. Acredita em mim. Ou você enfrenta esses sentimentos e os compartilha com as pessoas importantes pra você, para que elas possam te ver e te apoiar, para que você se sinta muito menos sozinha.”

Assinto. “Obrigada”, digo para as duas, piscando para afastar as lágrimas, “por me encurralarem aqui e me fazerem sentir meus sentimentos.”

Bea beija minha têmpora. “Claro.”

“E pelos cupcakes”, acrescento, apontando para a caixa.

Kate dá um aceno. “Para isso servem as irmãs.”

Sorrio para elas, com o coração mais leve. Não, não estou em paz. Ainda estou ansiosa por causa do Will, com o coração frágil. Mas estou bem. Consigo superar isso.

Me ajoelho gemendo e depois fico de pé. “É”, digo para Bea. “Acho melhor a gente voltar, para ter certeza de que não deixamos a Sula na mão. Mas, antes, preciso arrumar meu cabelo rapidinho no banheiro.” Sinto meu cabelo quase todo fora do lugar. “Está um caos.”

Bea também se levanta, tirando a poeira da saia. “Vou voltar para ajudar. Você pode levar o tempo que precisar no banheiro.”

O celular de Kate vibra no bolso. Ela olha a tela e franze a testa enquanto lê. Depois, seu rosto fica sério. Ela guarda o celular no bolso. “Na verdade”, ela pigarreia, “talvez não no banheiro.”

Ela olha para Bea, que é quem franze a testa agora, observando Kate. Ela verifica o celular, que também começa a vibrar. Seus olhos se arregalam.

“O que foi?”, pergunto. Deixei meu celular na mesa. “Por favor, me diga que o Toni parou de compartilhar atualizações ao vivo sobre o vômito dele.”

Bea guarda o celular. "Falando nisso... o Toni, olha, vamos só dizer que o que ele fez naquele banheiro não é algo que você queira ver, JuJu. A Sula deu uma boa esfregada, mas...", ela balança a cabeça.

Dou de ombros, começando a me dirigir até a porta. "Ah, eu tapo o nariz. Só preciso de um espelho para arrumar o cabelo..."

Kate se adianta e bate com a mão na porta, se apoiando contra ela. "Eu não faria isso se fosse você, Jules. Às vezes, as cicatrizes de violência gastrointestinal não podem ser vencidas nem por produtos industriais."

Bea faz um ruído de engasgo atrás de mim. "Foi longe demais", ela murmura.

Agora estou irritada. Não sei o que elas estão tramando, mas começo a perder a paciência, e os grampos caídos no meu cabelo estão realmente começando a incomodar. "Ok, então. Onde eu deveria arrumar o cabelo?"

Kate sorri e se afasta. "Sugiro ir até a área de entrega."

"Tá bom", murmuro, abrindo a porta. Viro à esquerda em direção ao local onde os caminhões de entrega estacionam para descarregar o estoque.

Bea grita: "Dá pra se olhar em um pedaço de metal velho aí atrás! Funciona que é uma beleza, se você ignorar o fato de que deixa você parecendo com metade da altura e quatro vezes a largura".

Reviro os olhos, dou a volta na esquina da baia e paro de repente.

Lá está o Will, parado perto da porta, com o cabelo bagunçado e arrepiado pelo vento, a camiseta cinza amassada, a calça jeans velha e rasgada, as botas com cadarços que nem foram amarrados. Meu olhar percorre as acentuadas maçãs do rosto, o nariz longo com o calombo no dorso, os olhos grandes cor de sálvia, com cílios dourados e avermelhados. As pequenas sardas espalhadas pela pele.

Nossos olhares se encontram, e o frio no estômago começa a se instalar.

"Esqueci", ele diz, em voz baixa. "Com toda a confusão da semana, simplesmente esqueci que tinha dito que viria ontem. Fiquei tão envolvido com tudo o que estamos fazendo que eu realmente esqueci de te avisar que não teria como chegar até você antes de hoje. Quando me lembrei, ia te ligar, mas percebi que não estava com meu celular. E *isso* porque a Eleanor..."

"Sua sobrinha", digo, baixinho.

Ele para por um instante, como se eu o tivesse surpreendido. "É, minha sobrinha. Ela me disse que talvez tivesse acidentalmente deixado meu celular cair no vaso sanitário. Quer dizer, ela deixou mesmo cair. Ela pega escondido meu celular quando está na casa dos meus pais e precisa fazer número dois, porque leva um tempo, e ela gosta de ver desenho enquanto espera. As mães não a deixam usar o celular delas para isso, por causa do risco de acabar... exatamente onde o meu foi parar."

Minha mão vai até a boca. Estou sorrindo como uma boba, mas o alívio, a alegria de vê-lo, a pura graça dessa história, é demais. Não consigo evitar.

"Eu não sabia seu número de cor. Não sei o número de *ninguém* de cabeça", ele continua. "E, mesmo que pudesse pedir para minha mãe ligar para a sua e pegar seu número, fiquei com medo de fazer isso. A gente não tinha conversado sobre o que você se sentia confortável em compartilhar, quem queria que soubesse. Sei que tem sido importante para você manter privado o que a gente tem. Eu não queria desconsiderar isso só porque estava preocupado que você fosse ficar brava comigo, o que seria compreensível, obviamente..."

Mordo o lábio. Nunca ouvi esse homem falar tanto. E ele ainda não acabou.

"Então pensei em vir direto ontem à noite, mas, Juliet, eu estava tão cansado que mal conseguia enxergar direito, e eu sabia que, se pegasse o volante cansado daquele jeito e sofresse um acidente no caminho até você..."

"Eu teria te estrangulado", digo, me aproximando e envolvendo sua mão. "Porque sua segurança é importante pra mim. *Você* é importante pra mim."

Seus olham se fixam nos meus. "Sou? Mesmo depois de eu..."

Eu jogo meus braços ao redor do seu pescoço e pressiono minha boca na sua, em um beijo longo e firme. Sinto seu corpo relaxar. Seus braços envolvem minha cintura, me puxando para mais perto dele. "Mesmo depois disso. E espero que quando eu cometer erros você sinta o mesmo por mim."

Ele ri baixinho, com o queixo sobre minha cabeça. "Nem que eu quisesse, linda, me sentiria de outra forma."

Encosto a cabeça em seu peito, ouvindo o batimento do seu coração, e sorrio. "Sei bem como se sente."

32

WILL

Sula fecha a porta da Edgy Envelope, vira a placa de ABERTO para FECHADO e desaba contra o vidro, com as mãos erguidas acima da cabeça. "Conseguimos!"

Juliet sorri, visivelmente exausta, sentada no banquinho perto do caixa. Eu a observo, preocupado que ela tenha se cansado demais, e ela deve ter percebido a preocupação no meu rosto, porque movimenta os lábios para dizer: *Estou bem*.

"Bea, Jules, Kate", Sula diz, puxando todas para um abraço lateral, uma de cada vez. "Vocês foram incríveis, muito obrigada. William" — ela se vira para mim, com os braços abertos — "me dá um abraço, fenômeno do estoque."

A Sula sempre foi legal comigo desde que nos conhecemos, mas definitivamente não é tão afetuosa quanto os outros. Quando Sula me abraça, lanço um olhar rápido para Jules, surpreso, que ergue as sobrancelhas, abrindo um largo sorriso.

"Obrigada", Sula diz, batendo nas minhas costas. "Muito obrigada. A gente não teria conseguido sem você."

"Fico feliz em ajudar", digo quando nos afastamos. "Que bom que o Toni me mandou mensagem."

Kate bate no balcão. "Estou morrendo de fome. E eu só ajudei metade do dia. Vocês devem estar famintas."

"Pois é", Jules responde. "Estou morrendo de fome."

"O jantar chega em dois minutos", Sula diz, olhando para o celular.

Bea ergue as mãos em agradecimento. "Graças a Deus. Vou devorar esse guacamole."

A campainha toca, e eu corro até a porta, aceito a enorme sacola de comida e dou uma gorjeta para o entregador.

Abrimos nossa comida mexicana e nos acomodamos ao redor do balcão. Juliet e Bea estão sentadas nos banquinhos. Sula, Kate e eu ficamos em pé.

"Então", Kate diz, mordendo uma batata. "Jules estava dizendo que a fazenda da sua família está esperando uma alta no turismo este fim de semana?"

"O fluxo já aumentou bastante desde o fim de semana passado." Minhas irmãs me tranquilizaram, disseram que poderiam cuidar de tudo sem mim e prometeram me manter atualizado por mensagens. As notícias vieram mais da Miranda, mas eu consigo saber que as coisas estão indo bem. "Pelo que eu soube, estão lotados hoje, mas isso é bom para os negócios. Não posso reclamar."

Sula pergunta: "Então a sua fazenda, o lugar onde fica no interior, está na faixa da totalidade?".

Jules e Bea reviram os olhos.

"De novo isso", Kate resmunga.

"Se eu ganhasse um centavo", Jules diz, "toda vez que a Sula fala 'faixa da totalidade', eu poderia me aposentar."

"Se eu tomasse uma dose", continua Bea, "toda vez que a Sula fala 'faixa da totalidade', eu..."

"Entraria em coma alcóolico", Sula resmunga, atirando um nacho na cabeça de Bea. "É, ok, podem me criticar. Fico maravilhada com esse raro e incrível fenômeno natural que está acontecendo no nosso quintal. Me desculpem."

Bea mergulha o nacho no guacamole e o entrega de volta para Sula, que o morde. "Estamos só brincando, Sul."

"Mas está?", Jules pergunta. "Sua terra está na você-sabe-o-quê?"

Sorrio. "A faixa da totalidade?"

Bea, Jules e Kate erguem os braços, gritando.

Sula sorri para mim. "Adoro esse cara."

"Sim, está", digo para Juliet, fitando minha comida para evitar seu olhar.

Meu plano é convidá-la para ir até minha casa amanhã, para ver o eclipse, conhecer a fazenda e passar a noite lá. Ela pode conhecer meus pais, minhas irmãs e meus sobrinhos, que estarão ocupados o bastante para não passarem o tempo todo fazendo perguntas, cansando-a. Uma boa primeira apresentação.

"Eu queria ver o eclipse", Sula diz. "Mas os hotéis por lá estão todos reservados há quase um ano. E tem o tráfego. Seria um pesadelo subir por um dia e ter que voltar depois."

Kate concorda. "É, isso é verdade."

"Espera!", Bea diz. Ela larga o nacho e limpa as mãos. Então, pega o celular do bolso da saia. "A casa do Jamie, a que a tia deixou para ele, fica na sua cidade também, Will! Ilíria, né?"

"Isso mesmo."

"Tem espaço de sobra", Bea diz. "Acho que dá pra todo mundo ir. Quer dizer, tem sofás, colchões infláveis; a gente dá um jeito."

Sula encara Bea. Parece que vai chorar. "Você está sugerindo o que eu acho que está?"

Bea concorda, animada. Sula coloca as mãos no rosto.

Kate joga a cabeça para trás e grita: "Viagem de carro!".

O sol é uma fina fatia de nectarina, curvado na borda do horizonte. Juliet e eu damos as mãos, sentados no que me asseguraram ser os balanços agora consertados e reforçados no brinquedo que divide o quintal dela e o do Petruchio. Balançamos devagar, tomando café. Ela sorri para mim por cima do copo de papel. Sorrio de volta. Ela passa a língua na borda do copo, e eu estreito os olhos. "Não olha pra mim assim. Agora, não."

Ela dá de ombros, feliz. "Só estou aqui feliz, lembrando da noite passada."

Solto um grunhido. Estávamos tão exaustos, depois de um dia inteiro na Edgy Envelope, que caímos na cama dela e mal conseguimos dar uns beijos antes de dormir. Lembro que Juliet mordiscou meu lábio inferior, passou a língua por ele, e depois apaguei.

Acordei desesperado por ela, mas não tínhamos tempo. Temos um dia cheio pela frente e precisamos pegar a estrada o quanto antes para não ficarmos presos no tráfego com as pessoas que vão ver o eclipse.

Balanço a cabeça. "Você é cruel."

Ela abre um sorrisinho. "Eu gosto de dormir abraçada com você e de te dar uns beijos. Fica tranquilo."

Meu celular vibra no bolso, e eu o pego, lendo a mensagem.

"Christopher já acordou?", ela pergunta.

Faço que sim, guardando o aparelho. Juliet se levanta do balanço, se inclina e me beija suavemente. "Boa sorte."

Eu a vejo atravessar o jardim, como naquele primeiro dia, subindo os degraus até entrar na casa dos pais. E então me levanto também e vou até a casa do Petruchio, em direção à varanda dele. Sento na escada da frente e respondo à mensagem: AQUI FORA.

Por alguns minutos, fico ali sentado, com os cotovelos nos joelhos, as mãos entrelaçadas e os olhos no horizonte. Quando ouço o rangido da porta da frente se abrindo, olho por cima do ombro.

Petruchio está na soleira da porta, de calça de moletom e camiseta, com uma cara de preocupação. Mandei mensagem para ele uma hora atrás, dizendo que precisava conversar, sem explicar o motivo. Me sinto mal por deixá-lo apreensivo, mas não podia dizer o que eu queria conversar por mensagem. É um assunto que precisa ser discutido pessoalmente.

Ele fecha a porta, esfregando o cabelo, que está todo bagunçado, segurando uma xícara de café na outra mão. "Quer entrar?"

Dou de ombros e pego meu café do degrau ao meu lado. "Podemos conversar aqui. Lá dentro. Você escolhe."

Ele atravessa a varanda e se senta ao meu lado, na escada. "O que foi?"

Giro o copo nas mãos. "Eu preciso falar com você."

Seus olhos percorrem os meus, a testa ainda mais franzida. "Estou ouvindo."

"Desculpe pela mensagem cedo, se eu te acordei", digo. Dou um gole no meu café e tento acalmar o coração acelerado.

"Não tava dormindo", ele resmunga.

Minhas bochechas aquecem. "Ah. Hã... desculpa por interromper... isso."

Ele me lança um olhar arqueado, escondendo um sorriso atrás do copo enquanto dá um gole no café. "Está tudo certo. Então... o que está acontecendo?"

Deixo o café ao meu lado na varanda e entrelaço as mãos, para me acalmar. "É a Juliet."

Ele congela, com o copo de café a meio caminho da boca. "O que tem ela?"

Eu o encaro, mantendo o contato visual, examinando-o. "Eu..." Solto outro suspiro longo. E, então, conto tudo. Como conheci Juliet na Escócia, e depois a encontrei no quintal, e que não éramos exatamente amigos, e sim companheiros de prática. Conto que, quando eu não estava visitando os clientes na cidade ou com os amigos, nos últimos finais de semana, Juliet e eu saíamos juntos para praticar. E então chego à parte que mais importa.

"Tudo mudou. Cresceu. Não estamos mais praticando. Nenhum dos dois."

Ele fica olhando para o café por um momento, então toma outro gole. "Entendi."

Eu estranho, observando-o atentamente enquanto ele toma mais café e me encara. Ele está... sorrindo?

Isso é um bom sinal, espero.

"Estou te dizendo isso porque sei que ela é como uma irmã para você, porque você a ama, como se fosse sua família, e se sente responsável por ela. Ela me contou que foi magoada por alguém que conheceu por seu intermédio, e isso deixou as coisas complicadas por um tempo. Levando em conta tudo isso, eu entenderia se você tivesse algum receio com o fato de eu... querer ficar com ela."

"Hm." Ele inclina a cabeça, ainda sorrindo. "Eu acho que... se fosse qualquer outra pessoa, Orsino, eu teria."

"Sério?"

O sorriso dele é breve e compreensivo. "Eu já tinha uma suspeita há um tempo de que algo a mais poderia estar acontecendo. E eu sei que você se apaixonou rápido por ela, mas também sei que não é um sentimento leviano, porque eu te conheço, amigo. Confio em você. E confio que Juliet saiba o que se passa na cabeça e no coração dela." Ele leva o café aos lábios e esvazia a xícara. "Você não precisa da minha aprovação, não que eu ache que você veio aqui atrás disso."

"Não vim", respondo, com sinceridade. Mesmo que ele não entendesse a situação, a decisão seria apenas minha e da Juliet. "Mas seria muito bom ter a sua aprovação."

Ele assente, sustentando meu olhar. "Aprovação concedida. E agora", diz ele, levantando-se da escada, "você vai me dar licença. Eu tenho um grande dia pela frente. Um eclipse para ver, uma viagem de van para enfrentar, com a Sula falando sobre 'a faixa da totalidade', *e*, o mais importante, uma mulher muito exigente esperando que eu volte lá pra cima. Não seria sábio da minha parte deixá-la esperando."

33

JULIET

"Ah, passarinha", diz minha mãe, com os olhos brilhando de lágrimas prestes a transbordar. "Estou tão feliz por você."

Sorrio para meu café. Sentada no banco da cozinha, vejo minha mãe e meu pai, ainda de pijama. Minha mãe usa uma camisola estampada de flores e um suéter de tricô; papai está com o roupão torto e o cabelo bagunçado.

"Ele parece um homem bom e gentil", diz meu pai, acariciando gentilmente minha mão. "É o que você merece."

"Obrigada, papai."

"E vocês vão todos viajar para ver o eclipse, então?", pergunta minha mãe.

Faço que sim. "É uma longa viagem de carro. Estou animada para conhecer a família dele."

"Você vai *adorar* a Isla. E a Isla vai adorar você."

"Espero que sim", digo em voz baixa.

Papai oferece uma piscadela. "Não há uma alma nesse mundo incapaz de te amar, Juliet."

Sinto o coração apertar com as palavras dele. "Gentileza sua dizer isso, mas... muitas pessoas com certeza não me amam. E por mim, tudo bem." Dou de ombros. "Só preciso do amor das pessoas que eu também amo."

Minha mãe assente.

"Tem... mais uma coisa", digo, olhando para meu café, "que eu quero conversar com vocês."

Eles se acomodam nos bancos do outro lado da ilha da cozinha, talvez percebendo que a conversa não será breve.

"Eu sei que, nos últimos nove meses, deixei vocês preocupados. Com meu término, que foi difícil, meus problemas de saúde, minha mudança profissional..." Solto um suspiro, depois os encaro. "Vocês me apoiaram muito, de várias maneiras, e eu nunca vou poder agradecer o suficiente por isso. As refeições quando eu precisei, o tempo em casa quando eu queria um lugar confortável para estar, todo o tempo, as conversas e o amor que me deram."

Minha mãe morde o lábio. "Mas...?"

Sustento o seu olhar e digo: "Mas, depois de um tempo, começou a parecer que vocês me viam como vulnerável, quando eu só tinha sido machucada; frágil, quando eu estava apenas lidando com emoções legítimas enquanto tentava entender minha vida. Sim, às vezes eu fico mal, e não, meu corpo não faz tudo o que costumava fazer, mas eu sou forte, mesmo quando tenho problemas. Estou bem. Não vou fingir que sei o quanto é difícil ver a filha sofrer. E sei que vocês querem me ajudar — *eu* também quero o apoio de vocês. Eu só... preciso que confiem em mim quando falo sobre minha doença, com a maneira que lido com ela. Preciso que vocês confiem em mim para cuidar de mim mesma e acreditem que, quando precisar de ajuda, quando estiver machucada e precisar de vocês, eu vou falar".

Minha mãe solta um pesado suspiro e estende a mão por cima da mesa. Ela sabe que essa conversa é mais para ela do que para meu pai. "Desculpa, passarinha. Eu vou melhorar, prometo."

Meu pai pega minha outra mão e dá um aperto firme e cálido. "Sempre estaremos aqui pra você, Juliet. É só chamar."

"Obrigada aos dois." Lentamente, eu me levanto do banco, sorrindo para eles. "Eu ficaria para o café da manhã, mas tenho que ir."

"Não demora para trazer o Will aqui de novo, tá?" Minha mãe diz quando estou saindo da cozinha.

Eu me viro na soleira e sorrio. "Está brincando? Nem que eu quisesse conseguiria afastá-lo da sua comida."

A casa do Will é um sonho. Eu sinto como se tivesse voltado no tempo, uma dama em um dos meus romances de época, com seu vestido longo, caminhando pelos jardins, tocando as flores delicadas, observando os campos.

Poderia facilmente me prender a essa ilusão, não fosse o fato de que estou com Will, minhas irmãs, todos meus amigos, a família dele e uma horda de turistas. Estamos sentados na grama, com os nossos ridículos óculos de papel para observar o eclipse.

"É deslumbrante", Sula sussurra, emocionada. Sua mão está entrelaçada na de Margo. Ela está com Rowan, a filha delas, no colo.

Margo assente e leva a mão de Sula aos lábios. Seus olhos não estão no eclipse, e sim na esposa. "É, meu bem. É mesmo."

Bea está sentada entre as pernas dobradas de Jamie, com as mãos no joelho dele. O queixo de Jamie repousa sobre o topo da cabeça dela. Kate e Christopher estão deitados lado a lado em uma toalha, apoiando a cabeça nos braços, trocando algumas palavras e sorrindo.

Toni descansa a cabeça no ombro de Hamza. Estão um ao lado do outro.

Minha prima Bianca olha para o céu, sentada de costas contra Nick, seu namorado.

E toda a família do Will também está espalhada ao nosso redor. Suas lindas irmãs ruivas, sua sobrinha adorável e o sobrinho bebê, a mãe ao lado do pai, de mãos entrelaçadas enquanto o mundo vai ganhando uma escuridão sinistra.

O braço de Will me envolve, sua mão acaricia meu ombro. "Está viajando pra onde?", ele pergunta, baixinho.

Sorrio para ele. "Para lugar nenhum. Estou bem aqui, no meu lugar feliz."

Ele sorri também. "Fico muito feliz em saber que você está feliz aqui."

Faço que sim. "Feliz demais."

Enquanto me acomodo em seus braços, deixo meu olhar vagar novamente, do eclipse, que está cada vez mais perto da totalidade, para a multidão reunida.

Uma mulher alta, de cabelo loiro longo, se levanta de onde estava sentada no chão, estendendo a mão para outra mulher, que se ergue também, mais baixa, com cabelo escuro até os ombros e um rosto em formato de coração. Algo sobre a primeira mulher me parece um pouco familiar.

Eu a observo andar de mãos dadas com a outra, se afastando do grupo, provavelmente para não ficar no caminho, até pararem a poucos metros de nós, ao lado do nosso grupo, para tirar uma selfie. É aí que percebo por que a loira me parece familiar.

Will acompanha meu olhar e se volta para mim. "O que foi?"

"Aquela moça", digo para ele, "é Olivia Tobias. Uma influenciadora famosa. Você podia tentar se conectar com ela, dar a ela alguns produtos da destilaria, perguntar se ela gostaria de tirar fotos da fazenda e das atividades que vocês oferecem. Isso pode ajudar muito nos negócios."

Will emite um som vago do fundo da garganta.

Eu o encaro. "O que esse barulho quer dizer?"

Talvez eu tenha me intrometido, dizendo a ele como divulgar os negócios, quais oportunidades deveria tentar.

Ele sorri para mim. "Parece que você entende desse negócio. Acho que vou ter que pedir pra você ficar, te colocar na folha de pagamento."

Meu coração dá um salto quando lembro o que estava procurando, no começo de tudo isso, e que depois confirmou no pub no fim de semana passado. Aquilo que ele precisava da mulher que seria sua parceira de negócios.

Sua esposa.

E é... tudo o que eu sei fazer muito bem. Sei socializar, planejar um jantar de negócios, conectar pessoas, ser extrovertida e cativante. Um sonho assustador e maravilhoso passa pela minha mente enquanto o observo. Eu me pergunto se Will consegue enxergar isso no meu olhar, tudo o que já estou esperando, tudo o que me assusta e me emociona ao mesmo tempo. A vida que poderíamos compartilhar aqui, a parceria incrível que teríamos.

A alegria que daríamos um ao outro.

Mordo o lábio. "Com certeza, ficaria interessada em ouvir o que você tem em mente."

Will ajeita meu cabelo atrás da orelha e me beija suave e discretamente. É um toque rápido. "Não quero colocar minha proposta na mesa *aqui*", ele diz, com ênfase, apontando a cabeça para as pessoas ao nosso redor. "Vou só dizer que acho que você vai ficar satisfeita com as minhas condições."

O frio no meu estômago se expande, uma sensação gloriosa e vibrante. "Ansiosa por isso", digo, voltando a me acomodar no peito dele.

Olho ao redor de novo e percebo que Olivia ainda está por perto, de pé, de frente para a mesma mulher, que sorri para ela. Elas se inclinam e se beijam, devagar e com ternura. Desvio o olhar, para dar privacidade, sorrindo para mim mesma. Espero que seja Basti, a mulher com a qual ela me confundiu na festa. Ela parece mesmo comigo de costas: é baixa, curvilínea, tem cabelo escuro e curto, e um rosto em formato de coração que parece o meu de perfil. Espero que Olivia tenha encontrado seu final feliz também.

"Eu ainda acho que deveríamos tentar conseguir parceria com a Olivia Tobias", digo para ele.

Ele ri baixinho.

Dou um cutucão na barriga dele. "Qual é a graça?"

"Aquela mulher", ele acena em direção a Olivia. "Minha mãe me mandou o perfil dela."

Eu me ergo. "O quê, tipo uma pessoa com quem você poderia tentar ficar?"

Ele faz que sim.

"Deixa pra lá. A gente encontra esses influenciadores com mais de um milhão de seguidores em cada esquina." Dou de ombros. "A gente acha outra. Não preciso desse tipo de competição por perto."

"Sua boba", ele diz, me puxando de volta para seu abraço. "Como se eu fosse querer qualquer outra pessoa além de você."

34

WILL

"Quem é o cachorrinho mais fofo?", Juliet diz para Hector, agachada, enquanto ele lambe seu queixo.

Ele está gamado nela, entusiasmado, abanando o rabinho, pulando nas pedras do pátio da minha casa. Juliet solta um gritinho quando ele lambe atrás de sua orelha e o envolve com os braços. "Você é o cachorrinho mais fofo, não é?" Ela fala com ele em uma voz de bebê. Ela está com o sorriso largo, o nariz enrugado e os olhos apertados enquanto ele lambe seu rosto. "O mais fofo, fofinho cachorrinho."

Eu os observo com o coração cheio.

Juliet olha para cima, sorrindo. "Adorei ele."

Eu me agacho e me junto a eles. Minha mão desce suavemente pelas costas de Hector. "Ele também te adorou."

Juliet sorri suavemente, com os olhos nos meus. "Você acha?"

Assinto, com o olhar fixo nela. "Eu sei. Ele não teve opção." Olhando novamente para Hector, que está ofegante e feliz, dou uma batidinha em seu flanco e me levanto. "Amor à primeira vista."

Estendo minha mão para Juliet e a puxo para ficar de pé, porque eu sei que aquela posição machuca os joelhos dela.

"Amor à primeira vista", ela diz, baixinho, com os dedos entrelaçados aos meus. "Achei que isso fosse coisa de conto de fadas."

"Eu também", respondo. "Parece... improvável. Mas meu pai disse algo que me fez pensar que talvez haja alguma verdade nesses contos de fadas."

"Ah é?" Juliet sorri quando a puxo para um abraço. Suas mãos repousam no meu peito. "E o que foi que ele disse?"

"Ele disse..." Meu olhar passeia por seu rosto. "Ele disse que o principal não é você saber que ama alguém à primeira vista, é... sentir a possibilidade disso, como nunca sentiu antes." Eu a puxo mais para perto. "Como você nunca vai sentir de novo. E, um dia, quando essa possibilidade florescer em amor, você vai olhar para trás e entender essa semente pelo que ela foi, mesmo que fosse tão diferente do que é agora, quando o primeiro olhar a plantou, quando começou bem diferente do que se tornou."

A expressão de Juliet suaviza. Sua mão faz círculos sobre meu coração. "Isso... é lindo."

Assinto. "É, sim."

Devagar, Juliet se levanta na ponta dos pés. Desejo e anseio brilham em seus olhos. Eu sei exatamente o que vai acontecer se a beijar. Eu a pegarei nos braços e a levarei até meu quarto.

E eu quero isso, muito.

Mas não agora.

Desvio um pouco o rosto e beijo delicadamente seu pescoço, onde sussurro: "Juliet".

"Hm?", ela sussurra enquanto eu beijo atrás da sua orelha, na mandíbula.

"Faz um favor pra mim?"

"Claro", ela sussurra.

Eu me afasto um pouco, sustentando seu olhar. "Vai lá pra cima? Tem uma varanda. Só vai até lá, e... espera por mim." Passando a mão nas costas dela, falo: "Não vou te fazer esperar muito".

Juliet olha para mim, curiosa. Ela levanta o mindinho. "Promete?"

Entrelaço meu mindinho no dela e sorrio. "Prometo."

35

JULIET

De pé na varanda da casa do Will, olho para as estrelas, cintilando como diamantes no céu preto aveludado. Foi onde ele me disse para esperar, e, se aprendi alguma coisa no último mês, é que Will Orsino é mestre em planejar um encontro romântico. Se ele me disser para ficar na varanda, vou apenas obedecer.

O ar está morno. Uma brisa assopra meu cabelo, envolvendo-me no perfume das rosas e glicínias que sobem pela treliça ao final do caminho de pedras que conduz à porta da frente. Fecho os olhos e saboreio a beleza do momento. Meu coração se enche de alegria.

Ouço o suave som de um violão, e meus olhos se abrem de repente.

Eu me inclino sobre a varanda e suspiro.

Will. Abaixo de mim, com a alça do violão sobre o ombro, dedilhando suavemente as cordas. E então ele começa a cantar.

Eu me agarro à grade.

Ele tem uma voz *linda*. Profunda e expressiva, mas suave.

As palavras flutuam pelo ar, envolvendo meu coração, como vinhas que desabrocham a cada lindo verso que ele canta na serenata da noite.

Você foi um raio, iluminando meu coração.
Eu era um gato escaldado,
Mesmo assim, você me deu uma chance, me deixou fazer parte,
Me deixou aprender a te amar, acreditou em mim quando eu não acreditava.
E quando a cortina caiu, rosas aos seus pés,
Tudo o que eu pude fazer foi olhar para você e pensar,

Que, se eu puder te amar enquanto viver,
Minha vida estará completa.

Lágrimas escorrem pelo meu rosto conforme ele dedilha suavemente. Ele termina e apoia as mãos nas cordas, me encarando.

"William Orsino", grito, com a voz embargada e o coração transbordando de amor. "Suba aqui agora mesmo."

Will sorri. "Sim, senhora."

Corro para dentro, passando pelo quarto. Iluminadas por velas, as paredes verde-escuras parecem uma floresta escura e mágica. Passo pela grande cama com lençóis e edredom brancos onde eu vou derrubá-lo muito, muito em breve, se seguir meu plano.

Agarro o corrimão, desço a escada o mais rápido que posso, mas ele já está lá, correndo em minha direção, envolvendo meu corpo com seu braço, me levantando.

Seguro seu rosto e lhe dou um longo e doce beijo. Meu coração bate forte. "Eu te amo", sussurro. "Eu te amo muito."

Ele congela comigo no topo da escada. Minhas pernas estão envoltas em sua cintura, suas mãos seguram as minhas costas, e ele me encara. "Eu te amo, Juliet. Com todo o meu coração. Me desculpa por já ter duvidado de que isso era possível." Ele balança a cabeça, começando a me levar lentamente em direção à cama. "Você me enxergou e acreditou em mim quando eu não podia. Sempre viu verdade, desde o momento em que nos conhecemos."

Enlaço seu pescoço, examinando seus olhos. "Qual verdade?"

Ele me beija com ternura, com veneração. "Que não só meu coração podia ser amado e te amar... ele foi *feito* para te amar."

Sinto lágrimas nos olhos. "Will."

"Juliet."

"Você me ama", sussurro.

Ele faz que sim. "Infinitamente."

Eu o beijo. Minhas mãos seguram seu cabelo, puxando-o para perto, tão perto quanto consigo. "Me leva pra cama."

Silenciosamente, ele me leva até a beira da cama e me põe no chão. Mantemos nossos olhares fixos enquanto tiramos a roupa um do outro, devagar, saboreando o momento. Sem pressa desta vez.

“Fiz os testes”, ele sussurra conforme beijo seu pescoço, a curva dura e redonda de seu peitoral. “Negativo pra tudo.”

Assinto, beijando cada parte até chegar ao coração. “Eu também.”

“Mas eu tenho camisinha... *cacete.*” Ele baixa a cabeça na curva do meu pescoço quando eu o acaricio, apreciando cada centímetro macio, quente e duro.

“Eu tomo anticoncepcional”, respondo. “Então, se você não precisar, eu também não preciso.”

“Uhum”, ele diz, desorientado, enquanto continuo a acariciá-lo. Suas mãos passeiam pelos meus seios. Ele os segura, puxando meus mamilos.

Tento levá-lo para a cama, mas Will me prende contra ele. Suas mãos vagam pelas minhas costas, curvando-se sobre minha bunda. “Will”, murmuro. “Depressa.”

Gemo baixinho quando ele beija o canto da minha boca, jogando meus braços em volta de seu pescoço outra vez. Sem qualquer pudor, me esfrego contra ele, porque agora posso, o quanto quiser, depois de tanta espera. Tenho muito tempo para compensar.

“Depressa?”, ele sussurra no nosso beijo. “Ué, você precisa ir pra outro lugar agora?”

“Talvez. Sou uma mulher muito ocupada”, digo, baixinho, enquanto ele desce beijando meu pescoço.

“Caramba. Acha que primeiro tem um tempinho pra mim?”

Sorrio, fechando os olhos. Alcanço seu comprimento entre nós e balanço bem. “Acho que dá pra encaixar você.”

“Jules”, ele sussurra, incomodado, pelo visto, com minha piadinha infantil.

Deixo escapar uma risada. “Ah, essa foi boa. E também vou presumir que é verdade, considerando o que tenho na mão...”

“Juliet”, ele suspira. Ainda assim, sua voz é calorosa e afetuosa. Seu toque é terno e sensual. “Estou tentando ser romântico.”

“Ah, então, nesse caso”, sussurro contra seu maxilar, respirando o calor de sua pele, o suave perfume do sabonete de ervas, projetado com o único propósito de me deixar com tesão. “Deixa o romance pra depois.”

“Obrigado”, ele murmura. Will me ergue e me joga na cama.

Solto um gritinho de surpresa, encantada e feliz enquanto ele sobe em mim. Seguro seu rosto, unindo sua boca à minha, e nossas línguas se acariciam. Nossas respirações ficam ofegantes e entrecortadas enquanto Will me beija com paixão.

Afundo as mãos em seu cabelo e o puxo na minha direção. Will se move até ficar em cima de mim, com o peso assentado entre minhas coxas. Suspiro de prazer, arranhando suas costas.

Nossas bocas se encontram outra vez, em beijos profundos e lentos, nossas respirações se cruzando. Sua língua acaricia a minha, úmida, quente, fazendo meus quadris mexerem embaixo dele, implorando por esse mesmo ritmo sensual. Estou gemendo. É um prazer sublime, ardente, desejoso. Está na pulsação entre minhas pernas, uma profunda vontade dentro de mim; nos meus mamilos roçando em seu peito e na parte sensível do meu pescoço, onde ele ofega quente e rápido, provocando arrepios.

"Juliet", ele solta um gemido.

Suspiro seu nome, e o prazer se espalha por mim enquanto ele balança seus quadris nos meus.

"Você é tão linda", ele sussurra.

Will segura meu peito, e minha respiração ofegante se transforma em gritos de prazer quando ele puxa meu mamilo em um ritmo cadenciado. Ele me beija, engolindo o som. Enlaço minhas pernas em volta dele, puxando-o para perto, perto o bastante para não ser mais possível nos aproximarmos.

Will interrompe nosso beijo para mudar de posição. Ele se apoia nos cotovelos, em cima de mim. Não volta a me beijar, apenas olha para mim, observando meu rosto.

Pergunto, sem fôlego: "Tudo bem?".

Gentilmente, ele afasta o cabelo que ficou grudado nas minhas têmporas. "Sim. Estou esmagando você?"

"Nem um pouco." Estendo a mão para ele, tento puxá-lo para outro beijo, mas ele se mantém firme, com os olhos fixos nos meus.

Seus olhos examinam os meus. "Só vou dizer isso uma vez, porque... Eu sei que é importante para você não falar o tempo todo das dores no seu corpo..."

Faço que sim.

"Eu sei que não posso acabar com sua dor, por mais que eu queira.

Só preciso saber, antes de continuarmos, que não vou te causar mais dor. Preciso saber que vai me avisar se eu estiver machucando você", diz ele. "Se eu estiver muito pesado, se alguma coisa for desconfortável, ok?"

Sorrio para ele, o homem que eu tanto amo, e levanto o dedo mindinho. "Prometo."

Ele sorri para mim enquanto engancha o dedo mindinho no meu, depois solta, apoiando-se em mim novamente.

Seu olhar sustenta o meu. Minha respiração falha em meu peito. E então ele me beija.

Deixo que ele me torture daquele jeito maravilhoso, se esfregando contra mim, me excitando. Agito os pés contra os lençóis. Com as mãos arranho suas costas. Quando não aguento mais um segundo, me afasto do nosso beijo e pressiono suavemente seus ombros. Will examina meu olhar.

"Deita", digo a ele.

Ele cai de costas. E agora é minha vez de me rastejar sobre ele. Os olhos de Will ficam turvos quando eu o monto. Eu me abaixo e lhe dou um beijo, esfregamos língua e dentes. Sua mão afunda no meu cabelo. Ele grunhe conforme eu desço e me esfrego contra sua ereção.

Ele estende a mão para mim, mas eu gentilmente me afasto. Rastejo mais abaixo, plantando beijo após beijo em cada sarda de sua pele.

"Jules", ele suspira, a voz tensa de desejo.

"Deixa eu me divertir, homem impaciente." Sorrio, beijando uma sarda em seu quadril, mais abaixo, na coxa, depois outra, até estar na beira da cama, curvada sobre ele. Agarro seu comprimento e o acaricio, como descobri que Will gosta. Ele geme enquanto eu o esfrego com firmeza. Solta um palavrão quando eu o coloco na boca. É a vez dele de suportar uma pequena tortura de prazer.

Com uma das mãos, ele agarra a colcha da cama. Com a outra, encontra meu rosto, segurando-o com ternura. Solto um gemido, adorando ver como está duro, sentindo seu gosto, seu toque quando eu vou mais fundo.

Ele fica sem fôlego. "Jules."

"Hm?"

Ele alcança meu braço, ofegante. "Vem aqui. Por favor."

"Só um minuto", digo a ele, voltando à tarefa muito prazerosa que tenho em mãos. Por alguns minutos, eu o provoco, sugando levemente, segurando suas bolas, sacudindo a ponta do seu pau. Embaixo de mim, seus quadris balançam intensamente. Sua mão treme segurando minha bochecha.

"Juliet, eu preciso entrar em você."

Eu o solto com um estalo e subo nele.

Ele sorri quando eu me inclino para um beijo. "Palavrinhas mágicas, né?"

"Muito mágicas", sussurro em sua boca. "Preciso de você. Preciso de você agora." Paro para pensar, olho para a cabeceira da cama e depois de volta para ele. "Podemos... podemos sentar? Quero ver você. Quero estar perto desse jeito, cara a cara."

Will se senta, me guiando com ele. Então estende a mão para trás, apoiando os travesseiros na cabeceira da cama e se recosta neles. "Assim?"

Em resposta, rastejo em sua direção e o empurro para trás, para que ele se recline um pouco contra os travesseiros. Com destreza, monto em sua cintura. Ficamos na altura perfeita, com os rostos alinhados, exatamente como eu queria. Eu me inclino e o beijo com ternura. "Tudo bem por você?", pergunto.

"Juliet, eu vou entrar em você. Se me pedisse para ficar de cabeça pra baixo, eu ficaria."

Deixo escapar uma risada enquanto o beijo novamente. "Eu te amo", sussurro.

E adoro não saber exatamente quando isso aconteceu. Não como acontece nas minhas histórias favoritas, com um grande momento de epifania. Desde o momento em que o vi, apaixonar-me por Will tem sido como entrar na água aos poucos. E agora estou encharcada, mergulhada até o pescoço, com o poder e a beleza desse amor, em nossa confiança, ternura e segurança.

Devagar, fico de joelhos. Eu esfrego de leve minha abertura, espalhando minha umidade, olhando em seus olhos. Will segura minha cintura enquanto eu me aproximo, enquanto o guio para dentro de mim. Arfamos quando encaixo nele, e ele me preenche, tão cheio, tão primorosamente perfeito.

"Jules", ele sussurra, com a voz embargada. Ele me puxa para mais perto, pelos quadris, até que estejamos nos tocando, peito com peito, com os corações batendo forte um contra o outro. Dou delicados beijos enquanto empurro meus quadris para a frente.

"Não consigo subir e descer", admito, com calma. "Meus quadris doem. Mas eu posso fazer assim." Mostro a ele o que quero dizer, balançando para a frente e depois para trás. A vibração de um orgasmo começa a aquecer na minha barriga com o roçar do meu clitóris em seu osso pélvico, enquanto ele me puxa ainda mais contra si.

Ele suspira no nosso beijo, passando os braços em volta da parte de baixo das minhas costas, na minha bunda. "Eu sinto você", ele sussurra, arfando. "Eu sinto tudo de você. Você é tão quente e apertada, amor, tão molhada."

"Não precisamos de uma audiodescrição aqui", brinco, ofegante.

Ele solta uma risada rouca. "Desligando dispositivo."

Rio também, jogando os braços em volta do seu pescoço, dando um beijo profundo e intenso. Nossas risadas se dissolvem em gemidos.

Com Will guiando meus quadris, eu me movo mais rápido. Meu orgasmo está crescendo furiosamente, estimulado por seus beijos suaves no meu pescoço, sua mão vagando pelo meu peito, massageando-o e puxando meu mamilo. "Quase lá", sussurro.

"Eu quero isso, Jules." Ele aperta minha bunda, me movendo contra ele. "Eu quero cada som de desejo, cada segundo do seu prazer. Quero sentir você gozando no meu pau."

Eu arfo com essas palavras, que estimulam meu clímax, e faço exatamente o que ele pediu, gritando de prazer ao apertar minhas pernas em volta de seus quadris, ao montar com força, com pressa, absorvendo cada onda de euforia que posso.

Will geme quando me movo mais rápido. Seus quadris balançam embaixo de mim. Suas pernas tremem. "Amor", ele sussurra. "Eu vou... Ah, Deus..."

"Eu sei", digo, engolindo seus gemidos, sua respiração áspera e ofegante, com um beijo duro e contundente. Sua língua dança na minha. Absorvo sua forte respiração na boca, sentindo-o inchar ainda mais dentro de mim e me acariciar mais profundamente.

Ele se afasta um pouco, e eu consigo observá-lo nos olhos. Sua expressão se transforma do limite do prazer para uma felicidade sem fôlego.

Seguro seu pescoço, sem desviar o olhar, enquanto ele agarra meu quadril com força e empurra, frenético, até que se acalma, bem no fundo, dentro de mim.

Seus olhos se fecham enquanto ele enterra o rosto no meu pescoço. Sou apertada com tanta força que sinto seu coração batendo forte no peito, martelando contra o meu. Ele gira os quadris devagar, de forma errática, mas tranquila, como se, como eu, fosse ganancioso por cada momento disso, para fazer com que dure o máximo possível.

Por fim, ele desaba nos travesseiros, me puxando com ele. Caímos de lado, um de frente para o outro, um emaranhado de pernas e braços, risadas arfadas, enquanto afundamos e deslizamos para debaixo dos lençóis.

Will me encara e me puxa para perto. Com a mão sobre seu coração acelerado, sorrio, saciada, sonolenta, incrivelmente feliz. "Isso foi", sussurro, parando para respirar o ar muito necessário.

"Perfeito", ele sussurra. Sua mão pousa sobre a minha, sobre seu coração acelerado. Ele examina meus olhos.

Faço que sim, sorrindo.

"O que foi?", ele pergunta, sem fôlego.

Eu me inclino e lhe dou um beijo amoroso e prolongado. "E isso é só o começo."

Ele sorri contra meu beijo. E com o beijo, com seu carinho ao me puxar para perto, me procurando sob os tecidos, ele me diz que está ali comigo: de olhos bem abertos, maravilhado com a estrada à nossa frente, uma estrada que caminharemos juntos, estendida até o horizonte.

Cheia de possibilidades.

36

WILL

Caminho por um campo de flores silvestres com Juliet Wilmot ao meu lado e sorrio. Meu coração está tão incrivelmente cheio que poderia explodir.

Juliet sorri para mim também. A luz da tarde roça sua pele, aquece suas bochechas, brilha em seus olhos. "Adorei sua família", ela diz.

Meu sorriso se expande. Ainda estou imerso no clima do almoço com toda minha família e Juliet. Ela se encaixou facilmente na nossa dinâmica, com as conversas agitadas, as piadas e risadas. Já conquistou Eleanor, que estava sentada no colo dela enquanto terminávamos de comer. "Eles adoraram. Eu te disse que isso ia acontecer."

A beleza exuberante do verão brilha ao nosso redor: o sol dourado, a grama alta e verde-limão, um mar de flores magenta, violetas e amarelo-manteiga. Em qualquer outro dia, eu ficaria parado, absorvendo a vista gloriosa, a imensidão da beleza ao meu redor. Hoje, não. Porque Juliet está aqui. E sua beleza é a única coisa que vejo.

"Que bom que você estava confiante", Juliet diz, fingindo olhar feio para mim. "Só que eu estava naturalmente nervosa com meu primeiro almoço na família Orsino."

"Tudo bem. Eu estava lá para amenizar as coisas até você se sentir confortável. Somos parceiros pra isso."

Juliet sorri. "Pois é." Ela inclina a cabeça. "Qual é o seu signo?"

Franzo a testa. "Leão, acho? Por quê?"

Os olhos dela se arregalam. "Espera, quando é o seu aniversário? Eu não sei quando você faz aniversário!"

Dou risada.

"Will, isso é muito sério! Eu disse que te amo e deixei você fazer coisas deliciosas e obscenas comigo ontem à noite e não sabia o dia do seu aniversário!"

"Ah." Coloco um braço ao redor dela e a puxo para perto. "Eu também não sabia o seu aniversário. Não quer dizer que nos amamos menos. É só que... ainda temos muito a aprender." Olho para ela, feliz ao ver a preocupação desaparecendo do seu rosto. "Quando é o seu aniversário?"

"20 de junho", ela me diz. "Sou de gêmeos."

"15 de agosto", digo.

"Leonino, com certeza", ela diz, voltando a sorrir. Está radiante.

"O que foi?", pergunto.

Juliet agarra minha mão outra vez. "Duas coisas. Primeiro, vou poder comemorar seu aniversário com você. Está quase chegando! Segundo, somos uma *excelente* combinação astrológica."

Sorrio. "Vou preparar minha lista de presentes para você o mais rápido possível, mas posso te dar uma dica: meus presentes serão recebidos no quarto."

"Falou como um verdadeiro leonino." Ela morde o lábio, com calor nos olhos, então me puxa para um beijo.

"Você acredita nessas coisas?", pergunto, sorrindo.

"Eu acho interessante. E você?"

"Não acreditava até agora, mas..." Aperto a mão dela. "Acho que posso ser persuadido, caso signifique algo bom sobre estarmos juntos."

Ela deixa escapar um breve som de contentamento. Olha para a paisagem, suspira feliz e aperta minha mão outra vez. "Eu amo este lugar", diz ela.

Olho para ela, e meu coração começa a acelerar. Porque isso é algo que quero conversar com ela, em breve. Quero saber se ela acha que poderia construir uma vida aqui comigo.

Se gostaria disso.

Aperto a mão dela também. "Fico muito feliz."

"Então", ela diz, enquanto voltamos a caminhar, passando perto do celeiro. "O Google me disse que as vacas vivem no máximo vinte anos. O que significa que a Duquesa, a vaca que te converteu ao vegetarianismo está muito velha. Ou conheci a Duquesa 2, na verdade?"

Sorrio. "Você acredita em reencarnação, Juliet?"

Ela abre um sorriso afetuoso. "Não sei. E você?"

"Eu, sim. E, para mim, o espírito da Duquesa se reuniu com ela e vive na Duquesa 2. Ou talvez eu esteja tão triste pela morte dela que estou desesperado por qualquer coisa para evitar meu luto."

"Você tem uma alma muito doce e sensível."

"Com bíceps grandes como troncos de árvore", lembro a ela, fingindo uma expressão séria.

Ela ri.

Eu tiro sua mão do meu braço e me viro para encará-la de frente. Me aproximo até ver os reflexos azul-esverdeados com bordas cinza em seus olhos. "Qual é a graça?"

Ela inclina a cabeça. Põe a mão no meu coração. Um sorriso afável toma seus lábios. "É que eu te amo, meu gigante forte, quieto e gentil."

"Gigante gentil, é?"

"Uhum", ela murmura, na ponta dos pés.

Eu a puxo para um beijo intenso e cheio de amor. Então, me abaixo e a jogo sobre meu ombro, dando um tapa na sua bunda.

Juliet solta um grito, assustando um bando de pássaros nas árvores. "Will Orsino! O que você está fazendo?"

"Sendo gigante. Sendo gentil!"

Ela ri nas minhas costas e me dá um tapa na bunda também. "Então continua, gigante gentil!"

"Para onde?", pergunto.

Ela se ergue, e eu a seguro, abaixando Juliet para que suas pernas envolvam minha cintura. A barra do vestido está em seus quadris. Ela me dá um beijo suave e doce e me diz: "Para casa".

Eu a observo. Meu coração bate forte enquanto busco dentro de mim a coragem que ela merece. "Você acha que... um dia, este poderia ser o seu lar? Acha que poderia viver aqui comigo?"

Ela me encara, com amor brilhando em seus olhos, as mãos sobre meu coração. "Eu acho que parece um sonho se tornando realidade."

Epílogo

WILL

UM ANO DEPOIS

Consigo contar nos dedos de uma mão quantas vezes na vida chorei. Mesmo assim, só cheguei até o ponto de sentir a garganta embargada e de os olhos marejarem. Isso era tudo o que eu me permitia, embora sentisse um aperto, uma vontade de ceder. Mas sempre piscava e me segurava, engolia em seco, pigarreava, empurrava para longe a vontade. Sempre neguei o choro a mim mesmo.

Hoje, estou chorando por todas essas vezes.

Estou de pé, no terreno da minha família, onde o casamento acontece em uma noite de verão perfeita. Observo Juliet caminhando pelo altar. Seu olhar se prende ao meu, com um sorriso largo. Ela está tranquila — elegante e deslumbrante. As ondas escuras do seu cabelo estão trançadas com rosas amarelas e delfinos azul-celeste. Seus quadris balançam enquanto a brisa agita o vestido azul, fazendo-o dançar ao redor de seu corpo sedutor como água.

Do altar, eu a observo, e lágrimas descendo pelas bochechas, uma seguida das outra. Estou um caos.

"Eu odeio te dar más notícias", diz Petruchio, baixinho, de esguelha, quase virando a cabeça para poder falar por cima do ombro, "mas, se você está destruído assim quando ela é *madrinha*, quando se casar, vai se f..."

"É, eu *sei*", resmungo, ainda olhando para Juliet. "Agora, por favor, cala a boca."

Ele solta um riso abafado, vira a cabeça para o altar. Quando Kate começa a vir até nós, ele fica sem ar. Emite um suspeito pigarro seguido de um som de garganta seca.

Dou um sorriso de canto. "Provou o próprio remédio, né?", pergunto.

"Cala a boca", ele murmura, limpando o canto dos olhos.

Quando Juliet chega ao altar, ela me lança uma piscadela. Meus joelhos fraquejam um pouco.

Eu a observo se afastar, então ela se vira para o lado da noiva. Está observando fixamente a entrada do altar, onde Bea vai aparecer a qualquer momento nos braços de Bill e Maureen.

Mas não olho para a entrada. Ainda não. Porque Juliet é tudo o que consigo enxergar, enquanto a luz reflete nas maçãs de seu rosto, nos lábios carnudos e macios. Uma mecha escura se agita em seu rosto, e ela a ajeita atrás da orelha, e então ajusta o delicado buquê nas mãos. Meu coração apertou quando ouvi Bea falando com ela no ano passado sobre um tamanho de buquê que seria confortável para que não fosse difícil segurá-lo. Adoro a maneira como as irmãs de Juliet a amam, com pequenos e grandes gestos, como cuidam dela do jeito que eu tento fazer todos os dias.

Quando Kate chega ao altar, ela se junta a Juliet. Sorri para Christopher e se inclina para olhar por cima de Juliet. Ela aponta para a bochecha dele, gesticulando com a boca: *Tem uma coisinha aqui.*

"Mulher", murmura Petruchio, com a voz rouca. Da minha visão periférica, vejo ele limpando outra lágrima do rosto.

A melodia suave das cordas do violão dedilhadas ecoam no ar, se intensificando quando o outro violonista começa a tocar, mais animado. Meu olhar segue o de Juliet, e encontro Bea no começo do altar em seu longo vestido de renda, os braços entrelaçados com os pais. Ela usa uma coroa de flores amarelas e azuis no cabelo escuro e aperta um buquê combinando na mão. Bea sorri para Jamie conforme ela e seus pais dão os primeiros passos.

Jamie deixa escapar um breve ruído, e eu o encaro, vestido com seu terno azul-escuro, os olhos fixos em Bea, a mão sobre o coração e os dedos curvados no tecido. É como se tudo fosse importante demais, como se não pudesse conter *tudo* o que sente enquanto a observa caminhar até ele.

Conheço esse sentimento. Eu o sinto todo dia quando acordo e vejo Juliet na minha cama, roncando baixinho, de boca meio aberta, com o cabelo bagunçado, espalhado pelo travesseiro. Eu só fico ali, assistindo ao sol nascer e aquecer a sua pele através da cortina, o leve movimento de sua respiração subindo e descendo. Parece um milagre. O fato de ela me amar, de ter construído uma vida comigo, de que um dia ela vai aceitar que sua vida será para sempre aqui, não só temporariamente, e que isso não é só uma esperança distante e alucinante minha.

Faz dez meses que carrego um anel no bolso. Eu o comprei na manhã do dia em que Juliet se mudou para cá, porque já tinha consciência do que vou saber pelo resto da vida: eu a amo com todo meu coração, quero todos os dias que ela me der. Quero que a gente construa uma vida junto, e quero fazer de tudo para torná-la infinitamente feliz.

Cheguei muito perto várias vezes. Quase me ajoclhei diante dela. Procurei dentro de mim palavras que pudessem, de alguma forma, fazer jus a tudo o que sinto por ela, o quanto quero o nosso final feliz. Mas é um pouco intimidante pedir em casamento alguém que leu oitocentos romances (e contando). Alguém que chora a cada declaração de amor exagerada de um filme romântico. Alguém que tem uma maneira tão linda de expressar sentimentos românticos.

Não sou um homem de palavras pomposas, por mais que tente. Li vários livros de romance no último ano também, e sempre que vejo um filme de comédia romântica no sofá com Juliet nos braços, tento absorver cada detalhe desses livros e filmes, para descobrir a maneira perfeita, o momento perfeito, de pedi-la para ser minha esposa. O que eu planejava nunca pareceu bom o suficiente. Nunca achei que conseguiria deixá-la sem fôlego, não como quero. Quase quero me xingar por já ter esgotado o gesto mais romântico que consegui pensar: uma serenata no violão enquanto ela me olhava da sacada.

Observo Juliet enquanto ela pega o buquê de Bea e o entrega para Kate, que o incorpora delicadamente ao seu. Quando Juliet se vira, e seu olhar encontra o meu, sou atingido diretamente no peito. De repente, eu entendo.

Não existe um momento ideal ou as palavras perfeitas. Ou talvez a perfeição seja muito mais simples do que eu imaginava. Talvez a perfeição não seja o *como* ou o *quando*, mas o *quê* — a verdade de que eu amo Juliet e quero passar o resto da minha vida com ela. Talvez isso seja o suficiente.

Como se soubesse o que está se acendendo dentro de mim, uma

chama explodindo para a vida com o ar impetuoso da compreensão, Juliet abre um largo sorriso. Sorrio de volta.

Pouco mais de um ano atrás, Juliet e eu fizemos a promessa de sempre sermos sinceros um com o outro, nunca esconder nossa verdade.

Não posso esperar mais um dia para cumprir minha palavra.

“Will!” Rowan, a filha de Sula e Margo, grita meu nome e, no mesmo momento, me abraça pelas pernas. Seus braços me apertam. “Vamos dançar!”

“Acabei de escapar da Eleanor”, resmungo para mim mesmo. Ainda assim, pego Rowan no colo, porque sou um bobão.

No último ano, me tornei um tio honorário de Rowan, minha parceira preferida no Cara a Cara nas noites de jogo quando estamos na cidade. Como eu, ela também ama cachorros. Adoro a Rowan e, se não estivesse tão perto de *finalmente* conseguir falar com os pais da Juliet para pedir a bênção deles, depois de tentar muito nas últimas três horas, aceitaria dançar sem hesitar.

Maureen e Bill estão *bem* ali, conversando com meus pais. Seria perfeito.

“Willllll!”, Rowan suplica. “Dança!”

“Vai!”, Eleanor grita, da pista de dança, fazendo o *moonwalk*. “Você acabou de dançar comigo! Por que não dança?”

Suspiro e olho para o céu, pensando em uma maneira de escapar sem ferir os sentimentos de Rowan.

Quando volto a olhar para baixo, Juliet está do outro lado da pista com Toni, Hamza, Kate e Petruchio, jogando a cabeça para trás, rindo. Como se tivesse sentido meu olhar, ela se vira. Seus olhos encontram os meus. Um sorriso aquece seu rosto quando ela vê Rowan nos meus braços e Eleanor se aproxima de mim, balançando o corpo.

“Eu sou mesmo um bobão”, resmungo, girando com Rowan em direção a Eleanor.

“Uhuuul!”, Rowan grita.

Dançamos até o final da música com Eleanor — uma música agitada que não reconheço, mas parece ter uma nostalgia especial para Jamie e

Bea, que dançam enlouquecidos, sorrindo muito. Quando a música termina, sou salvo de um pedido de bis de uma criança animada quando as mães dela chegam e a pegam no colo.

"Vamos deixar o Will encantar outra pessoa", diz Margo.

Sula pisca para mim, depois aponta com o ombro para onde os pais de Juliet estão. Sentados à mesa, na lateral da pista de dança, sem ninguém mais por perto. "Vai lá, arrasa", ela diz.

"Como você...?" Franzo a testa enquanto ela dá batidinhas no meu ombro.

"Se você tivesse laser nos olhos, teria queimado eles", Sula responde. "Além disso, vi seu olhar quando Jules entrou." Ela pisca. "Não precisa ser um gênio."

Bianca, prima de Juliet, aparece, com Nick logo atrás dela. "Ah, você vai fazer o pedido? Não vejo a hora! Quando vai ser? Hoje? Amanhã?"

"Que pedido?", Rowan pergunta.

Eleanor aparece na nossa rodinha. "Parece que é segredo."

"Ahn." Bianca franze o rosto, percebendo o perigo. Crianças pequenas não sabem guardar segredos. "Nós... estamos... planejando... jogar... Ludo!", ela diz para Rowan e Eleanor.

"Ludo!", Rowan grita, batendo palma. "Quero jogar agora!" Eleanor já está puxando Bianca em direção à mesa longa com os jogos de tabuleiro, iluminada pelas luzes penduradas nas árvores.

Nick me lança um aceno encorajador e um sorriso largo enquanto anda de costas, seguindo Bianca e Eleanor. "Você consegue, Will."

"Boa sorte!", Margo diz, com um grande sorriso no rosto.

"Com o quê?", Rowan grita.

Sula faz cócegas em Rowan. "Vem, mocinha. Vamos pegar um pedaço de bolo e jogar Ludo!"

Assim que eles se afastam indo para a mesa de jogos, respiro fundo e caminho em direção a Bill e Maureen.

"Will!"

Congelo, então me viro devagar. Meu plano mais uma vez é interrompido pela única pessoa que poderia me deter agora.

Juliet sorri, e se aproxima até colocar as mãos no meu peito. "Oi."

Engulo em seco, tenso de nervosismo, e envolvo os braços ao redor de sua cintura. "Oi."

Ela inclina a cabeça, e seus olhos examinam os meus. "Tudo bem?"

Eu a encaro. Todo o estresse e a ansiedade de falar com seus pais, pedir a bênção deles e propor para ela desaparece.

"Tudo ótimo", respondo, com sinceridade, "agora que você chegou".

Ela abre um sorriso. "E você achava que não sabia flertar."

"Não sabia. Você sabe disso, e eu também."

Ela suspira e enlaça meu pescoço. "Acho que você aprendeu rápido, então. Pelo que me lembro, você flerta muito bem."

"Eu tive uma ótima professora", eu a lembro.

"Praticamos juntos." Ela finge me olhar feio. "Eu não fui sua *professora*. O que você descobriu comigo poderia ter descoberto com qualquer outra pessoa. Só precisava acreditar nessa possibilidade, Will."

"Não", digo, baixinho, puxando-a para perto. "Eu não teria descoberto com *qualquer pessoa*. Eu não teria vontade com outra pessoa. Só com você."

Seus olhos ficam marejados. Ela balança a cabeça. "Eu te amo tanto, Will Orsino."

"Eu te amo, Juliet Wilmot", digo beijando-a com ternura. "Com todo meu coração."

Juliet se inclina, com uma voz suave e baixa. "Will." Eu conheço essa voz, sei o que ela quer dizer, o que ela quer, quando diz meu nome assim. Meu corpo vibra de desejo. "Quero sair daqui."

"Aqui está você, Will!" A voz de Bill interrompe o momento, fazendo Juliet saltar nos meus braços.

"Pai!" Juliet enrubesce e abre um sorriso forçado enquanto dá um passo para trás. "Você estava procurando o Will?"

"Estava." Ele sorri para ela e depois se vira para mim, erguendo as sobrancelhas. "Tem um tempinho?"

Assinto. Meu coração bate acelerado no peito. "Sim, senhor."

Juliet entrelaça o braço no meu, mas Bill se inclina e coloca a mão sobre a dela. "*Só* com o Will, passarinha."

Juliet franze a testa enquanto olha para um, depois para outro, retirando a mão do meu braço. "Ah... ok."

Bill lança uma piscadela para ela. "Eu e sua mãe queríamos conversar mais um pouco com ele sobre aquela, hum... propriedade lá embaixo na rua que estávamos olhando."

Os olhos de Juliet se arregalam. "Vocês estão procurando casas por *aqui*?"

Bill puxa a gola da camisa. Esse homem mente tão mal quanto eu. "*Procurando*, isso. Sabe, sem... compromisso... É."

"Jules!" Kate chama, apontando para Juliet, Bea e o fotógrafo, que está com a câmera na mão e atravessa o salão de dança. "Foto das irmãs!"

Juliet volta a sorrir. "Já vou!" Ela se vira e me dá um rápido beijo na bochecha. "Me chama quando terminar."

Assinto, acariciando com o polegar sua bochecha. Seu sorriso se expande. "Prometo."

Observamos Juliet ir até as irmãs. Bill suspira aliviado. "Foi por pouco."

Eu me viro para ele. "Eu perguntaria como você sabia que eu queria falar com você, mas acho que minha intenção está estampada na cara." Esfrego o queixo, sentindo falta da barba espessa que eu deixava crescer para esconder minhas emoções. Aparei bem curta para o casamento. Juliet adorou, e a barba rendeu atividades deliciosas que quase nos fizeram nos atrasar para o jantar de ensaio ontem à noite.

"Dá pra dizer que tive uma intuição", Bill diz. Ele coloca o braço sobre meus ombros e sorri. "Agora, vamos lá ver você derreter a Maureen de alegria."

JULIET

Todo o meu corpo dói. E é por um ótimo motivo. Dançamos por horas, pulando de felicidade, e encerramos a noite com "Shout!". Exageramos um pouco jogando Imagem & Ação e depois, de pijama, brincamos de charadas com nossos amigos e irmãos que ficaram na casa do Will. Jamie e a Bea saíram da cerimônia na propriedade Orsino e foram para a casa de campo do Jamie, a apenas quinze minutos de distância num carro vintage.

Mais tarde, fui completa e deliciosamente arrebatada por Will quando ele se despediu da última pessoa, e, depois de fechar a porta, me prensou contra ela.

Suspiro feliz e viro na cama. Abro os olhos e pisco contra a luz forte do sol, sabendo o que verei: Will ao meu lado, apoiado no cotovelo, me observando, com um leve sorriso.

Mas, hoje, ele não está sorrindo. Apenas lança um olhar hipnotizante, lindo, com os grandes olhos cinza-esverdeados de gato. A luz da manhã aquece a sua pele.

Com delicadeza, toco a pequena fenda em seu queixo. "Tá olhando o quê?"

"A mulher mais bonita do mundo", ele responde, baixinho.

Abro um sorriso largo e faço que não. Acaricio seu pescoço com as pontas dos dedos, brincando de conectar cada sarda cor de canela até seu peito. "Besteira."

Ele passa os dedos pelos meus cabelos, afastando-os do rosto. "É verdade."

Seguro seu pulso e o encaro. Meu coração está tão cheio, tão feliz. Brilha como o sol lá fora. Toda manhã, mesmo nos dias mais doloridos e rígidos, quando meu peito está apertado de ansiedade e os medos tentam escapar pelas frestas da minha determinação, eu acordo e me sinto muito feliz por ele estar aqui, por Will enxergar tudo isso, por ele me amar por isso.

Estou explodindo de amor, esperança e alegria.

E não é por causa do casamento na noite passada, embora eu adore casamentos — afinal de contas, sou uma romântica incurável. Não é só porque estou nas nuvens com a emoção de ver minha irmã gêmea feliz e casada e porque posso compartilhar essa alegria incrível com o Will. Não é porque testemunhei os votos emocionantes e dancei, ri e aproveitei a noite inteira com as pessoas que mais amo, por mais bonito que tudo tenha sido.

Estou consumida pelo desejo de me casar com ele há tanto tempo que nem lembro mais como é não me sentir assim. Estou mais do que pronta para dizer a ele que o quero não só agora, mas para sempre.

Nunca conheci um amor como esse, e sei que nunca o terei de novo. A maneira como o Will e eu nos amamos é como aquelas lindas flores que sobem pela treliça de casa: estão crescendo, se curvando, se entrelaçando. Elas são cuidadas com carinho e nutridas com abundância para que possam florescer e prosperar, mudando com as estações. Estão sempre enlaçadas, mesmo nos meses mais difíceis, mais frios. A mulher que sou quando amo o Will é a melhor versão de mim. Não porque eu esteja sempre no meu melhor, mas porque Will me ama por completo, e me sinto segura para amá-lo com a mesma intensidade enquanto compartilhamos nossas falhas, medos e fragilidades, sabendo que nosso amor não é sobrecarregado por essas verdades, mas fortalecido por termos superado tudo isso, e nada poderia ser melhor.

"Will", sussurro, pondo a mão sobre o seu coração.

Seus olhos examinam os meus enquanto ele coloca a mão sobre a minha e acaricia suavemente meus nós dos dedos. "Juliet."

"Will... você..." Entre nós dois, tenho mais habilidades com as palavras, mas agora não consigo dizer nada, tentando encontrar uma maneira de expressar o quanto o amo, o quanto quero me casar com ele.

"William Campbell Montag Orsino..." Pigarreio, sorrindo para ele, sentindo as lágrimas começarem a brotar nos cantos dos meus olhos. "Você quer... hum!"

Sou interrompida pela pressão cálida e firme de sua boca na minha, seu corpo grande e pesado me pressionando suavemente contra o colchão. Suspiro contra seu beijo enquanto ele segura meu seio e acaricia meu mamilo nu.

"Deixa que eu falo", ele sussurra no meu pescoço. Seus lábios roçam meu queixo, meu pescoço.

Meu coração para. Ele percebeu o que eu estava prestes a perguntar? Ele quer dizer o que eu acho que quer dizer? Quero uma resposta. Não quero esperar mais um segundo, mas Will Orsino conhece bem meu corpo e, quando ele pressiona entre as minhas pernas, cada palavra na ponta da minha língua se dissolve.

"Eu te amo", ele murmura, enquanto põe a mão entre nós e me sente, molhada e quente, e meus quadris se erguem em direção ao seu toque.

"Eu também te amo", digo a ele. Minha voz se transforma em um gemido enquanto ele me acaricia e me provoca. Ele pressiona com força em meu quadril enquanto enfia um dedo dentro de mim, depois outro. Solto um gemido alto e rouco enquanto ele esfrega a palma da mão contra meu clitóris.

"Por favor", sussurro. "Não me faz esperar."

Ele sustenta meu olhar enquanto gentilmente afasta a mão e a põe em si mesmo. "Não vou." Ele me preenche com cada centímetro duro e quente, sem desviar o olhar. Embora no início ficasse frustrado, ele sabe que agora lê as entrelinhas das minhas palavras melhor do que ninguém. "Não vou fazer você esperar", ele diz, com a voz rouca, com estocadas profundas dentro de mim, recuando, então avançando novamente. "Prometo, Juliet."

Estou dolorida e com o corpo frágil demais para fazer muita coisa, e Will sabe disso. Não é a primeira vez que desejo sexo, mas preciso que ele faça o trabalho pesado. Ele me levanta pelos quadris, sem esforço, e coloca um travesseiro grosso embaixo da minha bunda. Então me abraça e me segura perto, preenchendo-me de novo e de novo. Tudo que eu tenho que fazer é o que posso: ser abraçada, amada, receber tudo o que ele quer me dar.

Com os braços em volta do seu pescoço, pressiono meus lábios nos dele. Respiramos em um ritmo desregulado. Nossos beijos são lentos e profundos. O calor me percorre. Sinto o prazer apertado nos seios, que se esfregam contra os pelos cor de canela, ásperos e volumosos, de seu peito. Eu o sinto dentro de mim, suas estocadas que me preenchem perfeitamente, na pulsação terna e desejosa entre minhas coxas.

Nossa pele está escorregadia, o lençol está preso e torcido ao nosso redor. Estamos do jeito que eu sempre quis: entrelaçados e arrebatados, o mais próximos que podemos estar. Com o coração acelerado, nos movemos. Meus quadris se movem sem controle, em direção aos dele. Will agarra minha bunda com força e vontade, e me move com ele.

Ele deixa escapar gemidos profundos e roucos conforme sussurro seu nome várias e várias vezes.

"Jules", ele sussurra contra o meu beijo. "Calma, meu amor. Deixa", ele diz. "Deixa eu dar o que você precisa".

Mordo seu lábio. "Você disse que não me faria esperar."

"Mulher." Ele solta uma risada rouca. "Estou indo o mais rápido que posso."

Também deixo escapar uma risada, que se transforma em um grito de prazer quando ele se abaixa para prender meu mamilo na boca, mordiscando, depois passa para o outro, e uma sensação gloriosa se espalha pelo meu corpo. Agarro seu cabelo e arranho suas costas. Ele ergue a cabeça, beijando a parte delicada e sensível do meu pescoço, abaixo da minha orelha, e entra em mim, depois se ajeita, sem sair de mim, apenas roçando nossos quadris em minúsculos movimentos circulares, perfeitos. Meus olhos reviram e depois se fecham. O prazer me atinge como um raio, espalhando-se pelo meu corpo, arqueado contra o dele.

Grito o nome dele porque tudo isso — a felicidade, o choque da intensidade, a euforia pura e emocionante da liberação — não pode ficar dentro de mim.

Will estremece quando me sente gozar nele, cada espasmo apertado e forte que me atinge e me faz ofegar. "Jules", ele diz, com a voz rouca e baixa, afastando-se um pouco. Seu rosto se contrai, sua mandíbula trava, seu peito está arfante. "Te amo. Eu te amo..."

Eu o observo e vejo o prazer iluminando seu rosto, sua boca aberta, o tremor que o atravessa quando ele goza em mim. E então eu o puxo para mim, e o beijo enquanto ele se agita. Aproveito até a última onda de seu clímax.

"Eu te amo", sussurro contra seus lábios.

Ele estremece outra vez quando cai sobre mim, então me puxa com ele ao rolar para o lado. "Nós...", ele diz, "estamos embolados nos lençóis."

Sorrio para ele, sonolenta e saciada. Seguro seu rosto. "Eu sei. Mas não me importo nem um pouco."

Ele solta um suspiro pesado e me puxa com força. Meus olhos começam a se fechar. Sinto seus lábios, quentes e macios, na minha testa. "Pode dormir, meu amor", ele sussurra. "E, Juliet?"

"Hum", eu murmuro, sonolenta.

"Quando você acordar e se vestir, posso pedir um favor?"

"Claro", digo, mal conseguindo pronunciar as palavras. Estou tão exausta e deliciosamente cansada. "O que é?"

"Usa o vestido lilás." Ele dá um beijo carinhoso no meu cabelo. "Você sabe qual."

Quando acordo, algo mudou. Meus olhos estão fechados, mas eu sei o que é. Will não está aqui. Mas suas palavras, espaçadas e sussurradas, permanecem, como a luz suave que preenche o nosso quarto, morna e cintilante com promessas.

Deixa que eu falo.

Mordo o lábio contendo o sorriso enquanto me contorço feliz, nervosa, nos lençóis agora ajeitados.

Eu os jogo com pressa para o lado e me levanto da cama. Lavo o rosto, depois penteio o cabelo bagunçado. Ponho o vestido lilás que usei no nosso primeiro encontro. Desajeitada, me segurando na porta, calço os tênis floridos daquele dia.

Meu reflexo me cumprimenta no espelho do banheiro quando vou escovar os dentes. Meus olhos brilham, estou corada. A esperança retumba dentro de mim no ritmo do meu coração.

Então, desço as escadas, segurando o corrimão, não tão depressa quanto gostaria, mas é o mais rápido que consigo. Abro a porta e congelo.

Lá está o Will, com a mesma camisa laranja que usou no nosso primeiro encontro, parado sob a treliça de glicínias e rosas.

Me agarro à porta, procurando um alicerce.

Mas é muito difícil. Will sorri para mim com aquele sorriso suave e doce, só para mim. Hector está sentado aos seus pés, com a língua de fora, ofegante. Seu rabo bate forte nas pedras de ardósia ao me ver, e eu sei a dificuldade que ele tem de obedecer ao comando de esperar.

Por mim.

Devagar, me afasto da porta e a fecho atrás de mim. Dou um passo em direção a Will, depois outro. Meu coração bate forte nos meus ouvidos.

Hector solta um ganido, olhando para nós.

"Fica", Will comanda outra vez, com os olhos fixos em mim.

"Ele pode vir", digo, baixinho. Hector solta outro gemido para Will. Sou uma bobona com o Hector, e nós três sabemos disso.

"Ele pode esperar", Will diz, com aqueles olhos deslumbrantes fixos em mim enquanto me aproximo. "Esperei trinta e quatro anos por você, Juliet. Ele pode esperar trinta e quatro segundos."

Rio baixinho, mas meu riso é tingido pelas lágrimas que ameaçam apertar minha garganta.

Por fim, estou a um passo de Will, sob o dossel de flores, impregnada pela abundante e adorável fragrância.

Não desvio o olhar dele enquanto deslizo a mão sobre a cabeça de Hector. Em seguida, sinto a língua canina na minha palma.

"Juliet", Will diz, baixinho. "Oi."

Meu coração aperta. São as mesmas palavras que ele disse no primeiro encontro, quando resolvemos recomeçar e eu atravessei o café enquanto ele observava cada passo meu.

Faço minha parte, com um tremor no sorriso enquanto tento não chorar. "Oi, Will."

"Não vou estender a mão desta vez", ele diz, citando a si mesmo.

Lágrimas deixam minha visão embaçada.

"Porque, desta vez", ele diz, "eu sei exatamente o que devo te oferecer." Sem desviar os olhos, devagar, ele se ajoelha.

Lágrimas escorrem pelas minhas bochechas. Levo as mãos ao rosto, com o coração acelerado, umedecendo meus dedos.

"Viola Juliet Wilmot", Will diz, baixinho, "há pouco mais de um ano, inventei uma ideia absurda com você, com base na crença de que o amor que você queria era a última coisa que eu teria. Desde então, aprendi muito: que você tem um coração muito generoso e um lindo dom de fazer com que as pessoas se sintam muito amadas. Sei também que eu sou imperfeito, e você também, mas nos encaixamos com perfeição, de uma maneira que eu nunca achei possível.

"Sei que começamos determinados, achando que o amor romântico seria a última coisa que teríamos juntos. Por mais que pareça péssima a ideia de estar na sua presença e fazer qualquer coisa além de te amar com tudo o que sou, nunca vou me arrepender de como começamos. Porque se não tivéssemos feito isso, eu nunca teria sido corajoso o suficiente, nunca teria tentado, nunca teria tido a chance de aprender que eu poderia te amar e que você poderia me amar, o que teria sido uma tragédia."

Dou um passo à frente. Meu vestido flutua sobre o joelho dele, e eu agarro o lindo rosto que eu tanto amo. Desisti de tentar não chorar. Fico ali parada, amando-o, ouvindo-o, deixando minhas lágrimas caírem à vontade. O rabo de Hector abana no ar enquanto ele cheira o ombro de Will, depois passa para meu quadril. Seus suspiros caninos felizes são o único som no nosso silêncio de respirações contidas.

O vento dança pelo ar, bagunçando o cabelo cor de cobre de Will, balançando meu vestido. Não apresso este momento; não digo uma palavra ou preencho o silêncio. Acaricio sua bochecha e espero.

Will engole em seco enquanto lágrimas preenchem seus olhos também. E, quando fala, sua voz está rouca, marcada pela emoção. "Eu nem sempre tenho as palavras certas, muito menos as perfeitas que você merece. Mas eu tenho isso: um coração para amar que é todo seu, para sempre, se você me aceitar. Se você..." Ele solta um suspiro pesado e aperta minha mão, que está pressionada em sua bochecha. Então retira do bolso uma caixa de madeira esculpida. Com cuidado, a abre, revelando um anel dourado como o sol, com um diamante deslumbrante e estelar. "Juliet, você quer se casar comigo?"

Faço que sim, com um sorriso tão largo que minhas bochechas úmidas doem. "Nada me faria mais feliz. Sim." Rio entre as lágrimas, me inclinando em sua direção enquanto ele desliza o anel no meu dedo. Eu o observo puxar uma pequena alavanca que expande o anel, fazendo-a passar facilmente pelo meu dedo, que incha com facilidade. Então Will dobra o dispositivo até ouvir um clique, e o anel se encaixa. Observo meu lindo anel, cuja beleza vai além do óbvio, indo direto ao meu coração. Depois olho para Will, rindo, chorando, repleta de alegria. "Eu vou me casar com você!"

Ele se levanta de repente e me puxa com força. Grita tão alto que as galinhas ao lado da casa se assustam e fogem, cacarejando agitadas e farfalhando as penas. Hector late e começa a correr em círculos pequenos, feliz ao nosso redor. Eu enlaço o pescoço de Will e o beijo com todo o amor que tenho.

"Estou há dez meses querendo fazer isso", ele murmura enquanto me observa.

Abro os olhos quando ele me põe de volta no chão. "Dez meses?"

Seus olhos brilham ao sol, e ele assente: "Sim. A questão não era quando queria me casar com você, era saber como pedir. Eu queria que fosse o momento perfeito, com as palavras perfeitas...".

Acaricio de leve seu braço, balançando a cabeça.

"Foi perfeito. O momento, as palavras." Com meu outro braço ainda ao redor do seu pescoço, eu o puxo para um longo beijo amoroso e sussurro: "Porque este momento é nosso, e essas palavras foram suas, direto do seu coração. Nada poderia ser mais perfeito".

Ele sorri suavemente e se inclina, voltando a me beijar. "Você aceitou."

"Claro que aceitei, seu bobo. Já se olhou no espelho? Você é um tangerinão gostoso. Como eu poderia dizer não?"

Ele finge me olhar feio. "Ah, muito engraçada."

"Adorei te ver usando isso", sussurro, sustentando seu olhar. "Amo tudo nisso. Adoro como sou feliz com você, Will. Sei que nem sempre seremos felizes, que tempos difíceis e mágoas virão, mas... estou muito feliz por enfrentar tudo com você. E quando a vida acalmar, acalentar e florescer outra vez, nós teremos superado, no nosso lugar. Juntos."

Ele pressiona a testa contra a minha e me abraça. Por um momento, sinto apenas o vento morno de verão correndo pela grama e o doce perfume de uma cúpula de flores. Ouço o som dos pés de Hector na terra e nossas respirações suaves e constantes.

Então, vários aplausos, gritos e assobios explodem atrás de Will, e levamos um susto.

Nós nos viramos. Deixo escapar uma risada como uma explosão de champanhe, finalmente borbulhante e livre.

Aglomerados na varanda estão suas irmãs, seus sobrinhos, e Rowan apoiado na grade, com as mãos em formato de binóculo em volta dos olhos. Meus pais estão ao lado dos pais dele. Nossas mães se abraçam, e é evidente que estão chorando. Lá estão também Kate e Christopher, Sula e Margo, Toni e Hamza, Nick e Bianca, e, por alguma razão inexplicável, Jamie e Bea.

Fico boquiaberta, olhando para todos. Após o casamento na noite passada, apenas meus pais estavam hospedados na casa dos pais de Will. Todos os outros haviam ficado na pousada que a Imogen e o marido abriram no início do ano na cidade. "O que é que eles estão fazendo aqui? Você contou a eles?"

"Não. Mas fiquei aqui fora umas duas horas, brincando com Hector enquanto você dormia, então eles perceberam e juntaram as peças." Will suspira. "Os riscos da vida na cidade pequena. A fofoca se espalha *rápido*."

Sorrio, com a cabeça em seu peito enquanto aceno para os outros, que acenam de volta. Minhas irmãs estão pulando de alegria, Jamie assobia com os dedos na boca, e Christopher aplaude por cima da cabeça, tão alto que parece um trovão cruzando o campo.

"Adoro isso." Eu o observo. "Eu te amo."

Nossos olhares se encontram. Will sorri e, com delicadeza, segura meu rosto. "Estou muito feliz, amor. Eu te amo. Demais."

"Vamos nos *casar*", digo.

Ele sorri para mim. "Vamos." Ele rouba mais um beijo e diz: "Não que eles já não saibam, mas o que acha de irmos contar mesmo assim?".

Abro um sorriso tão brilhante que o sol fica sem graça. Então enlaço o braço no dele. "Acho perfeito."

Agradecimentos

Meus agradecimentos geralmente são longos, mas agora serei (relativamente) breve. Não porque eu ame menos essa história ou porque tenha sido mais fácil escrevê-la do que as anteriores (para ser franca, é o oposto). A verdade é que estou sem palavras para explicar o quanto sou grata por chegar aqui, no capítulo final desta série, bem como nessa fase da minha trajetória como escritora, tão determinante para minha carreira e muito especial para mim.

Não é coincidência que eu tenha concluído a série das Irmãs Wilmot com dois personagens cujas experiências se entrelaçam com tanta intimidade às minhas — Juliet é uma romântica abalada por uma decepção e vive com uma doença crônica; Will é um homem neurodivergente que protege o coração, mas ama intensamente as poucas pessoas que o cercam. A história das Irmãs Wilmot foi desenvolvida ao longo dos últimos anos, enquanto eu me curava como pessoa e amadurecia como escritora, e acho natural que tudo tenha culminado nesta jornada de dois personagens que estão lidando com o que eu mesma enfrentei enquanto construía o mundo da história que nos levou até eles. Pude mergulhar fundo, escrever muito perto do coração e, espero, conversar com aqueles que estão nesse caminho de dor e cura que também percorri, em parte graças às muitas pessoas que me amaram tanto durante a jornada, que me apoiaram no âmbito pessoal e profissional, além de me lembrarem que nunca estive sozinha. Escrevo histórias esperando que cada leitor, de alguma forma, se sinta um pouco menos sozinho, um pouco mais visto e amado. Sou grata por, na minha vida, essa afirmação não ser apenas ficção — é um fato da minha existência, graças a essas pessoas.

Obrigada, cada um de vocês, meus queridos amigos — vocês sabem quem são — por ficarem comigo nessa etapa difícil e bonita, por crescerem comigo, por me inspirarem e me fazerem sentir tão segura para sonhar, alcançar, ter esperança e ser corajosa.

Obrigada, Sam, minha agente incrível, por sempre me apoiar com palavras de sabedoria e perspicácia, calma e confiança. Sou muito grata a você e estou muito empolgada com o que está por vir!

Obrigada a todos na editora Berkley que trabalharam tanto e participaram da construção dessas histórias, desde o design até o marketing, a edição e a produção. São livros lindos dos quais sinto orgulho, e sou muito grata pelo papel de vocês em torná-los o que são.

Obrigada, meu querido dr. B, por me amar mesmo quando sou quase impossível de ser amada (ou seja, estressada ao extremo e com um prazo apertado), por me lembrar, com seu amor, por que escrevo: porque acredito que o único amor que vale a pena é o que nos ama *por completo*, que cresce enquanto crescemos e nos faz querer ser as melhores versões de nós mesmos porque somos amados até nos nossos piores momentos. E obrigada por não ficar *muito* bravo comigo por escrever ("outro!") interesse amoroso ruivo; mesmo que você não seja ruivo, prometo que você será sempre meu galã favorito.

Obrigada, meus dois docinhos, meus maravilhosos, sábios, engraçados, inteligentes, amorosos, filhos excepcionais, por me inspirarem a continuar, mesmo quando estou cansada, quando é difícil, quando não sei como posso continuar. Vocês são, sem dúvidas, o melhor que eu darei a esse mundo, e ainda me fazem querer ser melhor — como pessoa, escritora, mãe e amiga. Sou muito sortuda por ser a mãe de vocês e muito grata por todas as formas como demonstram amor e orgulho de mim, e por todas as formas como me deixam amá-los e demonstrar que eu também me orgulho de vocês. Amo vocês para sempre, mais que tudo.

Obrigada a cada leitor, livreiro, bibliotecário, por dedicar seu tempo, energia e criatividade para promover minhas histórias, por apoiá-las e fazer deste trabalho dos meus sonhos uma realidade. Sempre serei grata a vocês. Estou sempre me beliscando, maravilhada, por poder escrever histórias que vocês querem ler.

Por fim, obrigada a todos os corações sensíveis por aí, todas as almas delicadas que foram feridas e estão tentando se curar. Espero que mantenham firmes *sua* esperança e a crença de que merecem, podem e serão amados, de muitas maneiras lindas, por pessoas que amam *tudo* a seu respeito — suas esquisitices, seus medos, suas necessidades e seus sonhos. Se essa pessoa demorar a aparecer na sua vida, sinto muito; por favor, saiba que você não está sozinho, que muitos de nós nos esforçamos para curar e crescer e esperaram por boas pessoas e bons momentos; às vezes, essa pessoa apenas demora um pouco para aparecer. Cuide de si enquanto espera e nunca se contente com menos. Se você precisar de uma companhia amorosa, um lembrete do que é possível e do que você merece, saiba que minhas histórias estão aqui para você, como uma afirmação e uma esperança do que está por vir.

TIPOGRAFIA Adriane por Marconi Lima
DIAGRAMAÇÃO Vanessa Lima
PAPEL Pólen Natural, Suzano S.A.
IMPRESSÃO Gráfica Bartira, agosto de 2025